SASKIA GAUTHIER

Die dunklen Wasser der Limmat

SASKIA GAUTHIER

Die dunklen Wasser der Limmat

KRIMINALROMAN

GMEINER

Immer informiert

Spannung pur – mit unserem Newsletter informieren wir Sie
regelmäßig über Wissenswertes aus unserer Bücherwelt.

Gefällt mir!

Facebook: @Gmeiner.Verlag
Instagram: @gmeinerverlag

Besuchen Sie uns im Internet:
www.gmeiner-verlag.de

© 2022 – Gmeiner-Verlag GmbH
Im Ehnried 5, 88605 Meßkirch
Telefon 0 75 75 / 20 95 - 0
info@gmeiner-verlag.de
Alle Rechte vorbehalten
3. Auflage 2024

Lektorat: Claudia Senghaas, Kirchardt
Herstellung: Mirjam Hecht
Umschlaggestaltung: U.O.R.G. Lutz Eberle, Stuttgart
unter Verwendung eines Fotos von: © anshar73 / stock.adobe.com
Druck: CPI books GmbH, Leck
Printed in Germany
ISBN 978-3-8392-0121-3

Für Pascal, Noah und Flurin.
Ihr seid das Beste was mir je passiert ist.

PROLOG

Sie lief weiter. Die hohen Absätze versanken im weichen Boden. Erschwerten ihr das Vorankommen. Ihr Atem ging schnell, zu schnell. Er schien jedes Geräusch zu übertönen. Äste kratzten an ihrem Gesicht, verhedderten sich in ihrem Kleid. Das schöne, sündhaft teure Kleid, das sie erst vor zwei Tagen in der Bahnhofstraße gekauft hatte. Mit einem Anflug des Bedauerns registrierte sie das hässliche Ratschen, als ihr Kleid riss. Egal. Sie musste weiter. Er war schon ganz nah. Sie konnte ihn förmlich spüren.

Da sah sie die Lichter. Sie tanzten durchs Geäst wie Irrlichter in einem Märchen. Nun hörte sie auch Stimmen. Jemand lachte. Das leise Hämmern von Musik. Das dröhnende Brummen eines Motorrads. Vorsichtig schob sie ein paar Haselnusszweige zur Seite und versuchte, durch die Dunkelheit zu spähen. Fast hätte sie vor Erleichterung laut aufgelacht. Die Straße war ganz nah. Sie musste nur noch über diese Wiese. Eine sanft abfallende Wiese. Mit weichem grünem Gras. Ein Ort zum Verweilen, zum Sonnenbaden und Picknicken. Tagsüber natürlich. Nun aber lag die Wiese schonungslos offen vor ihr. Sie bot keinen Schutz. Keine Deckung. Wie lange würde sie brauchen, um sie zu überqueren? Sekunden? Minuten? Würde es reichen? Würde sie schnell genug sein?

Da hörte sie das Knacken eines spröden Asts. Nicht weit von ihr entfernt. Ihr Kopf ruckte herum. Sie lauschte fast regungslos. Nur ihre Nasenflügel bebten, als sie den Kopf hob und wie ein Tier witterte. Da knackte es noch mal. Dieses Mal näher. Sie musste hier weg. Sofort. Mit zitternden Händen schob sie die Äste auseinander und schlängelte sich hindurch, vorsichtig darauf bedacht, ja kein Geräusch zu machen. Noch ein Schritt, dann wäre sie auf der großen Rasenfläche. Ihr kam eine Idee, die ihr für einen Moment so absurd vorkam, dass sie erneut beinahe hysterisch auflachen musste. Am Boden lag ein knüppeldicker Teil eines abgebrochenen Asts. Sie hob ihn hoch, wog ihn kurz in den Händen und schleuderte ihn dann mit aller Kraft nach rechts. Ihre Hoffnung wurde erfüllt, und der Ast krachte mit einem lauten Knacken gegen einen Baumstamm. Das würde ihren Verfolger vielleicht kurz ablenken. Ihr die Zeit geben, die sie brauchen würde, um über die offene Wiese auf die Straße zu rennen. Sie schob die letzten zwei Haselnussruten zur Seite und trat hinaus auf die offene Fläche. Drehte sich ein letztes Mal um, blickte hektisch nach allen Seiten und rannte los.

Da trat sie auf die Dose. Eine achtlos weggeworfene Bierdose. Ein junger Mann hatte sie leer getrunken. Hatte die Feierabendstimmung im Park genossen. War zu faul gewesen, um zum Mülleimer zu laufen. Unwissend, was seine Dose für Folgen haben würde. Wahrscheinlich saß er just in diesem Moment in seiner Zweizimmerwohnung und sah sich das spannende Match zwischen Roger Federer und Raffael Nadal an, das gerade im Fernsehen übertragen wurde.

Unnatürlich laut schepperte es durch die Nacht. Wie in einem Zeitraffer nahm sie das Geräusch wahr, wie es durch die Dunkelheit schallte, sich in der Ferne verlor und einem Echo gleich wieder zu ihr zurückkam. Wie als Antwort darauf vernahm sie ein Rascheln in den Haselnussbüschen hinter ihr. Äste brachen unter schweren Schritten. Ihr Verfolger gab sich nun keine Mühe mehr, leise zu sein. Verzweiflung stieg in ihr auf. Sie löste sich aus ihrer Erstarrung und rannte weiter.

Ganz in der Nähe flüsterten die dunklen Wasser der Limmat ihre geheimnisvollen Weisen. Gemächlich und von kleinen Strudeln durchzogen bahnte sich das Wasser seinen Lauf. Es mochte sein Geheimnis nicht preisgeben. Noch nicht.

KAPITEL 1

Irgendwie war heute nicht mein Tag. Es war 8.15 Uhr, und ich saß im Rapportraum. Fast alle waren bereits um den ovalen Tisch versammelt und unterhielten sich in gedämpfter Lautstärke. Wir warteten wie immer auf unsere Chefin, bevor die Nachtärztin mit dem Vorstellen ihrer Fälle beginnen konnte. Ich unterdrückte ein Gähnen und schaute zwei Hunden zu, die draußen im Park miteinander herumtollten.

Meine Kollegin drückte ein paar Tasten der Computertastatur, und das Bild eines Leichnams erschien auf der Leinwand. Ein Mann, der in unnatürlich verdrehter Position am Fuße einer Treppe lag. Die weit aufgerissenen Augen blickten erstaunt nach oben, und um den Kopf hatte sich eine Blutlache gebildet. Durch die gegenüberliegende Fensterfront konnte ich noch immer die zwei Hunde miteinander spielen sehen. Nun gesellte sich ein dritter dazu, dessen Frauchen einen Kinderwagen schob. Die Idylle im Park stand in einem grotesken Widerspruch zum überdimensionierten Bild des toten alten Mannes, das auf unserer Leinwand prangte.

Meine Kollegin begann mit der Vorstellung des Todesfalls, den sie in der Nacht hatte untersuchen müssen. Sie zeigte gerade Detailaufnahmen der Verletzungen, als sie durch das laute Klingeln eines Handys unterbrochen wurde.

Mein Diensttelefon. Mist! Schon so früh.

Ich hatte heute Tagdienst, das hieß, ich war von morgens um 8 Uhr bis abends um 20 Uhr für alle außergewöhnlichen Todesfälle in der Stadt Zürich, Untersuchungen lebender Gewaltopfer und allerlei skurrile Anfragen an das rechtsmedizinische Zentrum zuständig. Da ich gestern Abend viel zu spät ins Bett

9

gegangen war und in der Nacht schlecht geschlafen hatte, war ich schrecklich müde und hatte gehofft, dass der Dienst ruhig werden würde. Aber ein gleich am Morgen klingelndes Telefon verhieß nichts Gutes. Eine Entschuldigung murmelnd, ging ich zur Tür und trat auf den Gang hinaus, wo ich fast mit meiner Chefin zusammengestoßen wäre, so dass ich erschrocken zurückzuckte.

»Frau Klee, passen Sie doch bitte auf!«, fuhr sie mich an. Frau Professor Hagmann war eine chaotische Norddeutsche, die eigentlich völlig in Ordnung war. Morgens aber durfte man ihr nicht zu nahe treten. Kopfschüttelnd rückte sie sich ihre Brille gerade und lief in den Rapportraum. Zurück blieb eine Wolke Parfüm. Chanel Nr. 5, wie ich erschnuppern konnte, denn meine Mutter benutzte dasselbe.

Ich entfernte mich ein wenig von der offen stehenden Tür, aus der die empörte Stimme Frau Professor Hagmanns zu hören war, die sich beschwerte, dass man schon ohne sie mit dem Rapport angefangen hatte, und stellte mich neben den etwas zerrupft aussehenden Drachenbaum, der in einer dunklen Ecke sein trauriges Dasein fristete. Zwar wurde er in vermutlich eher unregelmäßigen Abständen von unserer Sekretärin gegossen, aber Licht und Luftfeuchtigkeit fehlten ihm, so dass er viele eingerollte und braun verfärbte Blätter hatte, die sich regelmäßig immer wieder am Boden ansammelten.

Am Telefon war die Einsatzzentrale der Kantonspolizei Zürich, die mich über einen Todesfall in Kilchberg informierte. Ich kramte in meiner schwarzen Diensthose nach Stift und Zettel, während ich mir das Telefon zwischen Ohr und Schulter klemmte. Prompt fiel mein Stift auf den grauen Linoleumboden. Bis ich den Stift wieder aufgehoben hatte, war klar geworden, dass ich ihn gar nicht brauchte, denn der Todesfall war bei »Vita Aeterna«, einem der in den letzten Jahren wie Pilze aus dem Boden geschossenen Sterbehilfe-Vereine. Wer unheilbar krank war oder an unerträglichen Schmerzen litt, konnte sich bei »Vita Aeterna« melden, dessen Slogan »Schön gelebt, noch schöner gestorben – nur mit Vita Aeterna!« lautete, was ich persönlich total daneben fand. Aber der Verein schien genügend Personen anzusprechen, denn neben »Exit« und »Dignitas« war »Vita Aeterna« bereits der drittgrößte Suizidhilfe-Verein der Schweiz, und mir war zu Ohren gekommen, dass nun, in Anbetracht der steigenden Nachfrage, auch im Kanton Aargau mit Blick auf den Hallwilersee expandiert werden sollte. Wir führten beinahe täglich Leichenschauen bei ihnen durch, daher war mir die Adresse bestens bekannt, und ich steckte den Stift wieder in meine Tasche.

Aus dem nahen Rapportraum ertönte lautes Gelächter meiner Kollegen, gefolgt von Stühlerücken. Noch während ich das Telefonat beendete, strömten meine Kollegen schon munter plaudernd aus dem Rapportraum, der sich am Ende eines Gangs befand.

»Na, Lisa, wohin musst du?« Christoph Reichert, einer unserer Oberärzte, war mit einem freundlichen Grinsen neben mir stehen geblieben.

»Ach, nur zu ›Vita Aeterna‹«, antwortete ich mit einem Lächeln, während ich zu Christoph aufschaute und seinen Geruch aus Rauch, Aftershave und etwas, was mich immer an altes Leder erinnerte, wahrnahm.

Christoph nickte und klopfte mir mit seiner Pranke aufmunternd auf die Schulter. »Du weißt ja, ich habe Hintergrunddienst. Wenn also vor Ort was komisch ist oder du Fragen hast«, sein Grinsen wurde breiter, »ruf – mich – an!«, ahmte er eine Werbung für Telefonsex nach und brach in krächzendes Gelächter aus.

Ich fiel in sein Lachen ein und entgegnete: »Klar, mache ich. Aber ›Vita Aeterna‹, das ist ja immer das Gleiche. Was soll da schon sein?«

Ich lief durch den langen, geraden Gang zu meinem Büro, das sich auf der entgegengesetzten Seite des Rapportraums befand. Der Schreibtisch meiner Kollegin, mit der ich mir das Büro teilte, lag dem meinen direkt gegenüber und sah aus wie aus dem Ei gepellt. Kein Blatt lag darauf, das nicht dorthin gehörte. Ganz im Gegensatz zu meinem, wie ich mit dem Anflug eines schlechten Gewissens bemerkte. Kreuz und quer lagen da die Akten durcheinander, eine gebrauchte Kaffeetasse stand neben der Tastatur, und der Bildschirm war voll mit an den Rand geklebten, vollgekritzelten Post-it-Zetteln. Mit einem Seufzen registrierte ich, dass auf meinem Stuhl die grüne Akte eines Obduktionsfalls lag, den ich vor einigen Wochen zur Korrektur des Obduktions-Gutachtens an die zuständige Oberärztin gegeben hatte. Darauf klebte ein rosa Zettel in Form eines Sterns, auf dem nur ein einziges Wort stand: ›Besprechen‹. Na, das verhieß ja nichts Gutes.

Ich ging zum Schrank, der sich an der Wand neben der Tür befand, und nahm meine beiden Diensttaschen und den Fotokoffer heraus. Kurz kontrollierte ich, ob ich auch alles hatte, bevor ich mich auf den Weg zum Auto machte.

Unser Institut war mit dem Institut für Theologie zusammengebaut. Die Eingänge zu den Instituten befanden sich unmittelbar nebeneinander, wobei auf dem einen in schwungvoller Schrift ›Alle Menschen sind willkommen‹ mit Verweis auf eine Bibelstelle und auf dem anderen in großen roten Druckbuchstaben ›Rechtsmedizinisches Zentrum – Unbefugten Eintritt verboten‹ prangte. Früher einmal hatte das RZZ zur Universität Zürich gehört, war aber vor einigen Jahren privatisiert worden. Da der Universitäts-Campus am Standort Irchel sich ohnehin im Umbau befand, konnte die Trägerschaft der Uni das Gebäude abkaufen, und die Rechtsmedizin hatte nicht umziehen müssen.

Beide Institute teilten sich sechs Parkplätze. Unser Dienstwagen, ein roter VW-Golf, stand vor dem Theologischen Institut.

Als ich aus der Tür trat, musste ich einen Moment meine Augen vor der Sonne abschirmen. Es würde ein schöner, sommerlich warmer Tag werden, mit nur ein paar harmlosen Wölkchen am Himmel. Eigentlich viel zu schade, um Dienst zu haben, dachte ich bedauernd. Als ich die Tür zu unserem Dienstwagen öffnete, schlug mir der muffige Geruch eines Autos entgegen, das sich mehrere Personen teilten und das zu nicht immer sehr ansehnlichen Schauplätzen gefahren wurde. Heute roch es überdies leicht faulig, wie ich mit einem Naserümpfen registrierte. Ich wischte ein paar Brösel vom Fahrersitz, öffnete alle Fenster und fuhr los.

KAPITEL 2

Auf der Quaibrücke stand ich, wie so oft, zwischen Bellevue und Bürkliplatz im Stau, wo gerade eine Großbaustelle war. Nur mühsam ging es im Stop-and-go weiter, und ich beobachtete währenddessen ein paar japanische Touristen, die die herrliche Aussicht über den blauen Zürichsee bis hin zu den Bergen fotografierten. Eigentlich war der Berufsverkehr um diese Zeit schon vorbei, aber zusätzlich zur Spurreduktion wegen der Baustelle hatte ein Aargauer sich in der Spur vertan und stand nun schräg zwischen den zwei Spuren, so dass es auf beiden Spuren nicht mehr vorwärtsging, was mit einem lauten Hupkonzert quittiert wurde. Der Autofahrer hinter ihm fuchtelte wütend in seinem Auto herum, und ich glaube, er war kurz davor auszusteigen. Zum Glück erbarmte sich bald einer des Aargauers und ließ ihn bei der nächsten Grünphase der Ampel vorfahren, so dass der Verkehr wieder in den Fluss kam. Ich genoss die Fahrt den See entlang. Durch die offenen Fenster kam frische Morgenluft ins Auto, und im Radio lief gerade ein Lied von Jack Johnson, einem meiner Lieblingsmusiker. Ich drehte die Musik lauter und sang herzhaft mit, zumindest bei den Stellen, an denen ich den Text kannte. Auf der Seestraße herrschte nur noch wenig Verkehr. Am Mythenquai hatten sich mehrere Mütter mit Kinderwagen versammelt, die offenbar das schöne Wetter zu einem Spaziergang nutzten. Gelegentlich blitzte der See zwischen den herrschaftlichen Villen auf.

In Kilchberg angekommen, bog ich am Bendlikon rechts ab und fuhr zu einem in leichter Hanglage gelegenen Anwesen in der Böndlerstraße, wo ich unseren Dienstwagen auf einem der mit ›Vita Aeterna‹ angeschriebenen Parkplätze abstellte. Das edle alte Haus aus dem 19. Jahrhundert war von wohlhabenden Gründern des Vita-Aeterna-Vereins gekauft worden, um Freitodbegleitungen in einem »exklusiven Setting« zu ermöglichen, wie es in ihrem Flyer hieß. Die Aussicht auf den See und die Berge war auch in der Tat fantastisch, wobei ich bezweifelte, ob sich die »Kunden« von »Vita Aeterna«, die ja zum Sterben hierherkamen, etwas daraus machten.

Ich läutete an der mit schmiedeeisernen Gittern verzierten Eichenholztür, woraufhin sich Schritte von innen näherten und eine ältere Dame in einem eleganten Kleid öffnete. »RZZ?«, fragte sie.

»Ja, Klee, RZZ«, antwortete ich ihr freundlich und zeigte ihr meinen RZZ-Ausweis.

Sie nickte und bedeutete mir mit einer altmodischen Geste hereinzukommen. »Ich führe Sie gleich in den Salon 1. Die anderen Herrschaften sind auch eben eingetroffen«, sagte sie steif und ging voran.

In Salon 1, einem mit Stuck an den Wänden verzierten Zimmer mit herrlicher Seesicht, lag die Leiche einer sehr gepflegt aussehenden Frau in einem Bett an der Wand. Es roch nach altem Holz, Waschmittel und ganz dezent nach Rosen. Auf der anderen Seite des Zimmers standen bereits einige geschäftig wirkende Personen an einem antiken Holztisch und beugten ihre Köpfe über mehrere Stapel Papiere.

Eine hochgewachsene braunhaarige Frau, die sich unfreundlich als Staatsanwältin Bühler vorgestellt hatte, musterte mich prüfend. »Ich muss gleich zu einer Gerichtsverhandlung. Können Sie sich bitte beeilen?«, sagte sie in einem Ton, der mehr wie ein Befehl denn wie eine Frage geklungen hatte.

Ich schaute sie verunsichert an, doch noch bevor ich etwas entgegnen konnte, wuselte die elegant gekleidete Frau, die mir die Tür geöffnet hatte, wieder in den Raum und reichte mir einen dicken Stapel Papiere, auf dem in großen Buchstaben die Personalien der verstorbenen Frau standen. Irritiert von Frau Bühlers Verhalten, blätterte ich mich durch die Unterlagen und stöhnte innerlich auf. Die Dokumente, auf denen sich die ärztliche Vorgeschichte der Verstorbenen befand, waren auf Französisch. Ich konnte leider kein Wort dieser Sprache. Bemüht, mir meine Unsicherheit nicht anmerken zu lassen, blätterte ich weiter und entdeckte am Schluss einen Bericht einer Schweizer Ärztin, die die Verstorbene vor ihrem Selbstmord bei »Vita Aeterna« noch einmal untersucht hatte.

Erleichtert überflog ich den Bericht. Staatsanwältin Bühler trommelte unterdessen ungeduldig mit ihren Fingern auf der Tischplatte herum. Ich versuchte, irritiert davon, mich auf den Bericht zu konzentrieren. Bei der Verstorbenen handelte es sich um eine 56 Jahre alt gewordene Frau aus Frankreich. Als Suizidgrund war eine Augenerkrankung mit zunehmender Sehverschlechterung und nun einer fast vollständigen Erblindung angegeben.

»Da hat mal wieder jemand die schöne Seesicht gar nicht mehr genießen können«, gab gerade einer der Polizisten zum Besten und lachte wiehernd auf.

Ein eisiger Blick der Staatsanwältin brachte ihn jedoch sofort zum Schweigen. Ich wandte mich wieder den Unterlagen zu und versuchte, die zunehmende Ungeduld Frau Bühlers zu ignorieren.

Die Verstorbene hatte außerdem noch verschiedene andere altersassoziierte Erkrankungen gehabt, die ich rasch durchging. Die Unterlagen erschienen vollständig, die Erblindung war ausreichend dokumentiert und die Urteilsfähigkeit mehrfach ärztlich bestätigt. Bei den auf Französisch geschriebenen medizinischen Unterlagen überflog ich lediglich die Diagnoseliste, auf der ebenfalls das Wort »rétine« ersichtlich war. Zum Glück waren sich die medizinischen Diagnosen in fast allen Sprachen ähnlich. Also wirklich ein Routinefall, dachte ich und begann mit der Leichenschau.

Frau Mathieu war eine zierliche, gepflegte alte Dame gewesen. Sie trug einen hellblauen Kostümrock, eine beigefarbene Bluse und Perlenschmuck, den ich abnahm und in ein eigens dafür vorbereitetes Plastiksäckchen legte. Die Leichenstarre war noch nicht eingetreten, und ich achtete darauf, die Kleider sorgfältig zusammenzulegen, nachdem ich den Leichnam vollständig entkleidet hatte.

Staatsanwältin Bühler saß auf einem Stuhl und gähnte vernehmlich hinter vorgehaltener Hand. Die beiden Polizisten standen in einer Ecke und unterhielten sich leise.

Die Totenflecken befanden sich der Rückenlage entsprechend und waren vollständig wegdrückbar, was in Anbetracht der kurzen Zeitspanne zwischen Todeseintritt und meiner Untersuchung auch nicht überraschte. Ich notierte mir Umgebungs- und Rektaltemperatur und widmete mich danach dem Kopf. Das Bett war niedrig, und ich musste mich tief bücken, um mir den Leichnam genau anschauen zu können.

Mit Hilfe zweier Pinzetten klappte ich die Augenlider um, um mir die Augenbindehäute anzuschauen, und stutzte. Überall waren kleine rote punktförmige Blutungen zu erkennen. Vielleicht lagebedingt, dachte ich. Bei Kopfseitenlage konnte es schon mal vorkommen, dass die Augenbindehäute auf der einen Seite stärker gestaut waren als auf der anderen. Aber hier schien dem nicht so zu sein, denn auf der anderen Seite hatte sie ebenfalls Stauungsblutungen. Wenn man genau hinsah, konnte man sie sogar in der Gesichtshaut erkennen. Schnell untersuchte ich den Rest des Gesichts, das keine Verletzungen aufwies. Nur in der Unterlippenschleimhaut sah ich eine kleine Läsion am Lippenbändchen. Ich richtete mich einen Moment auf und schaute stirnrunzelnd auf den Leichnam. Mit meiner Taschenlampe leuchtete ich die Halshaut ab, konnte aber keine Würgemale oder Ähnliches entdecken. Wieder richtete ich mich auf und verstaute die Taschenlampe nachdenklich in meiner Tasche. Meine Gedanken rasten, denn Stauungsblutungen wiesen verdächtig auf ein gewaltsames Ersticken hin. In Kombination mit der Mundschleimhautläsion war es vorstellbar, dass man Frau Mathieu ein Kissen auf den Kopf gedrückt hatte. Vielleicht hatte sie einen Teil des Gifts wieder erbrochen oder nicht alles geschluckt und war dann zwar bewusstlos gewesen, aber nicht gestorben, überlegte ich. Nachdenklich kauerte ich mich vor das Gesicht von Frau Mathieu. Sie sah eigentlich ganz friedlich aus. Kam das überhaupt vor, dass jemand nicht starb, wenn er einen Teil des Gifts wieder erbrach? Oder war die Dosis so hoch, dass man auch schon bei einer kleineren Menge ums Leben kam?

Frau Bühler, die ungeduldig auf ihre Uhr sah, hatte mein Zögern bemerkt. Sie trat näher.

»Stimmt etwas nicht, Frau Klee?«, fragte sie.

Ich zögerte. Eigentlich müsste ich zuerst meinen Oberarzt anrufen, um mit ihm die Befunde und das weitere Vorgehen zu besprechen.

Frau Bühler sah von oben prüfend auf den Leichnam und wandte sich dann wieder mir zu. »Frau Klee?«, fragte sie scharf.

Ich biss mir auf die Lippen, zog mein Telefon hervor, hob es hoch und lächelte entschuldigend. »Ich muss kurz meinen Oberarzt anrufen«, sagte ich unsicher.

Frau Bühler lachte humorlos auf, warf die Hände in die Luft und bedachte mich mit einem eisigen Blick. »Sagen Sie mal, was denken Sie eigentlich, wer Sie sind? Zuerst lassen Sie uns alle ewig auf Ihr Erscheinen warten. Dann lesen Sie sich in aller Ruhe die Unterlagen hier durch«, sie deutete erbost auf den Tisch, »und dann müssen Sie plötzlich mitten in der Untersuchung Ihren Oberarzt anrufen. Dabei haben Sie doch erst den Kopf angeschaut. Sind Sie denn nicht mal in der Lage, allein eine Leichenschau durchzuführen? Ich glaube, ich bin im falschen Film.« Sie blickte entnervt nach oben, stemmte die Hände in die Hüften und schüttelte ihren Kopf. »Wegen Ihnen muss ich die Gerichtsverhandlung verschieben, nur weil Sie nicht vorwärtsmachen. Wissen Sie, was das kostet?« Sie trat näher zu mir, zeigte mit dem Zeigefinger auf mich und fauchte: »Ich möchte hier und jetzt von Ihnen wissen, warum«, ihre Augen starrten mich wütend an, »warum Sie nun Ihren Oberarzt anrufen müssen. Das hier ist doch absolute Routine. Schließlich sind wir hier bei ›Vita Aeterna‹ und nicht bei einem Tötungsdelikt.«

Ich stand einen Moment wie versteinert vor dem Leichnam und drehte unsicher mein kleines Diktiergerät in den Händen. Alle schauten mich an. Mir brach der Schweiß aus. Die Polizisten hatten aufgehört, sich zu unterhalten, als Frau Bühler angefangen hatte, mich anzufahren, und waren näher gekommen.

»Also, Frau Klee? Ich höre!«, giftete Frau Bühler, während sie in kleinen Kreisen hin und her lief und alle Augen auf mich gerichtet waren.

»Nun ... ja ... also ... die Tote hat Stauungsblutungen im Gesicht und in den Augenbindehäuten«, druckste ich herum.

Brigitte Bühler blieb stehen und sah mich an, die perfekt gezupften Augenbrauen hochgezogen. Sie neigte sich über das Gesicht der Verstorbenen, jedoch peinlich darauf bedacht, ja genügend Abstand zu ihr einzuhalten. »Was noch?«, fragte sie.

Eingeschüchtert sah ich sie an. »Also, na ja, eine kleine Läsion in der Lippenschleimhaut, aber ...« Frau Bühler unterbrach mich ungeduldig. »Gut, Frau Klee. War es das?«

Ich nickte unsicher und vergaß zu erwähnen, dass ich den restlichen Körper des Leichnams noch gar nicht angeschaut hatte.

»Gibt es Erkrankungen, die diese Befunde erklären?« Meine Gedanken rasten. Ich konnte mich nicht erinnern, in den Unterlagen etwas hierzu gefunden zu haben, und schüttelte den Kopf.

Frau Bühler drehte sich um und wandte sich zu den Polizisten. »Spurensicherung aufbieten, Sterbebegleiterin befragen, Tatort absichern«, befahl sie knapp. »Vielleicht rufen Sie zuerst die Spurensicherung an. Das dauert immer so lange, bis die da sind. Und ich kann den Gerichtstermin nun definitiv in den Wind schreiben.« Verärgert presste sie die Lippen zusammen und nahm ihr Telefon hervor.

Verunsichert stand ich einen Moment da. Hoffentlich hatte ich nun keinen Fehler gemacht. Ich musste jetzt dringend den diensthabenden Oberarzt informieren. Wenn das mal keinen Ärger gab.

Christoph Reichert lachte leise ins Telefon, als ich ihm den Sachverhalt schilderte. »Endlich mal was Spannendes, Lisa. Halte die Stellung. Ich schmeiß mich in die Maschine und brause los.«

Ich legte auf, dankbar, dass er kommen würde. Mir blieb nun also erst mal nichts anderes übrig, als auf Christoph zu warten. Ich sah ihn vor mir, wie er kaugummikauend die Lederjacke anzog, eine Kappe auf den kahl rasierten Schädel setzte, in sein Porsche Cabrio stieg und in Richtung Kilchberg losbrauste. Hoffentlich kommt er bald, dachte ich nervös, während es bereits an der Tür klingelte und die Spurensicherung eintraf.

»Grüezi, Hofer, TechKrim«, stellte sich der erste Mann vor, der bereits den weißen Overall der Spurensicherung trug. »Könnten Sie bitte alle den Raum verlassen, damit wir mit der Spurensicherung anfangen können? Wer hat hier was angefasst?« Kopfschüttelnd betrachtete er mich. »Seid ihr hier also alle ohne Spusi-Anzüge reingetrampelt? Man könnte meinen, das RZZ sollte es mittlerweile besser wissen.«

»Aber normalerweise gibt es hier ja auch nicht den Verdacht auf Fremdeinwirkung«, entgegnete ich konsterniert.

»Normalerweise, normalerweise«, äffte er mich kopfschüttelnd nach. »Man muss *immer*«, er hielt kurz inne und schaute mich an, als sei ich besonders minderbemittelt, »*immer* vom Fall der Fälle ausgehen.«

Damit wandte er sich entnervt ab und begann, alles abzufotografieren.

Ich kam mir irgendwie ziemlich dumm vor und trat frustriert in den schönen Garten. Ungeduldig trat ich von einem Bein auf das andere und hoffte, dass Christoph bald da sein würde. Auf dem See waren einige Boote unterwegs. Die Gipfel der fernen Berge schienen in greifbare Nähe gerückt zu sein. Von irgendwoher konnte man einen Traktor hören. Es dauerte eine gefühlte Ewigkeit, bis Christoph eintraf. Schon von weitem konnte man das Brummen des Cabriolets hören, bevor man ihn in seinem Auto um die Ecke flitzen sah. Er parkte seinen Porsche neben unserem Dienstwagen und lief energisch mit riesigen Schritten auf mich zu.

»Hallo, Lisa«, sagte er und haute mir auf die Schulter, dass ich beinahe nach hinten umfiel. »Das ist ja eine verrückte Geschichte! Und ausgerechnet ›Vita Aeterna‹! Die sind doch sonst oberkorrekt!« Er schüttelte den Kopf. »Hast du die medizinischen Unterlagen?«

Ich nickte und gab sie ihm.

»Ah, französisch!«, schnalzte er mit der Zunge. Er begann stirnrunzelnd zu lesen und blätterte rasch eine Seite nach der anderen um. Allerdings runzelte er beim Lesen immer mehr die Stirn. Schließlich ließ er die Papiere sinken und sah mich mit schwer zu deutendem Blick an. Er seufzte. »Du kannst kein Französisch, oder?«

»Äh, nein, warum?«

»Na ja, hier, in dem aktuellsten Bericht der französischen Hausärztin, steht, dass Frau Mathieu schon seit vielen Jahren an einem bösartigen Krebs der Lymphdrüsen erkrankt war, der aber einen relativ langsamen Verlauf gezeigt hatte und erst in letzter Zeit manifester geworden sei. Sie habe bei der letzten Konsultation vor drei Tagen Anzeichen für einen Infekt gezeigt, diesen aber nicht behandeln lassen wollen.« Er sah mich ernst an. »Nun überlege doch mal. Was könnten also noch die Ursachen für die Stauungsblutungen sein?«

»Hmm, eine Sepsis, also eine Blutvergiftung?« Ich schaute fragend zu Christoph auf, der mit seinen fast einen Meter neunzig deutlich größer war als ich. »Aber davon steht doch gar nichts im Bericht der Schweizer Ärztin, die die Urteilsfähigkeit bestätigt und das Rezept ausgestellt hat«, entgegnete ich stirnrunzelnd.

»Na, schau mal. Rezept und Untersuchungsberichte der Schweizerin sind doch auch schon sechs Wochen alt.« Christoph schaute mich an. »Anscheinend hatte Frau Mathieu es sich zuerst noch mal anders überlegt, nachdem sie vor sechs Wochen bereits mit Hilfe von ›Vita Aeterna‹ sterben wollte, und ist nochmals zurück nach Frankreich gegangen. Das Rezept ist ja noch gültig, so dass eigentlich keine neue Konsultation bei der Vita-Aeterna-Ärztin notwendig geworden war. So wie es in dem aktuellen französischen Bericht steht, sind Infekt und Lymphdrüsenkrebs jetzt noch das I-Tüpfelchen für die arme Frau gewesen.« Er schaute mich immer noch unverwandt an. »Das gibt es ja angeblich ziemlich oft, dass die Leute es sich noch mal anders überlegen, nachdem sie schon den Termin ausgemacht hatten.«

Ich biss mir auf die Lippen und schaute nach unten.

»Kann es sein, dass du nicht auf das Datum geachtet hast?«, fragte Christoph.

Ich spürte, dass ich rot wurde. »Nein, das habe ich offenbar vergessen«, murmelte ich bedrückt. »Außerdem kann ich kein Französisch und habe immer nur die Diagnoseliste überflogen. Dabei habe ich den Krebs offenbar auch noch übersehen.« Ich schaute zum Haus, wo gerade eine Frau der Spurensicherung mit einer großen Kamera herauskam und zu uns hochwinkte. »Was machen wir denn jetzt?«, fragte ich Christoph verzweifelt.

Der wiegte den Kopf und lachte leise. »Gar nichts, denn vielleicht hat ja trotzdem jemand nachgeholfen. Und wenn nicht, umso besser.« Erneut haute er mir kräftig auf die Schulter. »Kopf hoch! Lieber einmal zu viel als einmal zu wenig, und sag bloß nichts zu den anderen da oben.« Er deutete auf die Polizisten und die Leute von der Spurensicherung. »Du machst morgen eine Obduktion und schließt die Fremdeinwirkung aus. Vielleicht findest du ja auch noch den Infekt. Aber jetzt reiß dich zusammen und bewahre Contenance!« Er grinste mich an.

Ach verflixt! Ich hatte doch gewusst, dass heute nicht mein Tag war!

KAPITEL 3

Rainer Wilti stand unschlüssig vor seinem Kleiderschrank und überlegte, was er anziehen sollte. Den grauen Anzug mit hellblauem Hemd und Krawatte? Oder doch lieber Jeans, Hemd und Jackett ohne Krawatte, also eher leger. Als Mann mit Stil wäre ihm eigentlich der graue Anzug lieber gewesen, aber der spannte ein bisschen über seinem Bauch, und gerade bei einem Abendessen war das vielleicht nicht das Richtige. Morgen Abend würde das Event Dinner zwischen der Staatsanwaltschaft, der Kriminalpolizei und dem RZZ in Zürich stattfinden, zu dem er auch eingeladen war. Er hatte sich riesig gefreut, denn da er bereits pensioniert war, hatte er nicht damit gerechnet, noch mal dabei sein zu können. Endlich mal wieder fachsimpeln, über alte Zeiten und ungelöste Fälle reden dürfen. Er war gespannt, wie sich seine Nachfolgerin bei der Kripo machte. Eigentlich war er ja der Meinung, dass sie viel zu jung für diesen Job war, aber von dem, was er bis jetzt gehört hatte, machte sie es offenbar recht gut. Wobei er, offen gestanden, nicht viele Informationen hatte.

Seit Wilti pensioniert war, erfuhr er eigentlich das meiste aus der Tagesschau oder der Zeitung. Anfangs war er ziemlich enttäuscht gewesen, da er immer gern an vorderster Front gewesen war und sich gut mit den Kollegen verstanden hatte. Mit der Zeit war er halt ein bisschen hinter der Zeit geblieben. Dass alles mit Computern gemacht werden musste, hatte ihm Schwierigkeiten bereitet. Dass man ständig irgendwelche E-Mails bekam, die man lesen musste, und sich für eine Konferenz über einen Doodle Link eintragen musste. Aber nun gut, er hatte bis zum Schluss seinen Polizisten gestanden und seine Arbeit gut gemacht. Auf seiner Abschiedsfeier hatte er viele Telefonnummern von ehemaligen Kollegen in sein Adressbuch geschrieben mit der festen Abmachung, dass man sich bald mal treffen würde. Aber den ein oder zwei Verabredungen waren bald keine mehr gefolgt, und so hatte Wilti überhaupt nichts Neues mehr erfahren. Daher freute er sich umso mehr auf das Event Dinner, das dieses Jahr vom RZZ organisiert werden würde.

Jetzt aber schloss er entnervt die Kleiderschranktür. Er würde morgen Abend spontan entscheiden, was er anziehen würde. Jetzt würde er erst mal einen Spaziergang durch den Wald machen. Wilti wohnte in Maschwanden, einer kleinen Zürcher Gemeinde auf dem Land. Hier war es so ländlich, dass er zu Fuß ins nahe Naturschutzgebiet laufen konnte. Es regnete zwar leicht, aber Wilti versuchte, jeden Tag rauszugehen. Seine Frau war zum Schluss im Rollstuhl gesessen, und es war schrecklich gewesen, dem körperlichen Verfall zuzuschauen, nachdem sie nicht mehr hatte laufen können. Daher war es sein fester Vorsatz, jeden Tag spazieren zu gehen, egal, wie das Wetter war. Wilti spielte auch öfters mit dem Gedanken, sich einen Hund anzuschaffen. Dann wäre er nicht mehr so allein, und der innere Schweinehund, auch bei Wind und Kälte rauszugehen, müsste dann täglich überwunden werden. Erst neulich hatte er einen wirklich schönen Hund gesehen, der ihm gut gefallen und eindrücklich gut gehorcht hatte. Ein Australian Shepherd sei das, hatte ihm die Besitzerin erklärt. Die bräuchten viel Kopfarbeit und Auslauf. Am wichtigsten aber sei eine liebevoll konsequente Erziehung. Die Hundefrau hatte ihn gleich ein Stück auf seinem Spaziergang begleitet und gar nicht mehr aufgehört, über ihren Hund und dessen Eigenheiten zu sprechen. Da war sich Wilti dann doch unsicher geworden, denn auf stundenlange Gespräche unter Hundebesitzern hatte er nun auch keine Lust.

Während er durch den Nieselregen in den Wald spazierte, dachte er über den Anruf nach, der ihn vor wenigen Tagen erreicht hatte.

Er konnte sich sehr gut daran erinnern, denn dieser Fall hatte ihn damals lange beschäftigt. Viele Befragungen, endlose Sitzungen mit zermürbenden Diskussionen. Oft war er spät nach Hause gekommen. War seiner Frau schweigend und in Gedanken versunken beim Abendessen gegenübergesessen.

Viele Zeugen waren befragt worden. Junge Menschen, die ausgelassen den Sommer gefeiert hatten. Nicht wenige hatten sich an die junge Frau erinnert. »Außergewöhnlich hübsch«, »sehr sexy, wenn Sie wissen, was ich meine« und »eine totale Kanone« waren die Attribute gewesen, die die Männer ihr gegeben hatten. »Arrogante Schlampe«, »männermordend« und »ziemlich billig« diejenigen der Frauen, die befragt worden waren.

Als man sie gefunden hatte, war nicht mehr viel von ihrem guten Aussehen zu sehen gewesen. Wilti erinnerte sich noch zu gut an den leblos im Wasser treibenden Körper. An das Boot, mit dem man den Leichnam an Land gezogen hatte. Der Körper war grau vor Schlick und Schlamm gewesen. Vor allem die Hände waren ihm im Gedächtnis geblieben. Wie einen Handschuh hatte man die Haut mühelos abziehen können, was der damalige Rechtsmediziner ihnen mit fast kindlicher Begeisterung vorgeführt hatte.

Wilti zog fröstelnd den Reißverschluss seiner Regenjacke hoch. Nachdenklich kickte er einen Tannenzapfen vor sich her. Er erinnerte sich nur ungern an die Obduktion, der er hatte beiwohnen müssen. Der aufgedunsene Körper, der auf dem glänzenden Stahltisch gelegen hatte. Reste eines ehemals blauen Kleides. Kleine Muscheln, die an der Haut hafteten. Wilti schüttelte sich. Noch lange danach hatte er den süßlichen Geruch nach Moder, Fäulnis und Wasser, den der Leichnam ausgeströmt hatte, in der Nase gehabt. Er hatte nie verstanden, wie die Rechtsmediziner mit einer Selbstverständlichkeit ihren Kopf über einen solchen Leichnam beugten und sich dabei noch über das Mittagessen unterhielten.

Irritiert hatte zuerst, dass sie keine Unterhose getragen hatte. Dieser Umstand hatte sich jedoch schnell aufgelöst, als sich ein verschämter junger Mann gemeldet hatte, der ihre Unterhose in einer Plastiktüte zur Polizei gebracht hatte. Wilti schmunzelte, als er an den geschniegelten, großgewachsenen jungen Mann dachte. Wie er rot geworden war und sich immerzu nervös die Brille auf der Nase nach oben geschoben hatte. Anfangs war er Wilti hochgradig verdächtig vorgekommen. Aber letztendlich hatte die Freundin der Toten seine Geschichte bestätigt. Die Studentin hatte offenbar regelmäßig nach einem wilden Flirt ihre Unterhose ausgezogen und dem jeweiligen Glücklichen oder je nach Betrachtung auch Unglücklichen zugesteckt und sich dann in der Regel aus dem Staub gemacht.

Wilti hob nachdenklich den in Mitleidenschaft gezogenen Tannenzapfen auf und drehte ihn in den Händen. Er versuchte, die unangenehmen Erinnerungen abzuschütteln. Das ungute Gefühl, das ihn immer beschlich, wenn er daran zurückdachte. Er beobachtete ein Eichhörnchen, das geschickt von einem Baum zum nächsten sprang. In einem hohen Bogen warf er den Tannenzapfen in den Wald und setzte seinen Spaziergang fort.

KAPITEL 4

Laute Musik dröhnte durch die Empfangshalle des RZZ. Es roch nach Bratwurst, verbranntem Brot und Mayonnaise. Unschlüssig sah ich mich um. Die Halle war kaum wiederzuerkennen. Die Sitzgruppe, die sonst gegenüber dem Empfangssekretariat stand, war entfernt worden. Stattdessen war hier eine Bar aufgebaut, hinter der unsere Oberärzte munter Getränke in weißen Plastikbechern ausschenkten. In der Mitte standen zahlreiche Bierbänke und -tische, an denen sich bereits viele Personen eingefunden hatten und sich fröhlich miteinander unterhielten.

Ich erspähte meine Chefin, die gerade mit theatralischen Gesten eine Geschichte zu erzählen schien und von mehreren älteren Herren umringt wurde, die ihr gebannt an den Lippen hingen. Das sonst hier herrschende gedämpfte Licht war abgeschaltet und durch einen stetigen Wechsel unterschiedlicher Farben ersetzt worden. Das jährliche Event-Dinner zwischen der Kriminalpolizei und dem RZZ war mein erstes, da ich ja erst seit neun Monaten im Institut war. Dementsprechend kannte ich auch kaum jemanden, mit Ausnahme von einigen Kriminaltechnikern, die ich vor Ort bei den Leichenschauen schon gesehen hatte. Die standen in einem Grüppchen am Grill, der vor dem Sekretariat aufgebaut worden war, und warteten darauf, von unserem Chefpräparator bedient zu werden, der mit der für ihn typischen grimmigen Miene schweigend Würste grillte. Von meinen Kollegen konnte ich im Moment niemanden erkennen, und bei den Kriminaltechnikern erblickte ich denjenigen, der mich bei der Vita-Aeterna-Leiche angeschnauzt hatte, so dass ich wenig Lust verspürte, mich dazuzugesellen. Ich entschloss mich, mir erst einmal etwas zu trinken und zu essen zu holen.

Vielleicht ergab sich ja dann die Gelegenheit, neue Leute kennenzulernen. Falls nicht, würde ich mich nach höflichem Smalltalk eben bald wieder verzupfen.

Seit meinem Umzug von München in die Schweiz vor gut neun Monaten hatte ich noch keine richtigen Freundschaften hier schließen können. Die Münchner galten ja eigentlich schon als eigenbrötlerisch und reserviert gegenüber Fremden, aber die Schweizer setzten dem Ganzen noch eins drauf. Zwar waren sie freundlich und überaus höflich zu mir, und ich war auch schon das eine oder andere Mal mit meiner Bürokollegin abends im Ausgang gewesen, aber die Initiative war jedes Mal von mir ausgegangen. Es war nett gewesen, aber auch nicht mehr.

Wehmütig dachte ich einen Moment an die Weihnachtsfeier der Psychiatrischen Klinik in München, wo ich direkt nach dem Studium ein Jahr gearbeitet hatte, da dies für den Facharzt für Rechtsmedizin Voraussetzung war. Wochen vorher hatte ich mich schon darauf gefreut und mit meinen Kollegen Pläne geschmiedet, in welchem Klub man die Weihnachtsfeier noch ausklingen lassen würde, was letztlich damit geendet hatte, dass ein harter Kern, bestehend aus mehreren Assistenz- und Oberärzten, Psychiatriepflegern und sogar dem Klinikchef, noch in der Milchbar bis morgens um 5 Uhr ausgelassen getanzt hatte. Zu gerne wäre ich einfach dort geblieben, aber die Psychiatrie lag mir vom Fach her leider überhaupt nicht, und so hatte ich mich am Ende tatsächlich mit zwei weinenden Augen von dort verabschiedet, um die Stelle in meinem Wunschfach Rechtsmedizin anzutreten. Nun war ich hier und musste mich wohl erst noch besser einfinden. Ich straffte also meine Schultern und lief durch das Gedränge in Richtung Bar.

»Frau Klee! Das ist ja schön, Sie zu sehen«, ertönte plötzlich eine tiefe Stimme hinter mir. Ich drehte mich um und sah einen beleibten, rotgesichtigen Mann vor mir, der mich freundlich angrinste. Seine massige Statur, die schütteren Haare und die große Nase erinnerten mich unglaublich an den Schauspieler Gerard Depardieu, was ihn in meinen Augen nicht sympathischer machte.

»Herr Seifert, was für eine schöne Überraschung«, log ich.

Der Staatsanwalt neigte sich zu mir. Seiner Fahne nach zu urteilen, hatte er vermutlich schon mehr als ein Glas Wein intus.

»Kommen Sie, Frau Klee. Wir holen uns da mal so ein paar feine Schweinereien vom Grill«, sagte er und deutete auf das Buffet.

Ich ächzte innerlich. Benno Seifert war Leitender Staatsanwalt in Zürich. Man traf ihn oft vor Ort bei Leichenschauen an, wo er sich nie zu schade war, selbst kräftig mit anzupacken. Allerdings war er unangenehm aufdringlich, ließ schlüpfrige Witzchen ab, über die niemand außer ihm lachte, und daher war es mir persönlich wesentlich lieber, wenn jemand anders vor Ort war, der dann halt nicht so mit anpackte wie Benno Seifert.

Ich hatte daher nur mäßig Lust darauf, den Abend mit ihm zu verbringen, wusste mir aber vorerst nicht anders zu helfen, als mit ihm in Richtung Futterausgabe zu gehen.

Gemeinsam warteten wir in der Schlange vor dem Buffet.

»Na, von Ihnen hört man ja tolle Dinge, was?«, lachte er dröhnend. »Wollten Sie mal wieder unserer ›Vita Aeterna‹ das Handwerk legen?« Er sah sich beifallheischend um. Die beiden Männer hinter uns grinsten. Aargh! Wenn ich nicht von so vielen Kriminalpolizisten umgegeben gewesen wäre, ich wäre ihm wahrscheinlich an die Gurgel gegangen. So aber versuchte ich, ein freundliches Gesicht zu machen, und hoffte, dass mein Lächeln nicht eher einem Zähnefletschen glich.

Die Obduktion von Frau Mathieu hatte in der Tat eine Sepsis mit einer Lungenentzündung als Focus ergeben. Todesursächlich aber war eine Vergiftung mit dem bei assistierten Suiziden üblicherweise eingesetzten Barbiturat in hoher Dosis gewesen. Keinerlei Hinweise auf das Vorliegen einer Gewalteinwirkung gegen den Hals oder die Atemwege. Frau Mathieu hatte noch nicht einmal eine chronische Überblähung der Lunge gehabt, von einer akuten, wie sie beim Ersticken vorkommt, ganz zu schweigen. Staatsanwältin Bühler hatte den Fall zum Anlass genommen, um sich ordentlich lustig zu machen über das RZZ, das ihrer Meinung nach viel zu viel obduzieren wolle und dann auch noch Deutsche einstelle, die noch nicht einmal die Landessprachen der Schweiz anständig beherrschten und die Berichte nicht gründlich genug studierten. Dabei war es ausgerechnet ihre Ungeduld gewesen, die den Fall so hatte ausarten lassen. Aber gut, *ich* hatte den Fehler gemacht und konnte natürlich nicht anderen die Schuld für meine Unachtsamkeit in die Schuhe schieben. Christoph allerdings hatte ihr gegenüber voll hinter mir gestanden und den »Aufruhr« als absolut gerechtfertigt verteidigt, da man auch bei Vorliegen einer inneren Krankheit eine Fremdeinwirkung als Grund für die Blutungen nicht ausschließen könne, wofür ich ihm sehr dankbar war.

Wir rückten ein paar Schritte in Richtung Buffet auf.

»Aber«, Seifert kam immer näher, so dass ich nicht nur seine Fahne noch deutlicher riechen, sondern auch die Poren in seinem geröteten Gesicht gut erkennen konnte. »Sie haben ja völlig recht! Zeit, dass da mal jemand genauer draufschaut! Wenn nicht dieser Fall, dann eben ein anderer. Irgendwann wird ihnen jemand auf die Schliche kommen, ha!« Er hob das Glas an die Lippen, senkte es aber gleich wieder, als eine zierliche Schwarzhaarige an uns vorbeiging.

»Nicht wahr, Frau Kubiczi?«, sprach er sie an. Sie blieb vor ihm stehen und schaute ihn keck von unten an. Mich würdigte sie keines Blickes. »Oder was meinen Sie«, raunte Seifert ihr zu. »Dieser ›Vita Aeterna‹ gehört doch einmal ein Riegel vorgeschoben. Unsere Frau Klee da hat schon mal einen guten Anfang gemacht!« Er nahm einen großen Schluck Wein und wischte sich danach mit dem Handrücken über den Mund.

Ariana Kubiczi lächelte ihn spitzbübisch an und legte ihm eine Hand auf den Arm. »Da haben Sie mal wieder recht, Herr Seifert. Aber eine Anfängerin wie unsere Frau Klee hier«, ein spöttischer Blick aus dunkel umrandeten Augen traf mich, »müsste vielleicht noch etwas mehr Erfahrung sammeln und« – ihr Blick wurde nun regelrecht boshaft – »natürlich Französisch lernen, dann klappt es vielleicht ein bisschen besser mit dem Handwerklegen.« Bei den letzten Worten hatte sie mit den Zeigefingern Anführungszeichen in der Luft angedeutet und angefangen zu lachen. Ich wurde rot vor Wut, während Seifert dröhnend lachte und sich Ariana mit einem Augenzwinkern von ihm verabschiedete.

»Ach, was für eine Frau, Ihre Kollegin«, schwärmte Herr Seifert, und schaute Ariana bewundernd nach. »Sie haben es sicher lustig im RZZ!«

Ich murmelte etwas Unverständliches und beherrschte mich nur mühsam. Meine Assistenzarztkollegin Ariana Kubiczi und ich waren alles andere als Freunde. Sie, die fast fertige Fachärztin, hatte mir von Anfang an deutlich zu verstehen gegeben, dass sie überhaupt keine Lust auf mich hatte. Dabei hatte ich ihr nie etwas getan, sondern mir anfangs noch große Mühe gegeben, mit ihr gut auszukommen. Mittlerweile hatte ich es jedoch aufgegeben. Seit der Vita-Aeterna-Leiche ließ sie keine Gelegenheit aus, mich zu verspotten.

Benno Seifert und ich hatten uns freie Plätze gesucht und ich biss gerade in meinen Veggie-Burger, der überraschend gut schmeckte, während ich versuchte, der triefenden Soße Herr zu werden. Seifert rückte immer näher. »So, Frau Klee, jetzt trinken wir doch mal ein Glas zusammen. Eigentlich könnten wir doch auch Duzis machen, oder nicht? Also ich bin der Benno«, sagte er zu meinem Schrecken und blickte mich erwartungsvoll an.

»Äh, ja klar, Lisa«, gab ich etwas zögernd zurück.

»Wir könnten doch eigentlich auch mal zusammen abends …«

Weiter kam er nicht, denn rechts neben mir ertönte plötzlich eine helle Stimme.

»Ist da noch frei?«, fragte mich eine junge Frau und drückte sich, ohne eine Antwort abzuwarten, unsanft neben mich auf die Bank, so dass ich gegen Benno Seiferts Arm stieß, der daraufhin den Inhalt seines Rotweinglases über sein weißes Hemd schüttete.

»Was zum Henker ...«, fluchte dieser laut und schaute auf den Rotweinfleck, der sich auf seinem nicht unbeträchtlichen Bauch ausbreitete.

Ich drehte mich um und schaute in haselnussbraune Augen, die unter einem langen Pony fröhlich zwinkerten. »Oh, entschuldige bitte. Ist das wegen mir passiert? Das tut mir aber leid«, gab die junge, sportlich aussehende Frau scheinbar zerknirscht zurück, während sie mir mit einem Auge zuzwinkerte. »Herr Seifert, also so was Blödes. Ich hoffe, Sie bekommen Ihr Hemd wieder sauber. Rotwein ist ja wirklich kritisch, vor allem auf weißen Textilien!«

Benno Seifert hatte sich schnell wieder gefangen, als er die junge Frau gesehen hatte. »Ach, Frau Zimmermann. Ihnen würde ich doch alles verzeihen«, lachte er dröhnend, nachdem er einen Moment konsterniert auf die Weinflecken auf seinem Hemd geschaut hatte.

»Trotzdem wäre es gut, wenn Sie die Flecken sofort ein wenig auswaschen würden«, insistierte die junge Frau. Seifert nickte resigniert. »Sie haben ja recht, Frau Zimmermann, wie immer. Ich kann vermutlich nicht auf Ihre Hilfe beim Auswaschen hoffen, oder?« Schmierig grinsend schaute er sie an.

Frau Zimmermann aber ließ sich dadurch nicht aus der Ruhe bringen. »Leider nein, Herr Seifert, ich bin so ungeschickt in solchen Dingen, dass das Hemd nachher sicher noch schlimmer aussieht.« Verschwörerisch beugte sie sich zu ihm hin. »Am besten nehmen Sie das Salz da vom Tisch mit. Das soll gut gegen

Rotwein wirken.« Sie drückte dem verdutzten Benno Seifert den Salzstreuer in die Hand und wandte sich mir zu. »Du bist vom RZZ, oder? Kannst du mir bitte zeigen, wo das WC ist?«

Ich lächelte sie an. Nur zu gerne kam ich dieser Aufforderung nach.

Als wir nebeneinander beim Waschbecken standen und uns die Hände wuschen, bedankte ich mich bei ihr.

Sie winkte ab, während sie sich mit einem Papiertuch die Hände abtrocknete. »Dieser schmierige Seifert. Du hast mir einfach leidgetan. Ich hatte den erst kürzlich auch mal an der Backe«, sagte sie und stellte sich gleich darauf als Julia vor.

Ich musterte sie einen Moment. Sie mochte etwa mein Alter haben, war etwas kleiner als ich und sehr schlank. Sie trug knöchellange Jeans, Turnschuhe und eine weiße Bluse, die sie lässig über der Hose trug. Um den Oberkörper hatte sie eine kleine Freitag-Tasche hängen. Sie war mir auf Anhieb sympathisch.

Zusammen gingen wir zur Bar und unterhielten uns ein bisschen. Julia Zimmermann arbeitete beim kriminaltechnischen Dienst der Kantonspolizei Zürich. Sie hatte erst vor ein paar Monaten dort angefangen und wurde daher noch von den erfahrenen Kollegen bei der Arbeit begleitet.

An der Bar war einiges los, und wir mussten eine Weile warten, bis Christoph uns zwei Gläser Weißwein einschenkte. Er schien Julia schon zu kennen, denn er prostete ihr fröhlich zu. Henrik Sitta unterhielt sich derweil auf der anderen Seite der Bar mit ein paar älteren Männern, die ihrem Aussehen nach früher wichtige Positionen eingenommen haben mochten. Ich nahm einen Schluck Weißwein, der, da musste ich Benno Seifert recht geben, wirklich gut schmeckte. Ein *Petit Arvin* sei das, hatte ich Henrik vorhin sagen hören. Ich nahm mir fest vor, mir diesen Namen zu merken und meinem Vater bei meinem nächsten Besuch ein paar Flaschen mitzubringen.

Julia grinste mich fröhlich an und wippte zur Musik, die immer lauter zu werden schien. Es dauerte nicht lange, und es gesellten sich noch ein paar weitere junge Polizistinnen und Polizisten zu uns, mit denen wir uns angeregt unterhielten. Dem ersten Glas Wein folgten weitere, und so wurde der Abend immer feuchter und fröhlicher. Mein ursprünglich gefasster Vorsatz, die Veranstaltung bald wieder zu verlassen, schwand mit jedem Schluck ein bisschen mehr und löste sich dann gänzlich in Luft auf.

Als sich die Halle langsam zu leeren begann, ließ ich mich von Julia sogar noch überreden, noch mit in die Langstraße zu gehen, um dort den Abend in lustiger Runde ausklingen zu lassen. Die Langstraße war Zürichs Partymeile. Eigentlich ging ich nicht gerne dorthin, weil ich im Dienst jede Nacht auf der dortigen Polizeiwache irgendwelchen Autofahrern oder pöbelnden jungen Männern Blut abnehmen musste, aber Julia duldete keinen Widerspruch. So zogen wir zusammen mit drei weiteren Polizisten los und, um ehrlich zu sein, weiß ich nicht mehr so ganz genau, wie ich nach Hause gekommen bin.

KAPITEL 5

Rainer Wilti lag zufrieden auf der Couch und las das Fernseh-
programm in der Zeitung. Neben ihm auf dem Couchtisch stand
ein Glas Weißwein. Er hatte bis vor kurzem endlich mal wieder
Besuch gehabt, und es war ein sehr schöner Nachmittag gewesen, bei dem er zuerst bei Kaffee und Kuchen und später mit
Bier, Knabbereien und zum Abendessen bei Raclette und Wein
über alte Zeiten hatte reden können.

Es war ein lauer Abend, und durch die leicht geöffnete Terrassentür hinter ihm konnte er die Vögel zwitschern hören. Gleich
würde ein guter Film auf SRF 1 mit zweien seiner Lieblings-
schauspieler kommen, auf den er sich sehr freute. Er seufzte
wohlig. Es war schön gewesen, mal wieder fachsimpeln zu können. Den gemeinsamen Event mit dem RZZ vor zwei Wochen
hatte er richtig toll gefunden. Da hatte er als alter Hase den Jungen viel von seinen langjährigen Erfahrungen berichten können.

Er legte die Zeitung weg, als er im Fernseher die Musik hörte,
die den Beginn des Films ankündigte. Freudig gespannt schaute
er auf den Bildschirm. Da vernahm er ein kaum wahrnehmba-
res Geräusch hinter sich. Seine Nackenhaare stellten sich auf.
Außer ihm war niemand im Haus. Er richtete sich leicht auf und
sah sich um. Die Terrassentür war geschlossen. Das Vogelge-
zwitscher war verstummt. Hatte die Tür denn nicht eben noch
offen gestanden? Wilti setzte sich ganz auf und blickte sich um.
Leider war sein schon vor der Pensionierung nicht unbeträcht-
licher Bauch seitdem noch etwas gewachsen. Zu gerne widmete
er sich den kulinarischen Genüssen des Lebens, weswegen ihm
nun jene geschmeidige Schnelligkeit fehlte, die er in jungen Jahren als Polizist gehabt hatte. Die Schiebetür zum Esszimmer

war halb geöffnet. Hatte er die vorhin nicht geschlossen wegen des Käsegestanks? Wilti wusste es nicht mehr. Die Vorhänge am Fenster bewegten sich ganz leicht in einem nicht spürbaren Luftzug. Alles sah aus wie immer. Die Kommode mit den Bildern seiner Frau, die große Vase in der Ecke, die seine Frau so geliebt hatte, und der kleine Teppichläufer. Alles war an seinem Platz.

Hatte er sich das Geräusch nur eingebildet? Konnte es sein, dass er die Terrassentür selbst zugemacht hatte? Schließlich hatte er vielleicht das eine oder andere Glas Wein gehabt heute Abend, und auch der Grappa als Digestiv war wohl auch eher einer zu viel gewesen. Da konnte es schon passieren, dass man sich nicht mehr so genau an Banalitäten wie eine offene Terrassentür erinnerte. Unschlüssig blieb er einen Moment sitzen. Die Unruhe, die ihn plötzlich überkommen hatte, war immer noch da. In den Jahrzenten seiner Arbeit als Polizist hatte er sich einen gewissen Instinkt antrainiert, auf den er sich während seiner Arbeit immer verlassen hatte. Daher irritierte es ihn, dass er sich plötzlich nicht mehr nur nicht allein, sondern sogar beobachtet fühlte. Kurz überlegte er, ob er sich sicherheitshalber seine alte Dienstwaffe aus der Nachttischschublade holen sollte. Aber er verwarf den Gedanken sofort wieder. Denn bis er die Treppen hinaufgeächzt wäre, wäre er schon längst überfallen worden, wenn denn überhaupt jemand im Haus war.

»Hallo!«, rief er halbherzig in den Raum.

Niemand antwortete. Im Fernsehen hatte sein Spielfilm bereits begonnen, und er konnte Anthony Hopkins auf dem Bildschirm erkennen. Wilti zögerte. Er stellte den Ton seines Fernsehers ab und lauschte. Absolute Stille. Nur das Ticken der großen Wanduhr war zu hören. Wilti gähnte unverhohlen. Das viele Essen, der Alkohol und der gesellige Tag forderten ihren Tribut. Er fühlte sich unendlich träge und begann, sich wieder zu entspannen. Einbildung ist also auch eine Bildung, dachte er, als er den Ton wieder anmachte und sich gespannt seinem Film widmete.

KAPITEL 6

Im Obduktionssaal hörte man das Klappern von metallenen Instrumenten, gefolgt vom Plätschern des Wassers. Ich nahm meine blauen Obduktionsschuhe aus dem Regal neben dem Eingang und suchte in einer Schublade nach passenden schnittfesten Handschuhen. Als ich endlich einen in meiner Größe gefunden hatte, stellte ich entnervt fest, dass der Stoff am Mittelfinger blutig war, und kramte weiter in der Schublade. Von Tisch 1 hörte man nun das laute Surren der Knochensäge. Der typische Geruch nach Blut, Eingeweiden und Knochensäge lag in der Luft.

Auf dem dritten Tisch lag der noch unversehrte Leichnam eines älteren Mannes, den ich gleich obduzieren würde. Stirnrunzelnd überflog ich nochmals das Wichtigste in den Unterlagen. Der 65 Jahre alt gewordene Mann war von seiner Putzfrau, die einmal pro Woche kam, tot auf seiner Couch liegend gefunden worden. Hier war keiner von uns zur Leichenschau ausgerückt, weil er im entfernteren Kanton Zürichs gewohnt hatte, so dass die Leichenschau von einem Bezirksarzt durchgeführt worden war. Dieser hatte in der Wohnung zahlreiche Herz-Kreislauf-Medikamente gefunden und auf entsprechende Vorerkrankungen geschlossen. Bei der Leichenschau waren keine Auffälligkeiten festgestellt worden, außer dass Kopf und Hals sehr blutgestaut gewesen waren, was zu einem akuten Herzpumpversagen, zum Beispiel aufgrund eines Herzinfarkts, passen würde. Man hatte geschätzt, dass er etwa zwei bis drei Tage tot war. Eigentlich schien hier alles klar zu sein, aber weil er ein ehemaliger Polizist der Kantonspolizei Zürich in leitender Position war, wurde er sicherheitshalber obduziert. Ich trat näher.

Der Körper von Rainer Wilti lag unbekleidet auf dem Stahltisch. Kopf und Hals wiesen in der Tat eine starke Blutstauung auf.

Ich verschob den kleinen Tisch, der am Fußende jedes Obduktionssaals auf verschiebbaren Schienen befestigt war, um mir den gesamten Leichnam in Ruhe anschauen zu können.

Als im Rapport über die Obduktionsanmeldung von Wilti gesprochen worden war, hatte allgemeine Bestürzung geherrscht. Unsere Chefin hatte berichtet, dass Wilti früher einmal leitender Kriminalpolizist gewesen sei und sie sich erst beim Event-Dinner noch mit ihm unterhalten hätte. Dort hätte er schon etwas kurzatmig gewirkt, aber wer hätte denn ahnen können, dass er so plötzlich bei uns landen würde. Nachdenklich betrachtete ich den leblosen Körper. Ein kleiner Schnauzbart zierte das rundliche Gesicht, das aufgrund der Blutstauung eine bläuliche Verfärbung angenommen hatte. Wilti war bestimmt während seiner Arbeit in der Kripo das eine oder andere Mal im Obduktionssaal gewesen, um den Autopsien von Mordopfern beizuwohnen. Ob er wohl auch mal die Möglichkeit in Betracht gezogen hatte, dass er selbst einmal hier liegen würde? Vermutlich nicht, denn wir Menschen neigen dazu, die Vorstellung des eigenen Todes zu verdrängen. Ich dachte schließlich auch nicht daran, dass ich theoretisch schon morgen ebenfalls auf einem Obduktionstisch landen könnte. Ich schüttelte diese überaus irritierenden Gedanken ab und wandte mich dem Leichnam zu. Mein kleines silbernes Diktiergerät in der Hand, umrundete ich den Körper und begann leise, die sicheren Todeszeichen zu diktieren. Schließlich ging ich zum Kopf. Dort wartete allerdings auch schon Mark Krüger, der Chefpräparator, der bereits ein blitzendes Messer in der Hand hielt.

»Können wir loslegen?«, fragte er nur.

Ich schluckte. Mark war ein Bär von einem Mann. Die aschblonden Haare waren dafür schon eher schütter, was mit den dunklen buschigen Augenbrauen einen faszinierenden Kontrast bildete. Als Präparator war er unglaublich schnell und präzise. In der Zeit, die ich für das Präparieren des Herzens brauchte, hatte er in der Regel schon sämtliche Organe herausgenommen und war schon wieder mit dem Zunähen des Leichnams beschäftigt. Nie hatte man auch nur ein abgerissenes Gefäß oder einen Schnitt in einem Organ. Er arbeitete so exakt, dass es schon fast unheimlich war und für mich, mit gerade mal 32 Obduktionen Erfahrung, ein ziemlicher Stress, weil er mir im Minutentakt Befunde präsentierte, die ich mir dann merken musste. Er hasste es, wenn man zu viel Zeit verlor, was seiner Meinung nach ziemlich oft vorkam. Schlimmer war nur, wenn man bei der Obduktion zu viel schwätzte, dann wurde er richtig unangenehm. Er äußerte sich zwar nie entsprechend, doch der Blick seiner grünen Augen nahm einen bedrohlichen Ausdruck an, und er hatte dann so eine Art und Weise, einen anzustarren, die es einen sehr froh werden ließ, wenn er dann das Messer weglegte. Gegenüber jeglichem Charme oder internen Lästereien schien er immun, denn er behandelte alle gleich. Nicht einmal Ariana traute sich in seiner Gegenwart, bei den Obduktionen zu tratschen.

Mit einem Lineal maß ich die Kopfhaare und überprüfte dann, ob die behaarte und unbehaarte Kopfhaut Verletzungen aufwies. Leise fuhr ich mit dem Diktat fort und versuchte, Mark zu ignorieren, der noch immer mit dem Messer in der Hand regungslos neben mir stand. Ich nahm mir zwei Pinzetten von der Instrumentenablage und packte damit das linke Augenoberlid, so dass ich die Innenseite beurteilen konnte, und erstarrte. Es war alles voller roter punktförmiger Einblutungen. Schnell wiederholte ich das Prozedere auf der anderen Seite. Lider, Augenbindehäute und, wenn man genau hinsah, auch in der Gesichtshaut waren die sogenannten Petechien zu sehen. Sie waren fast eins zu eins an derselben Lokalisation wie bei Frau Mathieu, mit der Ausnahme, dass der Leichnam von Rainer Wilti an Gesicht und Hals ohnehin deutlich blutgestaut war. Mit einer bösen Vorahnung griff ich in den Mund – und tatsächlich. Auch er hatte Läsionen in der Lippenschleimhaut und zwar an Ober- und Unterkiefer, jeweils korrespondierend zu den Frontzähnen, wobei die Vollprothese des Oberkiefers leicht nach hinten verrutscht war. In meinem Kopf schrillten alle Alarmglocken, und ich bat Mark, doch bitte kurz ein Foto vom Gesicht, den Augenbindehäuten und dem Mund zu machen. Just in diesem Moment lief Ariana vorbei, die gerade fertig mit ihrer Obduktion geworden war. Sie schüttelte ihre langen schwarzen Haare und schaute mich spöttisch aus dunkel umrandeten Augen an. »Na, Lisa, hast du schon wieder ein verkapptes Tötungsdelikt?«

Wütend biss ich die Zähne zusammen. Als Mark mich dann mit der Kamera in der Hand aufforderte, die Augenlider nochmals nach außen zu stülpen, damit er das gewünschte Foto machen konnte, gab es für Ariana kein Halten mehr. Sie lachte wiehernd auf, und ich bemerkte aus dem Augenwinkel, dass sich auch meine Kollegin am anderen Obduktionstisch ein Grinsen nicht verkneifen konnte. Frustriert starrte ich auf die kleinen roten Punkte und fragte mich, was ich nun machen sollte.

Ariana nahm mir die Entscheidung ab. »Hei, Leute«, rief sie laut. »Kommt alle her. Lisa hat schon wieder ein Delikt entdeckt! Vorhang auf für unsere Superermittlerin Lisa!«, spottete sie mit einer ausschweifenden Geste.

Ich hätte im Boden versinken können und merkte, wie ich rot vor Zorn und Scham wurde. Ariana würde zweifelsohne dafür sorgen, dass sogar die Putzfrau im RZZ erfuhr, dass ich mir schon wieder wegen Stauungsblutungen Gedanken machte. Dabei konnten die auch ohne Weiteres bei einem Herzpumpversagen auftreten. Die Verletzungen an den Lippen und die verrutschte Prothese erklärten sich dadurch allerdings nicht. Verbissen machte ich weiter mit dem Rest der äußeren Besichtigung, während Mark bereits begann, die Haut an der Rumpfvorderseite abzupräparieren. Ich stellte mich auf die andere Seite und begann ebenfalls, Schicht für Schicht an Brust und Bauch freizulegen. Nachdem Mark den Brustkorb eröffnet hatte, entnahm ich das Herz.

Mir war vor Wut, Scham und Frust so elend zumute, dass ich hätte heulen können. Gleichzeitig schaffte ich es nicht, die Zweifel loszuwerden, die mich nun eben doch wieder wegen der Stauungsblutungen und den Verletzungen im Mund heimsuchten.

Während wir Herzblut und Mageninhalt asservierten, hing ich weiter meinen Gedanken nach. Hatte denn die Computertomografie, das vor jeder Obduktion angefertigt wurde, Auffälligkeiten an der Lunge erbracht? Ein Räuspern durchbrach meine Gedanken. Mark Krüger stand neben mir, die Knochensäge in der Hand.

»Kann ich den Kopf schon aufmachen?«, fragte er.

»Ja, gleich«, gab ich zurück, während ich weiter nachdachte. Rainer Wilti war ja herzkrank gewesen, oder nicht? Und eine herztodbedingte Stauung von Kopf und Hals könnte ja ebenfalls Stauungsblutungen hervorrufen, vor allem, wenn der Bezirksarzt noch die Augenlider mit der Pinzette ektropioniert hatte. Was war mit der Prothese? Könnte sie bei der Bergung oder der Leichenschau verrutscht sein, da müsste ich nochmals den Bezirksarzt fragen, wie das denn vor Ort bei ihm war. Erneut räusperte sich Mark. »Lisa, kann ich den Kopf jetzt aufsägen?«

»Äh, ja natürlich«, sagte ich und widmete mich dem Herzen von Rainer Wilti. Ich legte es auf den kleinen Stahltisch. Für mich sah es zu groß aus mit zu viel Fett an der Hinterwand. Vielleicht fand ich ja doch einen eindeutigen Herzinfarkt, und dann war das Thema Stauungsblutungen hoffentlich vom Tisch.

Während ich gerade das Herz aufschnitt, kam unser Oberarzt Henrik Sitta rein. »Na, Lisa, wie sieht es aus?«, fragte er, während er mit den Füßen wippend neben dem Obduktionstisch stehen blieb.

Ich machte den letzten Schnitt mit der Knopfschere durch die Aorta, wusch das eröffnete Herz unter fließendem Wasser aus und legte es in die Waagschale, die Mark mir schon seit einiger Zeit vor die Nase gehalten hatte. »Schau mal«, antwortete ich und zeigte auf die Waage, die 552 Gramm anzeigte, was viel zu schwer für ein Herz war, auch wenn jemand so massig gewesen war wie Rainer Wilti. »Außerdem sind die Koronararterien deutlich verengt«, sagte ich und zeigte ihm die Herzkranzschlagadern, die ich zuvor mit dem Skalpell eröffnet hatte. »Und der Magen ist sehr voll mit relativ frischen Essensresten. Mark meint, das ist am ehesten Raclette.« Angewidert zeigte ich auf den großen Messbecher, in dem sich eine bräunliche, von beigen Klumpen durchzogene Flüssigkeit befand.

Mit den diversen Inhalten eines Magens hatte ich noch so meine liebe Mühe, vor allem dann, wenn die Präparatoren oder auch unser Oberarzt Christoph ihre Nasen über den Behälter hielten, in den wir den Mageninhalt abgeschöpft hatten, und dann auch noch eifrig mit der Hand darüberwedelten, um daran zu riechen. Mit kennerischer Miene gaben sie dann Kommentare wie »Kürbissuppe«, »Erbseneintopf« oder Ähnliches zum Besten. Besonders perfide war das, wenn es dann das Besagte später auch noch in der Mensa zum Mittagessen gab.

Henrik nickte, während er das Herz in die Hand nahm und die Koronarschlagadern kontrollierte. »Sehr gut. Schön präpariert«, lobte er mich mit einem Augenzwinkern. »Und was schließt du jetzt daraus?«, fragte er mich.

»Na ja, ab einem Herzgewicht von über 500 Gramm kann der Tod ja jederzeit ohne weiteren Grund eintreten. Und bei den chronisch deutlich verengten Herzkranzschlagadern in Kombination mit dem vollen Magen, der Blut für die Verdauung abgezogen hat, könnte es hier zum akuten Herzversagen gekommen sein«, tat ich meine Überlegungen kund. Henrik nickte zufrieden. »Ganz genau, Lisa. Und das wäre auch ein Grund, Punktblutungen in den Augenbindehäuten zu haben, nicht wahr?« Spitzbübisch grinste er mich an. »Ariana hat schon ganze Arbeit geleistet«, fügte er hinzu. Ich wurde rot. »Ja also, weißt du, wegen …«

»Ja, Lisa, ich weiß«, unterbrach er mich und wurde wieder ernst. »Du hast Hemmungen wegen der Vita-Aeterna-Leiche. Das kann ich verstehen.« Er gab mir einen aufmunternden Klaps auf die Schulter. »So etwas ist in irgendeiner Weise wahrscheinlich schon jedem Rechtsmediziner mal passiert.« Der Blick seiner grauen Augen wurde plötzlich ernst. »Außerdem muss man bei Stauungsblutungen immer an ein Delikt denken. Es kann ja trotzdem jemand nachgeholfen haben, auch wenn das Herz zu groß ist oder ein Infekt vorgelegen hat.« Und damit zwinkerte er mir noch einmal zu, drehte sich um, zog seinen Kittel aus und ging aus dem Saal.

Ich verharrte noch kurz in meinen Gedanken, bis ich Marks prüfenden Blick unter den zusammengezogenen Augenbauen bemerkte. Hastig begann ich also, die weiteren Organe zu präparieren.

»Lisa, bist du fertig für die Organdemo?«, fragte mich Mark eine gute Stunde später, während er die bereits blitzblank geputzten Messer trocken wischte und ordentlich aufreihte. Ich machte noch rasch den letzten Schnitt in die Leber, die ziemlich verfettet wirkte, nickte und wischte meinerseits den Tisch trocken, um die Organe für meine Kollegen schön ausbreiten zu können.

Die Tür ging auf, und herein kamen sie, ganz gemäß den neuen Arbeitssicherheitsvorschriften mit Überschuhen, Mundschutz und braunem Überzugskittel. Sie umringten den kleinen Beistelltisch, auf dem ich die Organe schon parat gelegt hatte, und schauten mich erwartungsvoll an. Henrik nickte mir aufmunternd zu, und ich begann mit der Vorstellung der Obduktion und ihrer Befunde. Die Stauungsblutungen verpackte ich summierend in einer Erwähnung der Blutstauung von Kopf und Hals und nahm dann schnell das Herz in die Hand.

Ariana Kubiczi fragte: »Hat er denn keine Stauungsblutungen?«, und brach in wieherndes Gekicher aus, das nach einem Blick von Frau Professor Hagmann sofort verstummte.

»Doch«, sagte ich. »Aber die haben wir im Rahmen des Herztodes interpretiert.« Mein Herz klopfte wie wild, als ich das möglichst ruhig von mir gab, und ich kam mir dabei irgendwie ziemlich rechtfertigend vor. Zu allem Überfluss wurde ich auch noch rot.

»Genau! Herztod, Bauchlage, Reanimation – alles gute Gründe für Stauungsblutungen, um nur einige zu nennen«, dozierte Frau Privatdozentin Brigitte Lüdemann, eine ostdeutsche Oberärztin, mit näselnder Stimme in den Raum hinein, ohne jemand Bestimmtes anzusprechen. »Neueste Studien aus der forensischen Tierpathologie in Greifswald ergaben …«

»Danke, Brigitte, das reicht für heute!«, unterbrach sie Frau Professor Hagmann schnell.

Brigitte Lüdemann schaute irritiert auf. »Aber die Studien sind vielleicht interessant für die Jungen unter uns«, näselte sie unbeirrt weiter, eine unbestimmte Armbewegung in Richtung der Zuhörerschar machend. »Sie haben bei Kaninchen Versuche gemacht, dass diese Stauungsblutungen nach Erhängen, Drosseln und …«

Frau Professor Hagmann klatschte in die Hände. »Danke schön, Frau Klee. Die Organdemo ist beendet. Wir können nun alle alle wieder unserer Arbeit nachgehen!« Damit verließ sie energisch den Obduktionssaal, gefolgt vom Rest der Bande.

Erleichtert stieß ich die Luft aus. Christoph Reichert kam an den Tisch. »Gut gemacht, Lisa«, lobte er mich, »lass dich bloß nicht unterkriegen!«

»Danke, Christoph, aber das ist gar nicht so einfach«, antwortete ich, während ich mir die Handschuhe an einem Tuch abwischte.

Mark hatte bereits sämtliche Organe wieder in den Leichnam zurückgelegt, mit Ausnahme der winzigen Proben, die ich, wie bei jeder Obduktion üblich, in einen mit Formalin gefüllten Behälter für die anschließende lichtmikroskopische Untersuchung gegeben hatte. Müde zog ich meine Plastiküberschürze, den Mundschutz und das Visier aus, reinigte Letzteres und legte es auf das dafür vorgesehene Regal an der Kopfseite des Obduktionssaals. Es war doch immer wieder erstaunlich, wie viele kleine Blutspritzer sich am Ende der Obduktion auf einem solchen Visier fanden. Es schüttelte mich bei dem Gedanken, dass man bis vor kurzem im RZZ ohne Visier oder Mundschutz obduziert hatte. Zum Glück war das vor meiner Zeit. Mark hatte den Leichnam bereits wieder zugenäht und war gerade daran, ihn auf die Trage umzulagern, damit er ihn wieder in der Kühlzelle verstauen konnte. Ich wusch mir gründlich Arme und Gesicht am Waschbecken und spritzte mir zum Schluss noch jede Menge kaltes Wasser ins Gesicht. Meine Schuhe quietschten leise auf dem grauen Fliesenboden. In der Umkleide setzte ich mich für einen Moment auf die Bank. Die Obduktion war an sich gut gelaufen, und ich hatte das Gefühl, trotz durch Mark verursachtem subtilem Zeitstress gut durchgekommen zu sein und alle anatomischen Strukturen ordentlich dargestellt und vor allem nichts übersehen zu haben. Trotzdem fühlte ich mich völlig k.o.

Ich zog mich wieder um und schmiss die grüne OP-Kleidung in den Wäschekorb. Nun hatte ich es neun Monate lang nicht geschafft, Anschluss unter den Kollegen hier zu finden. Das wäre an und für sich erträglich gewesen, aber seit der Vita-Aeterna-Geschichte ließen Ariana und Nadja nun wirklich keine Gelegenheit aus, sich über mich lustig zu machen.

Bei Ariana war das wenig verwunderlich. Zwar war ich mir ihr gegenüber keiner Schuld bewusst, aber es gab nun mal solche

Leute, die andere, aus welchen Gründen auch immer, ablehnten. Meine andere Kollegin, Nadja Hinderwald, war, zumindest optisch, das pure Gegenteil von Ariana. Sie war hager und lief immer in einer etwas gebückten Körperhaltung herum. Ihr dunkelblondes Haar war meist zu einem Zopf geflochten, und die Augen hinter der Brille blickten humorlos und ungeschminkt in die Welt. Als Arianas Freundin fand sie mich natürlich auch blöd, wenngleich Nadja nicht so boshaft war wie Ariana.

Mit den Oberärzten Christoph und Henrik lief es in der Arbeit zwar besser, aber sie waren ja meine Vorgesetzten, und ich hätte mir eine kollegiale Freundschaft unter meinen unmittelbaren Assistentenkolleginnen gewünscht, so wie ich das in München in der Psychiatrie erlebt hatte.

Bedrückt kramte ich in meinem Schrank nach meinem Deo. Ich hatte eine derart feine Nase, dass schon allein die Vorstellung, dass ich nach Schweiß stinken könnte, helles Entsetzen bei mir auslöste. »Offenbar hast du sonst keine Sorgen«, hatte meine Mutter immer darüber gewitzelt, und mein Bruder hatte sich einen großen Spaß daraus gemacht, hinter mir herzurufen: »Lisa, hast du Zwiebeln gegessen?«, so dass ich jedes Mal panisch begonnen hatte, an meinen T-Shirts und Blusen zu schnüffeln. Ich lächelte bei dem Gedanken und merkte, wie sehr ich meine Familie und meine Freunde vermisste. Traurig setzte ich mich noch einen Augenblick auf die Bank. Ich war es schlicht nicht gewohnt, allein zu sein. Zwar hatte ich noch nie in einer Wohngemeinschaft gewohnt und auch noch nicht mit einem Freund zusammen, aber ich hatte immer viele Freundinnen und liebe Menschen um mich geschart, mit denen ich mich treffen konnte, wenn ich wollte. Die Tatsache, dass ich im RZZ zwar auf viele freundlich gesinnte, aber auch sehr distanzierte Menschen getroffen war, die außerhalb der Arbeit keinen Kontakt suchten, war mir neu und machte mir irgendwie Angst. Die wenigen Versuche, neue Leute kennenzulernen, waren bislang nicht sehr erfolgversprechend gewesen. In sehr zweifelhafter Erinnerung waren mir noch die beiden Schnupper-Yogastunden geblieben, bei denen man sich munter über die Regelblutung austauschte und je nach Zyklusstadium eine andere Übung machen musste als die anderen. Die Teilnehmerinnen hatten begeistert an den Lippen der Lehrerin gehangen, als diese die Vorzüge von Menstruationsbechern gegenüber normalen Tampons rühmte. Danach hatte ich es in einem Fitnesscenter versucht, war aber nach dem ersten und einzigen Mal nicht mehr hingegangen, weil die mir zugeteilte Trainerin, nachdem sie kritisch meinen Bauchumfang beäugt hatte, meinte: »Muskelaufbau ist enorm wichtig, auch wenn man die Muskeln erst mal nicht sieht unter der Fettschicht da.« Dabei hatte sie mir kräftig in den Bauch gekniffen. Schwitzend und mit rotem Kopf hatte ich daraufhin an den von ihr eingestellten Geräten trainiert, wobei sie kopfschüttelnd immer wieder den Schwierigkeitsgrad hatte herabsetzen müssen. Nein, das war beides nicht das Richtige für mich. Vielleicht war es aber auch der falsche Ansatz, sinnierte ich einen Moment, bevor ich aufstand und mich streckte. Nun musste ich mich sputen, um noch in der Mensa essen zu können. Und ohne Essen in den Nachmittag? Oh nein, ohne mich!

Als ich, frisch umgezogen und mit einer Ladung Parfum besprüht, aus der Umkleide kam, hörte ich plötzlich eine leise, näselnde Stimme neben mir. »Frau Klee, ich habe Ihnen die Studien aus Greifswald auf den Tisch gelegt. Vielleicht könnten Sie die ja mal im nächsten Journal Klub vorstellen. Es ist wirklich sehr interessant, die Stauungsblutungen bei den einzelnen Tierarten. Sogar bei Fröschen können die auftreten.« Mit diesen Worten drehte Frau Lüdemann sich um und ging mit langsamen Schritten davon. Meinen entgeisterten Blick nahm sie nicht mehr wahr.

KAPITEL 7

Als ich am späten Nachmittag aus dem Institut trat, schien noch immer die Sonne, so dass ich bedauerte, heute nicht mit dem Velo in die Arbeit gefahren zu sein. Ich wohnte in der Winkelried-straße im Kreis 6, und je nach morgendlicher Fitness und Wetter sprang ich auf mein Fahrrad, um in den Irchelpark zu fahren, was viel zu selten vorkam, denn das morgendliche Velofahren tat mir im Grunde genommen sehr gut. Spontan beschloss ich, jetzt zu Fuß nach Hause zu gehen. Im Irchelpark war viel los. Plaudernde Studenten schlenderten entspannt nebeneinander her, Mitarbeiter der Universität liefen schnellen Schrittes zur Tram-haltestelle, Familien tummelten sich mit mehr oder weniger spielenden Kindern am kleinen See, und zahlreiche Jogger schlurften über die verschlungenen Wege des Parks. Am See fütterte eine Großmutter gerade Enten, während ihr Enkel, für den die Aktion vermutlich gedacht war, mit hochinteressierter Miene mit einem Stöckchen im Wasser herumstocherte. Ich genoss es trotz der vielen Menschen sehr, durch den Irchelpark zu laufen. Es roch nach Sonnencreme und frisch gemähtem Gras. Als ich an der Tramhaltestelle am Milchbuck vorbeilief, kam gerade die Neuner-Tram. Kurz zögerte ich, warf dann die guten Vorsätze über den Haufen und sprang hinein. Ich hatte Glück und konnte mir einen Sitzplatz in einem Viersitzgrüppchen ergattern. Langsam tuckerte die Tram durch die Winterthurer Straße. An der Seilbahn Rigiblick stiegen zahlreiche asiatisch aussehende Touristen ein und schnatterten aufgeregt durcheinander. Ein junger Mann setzte sich mir gegenüber und musterte mich durchdringend unter seiner Baseballkappe. Ich ignorierte ihn so gut wie möglich, bis er es irgendwann aufgab und aus dem

Fenster schaute. Als sich eine sehr beleibte junge Frau neben mich quetschte, lautstark in ihr Telefon schimpfte und dabei einen Energy-Drink aus einer Dose trank, bereute ich es von ganzem Herzen, nicht zu Fuß gegangen zu sein. Ich hasste diesen Geruch. Und die Beziehungsgeschichte der Frau interessierte mich herzlich wenig, aber bei der Lautstärke, mit der sie das Telefonat führte, war es quasi unmöglich, nicht mitzuhören. Endlich kamen wir zur Haltestelle Winkelriedstraße, und ich stieg aus, nicht ohne der dicken Frau noch kurz den Ellenbogen unsanft in die Seite zu stoßen. Ich konnte es manchmal einfach nicht lassen.

Im Treppenhaus des kleinen Mehrfamilienhauses, in dem ich wohnte, roch es nach Waschmittel und ein bisschen nach Sonntagsbraten. Ich lief in den ersten Stock und betrat meine kleine Eineinhalbzimmerwohnung. Erleichtert schlüpfte ich aus meinen heißen Turnschuhen und schmiss meine Tasche auf einen Stuhl. In der Küche holte ich mir durstig ein Glas Wasser und ging damit auf den kleinen Balkon, der in Richtung Süd-Westen ausgerichtet war. Bald würde die Sonne hinter dem gegenüberliegenden Haus verschwinden. Die Glocken der nahen Kirche läuteten bereits zum Abendgottesdienst. Ich streckte mich und schaute nach unten auf die Straße. Eine alte Frau lief mit ihren fünf kleinen Chihuahuas vorbei. Einer machte gerade den Rücken krumm und verrichtete sein Geschäft genau unter meinem Balkon auf dem Trottoir. Die Dame schaute verstohlen in alle Richtungen und lief dann weiter, ohne sich um die Hinterlassenschaft ihres kleinen Hundes zu kümmern. Kurz überlegte ich, ob ich ihr hinterherrufen sollte, entschied mich dann aber dagegen. Man musste schließlich nicht an allen Fronten kämpfen. Müde setzte ich mich auf meinen Balkonstuhl und schaute meine Tomatenpflanze an, die bereits begann, die Blätter zu rollen. Eigentlich gab es jetzt genau zwei Varianten: Entweder ich mixte mir einen Aperol Spritz und telefonierte stundenlang mit meinen alten Freunden in München, was als logische Konsequenz dazu führen würde, dass ich auf dem Balkon versackte, oder ich wurde aktiv und ging noch ein bisschen Joggen. Ich war zwar hundemüde, aber um 18.30 Uhr wollte ich noch nicht versacken, weswegen ich mir, zwar mit einem gewissen Widerwillen, die Laufschuhe schnürte und losging. Es war von dem Haus, in dem ich wohnte, zwar nicht weit bis zum Wald, aber es ging die ersten paar 100 Meter steil bergauf, so dass ich, anfangs keuchend und innerlich fluchend, losrannte. Als ich an der alten Dame mit ihren fünf Chihuahuas vorbeirannte, schrie ich ihr zu, dass sie das nächste Mal doch bitte die Kacke ihrer Hunde mitnehmen solle. Lautes Kläffen der Hunde und wüstes Gekeife der Frau verfolgten mich eine Weile, doch beides ließ ich bald hinter mir. Im Wald hielt ich an einer Bank, machte ein paar Liegestütze und Rumpfbeugen und rannte dann weiter. 45 Minuten später kam ich mit hochrotem Kopf, aber zufrieden, wieder zurück und lief schon fast beschwingt die Treppe hoch. Das hatte gutgetan. Unter der Dusche ließ ich mir noch extra lange heißes Wasser auf den Rücken laufen und genoss die wohlige Schwere, die sich in meinen Gliedern ausbreitete. Eigentlich war es wirklich schön, in Zürich zu sein. Meine Wohnung war super. Zwar ziemlich klein und gnadenlos überteuert, aber dafür hell und freundlich, mit einem Balkon zur Sonnenseite. Und die Stadt war der Hammer mit dem tiefblauen See und den dahinterliegenden Bergen. Nun müsste es nur noch mit ein paar Freunden klappen. Auch in der Arbeit mit den Kollegen sollte es ein bisschen besser funktionieren. Aber das würde sicherlich auch noch werden. Und mit Ariana musste ich mich ja auch nicht gut verstehen. Wie mein Vater immer so schön sagte: »Everybody's friend is everybody's Depp.« Und wo er recht hat, hat er recht.

KAPITEL 8

Tenzin Kaldeira stand, wie jeden Tag, mitten in der Nacht auf, um zur Arbeit zu gehen. Müde ging er in das winzige Bad seiner Dreizimmerwohnung in Zürich-Seebach und schüttete sich kaltes Wasser ins Gesicht. Danach schaute er resigniert in den Spiegel. Im fahlen Licht der Leuchtstoffröhre hatte seine Haut einen ungesunden Grauton. Auch die Augenringe schienen immer ausgeprägter zu werden. Seufzend ging er in die Küche, wo er seine Arbeitskleidung parat gelegt hatte. Er wartete darauf, dass das Teewasser kochte. Dabei sah er aus dem Fenster auf den dunklen Innenhof. In den wenigsten der anderen Fenster brannte um diese Zeit schon Licht. Aus einem geöffneten Fenster konnte er ein Baby wie am Spieß schreien hören. Kaldeira lachte humorlos auf. Das waren wohl die Einzigen, die außer ihm schon wach waren. Und sicher auch nicht freiwillig.

Er nahm einen Schluck aus seiner dampfenden Teetasse. Er würde einiges dafür geben, nun auch noch schlafen zu können. Aber der Job bei der Reinigungsfirma war gut bezahlt, auch wenn er es hasste, jede Nacht, wenn der Morgen graute, den Dreck der vielen fröhlich feiernden Leute in den Parks und auf den Straßen entfernen zu müssen. Bis am Morgen, wenn die arbeitende Bevölkerung sich auf den Weg machte, musste alles wieder sauber sein. Zürich galt als eine der saubersten Städte der Welt, und er, Kaldeira, trug jede Nacht dazu bei. Darauf war er einerseits stolz, aber andererseits zehrte das nächtliche Aufstehen schon sehr an seiner Energie. Leise ging er nochmals zurück in das Schlafzimmer und betrachtete liebevoll seine Frau und die acht Monate alte Tochter, die in einem im Secondhandladen gekauften Zustellbett neben ihr lag. Er sprach ein kurzes

Dankgebet, strich seiner schlafenden Tochter vorsichtig über den Kopf, schulterte seinen Rucksack und machte sich dann auf den Weg in die Arbeit.

Im Treppenhaus roch es nach einer merkwürdigen Mischung aus Curry, altem Fett und Urin. Außer dem Surren des Lichts war es still. Rasch lief Kaldeira die Treppen herunter und ging durch den Keller in den Veloraum, wo auch sein Fahrrad abgestellt war. In der Nacht hatte es gewittert, und ein leichter Nieselregen als Nachhut des Gewitters fiel ihm in Gesicht und Augen, als er durch die Nacht und durch Zürich in Richtung Platzspitz radelte, wo er Müll aufsammeln sollte. Seit vielen Jahren schon begann er den Tag in diesem Park, von dessen trauriger Vergangenheit als Needle Park mit den vielen Drogentoten er gehört hatte. Die Bilder, die er kürzlich davon in einer Reportage gesehen hatte, waren grauenhaft gewesen. Zum Glück war das vor seiner Zeit gewesen, und er hatte noch nie einen Drogentoten oder überhaupt irgendeinen Toten gesehen. Wenn er darüber nachdachte, hatte er noch nicht mal Drogenbesteck in Form von Spritzen oder ähnliche Utensilien gefunden. Die Stadt schloss den Park zwischen 22 Uhr und 5.30 Uhr, so dass sich der Arbeitsaufwand dort sehr in Grenzen hielt und wahrscheinlich auch der Grund dafür war, dass er hier noch nie mit Drogen oder Ähnlichem in Kontakt gekommen war.

Am Bucheggplatz musste er scharf bremsen, als ein Auto mit völlig überhöhter Geschwindigkeit an ihm vorbeiraste. Kaldeira blieb erschrocken einen Moment stehen und schüttelte den Kopf. Eigentlich sollte er mit seinen Leuchtstreifen an der Kleidung gut sichtbar sein. Sein Velo hatte zwar kein Licht, aber um diese Zeit war auf den Zürcher Straßen nicht viel los, und die Polizei hatte ihn deswegen bislang nicht behelligt. Er genoss es, die Rötelstraße hinunterzufahren, achtete aber darauf, dass er nicht zu schnell wurde. Nicht auszudenken, wenn ihm etwas zustoßen würde. Seine Frau und seine Tochter wären ohne ihn völlig aufgeschmissen, daher war er lieber vorsichtig. Er bog in die Wasserwerkstraße ein, überquerte die Limmat an der Walchebrücke und schloss sein Fahrrad am Fahrradständer vor dem Landesmuseum ab. Dreimal vergewisserte er sich, dass das Schloss auch wirklich gesichert war. Leider war Zürich berüchtigt für seine Fahrraddiebe, und ein neues Fahrrad wäre zu teuer.

Kaldeira war gern im Platzspitz. Die Lage neben dem schlossähnlichen Landesmuseum und der Limmat mitten im pulsierenden Zentrum von Zürich war einzigartig. Vor allem dann, wenn wie jetzt der Morgen graute und weiße Nebelschwaden von der Limmat heraufzogen. Er lief zu seinem Reinigungsfahrzeug und fuhr in den Park, wo er es auf einer Kreuzung abstellte und zu Fuß weiterging. Wie immer gab es nicht viel zu tun. Hier eine leere Bierflasche, dort ein gebrauchtes Kondom, das an einem Busch hing, und weiter hinten ein abgebrannter Einweggrill.

Natürlich gab es immer wieder Leute, die nachts über das Tor kletterten und heimliche Grillpartys oder Stelldicheins veranstalteten. Gelegentlich kam es dann vor, dass Kaldeira das eine oder andere Pärchen auf frischer Tat ertappte. Grinsend musste er daran denken, wie er vor ein paar Jahren einmal zwei Personen in voller Aktion erwischt hatte. Die waren so erschrocken gewesen, dass sie ihre Kleider zusammengerafft hatten und so, wie Gott sie geschaffen hatte, davongerannt waren. Dabei war es Kaldeira vollkommen egal, wenn sich des Nachts Personen im Platzspitz aufhielten, solange sie keinen Müllberg hinterließen. Er nahm den noch warmen Einmalgrill aus Alu hoch und warf ihn in seinen Sack. Kopfschüttelnd schaute Kaldeira auf den Fleck von verbranntem Rasen, der sich unter dem Grill gebildet hatte. Diese Dinger gehörten seiner Meinung nach verboten. Um den Fleck herum waren Plastikbecher, Besteck, schmutzige Teller und einige Flaschen verstreut. Was die Leute wohl dazu bewegte, Geld für einen solchen Mist auszugeben, den sie dann auch noch einfach liegen ließen. Die sollten doch nur einmal seine Arbeit machen müssen, dann würden sie es sich vielleicht anders überlegen. Er schüttelte den Kopf und begann, die liegen gelassenen Dinge einzusammeln. Dabei hing er weiter seinen Gedanken nach. Es hatte aufgehört zu regnen, und der Boden dampfte in der lauen Nacht. Der beginnende Morgen versprach ein schöner Tag zu werden. Obwohl die eigentliche Arbeit, also Müll aufsammeln, alles andere als angenehm war, genoss Kaldeira die Stille und die Morgenluft, in der gelegentlich ein kühlerer Hauch vom Fluss zu ihm wehte.

Diese Nacht erinnerte ihn an eine Nacht vor etwa 13 Jahren. Damals hatte es eine Party im Park gegeben, die von der Stadt bewilligt worden war, und er hatte hinterher viele Dinge zum Aufsammeln gehabt. In den Büschen in der Nähe der Party hatten betrunkene Partygäste gesteckt, manche zu zweit, andere allein. Es war eine ziemlich mühsame Arbeit gewesen. Ständig waren Personen herumgetorkelt, manche laut lallend, andere leise umherhuschend, und hatten ihn zum Teil sehr erschreckt, wenn sie plötzlich zwischen den Büschen aufgetaucht waren. Auch hatte er es mit der Angst zu tun bekommen, als eine Gruppe junger, offenbar stark alkoholisierter Männer hinter ihm hergelaufen war, Müll auf den Boden geworfen hatte und provozierend gerufen hatte: »Hei, Putzmann, du hast da noch was vergessen!«, woraufhin sie in lautes Gelächter ausgebrochen waren.

Kaldeira schüttelte sich, um die unangenehmen Erinnerungen an damals zu vertreiben. Er nahm ein gebrauchtes Kondom mit seiner Zange auf und schmiss es in den Müllsack. Die heutige Nacht erinnerte ihn sehr an damals. Es war etwa zur gleichen Jahreszeit gewesen. Eine wunderschöne, warme Sommernacht, in der noch keine Anzeichen des nahenden Herbsts zu spüren waren. Aber er musste unbedingt aufhören, ständig darüber nachzudenken. Kaldeira lief weiter den Weg entlang und schaute auf beiden Seiten des Weges suchend die Wiesen ab.

Plötzlich hörte er Schritte hinter sich. Wer da wohl um diese Zeit noch unterwegs war? Oder schon wieder unterwegs? Hatte er denn vergessen, das Tor wieder abzuschließen? Kaldeira drehte sich um. Er sah den leeren Weg, auf dem in einiger Entfernung sein Reinigungsfahrzeug unter einer Straßenlaterne wie in einem Scheinwerferspot stand. Neben dem Weg konnte er schemenhaft einige Büsche als schwarze Schatten ausmachen. Der Weg war leer. Wahrscheinlich hatte er sich geirrt. Bei den intensiven Gedanken, die er an die Nacht von damals gehabt hatte, eigentlich kein Wunder. Achselzuckend drehte er sich wieder um und ging weiter. Da hörte er sie wieder. Schritte. Knirschender Kies. Irgendwo hinter ihm, Kaldeira blieb stehen und lauschte. Er vernahm das leise Plätschern der Limmat. Das entfernte Surren der Trambahn. Eine Hupe, vermutlich auf der Wasserwerkstraße. Ein leises Rascheln in einem nahen Gebüsch. Die Nackenhaare stellten sich ihm auf. Er wandte langsam den Kopf und wirbelte herum. Der Weg war leer. Nur sein Fahrzeug, wie ein sicherer Hafen im grellen Licht des Scheinwerfers. Kalter Schweiß begann ihm über den Rücken zu laufen. Er schaute nach links und nach rechts, schwenkte seine Taschenlampe hektisch hin und her, was die Schatten um ihn herum tanzen ließ. Dann sah er es. Dort hinten. Bei den Büschen hatte sich etwas bewegt. Es raschelte. Und dann sah er schemenhaft etwas Dunkles, das sich aus dem Gebüsch schälte. Kaldeira begann zu schreien.

KAPITEL 9

Julia Zimmermann stand im Bad und spritzte sich kaltes Wasser ins Gesicht. Beinahe lautlos huschte sie zurück ins Schlafzimmer, wo ihre Freundin Maggi auf dem Rücken lag und leise schnarchte. Sie schnappte sich ihre Kleidung, die sie am Vortag achtlos auf einen Stuhl geworfen hatte, und ging auf Zehenspitzen in die Küche. Die Uhr am Herd zeigte 6.47 Uhr an. Sie war noch gut in der Zeit. Für ihre morgendliche Runde auf dem Vitaparcours hatte sie nur 33 Minuten gebraucht, was sogar für ihre Verhältnisse sehr gut war. Auf dem Küchentisch standen noch die beiden leeren Weingläser vom Vorabend, als sie sich mit Maggi einen schönen Abend auf der Terrasse ihrer gemeinsamen Wohnung gemacht hatte. Es war ein warmer Abend gewesen, und Julia hatte sich unendlich glücklich gefühlt. Ein kaum spürbarer Wind war gegangen, die Sterne hatten am Himmel gefunkelt, und im nahen Wald hatte ein Käuzchen gerufen. Sie waren ausgelassen und fröhlich gewesen und hatten so laut gelacht, dass ihr Kater Alois missmutig von ihrem Schoß gesprungen war und sie vorwurfsvoll angeschaut hatte. Im Moment hatte sie wirklich alles, was sie sich nur wünschen konnte.

Auf einem etwas außerhalb liegenden Bauernhof im Kanton Aargau als jüngstes von vier Kindern aufgewachsen, war die zierliche kleine Julia immer gehänselt worden. Als sie dann auch mit acht Jahren eine Brille verpasst bekommen hatte, war sie mit ihren beiden braunen Zöpfen, den alten Kleidern ihrer großen Schwestern und der immer irgendwie verbogen scheinenden Brille zum Gespött auf dem Dorfschulhof geworden. Ihre Eltern hatten sich nicht sehr dafür interessiert oder vielleicht auch schlicht keine Zeit gehabt, sich um die Sorgen ihrer jüngsten Tochter zu kümmern. Die tägliche harte Arbeit auf dem Bauernhof hatte ihren Tribut gefordert, und mit dem Hof war es langsam, aber stetig bergab gegangen, so dass ihre Eltern immer mehr Land hatten verkaufen müssen. Als Julia jedoch eines Tages von ihren Mitschülerinnen aus den am Hang gelegenen Villen im Landhausstil aufgelauert worden war, man ihr die Hose heruntergezogen und vor ihren Augen zerschnitten hatte, war das Maß voll gewesen. Ihr Vater hatte wütend mit der Hand auf den Tisch gehauen, während sich die Mutter weinend auf den Küchentisch gestützt hatte. Man hatte zusammen mit ihrer sehr engagierten Kinderärztin und der schulischen Heilpädagogin beschlossen, Julia zur Verbesserung ihres Selbstbewusstseins, aber auch zu Zwecken der Selbstverteidigung in eine nahe gelegene Judo/Jiu-Jitsu-Schule in Bremgarten zu schicken. Für die Kosten war ein Fond aufgekommen, der die Mobbingopfer sozial benachteiligter Familien unterstützte.

Julia lächelte versonnen bei dem Gedanken an ihre erste Jiu Stunde. Sie hatte sich vor Angst fast in die Hose gemacht, als sie die neugierigen Blicke der anderen Kinder gespürt hatte, die fast alle älter waren als sie und so unglaublich selbstbewusst dastanden in ihren weißen Gewändern und den Gürteln in unterschiedlichsten Farben. Meister Kwan war ein kleiner drahtiger Mann gewesen, mit sanften Augen, der Julia erst streng von oben bis unten gemustert und dann freundlich gelächelt hatte. Sie hatte von Anfang an Vertrauen zu diesem faltigen, undurchschaubaren Gesicht gehabt. Und zum ersten Mal in ihrem Leben hatte Julia Selbstvertrauen entwickeln können. Hier hatte sie nichts verstecken müssen, sich nicht für ihre Herkunft schämen müssen oder für die alten Kleider. Sie hatte gelernt, selbstbewusst aufzutreten, Körpersprachen zu interpretieren und sich zur Not zur Wehr zu setzen. Schon bald hatten ihre Mitschülerinnen dann auch von ihr abgelassen. Sie würde Meister Kwan ihr Leben lang dafür dankbar sein. Ohne ihn hätte sie es vermutlich nicht weit gebracht und würde nun ein unglückliches Leben als Bäuerin fristen. Hingegen arbeitete sie als Wachtmeisterin bei der Kantonspolizei Zürich und hatte soeben ihre Ausbildung zur Kriminaltechnikerin abgeschlossen. Sie sicherte Spuren an Tatorten von Verbrechen aller Art, ermittelte Brandursachen, erstellte Fotodokumentationen und untersuchte, meist zusammen mit dem RZZ, Opfer und Täter verschiedenster Gewaltdelikte. Die Arbeit war anstrengend, vor allem nachts, wenn sie nur zu zweit im Dienst waren, machte ihr aber großen Spaß. Es war genau das, was sie sich immer gewünscht hatte.

Zusammen mit ihrer Freundin Maggi Ganser, die als Ingenieurin bei einem Institut für Unfall-Biomechanik arbeitete, lebten sie in einem Mehrfamilienhaus in Adliswil, das sie mit drei anderen Parteien bewohnten. Julia hatte es sich zur Gewohnheit gemacht, morgens vor der Arbeit eine Runde auf dem Vitaparcours joggen zu gehen, um fit zu bleiben. Nun aber musste sie sich sputen, damit sie noch rechtzeitig zur Arbeit kam. Heute sollte sie zusammen mit ihrem Kollegen, der auf Fingerabdrücke spezialisiert war, Spuren auf verschiedenen Materialien vergleichen. Zwar überführte man heute die meisten Verbrecher mithilfe der DNA-Analyse, aber trotzdem gab es gelegentlich Fälle, bei denen man auf den Abgleich von Fingerabdrücken angewiesen war. Julia hatte sich noch nie viel aus den Schleifen, Bögen und Wirbeln eines Fingerabdrucks gemacht. Aber das gehörte nun mal auch dazu, und sie mochte den älteren Kollegen gern, der darauf spezialisiert war.

Der Bahnsteig war bereits voll mit Menschen unterschiedlichsten Alters. Die meisten waren vermutlich auf dem Arbeitsweg. Viele Männer trugen Anzüge und Krawatte. Ein paar Jugendliche steckten die Köpfe über ein Tablet, aus dem laute Musik dröhnte. Mit quietschenden Bremsen kam die S4 zum Stillstand, und Julia drängte sich mit den anderen Passagieren zusammen in die Zweite Klasse. Ein kleiner Hund wurde neben ihr am Halsband nach vorne gezerrt und quittierte es mit einem jämmerlichen Aufjaulen.

Julia hing ihren Gedanken nach, während sie durch das Zürcher Randgebiet tuckerten. Fabrikgebäude wechselten sich ab mit kleinen Wohnsiedlungen und Schrebergärten. An der Haltestelle Brunau stiegen noch mehr Leute zu. Trotz der morgendlichen Frische war die Luft stickig und heiß, so dass Julia froh war, als sie endlich am Bahnhof Selnau aussteigen konnte.

Während sie zur Zeughausstraße lief, dachte sie an Lisa und den lustigen Abend, den sie zusammen verbracht hatten. Lisa hatte so unglücklich ausgesehen, als sie mit diesem schmierigen Seifert zusammengesessen hatte. Julia grinste bei diesem Gedanken und wich einem Jugendlichen auf einem E-Skateboard aus, der in einem Affenzahn auf dem Gehweg entlangfuhr und dabei mit dem Kopf zur Musik seiner Lautsprecher wippte. Sie hatte Lisa auf Anhieb sympathisch gefunden und hatte es nicht bereut, sie angesprochen zu haben. Der Abend war wirklich lustig gewesen, auch wenn Maggi kurzfristig etwas verschnupft reagiert hatte, als sie ihr davon erzählt hatte. Sie nahm sich fest vor, Lisa heute Abend noch anzurufen und sich bald wieder mit ihr zu verabreden. Dann würde Maggi sie auch kennenlernen und schnell feststellen, dass es keinen Grund zur Eifersucht gab.

Am Gebäude der Kriminalpolizei angekommen, hielt sie ihren Badge an die Tür, worauf ein schriller Piepton ertönte und sich die Tür mit einem Klicken öffnete. Sie fuhr mit dem Fahrstuhl in den dritten Stock und lief um die Ecke zum großen Gemeinschaftsbüro, das sie sich mit fünf anderen Kriminaltechnikern teilte. Auf ihrem Tisch lag bereits ein ganzer Berg von Fingerabdruckspuren, die man noch zuordnen musste. Julia blätterte einen Moment gedankenverloren durch den Papierstapel und stöhnte aufgrund der schieren Menge an Spuren innerlich auf, die es auszuwerten galt. Das versprach also einen langen

Tag im Fingerabdrucklabor. Aber vielleicht würde es ja spannender werden, als sie sich das im Moment vorstellen konnte. Sie nahm die Papiere und machte sich auf ins Fingerabdrucklabor.

KAPITEL 10

Tenzin Kaldeira war wieder auf dem Weg zum Platzspitz. Er öffnete das Tor mit seinem Schlüssel, fuhr mit seinem Wagen hinein und verschloss es sorgfältig wieder. Er war müde und bedrückt. Die letzte Nacht steckte ihm noch in den Knochen, und der schöne Sommertag war anstrengend gewesen. Seine kleine Tochter hatte sich offenbar eine Erkältung eingefangen und furchtbar viel geweint. Seine Frau war besorgt gewesen und er irgendwann schrecklich genervt vom Weinen seiner Tochter und dem ewigen Lamento seiner Frau. Nachdenklich fuhr er mit seinem Wagen an den gewohnten Ort, stieg aus und ging zu Fuß weiter. Er lief in der Regel immer dieselbe Route ab, denn dann war er sich sicher, dass er im Park nichts vergessen hatte. Als er an der Kirschlorbeerhecke vorbeikam, wusste er nicht, ob er lachen oder weinen sollte. Er hatte den ganzen Tag darüber nachgedacht, warum ihn ein Fuchs derart aus der Bahn hatte werfen können.

Der Fuchs hatte noch einen halben Laib Brot im Maul gehabt, als er langsam, einen Bogen um Kaldeira schlagend, den Rückzug angetreten hatte. Kaldeira hatte erleichtert aufgeatmet und beinahe angefangen, hysterisch zu kichern. Es war also nur ein Fuchs gewesen, der ihn dermaßen erschreckt hatte. Er hob gedankenverloren eine Getränkedose auf. Ihm war seltsamerweise noch immer mulmig zumute. Irgendwie war das auch kein Wunder. Er lief jede Nacht durch den Platzspitz und sammelte jede Nacht denselben Müll auf. Fast so wie in dem Film, den er mal gesehen hatte, mit Bill Murray und Andy MacDowell, bei dem der Protagonist aufwacht und jeden Morgen derselbe Tag von Neuem beginnt. Kein Wunder, dass er langsam Gespenster sah. Ob er mal im Personalbüro nach einer Versetzung fragen sollte? Es gab ja auch Stellen auf dem Wertstoffhof oder in der Verbrennungsanlage. Dann müsste er nicht mehr allein in der Nacht in den Parks von Zürich umherlaufen.

Zögernd ging er weiter. Er nahm eine Bierflasche und ein paar leere Take-away-Packungen auf, an denen noch ein paar lätschige Pommes ihr trauriges Dasein fristeten. Plötzlich hörte er ein Geräusch, das ihm bekannt vorkam. Ein leises Quietschen, wie er es jedes Mal hörte, wenn er die Fahrertür seines Reinigungsgefährts aufmachte.

Kaldeira blieb stehen und drehte sich um. Dort hinten stand sein Fahrzeug. Wie gestern im grellen Licht der Straßenlampe. Die Fahrertür stand offen. Kaldeira war sich sicher, dass er diese geschlossen hatte. War da nicht eben ein schwarzer Schatten hinter dem Fahrzeug entlanggehuscht? Kaldeira schalt sich für seine Angst, aber er konnte nichts dagegen machen. Das Licht seiner Taschenlampe ließ riesige Schatten auftürmen, die ihn höhnisch zu umzingeln schienen. Kalter Schweiß schien aus jeder Pore seines Körpers zu kommen. Zitternd versuchte er, mit seiner Taschenlampe die Umgebung seines Fahrzeugs zu beleuchten, erreichte jedoch nur, dass immer bedrohlicher wirkende Schatten umhertanzten.

Die Schatten schienen ihn zu verspotten.

Er meinte nun, von überallher Geräusche zu hören. Hatte da nicht jemand leise gehustet? Kauerte dort beim Fluss nicht eine Gestalt am Boden? Kaldeira atmete hektisch. Er musste zu seinem Fahrzeug. Nichts wie raus aus diesem Park. Zur Not würde er sich eben krankmelden. Keine zehn Pferde würden ihn dazu bringen, heute noch mal im dunklen Park zu arbeiten. Er begann zu laufen. Immer schneller, bis er schließlich rannte, so schnell es seine Arbeitsschuhe zuließen. Der Kies knirschte unter seinen schweren Schritten. Sein Gefährt schien so unendlich weit weg zu sein. Kaldeira keuchte. Sein Herz raste bei der ungewohnten Belastung. Nun hatte er es fast geschafft. Gleich würde er die rettende Tür seines Fahrzeugs erreicht haben.

Plötzlich stolperte er über eine dünne Schnur, die quer über den Weg gezogen war. Kaldeira fiel mit einem Aufschrei zu Boden. Schritte knirschten auf dem Kies hinter ihm. In Panik versuchte er, auf allen vieren davonzukrabbeln. Die Schritte verstummten. Kaldeira spürte einen stechenden Schmerz an der rechten Schläfe. Das Letzte, was Tenzin Kaldeira von dieser Welt mitkriegte, war, wie er mit einer beißenden Flüssigkeit übergossen wurde, deren Geruch ihm bekannt vorkam.

KAPITEL 11

Am nächsten Morgen ging ich ausgeschlafen und erholt in die Arbeit. Zwar hatte ich schwere Beine, aber das gute Gefühl der Joggingrunde hing mir noch nach, und so lief ich beschwingt in die Empfangshalle, wo unsere Sekretärin Evi schon kaugummikauend und mit einer rosa Schleife im Haar die interne Post durchsah. Meine Bürokollegin Nadja saß schon an ihrem Schreibtisch und grüßte mich kurz angebunden, bevor sie wieder konzentriert in ihren Computer starrte. Irgendjemand hatte auf meinem Stuhl gesessen, denn der Sitz war viel zu tief gestellt. Es knarrte bedenklich, als ich durch das Drücken mehrerer Hebel an der Unterseite versuchte, den Sitz wieder in die richtige Position zu bringen. Der Computer startete unglaublich langsam.

Ich versuchte unterdessen, die Akten und Sichtmäppchen zu ordnen, die scheinbar chaotisch verstreut auf meinem Schreibtisch lagen. Stirnrunzelnd musterte ich einen Auszug der toxikologischen Untersuchung einer jungen Frau, die behauptet hatte, K.-o.-Tropfen bekommen zu haben und dann vergewaltigt worden zu sein. Gammahydroxybuttersäure hatte man als klassisches K.-o.-Mittel weder im Urin noch im Blut der jungen Frau feststellen können, dafür aber zwei Komma zwei Promille, was die geltend gemachte Erinnerungslücke von ihr wohl zur Genüge erklärte. Draußen auf dem Gang waren hektische Schritte zu hören. Ein Blick auf die Uhr verriet mir, dass es bereits 8.13 Uhr war und damit höchste Zeit für den Morgenrapport.

Der fand dieses Mal im Keller bei den Radiologen statt, da wir einen arabischen Scheich erwarteten, der das RZZ besichtigen wollte, und man oben im Rapportraum bereits Kaffee und Gipfeli aufgetischt hatte. Im Radiologieraum war es wie immer dunkel und muffig. Ich konnte mir nicht helfen, aber es roch hier immer nach ungewaschenen Haaren und alten Socken. Hinter einer Glaswand konnte man ein modernes Computertomografie-Gerät erkennen. Davor standen mehrere überdimensionierte Bildschirme, auf denen die unterschiedlichsten Abschnitte eines menschlichen Körpers zu sehen waren. Man hatte mehrere Stühle herbeigeschafft und in einem Halbkreis aufgestellt. An der Wand gab es eine große Leinwand, auf die unsere Fälle vom Computer projiziert wurden.

Einige meiner Kollegen waren schon versammelt. Auch unser Radiologe Armin Walther, wie ich mit einem freudigen Hüpfen meines Herzens registrierte. Armin war zwar glücklich verheiratet, aber ich mochte seinen unerschütterlichen Humor, die blitzenden blauen Augen und die immer etwas ungebändigt aussehenden schwarzen Haare. Er nickte mir mit einer galanten Grimasse zu, und ich musste grinsen. Die Oberärzte Christoph und Henrik hatten die Köpfe zusammengesteckt und unterhielten sich leise. Ariana betrachtete ihre perfekt schwarz lackierten Nägel und tat so, als höre sie dem Gespräch der Oberärzte nicht zu.

Mark Krüger saß mit verschränkten Armen auf einem der hinteren Stühle und musterte die Anwesenden grimmig. Ich schaute verstohlen auf die Uhr. 8.15 Uhr. Eigentlich Zeit, mit dem Rapport anzufangen. Aber es fehlte ja, wie immer, noch unsere Chefin.

»Mensch, Henrik, hoffst du, dass der Saudi seinen Harem mitbringt, oder warum hast du dich so in Schale geschmissen?«, rief Christoph Reichert plötzlich anzüglich und zeigte eine Reihe gelber Zähne, während er sich über seine Glatze rieb.

Ariana lachte wiehernd, während Oberarzt Henrik Sitta genervt die Augen verdrehte. Der elegante, immer korrekte Henrik fand die ordinären Witze von Christoph meist alles andere als witzig.

Ich mochte ihn nicht ungern, konnte ihn aber schlecht einschätzen. Er war immer überaus höflich und korrekt. Wenn ich mit ihm obduzierte, war er von Anfang an voll dabei und half mit, wo es nötig war. Das machte die Obduktionen mit ihm sehr angenehm, weil man seine Ruhe hatte und so viel Zeit aufwenden konnte, wie man eben noch benötigte. Dafür war ich ihm sehr dankbar, denn bei manchen Organen brauchte ich wirklich noch ziemlich lange. Henrik stand dann jeweils mit einer Engelsgeduld daneben und zeigte mir die nötigen Handgriffe.

Bei den anderen Fachärzten war das nicht selbstverständlich so. Frau Lüdemann zum Beispiel war meistens ungeduldig oder gelangweilt und in der Regel keine große Hilfe, da sie entweder in ihren eigenen Sphären schwebte oder schlichtweg mit den Worten »Rufen Sie mich, wenn Sie alle Organe präpariert haben« verschwand und dann aber nach einer Stunde anrief und ungläubig fragte, ob man sie eigentlich vergessen hatte. Wenn man dann bei der Organdemonstration ihrer Meinung nach etwas nicht richtig präpariert hatte oder bei der Asservation etwas vergessen hatte, da man die spezielle Fragestellung nicht bedacht hatte, bekam man von ihr einen Rüffel. Dabei hätte sie als Fachärztin eigentlich vorher das Vorgehen mit der Assistentin absprechen müssen. Sie schien sich regelrecht zu ekeln vor Organen, Blut oder anderen Körperflüssigkeiten, so dass man sich bei ihr immer wieder fragte, wie sie wohl die 100 für den damaligen »Facharzt Rechtsmedizin« notwendigen Obduktionen geschafft hatte. Henrik hingegen war sich für keinen Handgriff zu schade. Dafür aber war er völlig immun gegenüber kleineren Witzchen oder Small Talk und redete nur das Nötigste.

Oberarzt Christoph war das reinste Nervenbündel. Ich mochte ihn zwar nicht ungern, aber ich obduzierte nicht gern mit ihm. Es fing schon bei der äußeren Besichtigung an. Meist kam er nach 25 Minuten runter in den Saal gerannt und machte Witzchen darüber, dass man noch nicht mal bei der Beschreibung der Extremitäten angelangt war. Ich war dann meistens gerade mit dem Kopf fertig, da es nicht immer einfach war, die exakte Lokalisation von Verletzungen zu beschreiben. Mittlerweile wurde ich schon nach 20 Minuten total unruhig und hektisch, weil ich wusste, dass Christoph bald runterkommen und ungeduldig danebenstehen würde. Wenn er dann da war, machte er mich schier wahnsinnig, weil er die ganze Zeit neben dem Tisch hin und her lief, Witzchen riss oder unbedingt helfen wollte, damit es schneller ging. Damit brachte er mich in der Regel völlig durcheinander, was zur Folge hatte, dass ich dann zum Beispiel Handlungsabläufe übersah. Einmal hatte ich vergessen, die Herzmasse, also die Umfänge der Herzklappen und die Kammerwandstärken, zu nehmen, so dass Mark Krüger dann entnervt seine eben beendete Naht am Rumpf des Leichnams wieder ein Stück öffnen und das in den Bauch zurückgelegte Herz unter den anderen Organen wieder herausfischen musste. Manchmal und besonders dann, wenn junge Studentinnen dabei waren, meinte er auch, er müsse den Macker raushängen lassen, begann zu dozieren oder bombardierte alle Anwesenden mit Fragen zum Fall, so dass man sich nicht mehr auf die Präparationstechnik konzentrieren konnte.

Nach so einer Obduktion hatte ich in der Regel Kopfschmerzen. Aber, wie gesagt, eigentlich mochte ich auch Christoph gern, denn trotz seiner großen Klappe war er ein gutmütiger, hilfsbereiter Oberarzt, der sich nicht zu schade war, auch niederrangige Arbeiten zu übernehmen. Er sprang einfach dort ein, wo es nötig war, wie zum Beispiel bei den Präparatoren, indem er den Boden im Saal putzte, Telefonate entgegennahm und Bestatter in die Einsargung hineinließ. Seine eigene Arbeit erledigte er mit einem Affenzahn, und keiner konnte sich so recht erklären, wie er es schaffte, seine Fälle so schnell und vor allem auch noch so akkurat abzuschließen. Leider erwartete er das auch von seinen Kolleginnen, und das machte ihn mitunter unangenehm.

Ich wurde durch lautes Gelächter aus meinen Gedanken gerissen. Anscheinend hatte Christoph wieder etwas sehr Lustiges von sich gegeben, denn Ariana musste sich an Henriks Schulter festhalten, um nicht vor Lachen vom Stuhl zu fallen.

»Ha, von wegen sexy. Den hast du doch sicherlich bei deiner Konfirmation zum letzten Mal angehabt, oder nicht?«, gab Christoph zurück.

Henrik grinste, doch bevor er etwas entgegnen konnte, rauschte unsere Chefin Frau Professor Hagmann in den Rapport. Sie wischte sich entnervt eines ihrer unzähligen blonden Löckchen aus der Stirn und blickte streng in die Runde.

»Guten Morgen«, sagte sie. »Warum sagt mir eigentlich keiner, dass wir uns heute hier unten treffen?«

Alle blickten betreten zu Boden, schließlich waren etwa drei E-Mails über den Abteilungs-Verteiler gegangen, mit der Information, dass man sich heute hier treffen würde. Es war typisch für die Chefin, dass sie das nicht mitbekommen hatte. Mir war nicht klar, ob sie ihre E-Mails ungelesen löschte oder deren Inhalt schlichtweg sofort vergaß. Auf jeden Fall war es nicht das erste Mal, dass Frau Professor Hagmann eine offensichtliche Information nicht zu wissen vorgab. Im Institut gab es so eine Art Running Gag. Wenn jemand etwas nicht mitbekommen hatte, dann sagte man: »Machst einen auf Chefin, was?« Ariana begann auch prompt zu kichern, offenbar war sie von der Situation zuvor noch überdreht.

»Frau Kubiczi! Was ist denn da so lustig? Ich finde das überhaupt nicht witzig, dass man mich nicht informiert hat.« Unter dem strengen Blick von Frau Professor Hagmann brach Ariana in das für sie so typische wiehernde Gelächter aus.

»Das reicht jetzt aber!«, fuhr die Chefin Ariana an. »Wer hatte Dienst?« Ariana schaffte es mit Müh und Not, ihr Lachen zu unterdrücken.

Die Fälle waren lang und zahlreich, und der Raum war stickig, so dass irgendwann auch Ariana keine Lust mehr zum Lachen hatte.

Als sich Henrik und Christoph in einer langen Diskussion über nicht gelungene Fotos bei einer körperlichen Untersuchung verloren, gähnte ich hinter vorgehaltener Hand und sah verstohlen auf die Uhr. Der Morgenrapport zog sich endlos in die Länge.

»Aber sieh doch, Christoph«, schnaubte Henrik gerade ungeduldig. »Die Brennweite stimmt hier nicht, und daher ist das Bild einfach nicht wirklich scharf. Man kann doch die Hautschüppchen hier nicht ganz klar erkennen.«

»Oh Mann, Henrik! Deine Hautschüppchen interessieren hier doch auch niemanden. Schließlich ist der Typ aus dem dritten Stock gefallen und hat ein schweres Schädel-Hirn-Trauma«, mokierte sich Christoph. »Da kommt's doch wirklich nicht auf eine drei Millimeter lange Hautabschürfung an, also bitte!«

Frau Professor Hagmann unterdrückte ein Gähnen. »So, meine Herren, das reicht jetzt. Ich finde, Herr Reichert hat durchaus recht. Bei der Vielzahl an Verletzungen interessiert sich wirklich niemand für jede einzelne Hautschuppe.«

Ungeduldig wedelte sie mit der Hand. »Weiter bitte mit dem Rapport.«

Nadjas ohnehin schon langes Gesicht war vor Müdigkeit noch länger als sonst, und ihre hellbraunen Haare klebten ihr formlos am Kopf. Ich war gespannt, was sie zu erzählen hatte, denn so fertig hatte ich sie noch nie gesehen.

Auf der Leinwand erschien das Bild einer Parkanlage, auf der ein Reinigungsgefährt stand. Ringsherum konnte man Polizeiabsperrband erkennen. Auf dem Boden neben dem Fahrzeug befanden sich ein schwarzes Bündel Kleider und eine Art Kanister. Nadja strich sich eine fettige Haarsträhne hinter das Ohr und begann mit dem Bericht.

In den frühen Morgenstunden war von einem Jogger am Platzspitz neben einem Reinigungsgefährt ein stark verbrannter männlicher Leichnam gefunden worden. Sie zeigte nun eine Detailaufnahme von dem, was ich für ein Bündel schwarzer Kleider gehalten hatte und das sich bei näherem Hinsehen als ein verkohlter Leichnam entpuppte.

Der Tote lag auf dem Rücken. Die Beine waren wie in einer Art Froschstellung angewinkelt und die Arme im Ellenbogengelenk nach oben abgespreizt. Eine Haltung, die an einen Fechter erinnerte, weswegen wir Rechtsmediziner das auch als »Fechterstellung« bezeichneten. Das war typisch für Brandleichen, da es durch die Hitze zu einer Kontraktion der Muskeln kam. Die Haut war schwarz verkohlt, und man konnte noch Reste von ebenfalls verkohlter Kleidung erkennen. An einigen Stellen war die Haut aufgeplatzt und zeigte rosafarbene Muskulatur und schwarz verfärbtes Fettgewebe. Der Kiesboden, auf dem der Leichnam gelegen hatte, war voll von schwarzen Flocken und Russantragungen.

Neben dem Leichnam hatte sich ein fast vollständig geleerter Benzinkanister befunden. Nadja zeigte nun ein Foto des Fahrzeugs. Auf dem Fahrersitz konnte man Zeitungsartikel erkennen und das Foto eines Tibeters, der brennend und schreiend durch die Gegend lief, nachdem er sich aus Protest gegen die Unterdrücker der Tibeter vor laufender Kamera selbst angezündet hatte.

Im Rucksack des Mannes, der sich ebenfalls im Reinigungsgefährt befunden hatte, waren noch mehr Zeitungsartikel und Informationen zum Protest der Tibeter gegen China gefunden worden. Man ging derzeit von einem Suizid aus, wollte aber sicherheitshalber eine rechtsmedizinische Obduktion. Schließlich war der Mann während seiner Arbeit als Angestellter der Stadt Zürich gestorben. Da wollte man lieber alle Eventualitäten berücksichtigen. Bislang hatten sich keine Zeugen bei der Polizei gemeldet, die den Vorfall beobachtet hatten.

Ein Raunen ging durch die versammelte Mannschaft, als Nadja von der Selbstmordtheorie berichtete.

Ich hatte noch nie eine Brandleiche obduziert, weswegen ich mich aufgeregt dafür meldete. Ich hätte mich aber nicht wirklich darum bemühen müssen, denn außer mir schauten ohnehin alle betreten zu Boden, als Henrik Sitta in die Runde fragte, wer denn gerne obduzieren wolle. Zu meiner Enttäuschung meldete sich Oberärztin Brigitte Lüdemann als zweite Obduzentin. Schade, denn ich hatte auf fachärztliche Unterstützung bei der Obduktion gehofft, die ich nun wohl nicht bekommen würde.

So nahm mich Frau Lüdemann auch nur kurz beiseite und sagte: »Also, Frau Klee, Sie melden sich dann, wenn Sie fertig sind oder«, sie hüstelte verlegen, »Hilfe brauchen. Aber«, erneutes Hüsteln, »ich glaube, Sie schaffen das schon.« Und damit lief sie so schnell, wie es ihr in ihrem fliederfarbenen Kostüm und den passenden Pumps möglich war, zu ihrem Büro.

Bine Kessel, unsere zweite Präparatorin, wartete vor dem Radiologieraum. Sie trug bereits die grüne Obduktionskleidung und hatte sich für den Rapport einen weißen Mantel umgehängt.

»Lisa«, grinste sie mich freundlich an, »ich obduziere mit dir die Brandleiche. Wann möchtest du anfangen?«

Dankbar lächelte ich sie an. Ich mochte die quirlige kleine Bine, die am Obduktionstisch zwar immer ein wenig hektisch und unkoordiniert, im Gegensatz zu Mark aber immerzu freundlich und gut gelaunt war. Zwar passierte es ihr gelegentlich, dass sie bei der Entnahme des Halspakets die Halsschlagadern zu weit unten absetzte oder vergaß, dass die Organe noch dem Rest der Abteilung präsentiert werden mussten, so dass sie den Leichnam bereits wieder zugenäht und alle Organe im Bauchraum verstaut hatte, aber dafür war die Atmosphäre mit ihr am Tisch stets angenehm. Sie versprühte eine ansteckende Fröhlichkeit mit ihren schwarz-grauen Locken, der langen gebogenen Nase und den braunen Augen, die vor Lebenslust funkelten und immer zu lachen schienen. Ariana konnte auch sie nicht ausstehen und wurde nicht müde, jedes Mal, wenn Bine beim Ausnehmen des Leichnams ein Organ nicht gänzlich korrekt entnommen oder eine anatomische Struktur zerschnitten hatte, gegenüber dem ganzen Institut zu lamentieren, wie mühsam es doch immer mit Bine Kessel sei, die ihrer Meinung nach zu dumm zum Präparieren war.

Ich schaute auf die Uhr. Es war bereits kurz vor 9 Uhr, und ich verabredete mit Bine, dass wir um 9.30 Uhr anfangen würden. Ich wollte nämlich unbedingt noch den Übersichtsartikel »Brandleiche – Obduktionsbefunde und notwendige Asservate« aus unserer Fachzeitung »Rechtsmedizin« lesen, bevor ich zur Obduktion ging.

Schon im Treppenhaus konnte ich einen leichten Geruch nach verbranntem Benzin wahrnehmen. Oder bildete ich mir das nur ein? Im Umkleideraum war ich allein, denn außer der Brandleiche gab es heute keine weitere Obduktion mehr. Ich lief zum Regal an der Stirnseite des kleinen Raums und nahm mir Hose und Oberteil der ausgemusterten OP-Kleidung, die wir zum Obduzieren anziehen mussten. Danach achtete ich sorgfältig darauf, meine Haare zu einem straffen Dutt im Nacken zusammenzuzwirbeln, damit mir auch ja keine Haare ins Gesicht fielen, was nicht so recht klappen wollte.

Kurz darauf betrat ich den Obduktionssaal durch die Schiebetür. Als Erstes fiel mir der strenge Geruch nach verkohltem Fleisch auf. Der Leichnam lag auf dem mittleren der drei Tische und hatte nur noch bedingt etwas Menschliches an sich. Fasziniert umrundete ich den Leichnam und versuchte, das eben Gelesene anhand des Leichnams vor mir anzuwenden. Neben dem Gestank nach verbranntem Fleisch konnte ich noch eine leicht aromatische Note wahrnehmen. Das musste der Brandbeschleuniger, vermutlich Benzin, sein. Wie schrecklich, sich auf diese Art und Weise das Leben zu nehmen! Ich versuchte, mir das nicht allzu bildlich vorzustellen und mich wieder auf die äußere Besichtigung des Leichnams zu konzentrieren. Bine

Kessel wuselte schon geschäftig zwischen Tisch und der an der Wand angebrachten Ablage hin und her und erschreckte mich zu Tode, als ihr eine metallene Nierenschale unter lautem Getöse auf den Boden fiel.

In dem Artikel eben hatte ich gelesen, dass es das Wichtigste bei Brandleichen war, die Vitalität zu beurteilen, also ob der Mann zum Zeitpunkt des Brandes noch gelebt hatte oder ob er schon tot war und zum Beispiel von jemand anderem verbrannt worden war.

Bine bewaffnete sich mit der Fotokamera und stellte sich dicht neben mich, um mir bei der äußeren Besichtigung zur Hand zu gehen.

Ich zückte mein kleines Diktiergerät und zögerte, unsicher, was ich da eigentlich noch diktieren sollte, denn es war fast alles verkohlt. Die Haare waren versengt, die Augäpfel verkocht, und aus den Ohren kam lehmziegelfarbenes bröckeliges Material, das ich nicht zuordnen konnte. Entsprechend schwierig war es für mich, alle Befunde zu beschreiben. So brauchte ich recht lange, bis ich die äußere Besichtigung abgeschlossen hatte.

Bine war die ganze Zeit hibbelig hinter mir gestanden und hatte wahllos das Lineal auf verschiedene Körperstellen gelegt, was mich unglaublich irritiert hatte, denn es gab eigentlich nichts mehr, was man noch ausmessen konnte. So fühlte ich mich bereits ziemlich geschafft, bevor wir überhaupt mit der eigentlichen Obduktion, der inneren Besichtigung des Leichnams, anfingen. Ratlos stand ich mit einem Messer in der einen und einer chirurgischen Pinzette in der anderen neben der Leiche und schaute auf die schwarz verbrannte harte Haut, wo ich jetzt eigentlich einen T-förmigen Schnitt machen sollte.

»Bine, wo schneide ich denn hier durch? Da, wo es eh schon aufgeplatzt ist, oder da, wo wir immer schneiden?«

Bine zwinkerte mir zu. »Wir machen es da, wo es am besten geht«, sagte sie, nahm das Messer und machte einen geübten

Schnitt von der Drosselgrube bis zum Schambein, ungeachtet der harten, verkohlten Haut.

Ich nickte dankbar und machte mich dran, die Rumpfhaut auf meiner Seite abzupräparieren, was gar nicht so einfach war. Die verkohlte Haut war wenig biegsam und das darunterliegende Fettgewebe sehr glitschig. Der Schweiß rann mir den Rücken hinab, und meine Hände begannen zu schmerzen wegen der ungewohnten Anstrengung, die das Ziehen an der Haut in Kombination mit den mehreren Lagen Handschuhen mir bereitete.

Danach bereitete Bine die Röhrchen vor, die wir für die Sicherstellung von Körperflüssigkeiten für die pharmakologisch-toxikologische Untersuchung brauchten. Wobei man hier nicht mehr groß von Flüssigkeiten reden konnte, da Blut und Urin größtenteils der Hitze zum Opfer gefallen waren.

»Hier brauchen wir Muskel für die Kohlenmonoxid-Bestimmung«, meinte sie. Super, dass Bine dabei war. Sie dachte eben an alles. Ich grinste sie dankbar an.

Verbrennungsopfer erstickten häufig an einer Kohlenmonoxid-Vergiftung, bevor sie verbrannten. Eine irgendwo tröstliche Vorstellung, wenngleich es ja nichts am furchtbaren Tod durch Feuer änderte. Damit war der Nachweis von Kohlenmonoxid auch eines der wichtigsten Vitalzeichen, da es aktiv eingeatmet werden musste.

Als wir endlich Haut und Weichgewebe, so gut es eben ging, in Schichten abpräpariert hatten, schwang die Tür zum Obduktionssaal auf, und Brigitte Lüdemann schwebte herein. Ihr fliederfarbenes Kostüm notdürftig durch einen weißen Kittel bedeckt, schaute sie ungläubig auf die Uhr.

»Aber Frau Klee«, näselte sie mit einem vorwurfsvollen Unterton. »Nun haben wir doch schon 10.45 Uhr, und Sie haben noch nicht mal die Brusthöhle eröffnet. Warum brauchen Sie denn so lange für diesen Fall?«

Ich murmelte etwas von schwierig zu obduzieren, noch nie

eine Brandleiche gehabt und so weiter, wohl wissend, dass das Frau Lüdemann ohnehin egal sein würde. In der Tat reckte sie ihren langen Hals gerade nach vorne und inspizierte die Muskulatur, die unter der Haut noch sichtbar war, was ihr eine gewisse Ähnlichkeit mit einem Vogel Strauß gab.

»Na, das sieht ja nicht gerade lachsfarben aus.« Erwartungsvoll schaute sie mich an. Ich wusste nicht so recht, worauf sie hinauswollte, und schwieg erst mal. Dass eine Kohlenstoffmonoxid-Vergiftung Muskeln lachsfarben färbte, wusste doch schon jeder Medizinstudent. Das wollte sie doch jetzt nicht ernsthaft von mir wissen, oder? Doch, tatsächlich fragte sie mich kurz darauf mit spitzer Stimme: »Haben Sie daran gedacht, Kohlenstoffmonoxid bestimmen zu lassen?«

Ich zeigte ihr die Gefäße, die bereits abholbereit auf dem Regal standen. Frau Lüdemann nickte knapp und stolzierte dann in bester Vogel-Strauß-Manier um den Obduktionstisch, peinlich darauf bedacht, nicht in irgendwelche Spritzer auf dem Boden zu treten.

Bine war mit der Präparation des Kopfes beschäftigt. Ich widmete mich dem Rest des Körpers. Frau Lüdemann stöckelte weiter um uns herum und schaute gelegentlich auf die Uhr.

»Lisa, kommst du mal zum Kopf!«, rief Bine aufgeregt, während ihr das Messer in die Waagschale fiel, die sie schon unter den Kopf gelegt hatte.

Sie beugte sich über die Kopfschwarte. Ich trat näher. Die Haut war lehmziegelartig verfärbt und wies an manchen Stellen dunkle Flecken auf. Vermutlich waren das Folgen der Hitzeeinwirkung, überlegte ich. Aber das war es gar nicht gewesen, was Bine mir hatte zeigen wollen. Sie deutete auf eine eher blauschwarz verfärbte Stelle an der rechten Schläfe. Auch die Knochenhaut zeigte da eine schwartige blauschwarze Auflagerung. Ich hatte keine Ahnung, was das war. Eine Folge des Brandes? Eine Einblutung? Oder auch einfach gar nichts von beidem?

Suchend schaute ich auf. Frau Lüdemann hatte ihr Mobiltelefon in der Hand und nahm gerade einen Anruf an.

»Oh, hallo, Roger. Schön, dass du zurückrufst. Du, wegen der Studie mit der postmortalen Bestimmung von Morphin im Liquor von Mäusen ... ja, genau die«, säuselte sie ins Telefon. »Wie bitte? Das darf doch nicht wahr sein. Wir haben so viel Geld für die Ethikkommission bezahlt, und jetzt soll alles abgelehnt werden? Nicht relevant? Also, das ist ja die Höhe!«, rief sie mit empörter Stimme, während ich versuchte, mit Handzeichen ihre Aufmerksamkeit zu bekommen. Ungeduldig wedelte sie mit der Hand, als wäre ich eine lästige Fliege, die es zu verscheuchen galt.

»Jetzt nicht, Frau Klee«, zischte sie mir zu. »Nein, Roger, nicht du, das war nur eine Assistentin, ja ich schaue mir das sofort an. Natürlich ...«, empörte sie sich, während sie hektisch aus dem Saal lief, ohne sich noch einmal umzudrehen.

Bine und ich sahen uns an. Bine musste lauthals lachen, und es war praktisch unmöglich, nicht in ihr herzhaftes Gelächter einzufallen. »Morphin, Mäuse, Liquor«, lachte sie. »Das macht auch nur Frau Lüdemann.«

Ich beruhigte mich schnell, denn noch immer wusste ich nicht, was es mit der Verfärbung in der Kopfschwarte auf sich hatte. Am Schädelknochen selbst konnte ich an der rechten Schläfe keinen Bruch erkennen, aber das hieß nicht viel. Der Schädel war an manchen Stellen bereits aufgeplatzt, was wohl Folge der Hitze war. Also entschloss ich mich, die Kopfschwarte zu fotografieren und sicherheitshalber ein Stück in den Histologietopf zu tun, damit ich zur Not eine feingewebliche Untersuchung würde machen können. Das Foto würde ich aber lieber nicht im Rapport zeigen, denn ich konnte mir bestens vorstellen, wie das bei den Kollegen wieder ankommen würde.

Die restliche Obduktion verlief ohne weitere Besonderheiten. In der Lunge und den tiefen Atemwegen hatten wir Rußablagerungen feststellen können. Auch im Magen und im angrenzenden Zwölffingerdarm waren Rußpartikel erkennbar, was bedeutete, dass Kaldeira zum Zeitpunkt des Brandes noch gelebt hatte. Man konnte damit also eine Tötung mit anschließendem Verbrennen zur Vertuschung der Tat ausschließen. Auffallend hatte ich auch noch das Herz gefunden. Kaldeira hatte für sein Alter ein Zuviel an Fett in der rechten Herzkammer gehabt, und die Herzkranzschlagadern wiesen zum Teil stark verengende Einlagerungen auf, durch die es früher oder später zu einem Herzinfarkt gekommen wäre. Vielleicht hatte er ja auch schon jetzt das eine oder andere Mal Herzrhythmusstörungen verspürt oder einen leichten Schmerz hinter dem Brustbein. Nachdenklich betrachtete ich den Leichnam noch einmal, nachdem Bine alle Organe wieder im Bauchraum verstaut und den Leichnam, so gut es eben ging, wieder zugenäht hatte. Die Herzveränderungen würden ihn nun nicht mehr belasten. Was brachte einen Menschen nur dazu, sich mit Benzin zu übergießen und anzuzünden? Irgendwie wollte mir das nicht in den Kopf. Aber ich war zum Glück ja auch nicht selbstmordgefährdet!

Ich lief durch die Schiebetür zur Einsargung, wo ich mir am Waschbecken Arme und Hände gründlich mit Seife abwusch. Danach klatschte ich mir jede Menge kaltes Wasser ins Gesicht, was herrlich erfrischend war. Bine fuhr den Leichnam derweil an mir vorbei zu den Kühlkammern, die sich an der langen Wand in der Einsargung befanden. Es rasselte laut, als die metallenen Rollstäbe die Totenbahre in die Kühlkammer beförderten. Bine grinste mich fröhlich an.

Zurück im Büro, trank ich hastig einen halben Liter Leitungswasser. Dass Obduktionen immer so durstig machen mussten. Bine hatte netterweise bereits die Fotos von der Obduktion ins System geladen, und ich begann damit, die innere Besichtigung zu diktieren, während ich mir die Bilder auf dem Computer anschaute.

Ausstehend waren jetzt nur noch die toxikologische Untersuchung und die formelle Identifizierung, die wir per DNA-Vergleich mit einem Wangenschleimhautabstrich der kleinen Tochter würden klären können.

Der Fall schien klar und würde rasch abgeschlossen werden können. Das Thema Selbstverbrennung fand ich aber hochspannend. Wie konnte man nur so etwas machen? Da ich morgen früh ohnehin dran war, im wöchentlich stattfindenden Journal Klub nach dem Rapport eine kurze Publikation vorzustellen, beschloss ich, ein Paper zum Thema Selbstverbrennungen herauszusuchen und in Anlehnung an den heutigen Fall vorzustellen. Zufrieden widmete ich mich wieder meinem Gutachtensentwurf, als das Telefon klingelte.

Es war Sekretärin Evi von der Zentrale. Zuerst konnte ich sie kaum verstehen, denn im Hintergrund war das laute Schluchzen einer Frau zu vernehmen, gemischt mit Babygeschrei. Die Ehefrau von Tenzin Kaldeira. Sie wollte mich sofort sprechen. Evi brüllte ins Telefon, dass ich bitte schnell kommen möge. Es sei unhaltbar hier am Eingang des RZZ. Ich schluckte. Angehörigengespräche führte ich nicht gerne durch. Häufig bekam man Trauer, Wut und Leid voll zu spüren. Mir fiel es entsetzlich schwer, mich davon abzugrenzen.

Mit wenig Hoffnung – aber versuchen konnte man es ja mal – nahm ich den Telefonhörer und wählte die Nummer von Brigitte Lüdemann. »Lüdemann«, ertönte es näselnd aus dem Hörer. Ich erklärte ihr mein Anliegen.

Kurzes Schweigen am anderen Ende der Leitung, gefolgt von einem aufmunternden: »Das schaffen Sie schon, Frau Klee. Wahrscheinlich will die Ehefrau einfach nicht glauben, dass ihr Ehemann sich umgebracht hat. Nicken Sie verständnisvoll, nehmen Sie genügend Tücher mit und erklären Sie ihr, dass wir das Motiv leider auch nicht kennen!« Damit legte sie den Hörer auf.

Seufzend zog ich meinen weißen Kittel an, den wir extra für solche Gelegenheiten hatten. Evi, die, ungeachtet ihrer bald 60 Jahre mit einer großen Schleife im Haar, kaugummikauend am Schreibtisch saß, schaute mich durch ihre Brille mit großen Augen an.

»Sie sitzt da hinten«, raunte sie überflüssigerweise und zeigte auf die Sitzgruppe, auf der eine füllige dunkelhäutige Frau saß, die in einem Tuch ein Kleinkind vor der Brust trug und sich gerade über die Augen wischte. »Jetzt hat sie sich endlich beruhigt«, meinte Evi. »Nimm sie bitte schnell mit. Irgendwohin, einfach weg vom Eingang hier.«

Ich schaute Evi genervt an, schnaufte tief durch und ging zu Frau Kaldeira. Sie fiel vor mir beinahe auf die Knie und begann laut zu weinen. Ich schaute mich hilflos nach Evi um, die mit den Schultern zuckte und so tat, als ginge sie das alles nichts mehr an. Ariana und Nadja kamen gerade von draußen durch die Eingangstür hinein und grinsten hämisch.

Ich versuchte mit teilnahmsvoller Stimme, mein Beileid zu bekunden, und fasste sie sanft am Ellenbogen. Zum Glück war der Rapportraum gerade frei. Hier würde ich ungestört mit ihr reden können, und sie würde niemanden durch lautes Weinen stören. Frau Kaldeira nahm auf einem der Stühle am ovalen Tisch Platz. Das kleine Mädchen nuckelte an seinem Schnuller und sah mich mit großen braunen Augen vorwurfsvoll an. Draußen nieselte es leicht, so dass ich das Licht anmachte, aus dem Schrank holte ich zwei Gläser und goss uns etwas Wasser ein. Unauffällig nahm ich dabei auch die Schachtel Kleenex mit und stellte sie vor Frau Kaldeira auf den Tisch. Sofort nahm sie sich eines der Tücher aus der Packung und wischte sich damit über die Augen.

Ich sah sie schweigend an und überlegte mir, was ich ihr denn sagen sollte, als sie mir die Entscheidung abnahm.

»*Sie* haben meinen Mann aufgeschnitten«, sagte sie mit starkem Akzent.

Ich konnte unmöglich sagen, ob es eine Frage oder eine Feststellung war. Auf jeden Fall fing das ja nicht gerade sehr vielversprechend an. Ich hob die Augenbrauen und bemühte mich um eine möglichst neutrale, beschwichtigende Antwort.

»Frau Kaldeira, es stimmt, ich habe Ihren Mann noch ein letztes Mal ärztlich untersucht und …«

Frau Kaldeira ließ mich gar nicht erst ausreden.

»Jaja, untersucht!«, fauchte sie mich an. »Das bringt ihn doch auch nicht zurück. Und was hat das Ganze denn ergeben?« Sie schnaubte empört.

Ich rutschte unruhig auf meinem Stuhl hin und her und schaute einen Moment aus dem Fenster in den Park. Es hatte aufgehört zu regnen, war aber noch stark bewölkt, und nur wenig Spaziergänger waren unterwegs. Ein Fahrradfahrer raste vorbei. Im Moment wusste ich schlicht nicht, was ich Frau Kaldeira antworten sollte. Daher schwieg ich noch einen weiteren Moment und schaute sie, wie ich hoffte, teilnahmsvoll an. Aus der Ferne hatte sie etwas älter gewirkt. Jetzt, aus der Nähe, sah sie unglaublich jung aus. Ich schätzte sie auf höchstens mein Alter, wenn überhaupt. Vielleicht lag es aber auch an ihrem faltenlosen Gesicht und den bunten Kleidern, die ihren füllig Körper umspielten. Sie zerknüllte unablässig ein Taschentuch in ihren Händen.

»Sie sagen, er habe sich angezündet. Selbst mit Benzin übergossen! Als Nachahmung.« Frau Kaldeira spuckte die Worte förmlich aus.

Ich nickte. »Nachahmung«, bestätigte ich, froh darum, dass sie nicht nur Vorwürfe vom Stapel ließ.

Frau Kaldeira sah einen Moment lang schweigend aus dem Fenster. Ich sah sie unsicher von der Seite an.

»Also so wie die tibetischen Mönche. Wegen der Unterdrückung von China«, begann ich zögerlich zu sprechen. Vielleicht hatte die Polizei ihr das nicht so genau erklärt. »Man hat da ja Gegenstände bei ihm gefunden, die darauf hinweisen, also als

Motiv für den ... Selbstmord.« Ich hatte eine innere Barriere überwinden müssen, um das Wort »Selbstmord« in ihrer Gegenwart auszusprechen.

Frau Kaldeira sah noch immer aus dem Fenster. Ihre Miene hatte etwas Verbissenes.

Plötzlich schlug sie mit der Hand auf den Tisch, dass es nur so knallte und Wasser über die beiden Gläser schwappte, die keiner von uns angerührt hatte.

»So ein Blödsinn!«, brüllte sie dabei. Ihr kleines Kind im Tragetuch zuckte zusammen und begann bitterlich zu weinen. Frau Kaldeira stand auf und lief mit dem schreienden Kind auf und ab.

Ich war völlig überfordert und wusste nicht, wie ich mich verhalten sollte. Ich entschloss mich, sitzen zu bleiben, um Ruhe in das Gespräch zu bringen. Dann nahm ich einen, wie ich hoffte, möglichst verständnisvollen Gesichtsausdruck an.

»Frau Kaldeira, ich verstehe ja ...«, versuchte ich, sie zu beschwichtigen.

Wie eine Dampflok schnaufend, blieb sie bedrohlich vor mir stehen.

»Frau Klee. Wir sind christlich. Ja, sogar mehr als das. Wir sind strenggläubig und gehen jeden Sonntag in die Kirche.« Beim letzten Satz hatte sie die Hände verzweifelt nach oben geworfen, wodurch ein Schwall von Schweißgeruch zu mir herüberwehte.

»Und jetzt möchte ich gerne von Ihnen wissen, warum«, sie beugte sich über mich und zeigte mit dem Zeigefinger auf meine Nase, »warum sich mein Mann, der mit den Tibetern nichts am Hut hat außer seinem Namen, sich plötzlich selbst verbrennen soll.« Die letzten Worte hatte sie wieder geschrien, so dass mir feine Speicheltröpfchen ins Gesicht gesprüht wurden. Mir war das langsam zu blöd, also stand ich ebenfalls auf und trat einen Schritt zurück. Das Baby von Frau Kaldeira brüllte nun in so ohrenbetäubender Lautstärke, dass ich selbst brüllen musste, um es zu übertönen.

»Frau Kaldeira, ich verstehe Ihren Schmerz ja«, versuchte ich es beruhigend, merkte aber selbst, dass meine Stimme zitterte, »aber *warum*« – das letzte Wort betonte ich besonders – »Ihr Mann das getan hat, das weiß ich nicht. Sicher ist nur, dass es keine Hinweise für die Beteiligung fremder Personen gegeben hat. Wir haben zum Beispiel keine Verletzungen gefunden, die darauf hindeuten, dass es einen Kampf gegeben hat oder Ihr Mann niedergeschlagen wurde.« Ich stockte kurz, als mir die Verfärbung an der rechten Schläfe einfiel.

Frau Kaldeira kam wieder näher und stemmte die Hände in die Hüften.

»Wir sind aber katholisch, wie ich schon sagte, und das Christentum verbietet uns den Selbstmord. Mein Mann. Hätte. Das. Nie. Gemacht! Es. War. Kein. Selbstmord!« Die letzten Worte hatte Frau Kaldeira wieder gebrüllt, und nur ihr Kind schrie noch lauter. Ich war weiter zurückgewichen und stand nun mit dem Rücken an der Wand. Ein bisschen kam ich mir vor wie das letzte Einhorn vor dem Kampf mit dem roten Stier.

»Frau Kaldeira, bitte, beruhigen Sie sich doch«, stammelte ich und überlegte, wie ich das Gespräch beenden könnte. Frau Kaldeira sah mich zornig an und begann dann hemmungslos zu schluchzen. Hilflos schaute ich auf meine Füße und fand, dass ich auch mal neue Schuhe gebrauchen könnte.

»Was soll ich denn nun machen? Mein kleines Baby und ich. Keinen Mann mehr! Ich bin hier völlig allein. Keine Arbeit, kein Geld, keine Familie!« Frau Kaldeira war nun völlig hysterisch.

Da sprang die Tür zum Rapportraum plötzlich auf und Henrik und Christoph steckten ihre Köpfe herein.

»Lisa, alles klar?«, fragte mich Henrik, dessen Blick zwischen Frau Kaldeira und mir hin und her pendelte.

»Ja, das ist Frau Kaldeira, sie ist die Witwe von Herrn Kaldeira, der sich selbst verbrannt hat«, stammelte ich und hörte selbst, wie unnatürlich hoch meine Stimme klang. Das war zudem so ziemlich das Blödeste, was ich hätte sagen können. Frau Kaldeira schnaubte wie ein wütender Stier und schrie dann so laut sie nur konnte auf.

Christoph hatte die Situation mit einem Blick erfasst und war mit einer Geschmeidigkeit, die man seinem grobschlächtigen Äußeren gar nicht zugetraut hätte, in den Raum und zwischen Frau Kaldeira und mich gesprungen. Er schaute sie sanft an, bückte sich und hob den Schnuller auf, den die kleine Tochter von Frau Kaldeira auf den Boden gespuckt hatte. Das Kind hörte auf zu brüllen und sah den glatzköpfigen Christoph mit großen Augen an. Der zwinkerte fröhlich und strich dem Kind kurz über die Haare. Zu meiner Überraschung gluckste es vor Freude und lächelte Christoph mit noch tränennassen Augen an.

Der wandte sich nun Frau Kaldeira zu. Ich weiß nicht, was er genau sagte oder machte, aber Frau Kaldeira schaute zu ihm auf, als sei er der Messias persönlich. Widerstandslos ließ sie sich von ihm aus dem Raum führen, während ich zitternd und überfordert mit Henrik zurückblieb.

KAPITEL 12

»Möchtest du lieber noch einen Moment allein sein?«, fragte Henrik mich, nachdem Christoph und Frau Kaldeira den Raum verlassen hatten. Es roch noch immer nach Schweiß, und ich hatte das dringende Bedürfnis nach frischer Luft. Ich schüttelte den Kopf und versuchte, mich zu sammeln. Ich hasste diese Angehörigengespräche. Weder im Studium noch in der Arbeit war ich darauf vorbereitet worden. Ich hatte keine Ahnung von teilnahmsvoller Gesprächsführung, Trauerarbeit oder was sonst noch so anstand. Am schwierigsten aber fand ich, dass ich mich häufig vom Schicksal der Hinterbliebenen nicht abgrenzen konnte. Ich hatte einen Kloß im Hals, während ich versuchte, nicht an das Baby zu denken, das nun seinen Vater nie kennenlernen würde. Ich glaube, wenn Henrik nicht neben mir gestanden hätte, ich hätte hemmungslos angefangen zu weinen. Henrik schwieg, und gemeinsam beobachteten wir einen kleinen Jungen mit einer gelben Regenjacke, der mit seinen roten Gummistiefeln fröhlich in eine Pfütze hüpfte, während seine Mutter mit wenig erfreuter Miene danebenstand.

Von anderen Leuten wurde ich ständig gefragt, wie ich den Umgang mit Leichen überhaupt aushalten würde. Ich antwortete immer das Gleiche: Die Leichen waren nicht das Problem. Die Angehörigen waren es. Der Schmerz, die Trauer, die Verzweiflung. Das nahm ich mir viel zu sehr zu Herzen.

Ohnehin wurde mir, seit ich in der Rechtsmedizin war, jeden Tag vor Augen geführt, wie schnell es doch mit dem Leben vorbei sein konnte. Herr und Frau Kaldeira, die sich vielleicht vor der Arbeit von Tenzin Kaldeira noch mit mehr oder weniger netten Worten voneinander verabschiedet hatten, nicht ahnend, dass es die letzten zwischen ihnen sein würden. Man ging immerzu mit einer Selbstverständlichkeit davon aus, dass man den Abend und den folgenden Morgen erleben würde. Das war auch gut so, denn sonst ließ sich das Leben wahrscheinlich kaum ertragen. Wenn ich daran dachte, dass die Verstorbenen, die ich vermutlich in meinem Dienst am kommenden Wochenende untersuchen würde, jetzt gerade mehrheitlich beim Mittagessen saßen und sich mit ihren Kollegen unterhielten, nicht wissend, dass ihr Stündlein bald geschlagen haben würde, wurde mir ganz anders. Der Tod konnte jederzeit zuschlagen und unterschied nicht zwischen Alten, Kranken, kleinen Kindern oder Menschen, die mitten im Leben standen. Das war mir durch die Arbeit im RZZ nur allzu deutlich bewusst geworden.

Die Folge davon war, dass ich einerseits versuchte, das Leben bewusster zu erleben und mich immer von Menschen, die mir viel bedeuteten, im Guten zu verabschieden, und andererseits das Schicksal meiner Fälle meistens völlig abstrahieren konnte. Mit Bine lachten wir nicht selten fröhlich bei einer Obduktion und sprachen sogar übers Essen, während wir Organe wie den Darm aufschnitten. Niemals aber verloren wir den Respekt vor dem Körper der Person, in deren tiefstes Inneres wir buchstäblich eintauchten. Manchmal wurde es jedoch sogar uns Rechtsmedizinern zu bunt. Neulich hatte Ariana lautstark verkündet, dass sie sich für ihre bald anstehende Facharztprüfung in zwei Monaten eine junge, schlanke Leiche wünschte.

Der kleine Junge und seine Mutter waren aus unserem Blickfeld verschwunden, und Henrik sah mich mit schwer zu deutendem Blick an.

»Ich habe auch Schwierigkeiten mit Angehörigengesprächen«, meinte er nachdenklich. Verblüfft sah ich ihn an. So eine Offenheit hätte ich dem nüchtern wirkenden, immerzu korrekten Henrik so gar nicht zugetraut.

Er zuckte mit den Schultern. »Weißt du, ich glaube, das macht eigentlich keiner von uns gern. Die Kollegen in der Inneren Medizin machen solche Gespräche Tag täglich, vor allem die, die in der Onkologie arbeiten. Aber das ist ein völlig anderer Typus Mensch als wir Rechtsmediziner.« Versonnen schaute er wieder aus dem Fenster.

»Ich finde das auch ganz schrecklich, wenn ich eine weinende Witwe vor mir habe, oder noch schlimmer, die Kinder oder die

Eltern eines Verstorbenen.« Wieder machte Henrik eine kurze Pause, während der er sich über die hellbraunen Haare strich. »Einmal hat mich ein Mann wüst beschimpft, dass ich seinen Sohn aufgeschnitten habe«, fuhr er fort, »ich hätte seine Totenruhe gestört und das Andenken an ihn besudelt. Er schrie mich an und drohte mir mit einer Klage. Das war ganz schrecklich.« Er schluckte, und man konnte ihm ansehen, dass schon die Erinnerung an die Situation unangenehm war.

»Also natürlich nicht die Androhung einer Klage, aber die Trauer, die hinter dieser Wut stand und der ich so hilflos gegenüberstand.« Nachdenklich sah er mich aus seinen grauen Augen an und fuhr dann fort: »Aber das gehört nun mal dazu zu unserer Arbeit. Und man darf nicht vergessen, dass wir vielen Menschen auch helfen können, nämlich dann, wenn wir ihnen sagen können, woran ihr geliebter Angehöriger gestorben ist. Und dass es ein friedlicher, schmerzfreier Tod war. Das darf man nicht unterschätzen. Verstehst du, was ich meine?«

Ohne eine Antwort abzuwarten, sprach er weiter. »Gegen die Ohnmacht, die Trauer und mitunter auch Wut, die uns entgegenschlägt, kann man sich manchmal nur schwer abgrenzen. Aber mit der Zeit stumpft man ein bisschen ab. Und wenn sie kommen, muss man die Gefühle auch zulassen. Ich« – verlegen strich er sich über den Kopf – »kann das, ehrlich gesagt, auch nicht gut. Aber vielleicht hilft dir das ein bisschen?«

Verlegen ob seiner Offenheit, sah ich ihn an. »Danke, Henrik«, antwortete ich. »Aber bisweilen ist es so schwer, professionell zu bleiben. Weißt du, eben mit der Witwe von diesem Kaldeira, also ich hätte beinahe angefangen zu heulen. Vor allem, als sie von ihrem Baby gesprochen hat«, gab ich zu und merkte, wie sich ein Kloß in meinem Hals bildete. Hoffentlich musste ich jetzt nicht anfangen zu weinen. Auch wenn Henrik sich so offen gezeigt hatte, wollte ich mir doch nicht so eine Blöße geben, und außerdem wusste ich aus Erfahrung, dass der Tränenfluss dann nicht mehr so schnell zu stoppen war. Schnell nahm ich einen Kaugummi. Das half mir in der Regel, mich abzulenken, wenn ich den Tränen nahe war.

»Ach weißt du, Lisa«, sagte Henrik, »Gefühle sind da nie verkehrt. Dann weinst du eben auch. Das ist nicht unprofessionell, sondern zeigt nur, dass du auch ein mitfühlender, sensibler Mensch bist und nicht dieser wüste Leichenfledderer, den sie manchmal in uns sehen.«

Nun musste ich aber wirklich die Tränen unterdrücken. Schnell stand ich auf und kramte in meiner Tasche, als würde ich etwas suchen. »Hast du eigentlich schon was zu Mittag gegessen?«, fragte mich Henrik unvermittelt, während ich noch immer darum bemüht war, meine Gefühle unter Kontrolle zu bekommen. Ich schüttelte den Kopf und merkte, dass der Themenwechsel dabei half. »Nein, aber so langsam hätte ich ein bisschen Appetit.«

Henrik stand auf. »Wollen wir uns was holen gehen? Wir könnten auch zum Kebabstand gehen. Was meinst du?«

Ich war überrascht, da ich den ansonsten eher verschlossen wirkenden Henrik so noch nicht kennengelernt hatte, freute mich aber über sein Angebot und ging natürlich gerne mit. Die Falafel bei dem Kebabstand war nämlich wirklich hervorragend, und ich war oft dort. Schweigend liefen wir durch den Irchelpark zum Milchbuck. Der Spaziergang an der frischen Luft tat gut. Unterwegs begegneten uns trotz des schlechten Wetters viele Jogger, Kinderwagen schiebende Mütter und andere Mitarbeiter der Uni, die eine späte Mittagspause im Grünen verbrachten. Am kleinen See, der im Park lag, war der Weg an einer Stelle vom Regen noch matschig und mit Holzbrettern gesichert worden. Henrik ging vorsichtig darüber, peinlich darauf bedacht, dass er mit seinen Lederschuhen nicht im Matsch landete. Zum Glück hatte ich meine alten Turnschuhe an, da war es egal, wenn ich ausrutschen und mit einem Fuß im Schlamm landen würde. Aber ohne großes Malheur kamen wir beim Kebabstand an.

Leider standen die Leute schon bis zur Straße Schlange. Ich warf Henrik einen kurzen Seitenblick zu. »Wenn du lieber doch nicht hier Essen holen möchtest, weil es so viele Leute hat, dann können wir gern auch wieder zurückgehen«, sagte ich zögernd.

Henrik lachte leise und meinte: »Oh nein. Ich habe mich schon so auf den Kebab gefreut. Ich bleibe hier«, und stellte sich demonstrativ hinten an.

Ich grinste und stellte mich neben ihn. Während wir warteten, stellte er mir viele Fragen zu meinem Studium und warum ich in die Schweiz gekommen war und so weiter. Als wir endlich an der Reihe waren, fragte uns der Mann hinter der Theke: »Bitte, was darf es sein?«

Er war immer in diesem Kebabstand, egal zu welcher Tages- oder Nachtzeit man hierherkam. Mit schwarzen Haaren, einem gestutzten Bärtchen und dunklen Augen, die immer in Bewegung zu sein schienen, hatte er etwas von einer Rabenkrähe. Ich schätzte, er war ein bisschen älter als ich, und fragte mich, ob es wohl immer der gleiche grüne Trainingsanzug war oder ob er mehrere davon besaß. Darüber hatte er in der Regel eine wohl ehemals weiße Schürze. Als er mich erkannte, grinste er freundlich.

»Madame, wie immer, Falafel scharf ohne Zwiebel mit wenig Joghurtsoße?« Ich grinste zurück und antwortete: »Sehr gerne, der Herr. Wie immer! Aber dieses Mal zum Mitnehmen«, und bemerkte, dass Henrik mich überrascht von der Seite ansah. Ich spürte, dass ich rot wurde, sagte aber nichts. Wenn man wie ich häufig alleine essen gehen muss, weil man mit dem Rest des Teams nicht so klarkommt, dann geht man eben manchmal lieber außerhalb essen als in die Mensa, wo Mitarbeitende aus den verschiedenen Abteilungen des Instituts sitzen und einem mitleidige Blicke zuwerfen, weil man immer alleine vor seinem Teller sitzt.

Wahrscheinlich war es gar nicht so, aber seit mich Herr Landauer, ein älterer eleganter und freundlicher Toxikologe, mal vor mehreren anderen Mitarbeitenden gefragt hatte, warum ich eigentlich immer allein am Tisch saß, fühlte ich mich nicht mehr so wohl in der Mensa. Hier, im Kebabstand, schmeckte es nicht nur gut, sondern die Leute waren auch nett. Henrik hatte einen »Kebab ohne Knoblauchsoße« genommen. Weil wir so lange hatten warten müssen, wollte Henrik zurück zum Institut gehen und seinen Kebab dort essen, da er noch etwas Dringendes zu erledigen hatte. Mir war das auch recht, und so liefen wir schweigend wieder durch den Park zum Institut zurück. Am Eingang trafen wir auf Ariana, die mit Evi zusammen vor dem Institut stand und eine rauchte. Sie machte große Augen, als sie Henrik und mich zusammen mit unseren Kebabtüten daherkommen sah, und mir entging der verwunderte Blick nicht, den sie Evi von der Zentrale zuwarf.

Henrik sagte höflich »Hallo«, hielt mir die Tür auf, und wir gingen jeder in sein Büro, um dort unser Essen während der Arbeit zu verspeisen. Das heißt, Henrik machte es sicherlich so. Ich starrte auf den Computerbildschirm und versuchte, mich auf den feinen Geschmack der Falafel zu konzentrieren, schaffte es aber nicht richtig, weil ich immer wieder an Tenzin Kaldeira und seine Witwe denken musste. Irgendwie verstand ich das nicht so recht. Wenn doch die Familie katholisch und die Frau absolut überzeugt davon war, dass es kein Suizid gewesen sein konnte, warum wurde sie dann von der Polizei so abgespeist?

KAPITEL 13

Claudia Meinrad seufzte, während sie ein geringeltes T-Shirt hochhob. Sie war gerade dabei, die Wäsche zusammenzulegen, während sie eine ihrer Lieblingsserien im Fernsehen anschaute. Schon wieder hatte sie Löcher in zwei ihrer T-Shirts entdeckt, die sie erst letzte Woche neu gekauft hatte und erst einmal angehabt hatte. Das war so ärgerlich. Diese Löcher waren in den T-Shirts immer an derselben Stelle, vorne am Bauch, etwa auf Höhe des Jeansknopfes. Klein und dicht beieinander standen sie und schienen sie provozierend anzustarren. Claudia schaute resigniert auf den Wäschekorb, in dem noch die restliche Wäsche lagerte. So ein Mist. Nein, sie trage keinen Gürtel, und nein, Motten kämen auch nicht infrage, hatte sie ihrer Mutter und ihren Freundinnen ungeduldig auf die vermutlich gutgemeinten Vorschläge geantwortet. Es nervte sie einfach endlos, da sie ständig neue T-Shirts kaufte, die immer wieder diese blöden Löcher hatten und die sie dann nicht mehr wirklich anziehen konnte. Ob es vielleicht daran lag, dass sie zu dick geworden war? Vielleicht spannten die Shirts einfach zu sehr am Bauch und rieben sich daher an dem Knopf auf … Claudia schaute auf den Fernseher, wo gerade eine gertenschlanke Schauspielerin schluchzend ihrem Partner um den Hals fiel. Na ja, die hatte wahrscheinlich noch nie Löcher in den T-Shirts gehabt. Vielleicht sollte sie auf Blusen umsteigen, denn die waren bislang immer ganz geblieben, aber das würde dann sehr viel mehr zum Bügeln geben. Claudia rieb sich den Nacken und streckte sich. Sie schaute auf ihre Uhr, die kurz vor 15 Uhr anzeigte. Noch fünf Stunden, dann musste sie ihre Nachtschicht im Altenheim Friesenberg antreten. Nachdem Claudia Meinrad im Gegensatz zu ihrer Freundin

Caroline Friedrich keinen Studienplatz in Medizin bekommen hatte, hatte sie zuerst in Ungarn an einer Universität begonnen zu studieren und war dann aber der Liebe wegen wieder zurück in die Schweiz gekommen. Hanno hatte er geheißen und war die ganz große Liebe gewesen. Sie hatte ihn bei einem Nachtessen während der Semesterferien in Zürich bei Freunden kennengelernt, und nach einem Blick aus seinen blauen Augen war es um sie geschehen gewesen. Er hatte Medizin an der Uni in Zürich studiert und ihr unglaublich mit seinem Wissen und seinem Charme imponiert. Der Gedanke, nun bald wieder nach Ungarn zurückkehren zu müssen, war unerträglich geworden, und so hatte sie ihr Medizinstudium geschmissen und stattdessen eine Ausbildung zur Pflegefachfrau im Stadtspital Waid in Zürich begonnen. Ihre Eltern hatten getobt, aber sie hatte sich verträumt vorgestellt, wie schön es doch wäre, als Medizinische Praxisassistentin in Hannos Praxis zu arbeiten. Abends würden sie dann gemeinsam die Praxis abschließen, den Kopf über skurrile Patienten schütteln und nach Hause gehen, wo sie mit ihren Kindern zusammen zu Abend essen würden. Claudia schüttelte den Kopf und schaute frustriert auf ihre löchrigen T-Shirts. Wie dumm sie nur gewesen war. Als sie Hanno atemlos und beglückt die frohe Neuigkeit ihrer Schwangerschaft mitgeteilt hatte, hatte dieser sie Hals über Kopf verlassen, nicht ohne ihr noch ein wütendes »Hättest du denn nicht besser aufpassen können?« an den Kopf zu schmeißen. Nachdem die Tür hinter ihm zugefallen war, hatte sie nie wieder etwas von ihm gesehen oder gehört.

Claudia hatte das Kind dann im fünften Monat verloren. Ihre Ausbildung zur Fachangestellten Gesundheit hatte sie abbrechen müssen. Die plötzliche Trennung von Hanno und der Abort ihres gemeinsamen Kindes waren zu viel gewesen, und sie hatte versucht, sich mit Pulsaderschnitten das Leben zu nehmen, was damit geendet hatte, dass sie für eine längere Zeit im Sanatorium Kilchberg hatte hospitalisiert werden müssen. Nun arbeitete sie als Altenpflegerin im Altersheim Friesenberg, schlug sich im Alltag mehr schlecht als recht durch und lebte allein in einer kleinen Zweizimmerwohnung in der Albisriederstraße in Zürich. Draußen tuckert gerade eine Trambahn vorbei. Durch das geöffnete Fenster kam der Geruch von ranzig gewordenem Fett, gemischt mit kaltem Rauch. Vermutlich hatte die »Quartierbeiz« unten gerade die Fenster geöffnet.

Hanno hatte mittlerweile eine florierende Gemeinschaftspraxis für Innere Medizin in Zürich-Enge und war mit seiner Praxispartnerin, ebenfalls eine Internistin, verheiratet. Sie hatte ihn erst einmal wiedergesehen, seitdem er ihre Wohnung verlassen hatte, nämlich, als sie im Friesenberg mal einen Notfall gehabt hatten. Hanno war als diensthabender Arzt zusammen mit seiner Frau gekommen, was eine sehr unangenehme Situation gewesen war. Ihrer festlichen Kleidung nach waren sie zuvor auf einem feierlichen Anlass gewesen. Hanno hatte es kurz die Sprache verschlagen, als er sie erkannt hatte, aber er hatte dann so getan, als wären sie sich nie zuvor begegnet. Ruhig und professionell war er seiner Arbeit nachgegangen und war danach ohne ein weiteres Wort wieder verschwunden. Er hatte glücklich ausgesehen, und für Claudia war es nach all der Zeit noch immer ein Stich ins Herz gewesen. Besonders getroffen hatte es sie jedoch, dass Frau Doktor Kaiser schwanger war und sich immer wieder zufrieden über den Bauch gestrichen hatte.

Claudia räumte den Korb mit der Wäsche zur Seite und ging in die Küche, um sich einen Tee zu machen. Sie schüttelte den Kopf, wie um die lästigen Fliegen der Vergangenheit zu verscheuchen. Sie füllte Wasser in den Wasserkocher und holte sich einen Beutel Schwarztee-Vanille aus der Teebüchse. Sie liebte diesen Duft von Vanille und Tee, der sich immer kurz nach dem Überbrühen in der ganzen Küche ausbreitete. Nachdenklich schaute sie aus dem Fenster ihrer kleinen Wohnung auf die zahlreich vorbeifahrenden Autos. Seit ihrem tiefen Fall nach der Trennung von Hanno hatte sie lange gebraucht, um sich wieder aufzurappeln. Nur zögerlich hatte sie sich dazu entschließen können, ihr Leben wieder in die Hand zu nehmen, und sich als Pflegehilfe im Altenheim über Wasser gehalten. Es hatte ihr die Energie gefehlt, ihre ursprüngliche Ausbildung wieder aufzunehmen. Aber nun gab es ein Licht am Horizont, denn endlich ging es wieder aufwärts in ihrem Leben. Sie hatte sich dazu entschlossen, ein Praktikum in der Sozialpädagogik zu machen, und hatte gestern ein Vorstellungsgespräch in einem Heim für körperbehinderte Kinder gehabt. Die Leiterin war sehr sympathisch gewesen, und sie konnte schon nächsten Monat dort anfangen. Wenn ihr das zusagte, würde sie sich für das Studium Soziale Arbeit an der Zürcher Hochschule für Angewandte Wissenschaften einschreiben. Die Kosten waren für sie zwar recht ordentlich, aber sie würde das Studium auch in Teilzeitarbeit durchführen können und nebenbei eben weiter die Nachtschichten im Friesenberg machen. Außerdem hatte sie endlich wieder einen tollen Mann kennengelernt. Einen Primarschullehrer, den sie auf einer Internetplattform gefunden und bereits dreimal getroffen hatte. Er war wunderbar feinfühlig und charmant, und das letzte Mal hatten sie sich vor ihrer Haustür geküsst. Claudia Meinrad lächelte versonnen, als sie sich mit ihrem Tee an den Küchentisch setzte. Noch immer spürte sie das Gefühl seiner Lippen auf ihrem Mund. Wie weich und warm sie gewesen waren. Vielleicht sollte sie Florian heute noch anrufen. Oder ob sie lieber warten sollte, bis er sich meldete? Claudia nahm gerade einen Schluck Tee, als das Telefon anfing zu klingeln.

KAPITEL 14

Der Nachmittag verlief äußerst schleppend. Ich versuchte, mich auf meine Fälle zu konzentrieren, die ich letztlich auch abschließen musste. Eine ganze Weile funktionierte das nicht schlecht. Bei dem besonders mühseligen Bericht einer Leichenschau eines Unfallopfers, das bei Baumsägearbeiten von einem Ast gefallen war und unzählige kleine Hautunterblutungen und Hautabschürfungen hatte, in deren Beschreibungen ich mich ziemlich verzettelt hatte, driftete ich jedoch immer wieder ab zum Fall Kaldeira. Ich tat mich einfach schwer damit, die Sorgen und Angaben der Witwe als Trauerreaktionen abzutun. Irgendwie hatte alles zu schlüssig geklungen, was sie gesagt hatte. Und diese eine Stelle da, in der Kopfschwarte ... Konnte ich wirklich mit Sicherheit sagen, dass keine Fremdeinwirkung im Spiel war? Ich hatte am Schädelknochen keinen Bruch abgrenzen können, aber was hieß das schon? Der Schädel war von der Hitze regelrecht gesprengt gewesen. Ich hatte noch nie zuvor eine Brandleiche obduziert, und Frau Lüdemann war nicht dabei gewesen. Was hatte schon wieder die Computertomografie ergeben? Ich schaute ins System. Der Bericht war noch nicht da, was wahrscheinlich weniger an unserem Radiologen Armin Walther als an den chronisch überlasteten Sekretärinnen lag, die einfach nicht dazu kamen, Berichte zu schreiben. Ich schaute auf die Uhr. Kurz vor 17 Uhr. Armin Walther war hoffentlich noch da. Die Radiologen gingen immer sehr pünktlich, was nicht gerade eine gute Stimmung bei uns Assistenten hervorrief, aber Armin arbeitete eigentlich meist länger und war auch schon vor mir im Büro, wo er auf seine Bildschirme starrte.

Ich stand auf und machte mich auf den Weg in den Keller zur Bildgebungsbeurteilung. Meine Schritte hallten im Treppenhaus wider. Im Bildgebungsraum roch es wie immer nach alten Socken und ungewaschenen Haaren, was nicht an Armin lag, der, wie ich fand, immer ausgesprochen fein duftete. Er benutzte »Route66«, ein uraltes Rasierwasser, das schon mein Religionslehrer immer verwendet hatte. Egal, ich mochte es, und es bildete einen angenehmen Kontrast zum Muffelgeruch bei den Radiologen. Außer Armin war niemand mehr da. Er saß allein vor mehreren Bildschirmen und starrte gerade auf das Computertomografie-Bild einer Wirbelsäule.

Er schaute auf, als ich vorsichtig klopfte.

»Lischen, was für eine Freude zu später Stunde!«, rief er, sich auf seinem Stuhl drehend. »Was kann ich für dich tun?«

»Hey, Armin, endlich mit mir essen gehen«, grinste ich, während ich peinlicherweise rot wurde.

»Aber Lisa«, schaute er mich mit seinen tiefblauen Augen schräg an. »Du weißt doch, meine Frau und die Kinder!«

Das war so eine Art Running Gag zwischen uns, den wir immer machten, wenn keiner zuhörte, sonst würde die Gerüchteküche natürlich explodieren, und das wollte ich nicht, denn Armin war glücklich mit einer Radiologin verheiratet und hatte zwei kleine Kinder. Trotzdem fand ich ihn ausgesprochen attraktiv. Ich fragte ihn nach dem Befund an der rechten Schläfe von Tenzin Kaldeira.

Armin fuhr sich durch die schwarzen Locken und schob mir einen Stuhl hin.

Ich rückte neben ihn und schaute gebannt auf die beiden Bildschirme, auf denen sich das Computertomografie-Abbild des Körpers von Kaldeira öffnete. Da das eine Weile dauerte, schaute er mich schelmisch an. »Und sonst, Lisa, alles gut bei dir?«

Ich nickte. »Jaja. Mehrheitlich schon. Und bei dir? Kinder gesund?«

»Nee, der Kleine hat Durchfall und der Große die Windpocken, aber … ah, da haben wir ja die Bilder. Komm, wir gucken zuerst mal den Schädel im Knochenfenster.«

Er zoomte die Bilder heran.

»Hier siehst du die Schädelnahtsprengung. Durch den Brand.«

Er runzelte die Stirn. »Das muss ja wahnsinnig gebrannt haben, dass der sich im Freien solche Verbrennungen zuzieht.« Kurze Pause.

»Und hier oben an der rechten Schläfe, da, beim Bruch. Da hat es eine kleine Kante …« Er zögerte. »Das könnte eine kleine Impression sein. Schlag auf den Kopf, also aus radiologischer Sicht nicht gänzlich ausgeschlossen«, beendete er seine Befunde. Er schaute auf die Uhr. »Ich muss los, wie gesagt, die Kinder sind beide krank, und Jana hat Spätschicht im Spital.«

Meine Gedanken rasten. Gerne würde ich ihn fragen, ob es denn nur nicht ausgeschlossen oder sogar eher mit einem Schlag vereinbar wäre, oder ob es aus radiologischer Sicht auch ein Sturz gewesen sein könnte. Fragen über Fragen gaben sich in meinem Kopf gerade die Hand. Aber Armin war schon aufgestanden, hatte seine Jacke angezogen und warf mir noch eine übertrieben charmante Kusshand zum Abschied zu.

KAPITEL 15

Julia Zimmermann schaute sich gerade zwei verschiedene Bilder auf dem Computer an. Welches würde sich wohl besser für die Fotodokumentation eignen? Auf dem einen konnte man einen linken Arm erkennen, auf dem zwei halbrunde Verletzungen abzugrenzen waren. Auf dem anderen sah man zwar die Verletzung sehr gut, und sogar einem Laien dürften die Zahnabdrücke klar erkennbar sein, aber dafür konnte man nicht erkennen, wo sich die Bissverletzung befand. Es ging um den Fall Iselin.

Mit Schrecken erinnerte sich Julia an die spurenkundlichen Untersuchungen der Taxifahrerin und ihres Fahrgastes. Die Taxifahrerin, Frau Iselin, eine Frau mittleren Alters, dem Habitus nach dem Alkohol sehr zugeneigt, war während einer nächtlichen Fahrt von einem total zugedröhnten Fahrgast angemacht worden. Da der Typ anscheinend sehr aufdringlich geworden war, hatte sie ihn mit recht deutlichen Worten zurechtgewiesen, und als das nichts half, seine Männlichkeit mit einem blöden Spruch beleidigt. Der Mann hatte ihr daraufhin unvermittelt seine noch halbvolle Bierflasche auf den Kopf gehauen, die Frau hatte sich wütend auf den Fahrgast gestürzt und ihn im allgemeinen Gerangel gebissen. Beide waren bei der jeweiligen Untersuchung entsetzlich aggressiv gewesen. Die Frau hatte zum Schluss sogar von fünf Polizisten für eine Untersuchung und die Blutentnahme fixiert werden müssen. Der stark alkoholisierte Fahrgast war keinen Deut besser gewesen, und eine schöne fotogrammetrische Aufnahme seiner aus rechtsmedizinischer Sicht lehrbuchwürdigen Bissverletzung war unmöglich gewesen. Julia war für die Spurensicherung zuständig gewesen. Sie hatte immerhin DNA-Abstriche von der Bisswunde nehmen können, die eindeutig von der Frau stammten. Nun musste sie eine Fotodokumentation für die Staatsanwaltschaft erstellen und konnte sich bei den Bildern nur schwer entscheiden. Da fiel ihr ein, dass Lisa ja die zuständige Dienstärztin des RZZ gewesen war. Das wäre doch eine schöne Gelegenheit, sie einmal anzurufen.

KAPITEL 16

»Komm schon, Lisa, probiere es doch einfach mal aus!«, rief Julia ausgelassen, während ich skeptisch auf das aufgeblasene Stand Up Paddle Board schaute, das vor mir am Boden lag. Es war Samstagnachmittag, und nur wenige Wolken zogen gemächlich über den Zürcher Himmel. Ich befand mich am Bendlikon, einem kleinen Park in Kilchberg bei der Bootsanlegestelle. Es war 28 Grad Celsius heiß, und nur ein leichtes Lüftchen wehte. Julia und ihre Freundin Maggi standen bereits sicher und scheinbar mühelos auf ihren Boards und winkten mir fröhlich zu. Rings um mich herum pumpten andere Paddler ihre Bretter auf. Von einem Einweggrill nebenan wehte der Geruch nach Rauch und gebratener Wurst herbei. Irgendwo plärrte ein Kind steinerweichend. Ich hob das Brett auf, klemmte das überdimensionale Paddel unter meinen Arm und schlängelte mich an einigen Kindern vorbei, die sich auf dem Boden balgten, während ihre Mütter entspannt daneben auf einem Handtuch saßen und miteinander plauderten.

Das Wasser des Zürichsees fühlte sich angenehm warm an meinen Füßen an. Ich legte das Brett aufs Wasser und merkte schnell, dass es für die Finne an dieser Stelle noch zu flach war. Leise fluchend hob ich es wieder an und stapfte weiter in Richtung Seemitte. Am Bendlikon fiel das Kiesufer sehr flach ab. Von den zahlreichen Booten auf dem See schwappten kleine Wellen um meine Beine. Im hüfttiefen Wasser beschloss ich, es nochmals zu versuchen. Ich stemmte die Hände auf das Brett und hievte mich hoch. Julia hatte mir eingeschärft, unbedingt zuerst auf den Knien zu paddeln. Erst einmal drauf, war es zwar etwas wackelig, aber gar nicht so schwierig, die Balance zu halten. Julia paddelte näher heran.

»Prima, Lisa! Das sieht doch schon super aus«, lachte sie. Ermutigt versuchte ich aufzustehen und flog prompt in hohem Bogen wieder ins Wasser. Prustend kam ich wieder an die Wasseroberfläche und stemmte mich erneut auf das Brett. Unmittelbar neben mir glitt gerade eine gertenschlanke Frau in einem Designerbikini völlig mühelos an mir vorbei und warf mir einen mitleidigen Blick zu. Ich merkte, dass mich der Ehrgeiz packte. Das wäre doch gelacht, wenn ich das nicht auch schaffen würde. Also beschloss ich, erst einmal auf den Knien ein Stück auf den See hinauszupaddeln. Julia und Maggi begleiteten mich, und nach einigen weiteren Wasserlandungen klappte es immer besser. Mit der Zeit genoss ich das sanfte Schaukeln auf dem See, die herrliche Aussicht auf die Berge und das wunderbar angenehm temperierte Wasser. Maggi, die mir gegenüber anfangs reserviert gewesen war, taute spürbar auf. Ich hatte die große, schlanke Frau mit den kurzen braunen Haaren auf Anhieb sympathisch gefunden und fand es großartig, mit den beiden auf dem See zu sein.

Auf Höhe der Badi Rüschlikon machten wir eine Pause und setzten uns auf unsere Bretter. Ich erzählte Julia vom Besuch der Witwe Kaldeiras.

Nachdenklich sah sie mich an. »Und jetzt überlegst du, ob Kaldeira sich vielleicht doch nicht selbst verbrannt hat?«, fragte sie mich. Ich zuckte mit den Schultern.

»Ich weiß es nicht«, ich machte eine kurze Pause und verscheuchte eine Bremse mit der Hand, »ich verstehe einfach nicht, warum wir so sehr davon überzeugt sind, dass es ein Selbstmord gewesen ist, und eine andere Möglichkeit gar nicht in Betracht ziehen.«

Julia zupfte ein winziges Stückchen Dreck von ihrem Fuß und sagte einen Moment lang nichts. Maggi hatte sich auf ihrem Brett ausgestreckt und die Augen geschlossen.

»Ich habe mir die Rechtsmedizin einfach anders vorgestellt«, hatte ich das dringende Bedürfnis, mich zu rechtfertigen. »Objektiver. Mehr auf unsere Befunde fokussiert. Ich finde, wir schauen uns die Umstände an, suchen nach Befunden am Leichnam oder am Lebenden, die dazu passen, und der Rest wird einfach unter den Tisch gekehrt.«

Julia runzelte die Stirn und zog ihre weiße Baseballkappe leicht nach unten.

»Ich glaube, ich verstehe, was du meinst«, antwortete sie nachdenklich. »Aber häufig passen die Befunde ja auch zu den Umständen, so«, sie lehnte sich zurück und stützte die Hände auf ihr Brett, »wie auch in diesem Fall, soweit ich das mitbekommen habe.« Versonnen schaute sie auf den See. »Wer sollte denn den Reinigungsmann verbrennen und das Ganze dann auch noch wie einen Selbstmord aussehen lassen.« Sie lachte leise auf. »So etwas gibt es nur in einem schlechten Krimi.«

»Ich weiß ja selbst, dass sich das irgendwie weit hergeholt

anhört«, rechtfertigte ich mich. »Aber ich bekomme die Zweifel einfach nicht aus dem Kopf. Und im RZZ kann ich es mit niemandem besprechen. Nach der Vita-Aeterna-Geschichte lachen mich doch alle aus, wenn ich damit ankomme.«

Julia sah mich skeptisch an.

»Na ja, ich finde, Lisa hat einen Punkt«, brachte sich Maggi in unsere Diskussion ein. Sie richtete sich auf und schaute uns an. »Warum kann man dem nicht nachgehen? Ja, es hört sich weit hergeholt an, aber es wäre doch theoretisch möglich. Warum soll denn die Witwe behaupten, er sei ein strenggläubiger Katholik gewesen, wenn er es gar nicht war?«

Julia schüttelte genervt den Kopf. »Jetzt fang du auch noch damit an!«, fuhr sie ihre Freundin mit einem leichten Vorwurf in der Stimme an. »Die Witwe will halt nicht wahrhaben, dass sich ihr Mann umgebracht hat. Das sehen wir doch fast täglich. Ist ja auch verständlich irgendwie.« Sie stand auf und nahm ihr Paddel.

»Ich brauche mal was zu essen.« Sie zeigte auf die Badi Rüschlikon, die schon wieder ein ganzes Stück entfernt war. Das leichte Lüftchen hatte uns ziemlich weit abtreiben lassen. Schweigend standen wir auf und paddelten gemächlich zur frei zugänglichen Badi Rüschlikon. Es herrschte Hochbetrieb, und ein Gewusel von unzähligen Kindern tummelte sich am Kiosk.

Zwei kleine blonde Mädchen standen am Steg und spritzten sich kichernd mit Wasserpistolen ab. Ein alter Mann mit einer zu knappen Badekappe zog stoisch seine Runden. Wir legten unsere Bretter an den Rand, wo sie hoffentlich von all den Kindern in Ruhe gelassen werden würden, und stellten uns in die Schlange.

»Aber hallo, schöne Frau. Was für ein Zufall«, ertönte plötzlich eine Stimme hinter uns. Ich drehte mich um und schaute in die verspiegelte Sonnenbrille eines jungen Mannes. Er war etwas größer als ich, schlank und trug rote Badeshorts. Seine etwa kinnlangen schwarzen Locken hatte er am Nacken zu einem kleinen Pferdeschwanz zusammengebunden.

»Ben!«, lachte Julia und fiel ihm um den Hals. Maggi grinste und knuffte ihn freundschaftlich mit der Faust in die Schulter. Ben hieß eigentlich Benjamin und arbeitete bei der Kantonspolizei Zürich auf dem Stützpunkt Thalwil. Er wohnte in Rüschlikon und hatte heute frei. Wie wir hatte er sich nur etwas zu essen holen wollen. Auch er, wie könnte es auch anders sein, hatte ein Board dabei, das er ganz in der Nähe von unseren abgelegt hatte. Jeder eine Portion Pommes und eine Cola in der Hand, liefen wir zurück zu unseren Brettern und gingen wieder auf den See. Es wimmelte in diesem Sommer von Wespen, und wir hatten die Hoffnung, dass es auf dem See weniger Plagegeister beim Essen haben würde. Ich hatte allerdings Bedenken, ob ich mein Essen trocken würde transportieren können. Ben grinste mich breit an und nahm mir beides ab. Zu meinem großen Ärger wurde ich rot und fiel natürlich prompt kopfüber ins Wasser, als das Kursschiff an uns vorbeifuhr und hohe Wellen aufwarf. Gutmütig grinsend überreichte Ben mir später meine Pommes, als ich triefend wieder auf dem Brett saß. Zusammen ließen wir es uns schmecken. Ich war überrascht, wie knusprig die Pommes frites waren. Mit einem Badi-Kiosk assoziierte ich immer lätschige, fetttriefende Tiefkühlprodukte, aber diese hier waren hervorragend. Ben erklärte mir, dass sie aus dem angebauten Restaurant stammten, das für seine gute Küche bekannt war. Julia, Maggi und Ben schienen sich gut zu kennen. Sie schafften es trotzdem, dass ich mich nicht wie das fünfte Rad am Wagen fühlte, und erklärten mir verschiedene Insiderwitze, über die sie alle drei herzhaft lachen konnten, und ließen mich teilhaben an ihren gemeinsamen Erinnerungen.

Seit meinem Wegzug aus München hatte ich mich noch nie so wohlgefühlt. Offen gestanden gefiel auch Ben mir außerordentlich gut. Ich hatte schon immer eine Schwäche für Männer mit längeren Haaren gehabt, und sein Grinsen, die unbekümmerte Art und der Witz, den er versprühte, übten eine unvergleichliche

Anziehung auf mich aus. Seit sechs Jahren hatte ich keine Beziehung mehr gehabt. Mein letzter Freund, mit dem ich knapp ein Jahr zusammen gewesen war, war – eine Ironie des Schicksals – für ein Jahr zum Studium nach Zürich gezogen, woran unsere Beziehung zerbrochen war. Anfangs hatte ich verzweifelt versucht, ihn bei jeder sich bietenden Gelegenheit zu besuchen, aber von ihm war kein Gegenbesuch mehr erfolgt, und bald hatte er sich in eine rassige Tessinerin verliebt und mir den Laufpass gegeben. Daran hatte ich lange zu kauen gehabt und später dann zwar den einen oder anderen One-Night-Stand, aber keine ernst zu nehmenden Bekanntschaften mehr. Vielleicht war ich daher auch so empfänglich für Bens Charme. Gerade hatte er etwas gesagt, was ich nicht verstanden hatte, weil ein Motorboot mit ohrenbetäubendem Krach an uns vorbeigeschossen war. Immerhin hatte ich mich dieses Mal gegen die Wellen gewappnet und war nicht ins Wasser gefallen. Trotzdem kämpfte ich einen Moment mit dem Gleichgewicht und war mir meines Anblicks, den ich bieten musste, nur zu bewusst. Eine zwar nicht dicke, aber auch alles andere als schlanke oder durchtrainierte blonde Deutsche, die breitbeinig auf einem Brett steht und mit den Armen rudert, um nicht ins Wasser zu platschen. Verlegen zupfte ich an meiner Bikinihose und hoffte, dass sie halbwegs saß. Mittlerweile hatte sich die Sonne bereits dem Horizont hinter Kilchberg genähert, und wir machten uns langsam auf den Rückweg. Meine Arme brannten von der ungewohnten Anstrengung, gegen das nun doch nicht mehr so leichte Lüftchen anzupaddeln, aber ich fühlte mich großartig. Glücklich betrachtete ich Julia und Maggi, die elegant vor mir paddelten, und Ben, der neben mir war und nicht müde wurde, sich mit mir zu unterhalten. Zurück am Bendlikon, legten wir uns noch einen Moment ins Gras, bevor wir unsere Bretter wieder zusammenpackten. Meines war von Julia und Maggi, die sich dieses Jahr neue gekauft hatten und so eines für mich übrig hatten.

»Wenn du magst, kannst du es gern behalten«, sagte Maggi zu mir. »Wir brauchen es ja nicht mehr.« Gerührt bedankte ich mich. Julia musste ab 22 Uhr arbeiten und wollte sich zu Hause vorher noch ausruhen. Die beiden verabschiedeten sich und gingen händchenhaltend zu ihrem Auto.

Julia drehte sich plötzlich um und kam wieder zurück.

»Wegen dem Selbstmord«, sagte sie ernst. »Ich kann nochmals im Polizeisystem nachschauen, ob ich etwas zu dem finde. Wie hat der schon wieder geheißen?« Ich nickte dankbar und buchstabierte ihr den Namen »Kaldeira«.

»Aber mach dir nicht zu viele Hoffnungen!«, rief sie mir zu, während sie loslief.

Ben und ich standen uns gegenüber. Verlegen rieb ich an meiner Nase und schaute auf die Uhr. Ben strich sich durch die Haare.

»Ja dann …«, meinte ich und sah ihn an.

»Ja dann …«, antwortete er schelmisch und grinste breit.

»Vielleicht bis bald mal?«, sagte ich und hoffte, dass meine Stimme nicht verriet, wie gern ich ihn wiedersehen würde.

»Bestimmt bis bald mal«, gab Ben zurück und bückte sich, um sein zusammengeschnürtes Brett aufzuheben. Enttäuscht wandte ich mich um und lief mit der SUP-Tasche los in Richtung Bahnhof. Es fühlte sich an, als wäre ein dicker Klumpen in meinem Bauch. Was war ich doch für eine Närrin, schalt ich mich. Zu glauben, dass ein derartig attraktiver Typ wie Ben mit Anfang 30 keine Freundin hatte oder gar Interesse an mir zeigen und mich gerne wiedersehen würde.

»Hey, Lisa!«, rief er da von hinten. Ich wandte mich um. »Ich weiß zwar, wo das RZZ ist und wo ich dich finde, aber deine private Telefonnummer wäre mir lieber.« Er grinste dermaßen breit, dass ich das unbestimmte Gefühl hatte, durchschaut worden zu sein.

Glücklich und müde kam ich an diesem Abend in meiner

Wohnung an. Ich verstaute das Stand Up Paddle Board erst mal auf dem Balkon und hätte heulen können vor Freude. Endlich schien ich auch in Zürich Anschluss gefunden zu haben. So einen herrlichen Tag hatte ich schon lange nicht mehr gehabt. Ich nahm mir ein kleines »Feldschlösschen« aus dem Kühlschrank und genoss das perlende Bier im Mund. Ich legte mich auf mein Bett, schaltete den Fernseher ein, und noch bevor die Hälfte der Netflix-Serie vorbei war, schlummerte ich bereits tief und fest.

KAPITEL 17

Claudia Meinrad lief fröhlich pfeifend ins Altersheim Friesenberg. Morgen würde sie Florian wiedertreffen, und dieses Mal hatte er sie zu einem Abendessen zu sich nach Hause eingeladen. Kurz nach seinem Anruf hatte auch noch ihre Mutter angerufen, und sie hatte ihr von Florian, dem anstehenden Praktikum und den Plänen, Soziale Arbeit zu studieren, erzählt. Ihre Mutter hatte sich sehr gefreut, und Claudia hatte ihr versprochen, sie am kommenden Wochenende zu besuchen. Eigentlich hätten sie sich schon letztes Wochenende treffen wollen, aber Claudia hatte kurzfristig für eine Kollegin einspringen müssen, und so hatten sie es eben verschoben. Aufgeschoben ist ja schließlich nicht gleich aufgehoben. Es würde noch viele Wochenendgelegenheiten geben, ihre Mutter zu besuchen, dachte sich Claudia.

Auf der Station angekommen, zog sich Claudia eine weiße Hose und ein weißes T-Shirt an und verstaute ihre eigenen Sachen in ihrem Spind. Im Stationszimmer warteten ihre beiden Kolleginnen von der Spätschicht schon mit den Patientenakten auf dem Schoß auf die Übergabe. Claudia nahm einen Schluck Tee und verbrannte sich die Zungenspitze.

Ihre Kollegin Elvira schaute sie belustigt an. »Immer das Gleiche mit dir«, sagte sie. Claudia zuckte mit den Schultern und machte eine komische Grimasse.

»Können wir?«, fragte Monika, eine etwas dickliche, schon ältere Pflegerin spitz, während sie die Blätter der ersten Akte vor ihr mit ihren fleischigen Fingern umblätterte. Claudia fand es immer ziemlich eklig, wenn Monika den Rapport machte, da sie die Angewohnheit hatte, sich vor dem Umblättern die Finger mit Speichel zu befeuchten. Das widersprach natürlich allen Hygienevorschriften, aber als Claudia einmal zaghaft etwas in dieser Richtung gesagt hatte, war sie von Monika derartig abgekanzelt worden, dass sie sich seitdem nicht mehr getraut hatte. So versuchte sie, sich zu merken, wo Monika die Blätter berührt hatte, und möglichst nicht an dieselbe Stelle zu fassen.

Es gab wenig Neues. Eine demente alte Dame, Frau Fetz, litt, wie so oft, unter starkem Verfolgungswahn. Ein anderer Bewohner, Herr Renggli, hatte schlimmen Durchfall und war sehr verwirrt gewesen.

»Der Arzt kommt leider erst gegen 23.30 Uhr vorbei, um ihn zu untersuchen und eventuell die Medikamente anzupassen«, ergänzte gerade ihre Kollegin Elvira den Bericht von Monika. Sie berührte vorsichtig ihr Lippenpiercing, das sie sich erst vor kurzem hatte stechen lassen. Claudia fand diese ganze Schmuckanhängerei im Gesicht furchtbar. Es gab der eigentlich hübschen und zierlichen Elvira mit ihrer großen Nase und den vielen Tätowierungen einen asozialen Touch. Elvira war aber, aber trotz ihres etwas merkwürdigen Aussehens eine Seele von Mensch, und Claudia schätzte sie sehr.

»Ja, angeblich hat er Spätschicht im Spital«, fuhr Elvira fort, während sie vielsagend die Augenbrauen hochzog und aufstand, um sich die Hände zu desinfizieren.

»Ich glaube aber eher, dass er andere Abendpläne hatte. Als ich ihn angerufen habe, war im Hintergrund lautes Stimmengewirr zu hören, und Gläser haben laut geklirrt.«

Claudia zuckte mit den Schultern. »Ist denn der Durchfall sehr schlimm?«, fragte sie, Böses ahnend.

Monika verzog die Mundwinkel und hob die Hände, als wolle sie sich aus allem raushalten. Wieder war es Elvira, die antwortete.

»Na ja, schon ziemlich. Ich habe ihn vorher komplett umgezogen, aber vermutlich wirst auch du bald nach ihm schauen müssen.«

Claudia verdrehte genervt die Augen. Das konnte ja heiter werden. Ein dementer, nicht wirklich mobiler Patient spätabends mit Durchfall. Ohne ärztliche Verordnung durfte sie ihm nicht einmal Immodium geben. Hoffentlich kam der Arzt bald. Sie nahm sich vor, ihn einfach anzurufen, wenn sich Herr Renggli schlimm einkoten sollte, auch schon vor 23.30 Uhr. Hoffentlich war es nicht wieder Hanno.

Ihre Kolleginnen verabschiedeten sich mit einem freundschaftlichen Klaps auf die Schulter, offensichtlich froh darum, endlich gehen zu können. Claudia ging zum Waschbecken und wusch ausgiebig ihre Hände. Dann setzte sie sich erst mal hin, um die Tagesverläufe der Patienten und die anstehenden Aufgaben nochmals genau durchzulesen. Die Medikamente waren bereits von der Spätschicht gerichtet worden. Die würde sie dann nachher nochmals kontrollieren müssen.

Ein Klopfen an der Tür ließ sie aufschauen. Es war Frau Fetz mit ihrem Rollator. Das weiße Haar stand ihr wirr vom Kopf ab. Ihr Nachthemd war verrutscht, und sie atmete schnell.

»Frau Fetz! Guten Abend«, sagte Claudia freundlich. Die Frau schaute sie aus weit aufgerissenen Augen an.

»Sie kommen, Frau Meinrad, sie kommen. Ich habe es gehört. Vorhin im Radio!«, flüsterte sie und schaute sich ängstlich nach allen Seiten um.

Claudia schloss die Kühlschranktür und legte die Insulinspritzen, die sie soeben entnommen hatte, zu den anderen Medikamenten.

»Wer kommt, Frau Fetz?«, fragte sie ruhig. »Die Russenmafia?«

Frau Fetz nickte ernsthaft.

»Ja. Die Russen. Sie kommen! Gott steh uns bei!« Aufgeregt fuchtelte sie mit ihren Händen herum.

Claudia tat die alte Frau leid. Jeden Abend war es dasselbe. Mal waren es die Russen, dann die Chinesen und gelegentlich die Franzosen. Frau Fetz litt dann unter entsetzlichen Angstzuständen und war desorientiert. Meist ließ sie sich aber zum Glück schnell wieder beruhigen. Claudia fasste sie am Arm und führte sie zurück in Richtung Zimmer. Frau Fetz ging widerstandslos mit.

Im Zimmer von Frau Fetz stand das Fenster offen und es wehte kühle Nachtluft herein. Claudia schloss es schnell und lief wieder zu Frau Fetz, die wie angewurzelt stehen geblieben war und mit weit aufgerissenen Augen auf das Fenster starrte.

»Nein, Hilfe, bummm, bummm!«, brüllte sie plötzlich und trippelte wieder auf den Gang zurück. Claudia lief schnell zu ihr und redete tröstend auf Frau Fetz ein, die unter keinen Umständen wieder in ihr Zimmer gehen wollte.

Gerade als sich Frau Fetz wieder ein bisschen beruhigt hatte und Claudia mit ihr auf dem Weg zurück zum Stationszimmer war, damit sie ihr ein Beruhigungsmittel geben konnte, klingelte es. Das musste der Arzt für Herrn Renggli sein.

»Einen Moment, Frau Fetz, ich muss kurz aufmachen«, sagte sie, was so ziemlich das Falscheste war, was sie in diesem Moment hatte sagen können.

Frau Fetz begann wie am Spieß zu schreien und schaute hektisch in alle Richtungen. »Auuuuooooooo! Das sind sie! Die Russen, sie kommen! Hilfe! Nicht aufmachen! Nein, nein!« Erregt schob sie ihren Rollator gegen Claudia, um zu verhindern, dass diese den Türöffner drückte. »Wir müssen weg. Hilfe! Bumm, bumm! Nicht aufmachen, Nein! Hiilllffe!« Frau Fetz schrie nun in voller Lautstärke und begann, panisch um sich zu schlagen. Claudia schob sie resolut zur Seite, drückte kurz auf den Türöffner, rief in die Gegensprechanlage: »Zimmer 202«, und schob Frau Fetz eine Tablette Temesta® in den Mund. Diese würde zwar recht schnell wirken, aber im Moment brüllte Frau Fetz immer noch lautstark um Hilfe.

Zum Glück hatten die meisten Bewohner nicht mehr das beste Gehör, und so war offenbar keiner vom lauten Geschrei von Frau Fetz aufgewacht. In ihrem Zimmer beruhigte sich Frau Fetz relativ schnell wieder, nachdem Claudia unter das Bett geschaut, das Fenster vor ihren Augen geschlossen und ihr versprochen hatte, die Tür fest zuzumachen. Nachdem sich Claudia vergewissert hatte, dass Frau Fetz sich nun wirklich beruhigt hatte, ging sie auf leisen Sohlen wieder aus dem Zimmer.

Der Gang lag im Halbdunkel, und es war jetzt sehr ruhig auf der Station. Claudia schüttelte den Kopf. Es war fast jeden Abend dasselbe mit Frau Fetz, aber solange es nicht weiter ausartete, konnte sie gut mit Frau Fetz umgehen. Aus Gewohnheit wusch und desinfizierte sie sich die Hände, bevor sie die Schale mit den Medikamenten für den Abendrundgang in die Hände nahm. Da fiel ihr wieder ein, dass sie ja den Arzt von Herrn Renggli hereingelassen hatte.

Sie lauschte. Aus Zimmer 202 war nichts zu hören. Ob er schon fertig war? Sie würde noch kurz nachschauen müssen, wäre dann aber definitiv zu spät dran mit ihrer Medikamentenrunde. Sie hatte die Akte von Herrn Renggli, in der die ärztlichen Verordnungen standen, extra auf den Tisch gelegt, so dass der Arzt dort einfach seine Einträge würde machen können. Die Akte lag noch immer unverändert auf dem Tisch. Claudia schlug sie auf. Es waren keine neuen Verordnungen oder sonstige Einträge zu sehen, also war er entweder noch nicht fertig oder er hatte die Akte gar nicht gesehen. Wahrscheinlich würde morgen der Frühdienst beim Arzt nachfragen müssen, weil sie es verpasst hatte, dem Arzt die Akte zu geben. Claudia fuhr sich durch die Haare.

Sie würde nun doch als Nächstes zu Herrn Renggli gehen und nachschauen müssen. Sie verließ das Stationszimmer und lief den Gang vor bis ans Ende zu Zimmer 202, in dem Herr Renggli zusammen mit einem weiteren Senior lag. Als sie die Tür aufmachte, schlug ihr sofort der üble Geruch nach Exkrementen entgegen. Sie stöhnte leise auf. Das konnte ja wirklich heiter werden heute. Im Dämmerlicht der Nachtbeleuchtung konnte sie Herr Renggli sehen, der mit offenem Mund im Bett lag und laut schnarchte.

Von einem Arzt war weit und breit nichts zu sehen. Claudia schaute auf die Uhr. Verflixt! Sie musste jetzt die Nachtmedikation verteilen. Aber sie konnte den armen alten Mann nicht so liegen lassen. Claudia fluchte leise. Schnell schloss sie die Tür, ohne unnötig Lärm zu machen, und lief los, um frische Wäsche zu holen, als sie plötzlich stutzte.

Wenn der Arzt nicht bei Herrn Renggli war, wen hatte sie denn dann ins Haus gelassen? Ihr fiel auf, dass sie die Kolleginnen nicht nach dem Namen des Arztes gefragt hatte und in der Aufregung mit Frau Fetz schon gar nicht nach dem Namen der Person, die geklingelt hatte. Claudia sah sich um. Alles war still. Aus der nur angelehnten Zimmertür konnte sie Herrn

Renggli schnarchen hören. Irgendwo ging das leise Rauschen einer Lüftung. Claudia fühlte sich plötzlich unwohl. Was, wenn jetzt jemand hier herumgeisterte und ihr auflauerte? Schnell schimpfte sie sich in Gedanken. Wer sollte ihr denn hier auflauern? Sie wedelte mit einer Hand, als ob sie die schlechten Gedanken wegwischen könnte. Aber ein leises Unbehagen blieb. Claudia ging weiter in Richtung Stationszimmer. Plötzlich knarrte eine Zimmertür. Claudia drehte sich um, konnte aber niemanden sehen. Ihre Nackenhaare stellten sich auf. Sie sah, dass die Tür zum Materialraum nur angelehnt war. War die nicht vorhin geschlossen gewesen? Plötzlich hatte sie Angst. Sie griff in ihre Tasche, wo normalerweise das Telefon war. Sicherheitshalber. Doch die Tasche war leer. Claudia kam es vor, als vernähme sie ein leises Atmen. Sie blieb einen Moment wie erstarrt stehen. Wo war nur das verdammte Telefon? Die Tür zum Materialraum öffnete sich langsam. Claudia stieß einen lauten Schrei aus.

KAPITEL 18

Das schrille Klingeln des Telefons riss mich aus meinen Träumen, in denen ich mit Julia, Ben, Ariana und Frau Professor Hagmann beim Stand-Up-Paddeln gewesen war. Frau Professor Hagmann hatte mit Ben auf einem Brett gestanden und ihn immerzu umarmt. Ich war ständig ins Wasser gefallen, und dann hatte ein Kursschiff geklingelt, geklingelt und geklingelt. Das Kursschiff war aber nun eben kein Kursschiff, sondern mein Telefon. Die Uhr zeigte kurz nach Mitternacht. Ich hatte also erst etwa eine Stunde geschlafen.

Müde und mit rasendem Puls nahm ich ab. Es war die Einsatzzentrale, die mir einen Todesfall am Bahnhof Kilchberg meldete. Da sie mal wieder keinen Bezirksarzt erreichen konnten, riefen sie das RZZ an.

Ich fluchte leise vor mich hin. Bahnleichen sollten immer so schnell wie möglich untersucht werden, da ja der Bahnverkehr in der Zeit stillstand. Gut, nachts war das nicht so tragisch, aber trotzdem sollte ich mich beeilen. Ich streckte mich, warf mein Schlafshirt auf einen Stuhl und ging in mein kleines Badezimmer. Im grellen Licht der Neonlampe sah ich zehn Jahre älter aus, als ich war, und fühlte mich auch dementsprechend. Nach einer Katzenwäsche tuschte ich meine Wimpern, sprühte mein heißgeliebtes Parfüm auf und machte mich auf den Weg.

Ich fuhr gern in der Nacht durch Zürich. Die Straßen waren leer, und man kam gut voran. Ich hatte mich entschlossen, über die Weinbergstraße und den Hauptbahnhof zu fahren.

Die Nacht war lau. In der Innenstadt waren noch viele Fußgänger unterwegs. Am Hauptbahnhof stolperten ein paar betrunkene Jugendliche bei Rot über den Fußgängerstreifen, und ein paar Touristen liefen lachend mit Fotokameras und Stadtplänen in der Hand zu einem der zahlreichen in einer Schlange wartenden Taxis. Auf Radio 1 kam gerade ein Lied von Van Morrison. Ich drehte auf und sang laut mit, wobei ich an der Ampel schnell die Fenster hochkurbelte, nachdem mich ein paar japanische Touristen mit merkwürdigen Blicken bedacht hatten. Nach etwa 20 Minuten bog ich in Kilchberg in die Bahnhofstraße ein. Beim Bäcker Känzig brannte bereits Licht in der Backstube.

Schon von weitem sah ich das rot-weiße Absperrband der Polizei, das die Zugänge zu den beiden Perrons absperrte. Auf der Straße davor saßen und standen mehrere Nachtschwärmer, die mit langen Gesichtern ihre Freunde oder Familien benachrichtigten, dass sie am Bahnhof Kilchberg festsaßen. Natürlich durften auch die obligatorischen Gaffer nicht fehlen. Weißhaarige, mehr oder weniger beleibte Männer, die in kurzen Hosen und Unterhemden trotz der fortgeschrittenen Stunde zusammenstanden und neugierig in meine Richtung starrten. Ich zeigte der Polizistin am Absperrband meinen Ausweis und lief unter der Unterführung zum Perron.

»Achtung!« Erschrocken blieb ich stehen und sah mich um. Es war ein Polizist, der etwas weiter hinten auf dem Bahnperron stand und nun mit schnellen Schritten auf mich zulief.

Stirnrunzelnd sah ich in seine Richtung.

»Da unten, beim rechten Fuß.« Er zeigte auf den Boden, wo sich einige Blutspritzer befanden, auf die ich getreten wäre, wenn ich einfach weitergelaufen wäre. Er war nun näher gekommen und blieb atemlos vor mir stehen. Erst jetzt konnte ich ihn richtig sehen. Es war Ben, den ich in seiner Uniform auf die Distanz nicht erkannt hatte.

Ich wurde rot, begrüßte ihn verlegen und bedankte mich für seine Warnung.

»Ich hätte nicht gern Blut am Schuh gehabt.«

Er lachte. »Du wärst nicht die Erste gewesen. Unser Chef ist auch schon hineingetreten«, fuhr er mit einem verstohlenen Grinsen fort.

»So sieht man sich schneller wieder, als man denkt«, lachte er. Ich spürte mein Herz hüpfen, als ich in seine blauen Augen sah. Die Uniform stand ihm ausgesprochen gut.

»Ja, aber ohne Bahnleiche wäre es mir lieber gewesen«, entgegnete ich, für meine Verhältnisse schon fast ein bisschen frech, und wurde noch röter. Gut, dass es dunkel war.

Zusammen liefen wir zu dem kleinen Grüppchen in gelben Warnwesten, die, teils wild gestikulierend, auf dem Perron standen. Ben hatte mir gentlemanlike meine Untersuchungstasche abgenommen und stellte sie nun vorsichtig an einer sauberen Stelle ab.

Auf den Gleisen stand die S24. Unter dem Wagen der Ersten Klasse konnte ich einen Arm hervorragen sehen. Ich ging in die Hocke. Der Arm schien durch die Räder der S-Bahn abgetrennt worden zu sein. Etwas weiter links lag eine braune Ledersandale.

Die Gruppe, bei der sich auch die wuchtige Gestalt von Staatsanwalt Benno Seifert befand, diskutierte gerade darüber, wie man den Leichnam am besten würde bergen können. Durch Bewegen des Zugs bestand die Gefahr, dass noch mehr Schäden am Körper angerichtet würden, was eine Beurteilung der Leiche immer schwieriger machte. Letztlich gab es jedoch keine andere Möglichkeit, als den Zug wegzufahren.

Der Mitarbeiter der SBB gab einem anderen Mann ein Zeichen. Der Zug setzte sich langsam in Bewegung. Danach wurde im grellen Flutlicht das wahre Ausmaß der Verletzungen sichtbar. Wie mir Bens Chef, ein Mann mittleren Alters mit Lederschuhen, die ich verstohlen musterte, mitteilte, war der Mann vor die einfahrende S-Bahn gesprungen, was vom Lokführer und den wenigen Leuten, die auf dem Perron gewartet hatten, beobachtet worden war.

Ich trat auf die Gleise. Neben dem Arm, den man bereits vorher gesehen hatte, lagen verschiedene, unterschiedlich große Leichenteile auf etwa 150 Metern entlang der Gleise verstreut. Ich lief, die Befunde diktierend, die Gleise entlang und machte mich dann daran, alles einzusammeln und auf dem Bahnsteig in ungefähr anatomisch korrekter Lage auf einer Plane zu positionieren. Ben begleitete mich zu meiner großen Freude und half mir beim Tragen. Als wir den Rest des Rumpfes aufhoben, berührten sich unsere Hände kurz, was bei mir ein blitzartiges

Glücksgefühl auslöste. Verstohlen sah ich zu Ben hoch, der mich breit angrinste. Fast hoffte ich darauf, noch mehr Leichenteile aufsammeln zu müssen, und schämte mich gleich darauf dafür.

»So, ich glaube, nun haben wir alles, oder?«, sagte Ben, als wir den rechten Fuß auf die Plane gelegt hatten, ungefähr an die Stelle, an der er sich zu Lebzeiten befunden hatte. Ich bedankte mich für die Hilfe, während ich versuchte, mir eine Haarsträhne aus den Augen zu pusten, da meine Hände noch in blutigen Handschuhen steckten. Ben zog seine Handschuhe aus und strich mir die Haarsträhne vorsichtig hinter die Ohren. Ich vergaß für einen Moment die Bahnleiche, Benno Seifert, den Mitarbeiter der TechKrim und die SBB und schaute einfach nur Ben an. Mein Herz klopfte, und ein ganzer Schwarm Schmetterlinge tanzten in meinem Bauch einen lustigen Reigen. Ein Räuspern holte mich jäh wieder zurück. Benno Seifert stand neben uns. Sein Blick wanderte von einem zum anderen, und ich wandte mich peinlich berührt und mit knallrotem Kopf dem Leichnam zu, hatte aber furchtbar Mühe, mich zu konzentrieren.

Eigentlich hasste ich Bahnleichen. Erstens war da die unglaubliche mentale Belastung für alle Beteiligten. Für den armen Lokführer, der nicht rechtzeitig bremsen konnte. Für die Augenzeugen, die hinterher traumatisiert waren. Für uns RZZ-ler, die schauen mussten, dass alle Leichenteile vorhanden waren und nicht zum Beispiel ein Fuß fehlte. Nicht auszudenken, was geschehen würde, wenn Passanten noch Organe oder Gliedmaßen auf dem Bahnhof oder den Gleisen entdecken würden. Für die Feuerwehr, die hinterher alles putzen musste. Und dann war da immer noch der immense Zeitdruck, da ja der Bahnverkehr stillstand und alles so schnell wie möglich gehen musste.

Heute aber fand ich sogar diese Untersuchung toll. Ben ging mir zur Hand und half mir, die einzelnen Körperteile zu drehen und zu wenden, so dass ich sie in Ruhe anschauen und diktieren konnte, ohne ständig die Handschuhe wechseln zu müssen. Ich ertappte mich dabei, einzelne Stücke besonders lange anzuschauen. Gleichzeitig schämte ich mich ein bisschen für das holprige Diktat, das ich da mitten in der Nacht vor Bens Ohren ablieferte.

»So, Frau Klee! Wie sieht es aus? Haben Sie schon erste Erkenntnisse zum Leichnam?«, fragte mich Benno Seifert, der uns belustigt beobachtet hatte. Ich richtete mich auf. Die Befunde ließen sich alle durch die Kollision mit dem Zug erklären, und auch die Todeszeitschätzung stimmte mit den Angaben des Lokführers überein.

Ein Zeuge hatte beobachtet, wie ein betagter Mann Anlauf genommen hatte und vor den mit circa 90 Stundenkilometern einfahrenden Zug gesprungen war. Anhand von Ausweisen, die in Kleidungsfetzen der verstorbenen Person gefunden worden waren, wurde vermutet, dass es sich um den 83 Jahre alt gewordenen Hans Stierli aus Kilchberg handelte. Hans Stierli hätte offenbar morgen in ein Altersheim übersiedeln sollen, da sein Haus in der Böndlerstraße zu groß für ihn geworden war und er auch geistig etwas abgebaut hatte. Alle waren sich einig, dass es keinen Zweifel daran gab, dass der Mann selbst auf die Gleise gesprungen war und niemand nachgeholfen hatte, so dass der Leichnam im Anschluss an die Leichenschau zur Bestattung freigegeben wurde.

Ben bestand darauf, mir meine Tasche zum Auto zu tragen. »Ich trage halt gern Sachen«, sagte er breit grinsend, und ich musste wieder lachen. Am Auto standen wir uns verlegen gegenüber. Er würde noch bis 2 Uhr Dienst leisten müssen heute Nacht. Wir verabredeten uns für übermorgen Abend und verabschiedeten uns mit den in der Schweiz üblichen drei Küsschen, wobei ich sein herbes Rasierwasser wahrnahm und seine Bartstoppeln, die meine Wange kitzelten. Glücklich und laut zur Musik im Radio mitsingend, fuhr ich wieder zurück nach Zürich.

Auf dem Weg kam ich an der Stauffacherstraße vorbei, wo die Filiale einer Kebab und Falafel-Kette war. Spontan gab ich dem leichten Knurren meines Magens, das ich schon auf dem Bahnhof verspürt hatte, nach und stellte das Auto einfach auf den Gehweg vor das Geschäft, wo ich das Schild mit der Aufschrift: ›RZZ – SCHWEIZER CSI-ARZT IM DIENST‹ an die Windschutzscheibe legte. an die Windschutzscheibe legte. Im »Foodclub« war um diese Zeit nicht mehr viel los. Ein paar Möchtegernmachos standen um einen Stehtisch und unterhielten sich. Ich stellte mich an der Theke an und bestellte eine Falafel mit einer Cola zero. Die Falafel schmeckte köstlich. Ich wusste nicht, woran das immer lag, aber so eine Falafel schmeckte zu Unzeiten einfach noch um Welten besser als zu den regulären Essenszeiten.

Aus den Augenwinkeln konnte ich beobachten, wie eine kleine, stämmige Polizistin mit grimmiger Miene zu meinem Dienstauto lief und missbilligend hineinschaute. Ich war gespannt, wie sie reagieren würde, und schaute, bereit, jederzeit aufzuspringen und mich zu verteidigen, aufmerksam zu. Die Polizistin schüttelte den Kopf und schaute grimmig durch die Fenster ins Innere der »Foodclub«-Filiale. Schuldbewusst zuckte ich mit den Schultern und deutete auf meinen Falafel. Sie schaute mich noch kurz mit zusammengekniffenen Augen an, grinste dann aber plötzlich breit und zwinkerte mir zu, bevor sie weiterging. Erleichterung breitete sich in mir aus, und ich musste ebenfalls grinsen über diesen kurzen Moment von Menschlichkeit, den ich dieser bärbeißigen Polizistin gar nicht zugetraut hätte.

KAPITEL 19

Frau Fetz trat langsam aus dem Materialraum. Ihr weißes Haar stand wirr vom Kopf ab, und in ihrem Nachthemd sah sie aus wie der Racheengel höchstpersönlich. In der Hand hielt sie eine Bettpfanne. Claudia starrte sie mit schreckgeweiteten Augen an. Ihr Schrei hallte ihr noch in den Ohren. Frau Fetz starrte stumm zurück. Zitternd ging Claudia zu ihr. Sie schnaufte tief durch und sah Frau Fetz an, die immer noch die Bettpfanne in der Hand hielt. Claudias Angst wich Erleichterung, und sie musste plötzlich laut lachen. Tränen traten ihr in die Augen, so komisch fand sie plötzlich die alte demente Frau mit der Bettpfanne in der Hand. Frau Fetz' Körper entspannte sich ebenfalls. Sie lächelte Claudia an.

»Frau Fetz, Sie haben mir aber einen Schrecken eingejagt«, lachte Claudia. »Was machen Sie denn da mit der Bettpfanne?«

Frau Fetz ließ sich die Bettpfanne abnehmen und den Gang entlangführen. Plötzlich hielt sie an und beugte sich zu Claudia. Sie flüsterte ihr etwas ins Ohr. Claudia konnte sie nicht verstehen, lächelte aber und tat so, als wäre sie einer Meinung mit Frau Fetz. Frau Fetz hob ihre Hand und streichelte Claudia langsam über den Kopf. Claudia bekam eine Gänsehaut. Dieser Geste wohnte etwas Unheilvolles inne. Sie straffte die Schultern, trat einen Schritt zurück und wünschte Frau Fetz mit fester Stimme eine gute Nacht. Frau Fetz murmelte wieder etwas und sah Claudia mitleidig an. Claudia lief ein Schauer über den Rücken. Sie verstand nicht, was mit ihr heute los war. Sie kannte Frau Fetz nun schon so lange. Warum nur konnte die alte Frau ihr einen derartigen Schrecken einjagen?

»Also, nun schlafen Sie mal gut, Frau Fetz. Und bleiben Sie bloß in Ihrem Zimmer.«

»Hüten Sie sich, Claudia«, antwortete Frau Fetz leise. »Er ist schon da. Ich habe ihn gesehen. Wir werden beide sterben. Gnade uns Gott!«

KAPITEL 20

Den Rest der Nacht verbrachte ich, indem ich mich unruhig von einer Seite auf die andere wälzte. Der volle Bauch, die Cola und die aufregende Begegnung mit Ben verhinderten, dass ich richtig einschlafen konnte. Lediglich wirre Träume, bei denen Ben vor dem Kebabstand Strafzettel verteilte und mit der stämmigen Polizistin Hand in Hand weglief, während ich einen blutigen Arm in den Händen hielt und Benno Seifert dröhnend lachte, narrten mich. So gesehen war ich fast froh, als mich mein Handy um 5.23 Uhr weckte. Ich rieb mir die Augen und streckte mich, bis ich realisierte, dass es nicht der Wecker war, sondern ein Anruf der Kantonspolizei.

Im Pflegeheim Friesenberg hatte es einen nicht natürlichen Todesfall gegeben.

Ich setzte mich auf die Bettkante und gähnte. Kurz überschlug ich, wie lange ich für die Fahrt ins Friesenberg brauchen würde. Ich brauchte nach dieser Nacht unbedingt noch einen

Espresso. Also gab ich der Einsatzzentrale Bescheid, dass ich in etwa 45 Minuten vor Ort sein würde. Ich verschüttete die Hälfte des Espressopulvers, als ich meine italienische Espressokanne füllte, weil ich so hektisch war. Innerlich ärgerte ich mich über mich selbst, dass ich mich so stressen ließ.

Als ich notdürftig zurechtgemacht aus dem Badezimmer kam, erfüllte bereits der einzigartige Geruch frisch gebrühten Espressos meine kleine Wohnung. Schnell machte ich die Herdplatte aus, goss mir ein wenig kalte Milch in eine Tasse und schüttete Kaffee dazu. Normalerweise begann mein Tag mit einem Cappuccino, aber heute war dafür schlichtweg keine Zeit. Der Kaffee war trotzdem gut. Es war mir als bekennendem Fan von italienischem Kaffee ja schon immer ein Rätsel gewesen, wie man Kaffee aus Aluminiumkapseln oder, noch schlimmer, als Filterkaffee trinken konnte. Aufs Frühstück konnte ich vorerst gut verzichten. Ein Brötchen vom Bäcker auf dem Weg würde es auch tun. Ich schnappte mir meine Jacke und lief rasch die Treppen zum Hinterausgang, wo ich das Auto geparkt hatte. In der Nacht hatte es gewittert, und das Wetter hatte umgeschlagen. Am Himmel standen dichte Wolken und es wehte ein für diese Jahreszeit kühler Wind. Vermutlich würde es gleich anfangen zu regnen. Die Luft roch förmlich danach.

Kurz darauf saß ich im Auto und fuhr in Richtung Friesenberg. Im Kopf ging ich nochmals meine Dienstsachen durch und überlegte, ob ich auch wirklich alles eingepackt hatte. Es wäre zu ärgerlich, wenn ich Diktiergerät oder Fotokamera vergessen hätte. Aber beides hatte ich bewusst ins Auto genommen, da ich mir meiner leicht zwanghaften Ader diesbezüglich nur zu gut bewusst war.

Vor dem Friesenberg, wie es in Zürich nur genannt wurde, gab es einen großen Parkplatz, auf dem nur wenige Autos standen. Das Personal war von der Stadt angewiesen, möglichst mit öffentlichen Verkehrsmitteln zu kommen, und bekam keine Parkplätze zugeteilt, wenn sie nicht gerade weit außerhalb ohne entsprechenden Anschluss wohnten. Das Altersheim bestand aus zwei tristen mehrstöckigen Gebäuden, deren brauner Fassade auch mal wieder eine Auffrischung gutgetan hätte. Das trostlose Wetter trug nicht dazu bei, das Äußere des Friesenberg fröhlicher wirken zu lassen.

Es war bereits 6.30 Uhr, als ich auf dem Parkplatz stehen blieb und die Treppen zum Eingang hochlief. Im Inneren war es überraschend hell und freundlich. Gleich neben dem Eingang stand ein großes Aquarium, und eine gemütlich wirkende Sitzgruppe lud zum Verweilen ein. Neben dem Empfang saßen zwei alte Damen auf ihren Rollatoren, die die senile Bettflucht schon aus dem Zimmer getrieben hatte, und beäugten mich interessiert. Am Empfang fragte ich mit gedämpfter Stimme und einem Seitenblick auf die beiden alten Damen nach den Örtlichkeiten des Todesfalls. Die Rezeptionistin, die sich müde die Augen rieb, sagte in einer Lautstärke, als wäre ich schwerhörig:

»Der Todesfall ist im zweiten Stock. Sie können entweder die Treppe oder den Lift nehmen. Ihr Kollege ist auch schon da!«

Dabei zeigte sie mir mit einer ausschweifenden Geste, wo sich Treppe und Lift befanden. Da sich gerade ein älterer Herr umständlich daranmachte, in den Aufzug zu steigen, entschied ich mich für die sportlichere Betätigung und lief ins Treppenhaus, nicht ohne mich zu wundern, welchen Kollegen sie denn meinte. Wahrscheinlich war jemand von der Kriminaltechnik, also dem TechKrim da. Als ich dann aber leicht außer Atem oben ankam, hörte ich eine sonore Stimme.

»Lassen Sie mich mal machen. Ich bin Arzt!«

Eine helle Frauenstimme antwortete: »Das glaube ich Ihnen gern, aber wir warten auf die Kollegin von der Rechtsmedizin. Die ist für solche Fälle Expertin, ja?«

»Pah, sicher eine Assistenzärztin und keine Fachärztin. Ich war vor 20 Jahren auch mal im RZZ, glauben Sie mir, ich kann das auch.«

Na, das konnte ja heiter werden. Verwundert öffnete ich die Schiebetür, die ins Stationszimmer führte, und trat ein.

Ich schaute in das genervte Gesicht einer jungen Zivilpolizistin, die sich mit »Hagebuch, Kapo« vorstellte. Neben ihr stand ein etwa 60-jähriger Mann, der seine besten Zeiten schon eine Weile hinter sich hatte. Das stark gebräunte Gesicht wirkte geliftet, die Zähne waren etwas zu weiß, und über die kahlen Stellen seines Schädels hatte er hellbraun gefärbte Haare gekämmt, frei nach dem Motto: »Man nehme den Reichen und gebe den Armen.« Er stellte sich mit arroganter Stimme als »Doktor Kohlheim« vor.

Ich hob verwundert die Augenbrauen und stellte meine Tasche im Bereich der Eingangstür ab. Das Stationszimmer war etwa 30 Quadratmeter groß, hatte an zwei Seiten an der Wand entlanglaufende Tische mit mehreren Stühlen und zwei Computerarbeitsplätzen. An den beiden anderen Seiten gab es kleine Schränke und Regale, in denen unterschiedliche medizinische Utensilien standen. In der Mitte des Raums befand sich ein kleiner Tisch. Brösel darauf verrieten, dass hier das Pflegepersonal seine Pause verbrachte. Es roch nach kaltem Pfefferminztee und Desinfektionsmittel. Ein Rollwagen mit Patientenakten stand neben dem Tisch, wobei eine der Akten aufgeschlagen auf dem Tisch lag. Daneben war eine Schale mit Medikamentendosierern. In einer Ecke konnte ich noch, teilweise vom Tisch verdeckt, einen kleinen Kühlschrank erkennen, neben dem Beine mit Hausschuhen an den Füßen hervorragten.

Ich ging davon aus, dass Doktor Kohlheim der Hausarzt war, und fragte ihn nach dem Zweck seines Besuchs.

Es stellte sich heraus, dass er wegen eines Bewohners hatte kommen müssen und eine Leiche im Stationszimmer gefunden hatte. Mir ging sein theatralisches und arrogantes Gehabe schon nach fünf Minuten gewaltig auf den Geist. Daher wandte ich mich an die junge Polizistin.

»Weiß man mehr über die Umstände des Todesfalls?«

Noch bevor Polizistin Hagebuch ihren Mund aufmachen konnte, antwortete Doktor Kohlheim.

»Tja, wissen Sie, junge Frau Kollega, das hier ist ein tragischer Fall. So jung war die gute Frau. Gerade mal 33 Jahre. Hat hier in der Pflege gearbeitet.« Er zog bedauernd die Augenbrauen zusammen.

Ich schaute ihn stirnrunzelnd an, was er als Aufforderung auffasste, weiterzusprechen.

»Es gab schon vor ein paar Jahren mal einen Suizidversuch. Damals hat sie es mit Tabletten versucht, konnte aber gerettet werden. Ein sonnenklarer Fall eines Suizids. Das habe ich auf einen Blick erfasst, junge Frau Kollega.«

Ich war für einen Moment sprachlos, aber bevor ich etwas entgegnen konnte, sprach er weiter.

»Schließlich habe ich nicht nur langjährige Erfahrung als Kliniker, nein, ich war sogar mal vor 20 Jahren am RZZ. Das habe ich der jungen Polizistin hier auch alles gesagt, aber die bestand darauf, auf Sie zu warten, Frau Kollega.«

Herr Doktor Kohlheim schnalzte missbilligend mit der Zunge und fuhr fort.

»Und das machen wir jetzt ja schon seit einigen Stunden. Wenn ich daran denke, was das für Kosten aufwirft. Dabei hätte ich das ebenso gut auch erledigen können.« Er machte eine vorwurfsvolle Geste in Richtung der jungen Polizistin, die wütend das Gesicht verzog. Ich wog kurz ab, ob es sich lohnte, ihm zu widersprechen, kam aber zum Schluss, dass dies nur unnötige Diskussionen zur Folge haben würde und ich vermutlich schneller sein würde, wenn ich einfach mit der Untersuchung loslegte.

»Ja, Herr Kollege«, sagte ich also und machte ein unschuldiges Gesicht, »so ist das nun mal. Aber wenn Sie mal im RZZ waren, können Sie mir sicherlich bei der Legalinspektion helfen, nicht wahr?«

Doktor Kohlheim räusperte sich selbstgefällig, und noch bevor er etwas erwidern konnte, drückte ich ihm das Clipboard in die Hand, auf dem schon die auszufüllenden Formulare bereit waren.

»Bitte schreiben Sie doch schon mal die Personalien, Fundort und -zeit auf. Sie können dann auch allfällige Verletzungen ins Körperschema einzeichnen«, sagte ich mit einem schmalen Lächeln. »Das ist schon seit mehr als 20 Jahren dasselbe Formular und Vorgehen im RZZ, und daher kennen Sie das sicherlich noch, oder?«

Doktor Kohlheim stand verdattert mit dem Clipboard in der Hand da.

»Farbstifte sind in der Tasche oben rechts«, rief ich ihm zu, während ich mich umdrehte, um einen Ganzkörperanzug, Mundschutz und Handschuhe anzuziehen. Aus dem Augenwinkel sah ich, wie Detektivin Hagebuch ein Grinsen unterdrückte. Ich richtete mich auf und zwinkerte der jungen Polizistin zu. Zuerst machte ich ein paar Fotos von der Auffindesituation. Der Leichnam lag in Rückenlage auf dem Boden des Stationszimmers zwischen dem Tisch und einem Kühlschrank. Die Frau war mit einem T-Shirt, das das Logo des Pflegeheims trug, einer weißen Hose und Gesundheitslatschen vollständig bekleidet. Ihre weit aufgerissenen braunen Augen starrten hilflos ins Leere. Die in dezentem Rosa geschminkten Lippen waren leicht geöffnet. Aus ihrem rechten Mundwinkel verlief ein kleiner Streifen aus grauweißem angetrocknetem Sekret.

In der aufgeschlagenen Akte auf dem Tisch lag ein gelbes Blatt Papier, das offenbar irgendwo anders herausgerissen worden war. Oben stand vorgedruckt ›Ärztliche Verordnungen‹, und es klebte ein Etikett ›Werner Renggli, 10.05.1937, Zi 202‹ darauf. Schräg über bestehenden Verordnungen stand schlampig mit einem roten Kugelschreiber geschrieben: ›ICH MAG NICHT MEHR. SORRY!‹

Daneben, am Tischende, lagen, schön aufgereiht, mehrere

leere Insulinspritzen. Ich starrte diese einen Moment lang an. Irgendwie irritierten mich diese Spritzen. Und dann fiel es mir wie Schuppen von den Augen.

»Frau Hagebuch«, fragte ich, »ist das so die Fundsituation oder wurde etwas verändert?«

Die Polizistin schüttelte eifrig den Kopf und verneinte, etwas verändert zu haben. Stolz schwang in ihrer Stimme mit.

»Ja, wir haben alles an ihr so gelassen, wie es ist. Ich habe da schließlich Erfahrung, nicht wahr?«, rief Doktor Kohlheim selbstbewusst dazwischen.

»Na gut«, seufzte ich. »Dann werde ich jetzt meine Oberärztin anrufen, und Sie, Frau Hagebuch, müssten die Kriminaltechnik aufbieten. Schauen Sie, dieses Insulin da« – ich zeigte auf die säuberlich in einer Reihe auf dem Tisch liegenden Spritzen – »ist so schnell wirksam, dass sie sich unmöglich all diese Ampullen gespritzt und hinterher fein säuberlich auf den Tisch gelegt haben kann.«

Frau Hagebuch schaute bestürzt drein. »Oh weh, dann muss ich wohl auch erst mal meinen Chef anrufen. Der wird überhaupt nicht erfreut sein, denn er ist immer noch mit dieser Massenschlägerei beschäftigt.« Sie fasste mit unglücklicher Miene in ihre Tasche, um ihr Telefon herauszuholen.

»Wer kann denn um diese Zeit alles hier ins Heim hineinkommen? Das ist doch sicherlich abgeschlossen, oder etwa nicht?«, wandte ich mich nochmals an die Polizistin. Diese hielt unschlüssig ihr Telefon in der Hand und überlegte.

»Ja, also nein, die Tür unten hat ein Schnappschloss, und das war zu, als ich gekommen bin. Doktor Kohlheim hier hat mich hereingelassen.« Sie zuckte mit den Schultern. »Ich glaube, man kommt nur mit einem Badge rein, aber das muss ich noch abklären.« Kurz stand sie recht verloren da und schüttelte nachdenklich den Kopf, bevor sie sich ihrem Telefon zuwandte und eine Nummer wählte.

Doktor Kohlheim war die ganze Zeit von einem Bein auf das andere getreten und räusperte sich mehrmals. Davon irritiert, schaute ich ihn an.

»Äh, also, nun ja, Frau Kollega, es ist schon so, dass man hier klingeln muss, um reinzukommen, nicht wahr.« Mit einer verlegenen und gleichermaßen arrogant wirkenden Geste strich er sich über das Kinn und lief unstet hin und her, während er zögerlich weitersprach:

»Und, äh, also, was die Spritzen hier anbelangt, also nein, das war ich. Die Spritzen lagen am Boden neben ihrer rechten Hand beziehungsweise zwischen der rechten Hand und dem Unterbauch. Ich habe sie entfernt, damit sich niemand sticht. Eigenschutz steht schließlich über allem.« Die letzten Worte posaunte Doktor Kohlheim bereits wieder sehr selbstsicher heraus.

Für einen Moment verschlug es mir doch tatsächlich die Sprache. Wie konnte jemand nur so unfähig und gleichzeitig so überzeugt von sich sein? Ungläubig starrte ich diesen Doktor Kohlheim an. Ich konnte kaum glauben, was ich da eben gehört hatte. Dieser Möchtegern-CSI-Doktor verzapfte einen derartigen Blödsinn, dass es dem Fass den Boden ausschlug. Eine der wichtigsten Regeln bei einer amtsärztlichen Leichenschau am Fundort war, dass man alles, aber auch wirklich alles erst einmal so beließ, wie es war, und sich, nachdem Fotos der ursprünglichen Fundsituation gemacht worden waren, mit den anwesenden Behördenvertretern besprach, wie es weiterging. Ob man mit der Untersuchung der Leiche und der damit einhergehenden zwangsläufigen Veränderung der Fundsituation beginnen konnte, oder ob man besser zuerst die Spurensicherung von der TechKrim durchführen ließ. Ich musterte den Kollegen kühl, schaffte es aber, meine Gedanken für mich zu behalten, worauf ich in Anbetracht des wenigen Schlafs in der Nacht mächtig stolz war.

Frau Hagebuch ließ das Telefon wieder sinken und starrte mit großen Augen abwechselnd mich und Doktor Kohlheim an.

»Dann brauche ich meinen Chef doch nicht anzurufen?«, fragte sie mich. Ich fluchte innerlich, weil ich hier mit einer total unerfahrenen Polizistin und einem selbstgefälligen Wichtigtuer dastand, und schüttelte den Kopf.

»Letztlich müssen das Sie entscheiden, Frau Hagebuch«, antwortete ich ihr. »Aber wenn unser *Kollege* hier«, dabei warf ich einen eisigen Blick auf Doktor Kohlheim, »die Spritzen so hingelegt hat, dann gibt's eigentlich keinen Grund, primär an eine Tötung zu denken.«

Frau Hagebuch sah mich erneut unschlüssig an, das Telefon immer noch in ihren Händen.

»Ich glaube, ich frage schnell nach. Warten Sie doch bitte noch so lange, ja?«, sagte sie und ging auf den Gang, um ihren Chef anzurufen.

Unbehagliches Schweigen herrschte zwischen Doktor Kohlheim und mir. Ich ignorierte ihn und begann, in meiner Untersuchungstasche zu wühlen, damit gar nicht erst ein Gespräch zustandekommen konnte. Doktor Kohlheim strich sich erneut über das Kinn und begann wieder hin und her zu laufen. »Tja, solche Spritzen bergen ja immer auch ein Risiko, und daher, der Eigenschutz, wie ich schon sagte, der Eigenschutz ...«

Mir gelang es nur noch mühsam, mich zu beherrschen, als er da wieder selbstherrliche Reden schwang. Ich hätte gut und gern Lust gehabt, diesem Volltrottel so richtig die Meinung zu geigen. Zum Glück kam gerade in diesem Moment die Polizistin wieder ins Stationszimmer und sagte mit geröteten Wangen:

»Sie können anfangen. Das TechKrim ist im Moment mit mehreren Mitarbeitern mit der Massenschlägerei beschäftigt. Wenn es nicht einen ganz konkreten Verdacht gibt, wären sie froh, wenn Sie die Leiche alleine untersuchen könnten.«

Ich nickte schweigend und fuhr mit der Untersuchung der Toten fort. Leise diktierte ich die Fundsituation in mein Diktiergerät und beschrieb mit unverhohlener Wut in der Stimme, dass die Situation nach dem Auffinden bereits durch Doktor Kohlheim verändert worden war. Insgeheim musste ich aber zugeben, dass wirklich alles nach einem Suizid aussah. Abschiedszeilen auf dem Tisch, es kam sonst keiner hier rein, die leeren Insulinspritzen und dann noch ein Suizidversuch in der Vorgeschichte ... Als ich aber der Leiche das T-Shirt auszog und es hochhob, um es zusammenzulegen, fielen mir kaum wahrnehmbare gruppiert stehende Löcher des Stoffes am Bauch auf. Stirnrunzelnd sah ich auf den Bauch der Toten. Dort, auf der rechten Bauchseite, waren ebenfalls winzige Injektionsnadeleinstiche zu sehen, wie man sie nach einer dünnen Insulinspritze erwarten würde. Angestrengt dachte ich nach. Das passte doch überhaupt nicht zu einer Selbsthandlung, die typischerweise an unbekleideten Körperstellen auftrat, oder etwa nicht? Ich richtete mich auf.

»Frau Hagebuch«, sagte ich bestimmt, »ich würde sicherheitshalber DNA-Abriebe nehmen. Einfach, weil das hier eine Institution ist und so.« Frau Hagebuch, noch immer mit dem Telefon in der Hand, nickte. Wahrscheinlich hat sie eh keine Ahnung, was DNA-Abriebe waren, dachte ich mir insgeheim. Diese Situation nervte wirklich gewaltig. Dieser Doktor Kohlheim machte nur Humbug, und die zwar sympathische, aber gänzlich unerfahrene Detektivin schien keine Ahnung vom Vorgehen bei einem unnatürlichen Todesfall zu haben. Ich nahm also die speziell für die Spurensicherung vorgesehenen Wattestäbchen und begann, großzügig Abstriche vom Hautmantel der Leiche und ihren Körperöffnungen zu nehmen. Schließlich hatte ich das so im RZZ gelernt. Als ich die Insulinspritzen in ein durchsichtiges Tütchen packte, räusperte sich Doktor Kohlheim wieder. »Ähem, Frau Kollegin«, sagte er mit zerknirschtem Tonfall, »Sie notieren da aber schon, dass ich diese Dinger angefasst habe, oder?«

Ich schaute auf. »Ja, aber Sie haben doch sicherlich Handschuhe getragen, oder etwa nicht?«, blaffte ich ihn an. Doktor

Kohlheim schüttelte verlegen den Kopf. Ich konnte mich nun nicht mehr beherrschen und schaute ihn wütend an.

»Meine Güte«, rief ich empört aus, »ich werde das so notieren, aber professionelles Verhalten sieht in der Tat anders aus, Herr Kollege! Lassen Sie doch das nächste Mal bitte die Finger von allem.«

Langsam reichte es mir total, und es war mir im Grunde genommen auch egal, was dieser Kohlheim und die Polizistin von mir dachten. Den Rest der Leichenschau machte ich außer den Informationen, die ich in mein Diktiergerät sprach, schweigend. Die anderen beiden schauten – blöde glotzend, wie ich bei mir dachte – zu, wie ich den Leichnam auf den Bauch und wieder zurück drehte. Anstalten zu helfen machten sie keine, und ich hatte wenig Lust, sie zu fragen. Warum musste es auch so schrecklich heiß unter diesem Ganzkörperanzug sein? Der Schweiß rann mir bis in die Augen, was meine Laune nicht gerade besserte. Als ich fertig war, blieb ich noch einen Moment stehen und schaute nachdenklich auf den Leichnam von Claudia Meinrad. Zum Glück hatten die anderen beiden genügend Gespür, um keine unqualifizierten Kommentare oder Fragen von sich zu geben. Irgendetwas irritierte mich an diesem Fall, ohne dass ich es so richtig festmachen konnte, was es war. Klar, die Löcher im T-Shirt waren komisch und total untypisch für eine Selbsthandlung, aber ansonsten sah es wirklich nach einem Suizid aus. Mir fiel wieder ein, was ich vorhin noch angesprochen hatte.

»Wenn man hier klingeln muss, um reinzukommen, Herr Kohlheim, wer hat Sie denn dann reingelassen?«

Doktor Kohlheim zuckte mit den Schultern. »Na, ich weiß es nicht. Vermutlich sie«, er zeigte auf Claudia Meinrad. »Irgendjemand hat den Türöffner gedrückt, und ich bin reingegangen. Ich war dann zuerst bei meinem Patienten, der sich in einem erbärmlichen Zustand befand. Total verdreckt!« Entrüstet warf er die Hände in die Luft.

»Das ist also gar kein Zustand, einen betagten, hilflosen Patienten liegen zu lassen, in seinen eigenen Fäkalien. Als ich mich im Stationszimmer beschweren wollte, fand ich sie so vor.« Er deutete auf den Leichnam. »Ich habe dann natürlich sicherheitshalber geprüft, ob sie noch Vitalzeichen hat, aber sofort erkannt, dass sie tot ist.«

Ich dachte nach. Ich schätzte den Todeseintritt aufgrund der Rektaltemperatur und der Todeszeitparameter auf etwa drei bis acht Stunden vor der Leichenschauzeit, das hieß, Claudia Meinrad konnte Doktor Kohlheim noch die Tür aufgemacht und sich dann aber das Insulin gespritzt haben. Das war einfach ein etwas merkwürdiges Timing für einen Suizid. Wenn man in einem Altersheim arbeitete und die ganze Nacht alleine war, dann wäre es doch sicherer, sich dann eine tödliche Dosis Insulin zu setzen, wenn man nicht gerade Besuch hatte, noch dazu von einem Arzt. Natürlich könnte es ein Hilferuf gewesen sein, aber dafür nahm man normalerweise nicht eine absolut tödliche Dosis Insulin, und als Pflegemitarbeiterin hatte sie das sicherlich gewusst. Ich schaute auf die Uhr. Es war mittlerweile bereits 7.35 Uhr. Ich würde Frau Professor Hagmann, die Hintergrunddienst hatte, deswegen nicht stören, sondern gleich eine Obduktion empfehlen. Spuren am Leichnam und die Kleidung hatte ich ja bereits gesichert, so dass ich vermutlich alles mir Mögliche getan hatte. Klar, Spurensicherung am Tatort … Ach, ich entschied mich kurzerhand. Knapp teilte ich Polizistin Hagebuch die wichtigsten Informationen der Leichenschau und meine Empfehlung mit, die sie sich eifrig in ihr Notizheft notierte. Kurz darauf erzählte ich es dem Staatsanwalt am Telefon nochmals, dieses Mal etwas gründlicher und auch, warum es meiner Meinung nach unbedingt eine Obduktion brauchte, nämlich wegen den durchstochenen Kleidern, der öffentlichen Institution und den letztlich unklaren Schließverhältnissen. Der Staatsanwalt war zwar nicht gerade begeistert über die Empfehlung, eine Obduktion durchzuführen, aber offenbar hatte er auch keine Lust, groß dagegen zu argumentieren. »Dann machen Sie halt, wenn Sie meinen«, grummelte er, bevor er auflegte. Also packte ich meine Tasche wieder ein und machte Platz für die Bestatter, die bereits mit dem Sarg auf die Station gekommen waren.

Als ich mich von allen Anwesenden verabschiedet hatte und über den Gang zum Ausgang lief, kam plötzlich aus einer Türnische eine Gestalt und packte mich am linken Arm.

Ich erschrak und schrie laut auf. Das zerfurchte Gesicht einer alten Frau war direkt vor mir. Ihre weißen Haare standen wirr vom Kopf ab, und sie schaute mich mit einem gehetzten Blick an. »Frau Doktor«, wisperte sie. »Frau Doktor!« Der Griff an meinem Arm wurde stärker. »Sie waren da! Ich habe es gesehen! Sie haben sie umgebracht!« Den letzten Satz stieß sie zischend hervor, und ich, noch immer starr vor Schreck, konnte einen Schwall übelriechenden Atems wahrnehmen.

»Da war ein Mann! Groß, schlank, so, wie sie es heute sind! Er hat sie umgebracht!« Zitternd zeigte sie auf das Stationszimmer. »Da kam er raus! Die Russen! Ich habe es doch zu ihr gesagt. Sie wollte nicht auf mich hören. Aber ich habe sie gewarnt.« Gehetzt schaute sie sich um und fuhr flüsternd fort: »Der Mann war böse. Er holt auch mich. Bestimmt. Ich habe es in seinen Augen gesehen.« Sie war immer leiser geworden, und ich konnte sie kaum noch verstehen. Sie kam mit ihrem Gesicht noch näher zu mir und schrie dann plötzlich so laut auf, dass ich erschrocken zusammenzuckte. Auf dem Gang waren Schritte zu hören. Die Heimleitung und eine Pflegekraft rannten den Gang entlang auf mich und die alte, verwirrte Patientin zu. Diese hatte mich nun an beiden Armen gepackt und zerrte mit zitternden Bewegungen an mir. Ihr fleckiges Krankenhausflügelhemd rutschte ihr dabei beinahe über die Schultern. Sie schaute mich aus weit aufgerissenen Augen an.

»Er hat sie gepackt und puff, puff, puff«, sie machte stoßende Bewegungen gegen meinen Bauch.

»Sie hat mir nicht geglaubt. Ich habe sie gewarnt. Hiiilfe! Nein! Nein! Nicht!« Endlich waren die Heimleitung und die Pflegeperson da, packten die alte Frau und rissen sie von mir weg. Die alte Frau kreischte und schlug auf die beiden ein, während sie gleichzeitig versuchte, sich an mir festzuhalten. Die Pflegerin redete ruhig auf sie ein:

»Frau Fetz, beruhigen Sie sich. Es ist alles gut. Niemand tut Ihnen was.«

Frau Fetz schlug immer noch wild um sich und wurde von der Heimleitung mit beiden Armen von hinten umklammert. Sie schrie aus Leibeskräften.

»Nein, nein, ich habe es gesehen. Die Russen! Er war da! Ich habe ihn doch gesehen. Er hat sie umgebracht! Hiiiilfe!« Die Heimleitung gab der Pflegekraft mit dem Kopf ein Zeichen, woraufhin diese eine Spritze zückte und sie der armen Frau in den Oberschenkel jagte. Ein Ausdruck tiefster Bestürzung trat in ihre Augen, und sie sagte ruhig und deutlich zu mir: »Schnell, gehen Sie, bevor es Sie auch erwischt! Mich wird er holen kommen!« Dann sackte sie in die Arme der Heimleitung.

KAPITEL 21

Übernächtigt stürmte ich in den Rapportraum des RZZ, wo alle schon versammelt waren und auf mich warteten. Ich grüßte unbestimmt in die Runde und steckte die Speicherkarte der Kamera in den dafür vorgesehenen Reader. Es dauerte lange, bis sich die Bilder laden ließen. Ich hatte mich entsetzlich beeilt, um noch halbwegs pünktlich in den Rapport zu kommen. Der Schweiß lief mir den Rücken hinunter und ich hatte einen sauren Geschmack im Mund. Zuerst stellte ich den Fall der Bahnleiche vor. Als ich eine Übersicht über die Fundsituation zeigte, tuschelte Ariana plötzlich lautstark mit Nadja. Beide hielten danach die Hand vor den Mund und kicherten. Frau Professor Hagmann sah sie streng an und bedeutete mir dann weiterzumachen.

Als ich nach dem Vorstellen der wesentlichen Befunde der zweiten Leichenschau erwähnte, dass es eine Obduktion geben würde, kam lautes Murren von Ariana.

»Die hätte man doch wirklich nicht mitbringen müssen. Ein klarer Selbstmord. Mensch, Lisa, witterst du schon wieder ein Delikt?«

Alle Augen wandten sich mir zu. Ich saß ja ohnehin am Kopf des ovalen Tisches und wurde mal wieder rot. Aber dieses Mal nicht vor Scham, sondern vor Wut. Die anstrengende Nacht, der bedeppete Kohlheim und nun Ariana, die mich kuhäugig mit schwarz umränderten Augen hämisch anstarrte. Das war zu viel. Ich knallte die Akte auf den Tisch.

»Das ist immerhin ein Todesfall in einer Institution während der Arbeit. Und gemäß unseren Richtlinien« – ich machte eine Pause und versuchte, nicht zu laut zu werden – »gibt es da immer eine Obduktion.« Zum Schluss hatte ich dann doch gebrüllt. Erschrockene, belustigte und wütende Blicke wurden mir von allen Seiten zugeworfen. Ich weiß im Nachhinein nicht, welcher Stolz mich da geritten hatte, aber ich warf den Kopf schnippisch zurück und ätzte in Richtung Ariana: »Aber wenn du das Arbeiten nicht erfunden hast, dann sonn dich doch in deiner Faulheit. Ich mach die Obduktion von Claudia Meinrad selbst.« Damit stand ich auf und ging, ohne einen Blick zurückzuwerfen, in mein Büro, wo ich die Tür hinter mir zuknallte.

Wie ich da in meinem Büro saß und verdrossen auf die Pinnwand schaute, die hinter meinem Platz hing, hätte ich dann heulen können. So ein Käse. Statt heimzugehen und mich hinzulegen, musste ich nun noch eine Obduktion durchführen. Blieb zu hoffen, dass Claudia Meinrad, jung wie sie war, nicht viele Befunde hatte, die ich mir dann würde merken müssen. Frustriert stützte ich den Kopf einen Moment in die Hände und versuchte, tief durchzuatmen. Dabei fiel mein Blick auf mein Handy. Auf dem Display war eine Nachricht erschienen.

Freu mich auf übermorgen Abend. Hoffe, du erholst dich heute gut. Gruß, Ben

Ich lächelte. Der hatte wohl ein Gespür für den richtigen Moment. Ermutigt stand ich auf und trank noch einen großen Schluck Cola. Die war von gestern Nachmittag und schmeckte wie eingeschlafene Füße. Trotzdem besser als nichts. Die Tür ging auf, und Christoph steckte seinen kahlen Schädel rein. Sein grobschlächtiges Gesicht verzog sich zu einem breiten Grinsen, das so manchem Kind einen Schrecken eingejagt hätte.

»Lisa, das war echt klasse gerade. So einen Ausbruch hätte man dir gar nicht zugetraut.« Er kam herein. »Das hat es aber vielleicht einfach mal gebraucht. Ich finde es cool, dass du die Obduktion selber machst. Ist es okay, wenn ich zweiter Obduzent bin?«

Ich nickte dankbar. Lieber Christoph als Frau Lüdemann, die eigentlich heute diensthabende Oberärztin war.

Während ich mich in der Umkleide umzog, dachte ich an die alte Frau aus dem Friesenberg. Noch immer bekam ich eine Gänsehaut, wenn ich mir vor Augen rief, wie eindrücklich sie den »Mord« an Claudia Meinrad geschildert hatte. Die Heimleitung hatte mir zwar mehrmals versichert, dass die Patientin an einem Verfolgungswahn litt und jeden Abend andere böse Buben kamen, um ihr und dem Rest der Station etwas anzutun. Trotzdem beschlich mich ein ungutes Gefühl, wenn ich an den Vorfall dachte.

Meine Schuhe quietschten leise, als ich durch die automatische Schiebetür in den Obduktionssaal trat. Die Obduktion von Meinrad war die einzige heute. Die Chromstahltische glänzten im hellen Licht des Saals. Mark Krüger hatte die Trage neben den Obduktionstisch gefahren und schob gerade den Leichnam von Claudia Meinrad auf den Obduktionstisch. Da der Tisch noch zu trocken war, wollte der Leichnam nicht so recht rüberrutschen, so dass ich mit dem Schlauch noch ein wenig Wasser zwischen Rücken und Tisch spritzte.

Ich umrundete den leblosen Körper. Eine nur leicht übergewichtige junge Frau, die ihr Leben noch vor sich hätte haben sollen. Sie hatte braune, etwa schulterlange Haare. Ihre offenen ebenfalls braunen Augen sahen erstaunt zur Decke. Das Gesicht war weder hübsch noch hässlich. Irgendwie nichtssagend. Die Nase kurz und gerade. Ihre Lippen, die noch immer den rosafarbenen Lippenstift trugen, waren leicht geöffnet und zeigten eine Reihe gleichmäßiger, aber leicht gelb verfärbter Zähne. Die Augenlider – nun, dieses Mal gab es wenigstens keine Stauungsblutungen, wie ich erfreut registrierte.

Claudia Meinrad hatte auch bei optimalen Lichtverhältnissen nur die gruppiert stehenden Einstichstellen an der rechten Unterbauchseite. Sonst war ihr Körper äußerlich unverletzt. Sie machte einen gepflegten Eindruck mit ihren sorgfältig manikürten, nicht zu langen rosa lackierten Fingernägeln.

Christoph hatte einen Laptop mit in den Saal genommen und begann bereits vor Ort, die Organbefunde einzutippen, wofür ich ihm sehr dankbar war. Außer dem leisen Gluckern von Wasser, dem gelegentlichen Klirren der Messer und Scheren und dem Hämmern Christophs auf der Tastatur war es völlig still im Saal.

Viel gab es ohnehin nicht zu schreiben, denn Claudia Meinrad hatte außer der Gehirn- und Lungenüberwässerung und einer relativ vollen Harnblase keine nennenswerten Auffälligkeiten gehabt. Christoph musste also bei jedem Organ nur in der Word-Vorlage schauen, ob es zu den Befunden passte.

Mark verstaute alle Organe im Bauchraum, nähte den Leichnam wieder zu und wusch den Körper von Claudia Meinrad mit Wasser. Ich betrachtete den Leichnam nochmals. Die Augen waren nun geschlossen. Der erstaunte Ausdruck war weg. Meinrad sah friedlich und entspannt aus, als würde sie schlafen. Das war ein Effekt, den ich schon oft nach einer Obduktion beobachtet hatte.

Christoph war neben mich getreten und lehnte sich gegen die Tischreihe an der Wand.

»Dein Resümee, Lisa?«, fragte er, hob die Handflächen nach vorne und machte eine drohende Geste. »Delikt? Wurde sie mit Insulin ermordet?«

Ich funkelte ihn kurz zornig an, musste dann aber lachen, als ich seinen schelmischen Gesichtsausdruck sah. Kurz fasste ich zusammen, dass wir eigentlich keine Todesursache hatten und die laborchemischen Untersuchungen im Hirnkammerwasser abwarten mussten, die zeigen würden, ob eine Unterzuckerung zum Tod von Claudia Meinrad geführt hatte.

»Keine Hinweise auf todesursächlich relevante mechanische Dritteinwirkung«, schloss ich ab.

»Prima, Lisa«, entgegnete Christoph. »Und nun ab nach Hause. Wenn du möchtest, ruf ich den Staatsanwalt an und gebe ihm über die Befunde Bescheid. Erhol dich gut!«

Das warme Wasser, mit dem ich mir meine Arme wusch, weckte die unbändige Lust nach einem heißen Bad in mir. Ich nahm Christophs Angebot gerne an und machte mich auf den Weg nach Hause. Da ich ja mit dem Dienstwagen unterwegs gewesen war, hatte ich kein Fahrrad am Institut, was mir ganz recht war. Der Himmel war noch immer stark bewölkt, und der Westwind trieb gelegentliche Regenschauer vorbei. Mit der Kapuze über dem Kopf und hochgezogenen Schultern lief ich durch den fast menschenleeren Irchelpark zur Trambahnhaltestelle Milchbuck.

Müde ließ ich mich in der Tram auf einen der unbequemen Holzsitze fallen. Mir gegenüber lag der »Blick am Abend«, eine Gratiszeitung. Ich schlug sie desinteressiert auf. Doch gleich auf der dritten Seite wurde ich mit einem Schlag plötzlich wieder hellwach.

Das Bild einer jungen Frau grinste mich glücklich aus der Zeitung an. Ich kannte diese Frau. Denn ich hatte ihr Gesicht eben noch im Obduktionssaal ausgiebig betrachtet.

›Wurde die junge Pflegerin im Altenheim Friesenberg umgebracht? Mutter schließt Suizid aus‹, war die fett gedruckte Schlagzeile. Darunter das Bild einer älteren grauhaarigen Frau, die mit rot verweinten Augen in einem Vorgarten stand.

KAPITEL 22

Julia Zimmermann verstaute ihre Kamera und stieg vorsichtig über verkohlte Dachbalken. Sie war mit ihrem Kollegen Timo Hofer zu einem Brand gerufen worden.

Eine alte Scheune in Birmensdorf war in den frühen Morgenstunden abgebrannt. Timo war Spezialist in Brandermittlungen, und Julia sollte ihn begleiten, um sich ein möglichst breites Wissen anzueignen. Sie gähnte verstohlen und sah auf die Uhr. Nun waren sie schon seit über vier Stunden in der noch rauchenden Ruine. Der Rauch kratzte trotz Atemschutzmaske in der Lunge. Den Geruch würde sie so schnell nicht mehr aus der Nase kriegen. Hoffentlich hatte Maggi nicht vor, heute Abend zu grillen. Brände waren nun wirklich nicht ihr Ding. Es stank wie die Hölle nach Rauch, verkohltem Holz, geschmolzenem Plastik und Gott weiß was. Sie schwitzte in dem dicken Anzug und kannte sich zu wenig mit Stromkabeln aus, um mit Sicherheit einen Kurzschluss auszuschließen. Außerdem mochte sie den überheblichen Timo Hofer nicht, der der festen Überzeugung war, dass Frauen eigentlich nichts bei der Polizei und schon gar nicht bei der Spurensicherung zu suchen hatten. Er erklärte ihr praktisch nichts und gab nur knappe Anweisungen. Julia war es zu dumm geworden, schweigend wie ein Schulmädchen neben dem über einem Kabelsalat kauernden Hofer zu stehen, so dass sie sich entschlossen hatte, an die frische Luft zu gehen. Sie hatte alles fotografisch dokumentiert, und wenn Timo noch mehr Fotos brauchte, konnte er ihr ja Bescheid geben. Sie würde sich hier zumindest nicht zum Deppen machen.

Draußen nahm sie den Helm ab, der beim Betreten von Brandruinen obligatorisch war, und sog die frische Luft in vollen Zügen ein. Kurz darauf gesellte sich Reto Meierhans zu ihr. Er war ein bisschen älter als Julia und arbeitete bei der Fahndung der Kantonspolizei.

»Na, auch genug vom Brandmief?«, lachte er sie an. Reto war nur wenig größer als sie und hatte militärisch kurz geschorenes Haar, über das er sich jetzt vorsichtig mit einer Hand strich, als wolle er überprüfen, ob noch alles an seinem Platz war. Sein ganzes Gesicht war irgendwie schief, was durch die kurzen Haare unterstrichen wurde. Er entblößte eine Reihe schiefer Zähne, als er sie freundlich anschaute, und Julia lächelte freundlich zurück.

Reto nahm ein Stofftaschentuch und wischte sich den Schweiß von der Stirn.

»Du hattest mich doch gefragt wegen dieses Inders da«, sagte er plötzlich. Julia, die gerade dabei war, ihre Kamera im Auto zu verstauen, sah ihn überrascht an. Sie hatte zugegebenermaßen völlig vergessen, dass sie Reto eine E-Mail geschrieben hatte.

Reto lehnte sich gegen ihr Auto und fuhr unaufgefordert fort.

»Also, dieser Inder war vor 13 Jahren einmal im Fokus der Behörden. Damals ist eine junge Studentin verschwunden. Er war damals wie heute als Reinigungsmann im Platzspitz tätig gewesen und war befragt worden, ob er etwas gesehen oder gehört hatte. Bei der Vernehmung hatte er sich komisch verhalten. Nicht richtig auf Fragen geantwortet und so. Daher hatte man ihn kurzzeitig mal im Verdacht, konnte ihm aber nichts nachweisen.«

Julia sah ihn nachdenklich an. »Was wurde denn aus der Studentin? Ist die jemals wieder aufgetaucht?«

Reto bleckte seine schiefen Zähne und lachte kurz auf. »Aufgetaucht im wahrsten Sinne des Wortes«, fuhr er fort. »Als Wasserleiche in der Limmat.« Er lachte heiser und klopfte sich kurz auf die Schenkel. Dann wurde er wieder ernst.

»Man hat dann aber festgestellt, dass die Studentin ziemlich blau war. Irgendetwas mit zwei Promille. Die Rechtsmedizin hat sich nicht festlegen wollen. Keine Verletzungen, die nicht durch Trieb oder Fischfraß erklärbar waren, Fremdeinwirkung aber nicht ausgeschlossen. Na ja, so das Übliche, was die halt immer schreiben, um sich nicht festlegen zu müssen.«

Er stieß sich mit der Hüfte vom Auto ab und wischte sich erneut mit seinem Taschentuch über die Stirn. Danach faltete er es fein säuberlich zusammen und steckte es wieder in eine Tasche.

»Daher hat man dann das Ganze als einen Unfall interpretiert«, beendete er seine Ausführungen.

Julia schaute auf ihren Helm, den sie nachdenklich in ihren Händen drehte.

»Und bei dem Inder – hatte man den so richtig im Fokus, oder war das nur so nach dem Motto: ›Könnte ja die Finger im Spiel gehabt haben‹«, fragte sie.

Reto zuckte mit den Schultern.

»Keine Ahnung, ehrlich gesagt. Da müsstest du den Ermittlungsleiter fragen. Aber der«, Reto schürzte die Lippen und machte eine fliegende Handbewegung in Richtung Himmel, »hat vor kurzem seine letzte Reise angetreten. War schwer krank. Die Pumpe. Kein Wunder bei dem Stress im Job.« Wieder lachte er krächzend und wurde gleich darauf wieder ernst.

Julia bedankte sich bei Reto und nahm Timo das Stativ für die Flutleuchte ab, die sie zur Untersuchung der Brandruine aufgebaut hatten.

Auf der Rückfahrt ins Büro saß sie neben dem schweigsamen Timo Hofer und dachte nach. So konnte sie Lisa Entwarnung geben. Kein Mord. Kein Opfer. Aber natürlich war es schon ein eigenartiger Zufall, dass er am selben Ort und nahezu zur selben Jahreszeit verstorben war wie die junge Studentin. Aber gut. Zufälle gab es eben. Auch solche unwahrscheinlichen.

KAPITEL 23

An diesem Abend saß ich nachdenklich an meinem kleinen runden Küchentisch und schnitt ein paar getrocknete Tomaten für »Pasta Lisa«, wie ich sie nannte. Das war eines der Standardgerichte, die ich furchtbar gern aß, die schnell gingen und auch noch schmeckten. Letztlich bestand es aus gekochten Nudeln, Pinienkernen, sehr viel in Öl angebratenem Knoblauch, getrockneten Tomaten, Basilikum und Mozzarella oder Grana Padano, den ich persönlich lieber mochte als den eigentlich hochwertigeren Parmesan. Draußen regnete es, und durch das geöffnete Fenster kam der wunderbare Geruch eines Sommerregens, der sich mit dem gebratenen Knoblauch in meiner Wohnung vermischte. Normalerweise hätte ich diesen Moment genossen, mir wahrscheinlich noch ein Glas Rotwein dazu eingeschenkt und mich darüber gefreut, dass es gleich etwas Feines zu essen geben würde. Heute aber vermochten mich weder die Aussicht auf eines meiner Lieblingsgerichte noch der wunderbare Geruch so richtig in Stimmung zu bringen. Zu sehr war ich in Gedanken bei der Mutter von Claudia Meinrad. Nun war es schon das zweite Mal innert kurzer Zeit, dass ein Angehöriger offen an einem Suizid seines Liebsten zweifelte. Gemäß Christoph war das nicht ungewöhnlich. Ich hatte ihn von der S-Bahn aus angerufen und ihm vom Artikel im »Blick am Abend« berichtet. Er hatte mir versichert, dass es normal war, wenn Angehörige einen Selbstmord nicht wahrhaben wollten.

»Schau mal, Lisa«, hatte er gesagt. »Was würdest denn du denken, wenn sich plötzlich einer deiner Eltern umbringen würde oder dein Bruder, falls du einen hast. Du würdest dich doch auch fragen, ob du es nicht hättest verhindern können, ob du nicht vielleicht sogar Schuld hast, weil es vorher möglicherweise einen Streit gegeben hat.«

Nachdenklich gab ich die getrockneten Tomaten zum Knoblauch in die Pfanne. Natürlich hatte er recht. Dennoch, das nagende Gefühl, etwas übersehen zu haben, was ich bei Kaldeira schon gespürt hatte, war da. Stärker denn je. Ob ich einmal mit der Mutter sprechen sollte? Aber das konnte ich keinesfalls auf eigene Initiative machen. Ich durfte den Angehörigen ohne Erlaubnis der Staatsanwaltschaft ohnehin keine Auskunft geben, und wenn ich auf eigene Faust Angehörige kontaktierte, würde das ziemlich Stunk geben. Letztlich war im Artikel schon genug Information vorhanden gewesen. Meinrad hätte gerade eine neue Liebe gehabt, einen jungen Lehrer, von dem auch ein Bild in der Zeitung abgedruckt gewesen war. Mit bekümmertem Blick hatte er in die Kamera geschaut, eine weiße Rose in der Hand.

Plötzlich realisierte ich, dass es nach angebranntem Knoblauch roch. Ich war derart in Gedanken versunken gewesen, dass ich vergessen hatte, die Herdplatte runterzudrehen. Fluchend nahm ich die Pfanne vom Herd und schaute resigniert auf die dunkelbraunen Knoblauch- und Tomatenstücke. Na ja, dann gab es eben Pasta mit verbrannter Note. Mit den Nudeln würde sich der leicht angebrannte Rest gut durchmischen. Ich schenkte mir zum Essen doch ein Glas Rotwein ein und schaltete den Fernseher an. Es kam eine Sendung über Schweizer Auswanderer. Ich starrte auf den Bildschirm, ohne recht zu realisieren, was ich anschaute. Die Pasta schmeckte gut, trotz angebranntem Knoblauch. Schon übermorgen würde ich ja Ben wieder treffen. Wenn ich daran dachte, schlug mein Magen einen kleinen Purzelbaum. Ich musste mir unbedingt noch etwas zum Anziehen raussuchen. Aber jetzt, ich streckte mich, war erst mal Schlafenszeit. Die zwei Stunden am Nachmittag hatten nicht gereicht, das Defizit der vergangenen Nacht aufzuholen.

KAPITEL 24

Ein paar Tage später saß ich in meinem Büro und wartete ungeduldig auf die Ergebnisse der Klinischen Chemie. Außerdem musste ich dringend meine alten Fälle abarbeiten. Der Stapel auf meinem Schreibtisch war beträchtlich gewachsen, und eigentlich müsste ich mich jetzt der körperlichen Untersuchung von vor zwei Wochen widmen, bei der der eine Alkoholiker dem anderen Alkoholiker eine Wodkaflasche auf dem Kopf zerhauen hatte, woraufhin der seinen Kontrahenten bis zur Bewusstlosigkeit gewürgt hatte. Aber zuerst wollte ich gern wissen, wie es denn mit der Unterzuckerung der Krankenschwester aussah.

Ich ging auf die Seite der Klinischen Chemie, die mit unserem Institut verbunden war, und gab meinen Benutzernamen ein. Beim Passwort zögerte ich. Welches hatte ich schon wieder für die Klinische Chemie genommen? Man hatte nicht das gleiche nehmen dürfen wie für die RZZ-Seite. Da man im RZZ wegen unseres völlig paranoiden Informatikers allerdings alle zwei Monate das Passwort wechseln musste und keines der schon mal genommenen mehr ging, war das kein einfaches Unterfangen. Ich überlegte und drehte mich währenddessen auf meinem Stuhl hin und her. Als ich aus dem Fenster schaute und einen kleinen Münsterländer vorbeilaufen sah, fiel es mir wieder ein. Es war der Name des Jagdhundes meiner Großmutter in Kombination mit dessen Geburtstag. Ich hatte diesen Hund abgöttisch geliebt und würde vermutlich niemals seinen Geburtstag vergessen. Leider war er vor eineinhalb Jahren im hohen Alter von 16 Jahren gestorben. Ich war untröstlich gewesen, denn Chrissi war für mich ein ganz besonderer Hund gewesen. Ich war die Einzige, bei der er, mit Ausnahme meiner Großmutter natürlich, geblieben war. Er hatte mich auf Schritt und Tritt begleitet und am Fußende meines Bettes geschlafen, wenn ich sie besuchte, was in den letzten Jahren leider zu selten der Fall gewesen war. Noch immer stieg mir der unvergleichliche Duft seines Fells an den Ohren in die Nase, wenn ich mich an ihn erinnerte. Ich atmete hörbar aus. Mit meiner Großmutter war es seit Chrissis Tod leider auch ziemlich bergab gegangen. Sie war bereits 86 Jahre und immer der Meinung gewesen, dass ein Leben ohne Hund nur ein halbes Leben sei. Nun wollte sie sich aber keinen neuen mehr zulegen, da sie sich zu alt dafür fühlte, litt jedoch entsetzlich unter dem hundelosen Zustand.

Sehnsüchtig beobachtete ich den Münsterländer, der gerade in einem großen Bogen über die Wiese rannte und mit der Nase am Boden eine Spur verfolgte. Wie gern hätte auch ich einen Hund. Aber leider ließen das die Arbeit und meine kleine Wohnung mitten in Zürich im Moment nicht zu. Nur widerstrebend löste ich meinen Blick vom Hund und widmete mich wieder dem Computer. Das Passwort stimmte, und die Seite der Klinischen Chemie öffnete sich. Wir konnten unsere Proben alle unter dem Namen »RZZ« mit der entsprechenden Auftragsnummer einsehen. Ungeduldig schaute ich auf das sich ewig im Kreis drehende Rädchen, bis endlich die Ergebnisse von Meinrads Glucose- und Lactat-Konzentrationen im Hirnkammerwasser erschienen. Nach einer gefühlten Ewigkeit hatte ich endlich die beiden Werte, die zusammengerechnet den »Summenwert nach Traub« ergaben. Unterhalb einer Konzentration von 50 Milligramm pro Deziliter konnte man bei Ausschluss anderer todesursächlicher Organveränderungen von einer tödlichen Unterzuckerung ausgehen. Et voilà. Meinrad hatte einen Summenwert von 37. Ich lehnte mich zurück und sah wieder aus dem Fenster, aber der Hund war weg. Stattdessen flogen zwei Krähen vorbei, die gerade einen Greifvogel attackierten.

Nun gut, eigentlich hatte ich nichts anderes erwartet. Damit war zudem auch nur klar, dass sie an einer tödlichen Unterzuckerung gestorben war. Zwar könnte man jetzt noch weitere Untersuchungen durchführen, zum Beispiel Nachweis des Insulins im Fettgewebe an den Einstichstellen, aber das wäre unverhältnismäßig, denn wo sollte die Unterzuckerung auch sonst herkommen.

Im Grunde genommen war ich jetzt so schlau wie vorher. Missmutig stand ich auf und kramte in meiner blauen Tasche nochmals den Artikel aus dem »Blick am Abend« hervor. Irgendetwas dort hatte mich unglaublich irritiert, aber ich kam einfach nicht darauf, was es gewesen war.

Ich schaute mir noch mal alle Bilder an. Die Mutter von Meinrad, dem Freund, mehrere Bilder von ihr selbst, wie sie glücklich grinsend an einem Strand stand. Mit ihrer Mutter Blumen pflückte. Als kleines Mädchen am Schreibtisch bei den Schularbeiten. Rotgesichtig mit einer Freundin in einer Kneipe. Ich kam einfach nicht darauf. Frustriert begann ich, erneut den Text zu lesen. Aber auch das half mir nicht weiter.

Das Klingeln meines Telefons riss mich aus meinen Gedanken.

Es war Julia. Sie erzählte mir irgendeine verworrene Geschichte von einem Brand, einem Timo, einem Reto, und ich kapierte überhaupt nicht, worüber sie eigentlich sprach.

»Moment«, unterbrach ich sie lächelnd, »wer ist Timo Meierhofer? Welcher Brand? Und was hat der dir erzählt?«

»Meierhans heißt der. Reto und nicht Timo. Timo ist der Kollege von mir, mit dem du bei ›Vita Aeterna‹ zusammengestoßen bist. So ein arroganter Schnösel.« Sie machte eine kurze Pause, während der ich sie auf der Tastatur herumtippen hörte.

»Aber darum geht es doch gerade gar nicht. Also der Reto hat mir gestern beim Brand einer Scheune von deinem Inder erzählt.«

»Es ist nicht *mein* Inder«, protestierte ich schwach, hatte aber immer noch keine Ahnung davon, worüber sie redete.

»Ach Mensch, Lisa, jetzt sei doch nicht so begriffsstutzig«, empörte sie sich. »Möchtest du jetzt wissen, was ich rausgefunden habe, oder nicht?«

Julia klang bereits ziemlich eingeschnappt, so dass ich mich beeilte, beschwichtigend zu bestärken, dass es mich unglaublich interessierte, was sie herausgefunden hatte.

Julia redete aber sowieso weiter, bevor ich etwas sagen konnte.

»Reto hat mir da ein paar Backgroundinfos gegeben, und ich hatte gerade Zeit und habe mir das Ganze im ›Polis‹ näher angeschaut. Ich dachte, das könnte dich auch interessieren. Hast du gerade Zeit?«

Ich warf einen Blick auf Nadja am Schreibtisch gegenüber, die schnell wieder so tat, als ob sie sich ihren Fallunterlagen widmete, aber sicherlich die Öhrchen spitzte wie ein Luchs. Julia sprach so laut ins Telefon, dass ich mir sicher war, dass Nadja jedes Wort verstehen konnte. Daher wiegelte ich ab und fragte sie, ob wir uns nicht lieber treffen könnten.

»Auch gut«, quakte es aus dem Hörer. »Ich bräuchte jetzt dringend ein bisschen Bewegung. Ich hole dich direkt nach der Arbeit ab, dann gehen wir zum Joggen, ja, und da erzähle dir dann alles, okay?«

Ich sagte zu. Ein bisschen Bewegung würde mir nicht schaden. Die Jeans, die ich heute Morgen aus dem Schrank genommen hatte, kniffen entsetzlich am Bauch, so dass ich, wenn ich allein am Schreibtisch saß, gelegentlich den Knopf aufmachte und hoffte, dass es keiner merkte.

KAPITEL 25

Julia holte mich, wie versprochen, gleich nach der Arbeit ab. Ich war etwas früher gegangen, damit wir genügend Zeit haben würden. Sie war in eine modische atmungsaktive Joggingkluft gekleidet, die ihrer sportlichen Figur schmeichelte. Ganz im Gegensatz zu mir. Ich war müde nach der Arbeit und infolge des noch immer vorhandenen Schlafdefizites, hatte meine alte graue Sporthose an, die ich vor ein paar Jahren mal bei Tschibo gekauft hatte, und fühlte mich alles andere als fit. Vor einer halben Stunde hatte ich der Versuchung nicht widerstehen können und noch eine ganze Reihe feinste Schweizer Nussschokolade verdrückt, obwohl mir meine innere Stimme natürlich gesagt hatte, dass das keine gute Idee wäre, aber ich hatte es einfach nicht lassen können. Die Schoko war zu fein und die Müdigkeit zu groß.

Julias Mini Cabrio parkte direkt vor meinem Balkon auf dem Gehweg.

»Ich habe keinen Parkplatz gekriegt. Für die halbe Stunde lass ich den mal da stehen, oder was meinst du?«

Ich schaute zweifelnd auf den Mini. Man konnte so wirklich nicht mehr daran vorbeilaufen. Prompt kam auch wieder die alte Dame mit ihren fünf Kläffern, die mehrmals täglich hier vorbeikam, und schüttelte missbilligend den Kopf. Zwei der Hunde nahm sie auf den Arm, die drei anderen zerrte sie, so eng wie nur möglich bei sich, am Auto vorbei. Auf ihrem Kopf saß ein altmodischer Hut, der aufgrund der zappelnden Hündchen in ihrem Arm verrutscht war. Sie stieß einen ganz und gar nicht damenhaften Fluch aus und trottete weiter ihres Weges.

Julia zuckte nur mit den Schultern und meinte: »Ach was, ich mach einfach das ›TechKrim im Dienst‹-Schild rein. Wird schon keiner merken, dass das nicht stimmt.«

Auffordernd sprang sie vor mir hin und her. »Komm schon, Lisa. Jetzt geht's los!«

Ich stöhnte leise, Widerstand war eh zwecklos. Wir gingen durch das Treppenhaus hinab, wobei Julia federnd vor mir hersprang und ich lustlos hinterherlief. Draußen vor der Tür rannte Julia gleich los. Es ging steil bergauf durch das Quartier bis zum Waldrand. Julia sprintete mit einem Tempo voran, dass ich bereits nach fünf Minuten einen roten Kopf bekam und kaum mithalten konnte. An einer kleinen Baustelle drehten sich die Bauarbeiter nach uns um. Manche deuteten auf Julia und pfiffen anerkennend. Ich wurde lediglich mit mitleidigen Blicken bedacht.

Ich verfluchte die Schokolade, die in meinem Bauch mit dem Kaffee, den ich auch noch getrunken hatte, Tango zu tanzen schien. Als wir endlich am Waldrand ankamen, drehte sich Julia zu mir um. Sie war weder verschwitzt noch außer Atem. Meinen Zustand nahe am Kollaps schien sie nicht zu bemerken. Es war schattig im Wald und roch ungemein gut und frisch. Ein Eichhörnchen sprang wenige Meter vor uns über den Weg.

»Also«, sagte sie, »da war diese Studentin. Caroline Friedrich hieß sie.« Geschickt sprang sie über eine Wurzel. Ich erholte mich beim Laufen auf dem ebenen Weg ein bisschen, drosselte aber trotzdem das Tempo. So, wie Julia rannte, würde ich keine fünf Minuten mehr mitmachen. Julia fuhr fort.

»Da habe ich was ganz Spannendes rausgefunden. Die ist eines Morgens vor 12 oder 13 Jahren, das weiß ich jetzt schon wieder nicht mehr sicher, tot in der Limmat, am Wehr hängend, gefunden worden. Man ging damals von einem Unfall aus, da sie viel Alkohol im Blut gehabt hatte. Zumindest hat man wohl keine Hinweise für eine Fremdeinwirkung gefunden. Ah, warte mal, wir müssen da lang.« Sie zeigte nach links. Ich schaute voller

Entsetzen auf den Weg, der sich vor uns steil bergauf schlängelte. Ein paar Kinder kamen gerade mit ihren Fahrrädern laut juchzend den Weg hinuntergeschossen. Zwei Mütter rannten laut rufend und schimpfend hinterher. Julia wartete, um den Trupp vorbeizulassen, und sprang dann wieder leichtfüßig voran. Ich hatte das Gefühl, Blei an meinen Beinen zu haben, und schwor mir insgeheim, nie wieder Schokolade zu essen, oder nein, lieber nie wieder mit Julia joggen zu gehen.

Julia erzählte locker weiter, während wir den steilen Weg hochliefen und ich mir vorkam wie ein Walross.

»Na ja, man hat natürlich trotzdem in alle Richtungen ermittelt. Dein Inder, dessen Namen ich mir nicht merken kann, war damals Putzmann am Platzspitz und wurde anfangs verdächtigt. Man konnte ihm aber nichts nachweisen. Diese Caroline war wohl ziemlich durchtrieben. Vor ihrem Verschwinden ist sie offenbar auf einer Party gewesen und hat dort wild geflirtet. Sie soll allein gegangen sein, war aber nicht allein dort. Und jetzt kommt's: Dreimal darfst du raten, mit wem sie dort war.«

Ich schnaufte. Mir fiel beim besten Willen nicht ein, woher ich das wissen sollte, und außerdem konnte ich eh nicht mehr klar denken. Ich verfluchte das Joggen, die Schokolade, den Kaffee und eigentlich auch Julia, weil die nicht wie normale Menschen einfach im Sitzen etwas erzählen konnte, sondern wie bekloppt einen Berg hochrennen musste.

»Sag mal, Lisa, geht es dir nicht gut?«, fragte sie plötzlich besorgt. Sie hatte oben, auf der Stelle tänzelnd, auf mich gewartet. Ich stützte mich schwer atmend auf meine Oberschenkel. Keinen Schritt weiter. Nicht so. Prompt wurde mir natürlich schwindelig.

»Sollen wir langsamer laufen?«

Wütend schaute ich Julia mit hochrotem Kopf an. Ich richtete mich auf und begann, langsam loszugehen. »Ich. Renne. Nicht. Mehr!«, keuchte ich. Julia hörte nun ebenfalls auf zu laufen und verfiel in einen leichten Schritt. Sie war nicht mal außer Atem, sondern schaute mich betroffen an. Nach einer Weile beruhigte sich mein Atem wieder.

Julia sah mich von der Seite an und befand, dass ich mich wieder so weit beruhigt hatte, dass sie ihre Erzählung fortsetzen konnte.

»Also, Caroline Friedrich war die Freundin von Claudia Meinrad. Beide waren am Abend des Verschwindens von Caroline Friedrich zusammen bei der Party.«

Ich blieb nun doch wieder stehen und schaute Julia von der Seite her an.

»Wirklich?«, staunte ich. »Das ist ja ein Ding!« Ich ging weiter. Langsam hatte sich mein Kreislauf wieder etwas beruhigt, und ich konnte wieder besser denken.

»Aber wie hängt das denn zusammen? Ein Todesfall, der schon über zwölf Jahre her ist? Und nun ist die Freundin ebenfalls tot! Angeblich Suizid?« Ich runzelte die Stirn. So ganz funktionierten meine Gedankengänge nach der wilden Rennerei noch nicht, denn mir fiel partout nicht ein, wie das alles zusammenhängen sollte.

»Aber weißt du, das ist noch nicht alles. Tenzin Kaldeira, das habe ich dir ja schon mal gesagt, war in den frühen Morgenstunden in der Nacht der Party, nach der Caroline Friedrich verschwunden ist, Reinigungsmann im Platzspitz. Der war bei der Vernehmung durch die Polizei irgendwie auffällig. Sie hatten wohl das Gefühl, dass er was weiß und es verschweigt. Aber letztlich hat man ihm nie etwas nachweisen können.«

»Das macht jetzt zwei Todesfälle innerhalb weniger Wochen, die mit dieser Caroline Friedrich in Verbindung gestanden haben«, dachte ich laut. Julia wischte sich eine Strähne, die sich aus ihrem Pferdeschwanz gelöst hatte, aus der Stirn.

»Clever kombiniert«, kommentierte sie trocken.

Ein Rentnerehepaar kam uns entgegen. Sie hielten sich an

den Händen und musterten uns aufmerksam. Wir liefen schweigend an ihnen vorbei, während sich meine Gedanken im Kreis drehten.

»Hoffentlich bin ich auch noch so verliebt, wenn ich einmal alt bin«, sagte Julia, während sie den beiden nachschaute.

Ich dachte kurz an Ben, und mein Herz machte einen Sprung. Schnell wischte ich den Gedanken an ihn aber beiseite, denn im Moment sah es ja noch gar nicht nach Händchenhalten aus, also musste ich auch wirklich noch nicht ans Alter denken. Trotzdem konnte ich das aufregende Bild von einem mit mir händchenhaltenden Ben nicht einfach so verscheuchen. Verwirrt schüttelte ich den Kopf. Ich verstand immer noch nicht, wie die Todesfälle zusammenhängen konnten, glaubte aber nicht an derartige Zufälle.

»Wenn also dieser Tenzin Kaldeira tatsächlich am Tod von Caroline Friedrich schuld gewesen sein sollte, meinst du, dass er dann auch die Finger bei Claudia Meinrad mit drin hatte?«

Julia schaute mich fast ein bisschen mitleidig von der Seite an. Dann fiel es mir selbst auf und ich schlug mir die Hand gegen die Stirn.

»Das geht natürlich nicht! Er war ja vor Claudia Meinrad tot aufgefunden worden. Also kann er keine Mitbeteiligung an ihrem Tod haben. Aber wie hängt denn dann alles zusammen? Claudia Meinrad wird doch kaum ihre eigene Freundin in die Limmat geschubst haben, oder?«

»Nein, und die hat auch ein überprüftes Alibi. Die hatte sich damals einen Kerl geangelt und die Nacht mit ihm verbracht. Wollen wir noch ein bisschen laufen?« Julia zeigte auf einen Weg, der bergab führte.

»Dann kann ich dir auch erzählen, was in den polizeilichen Einvernahmeprotokollen von Rainer Wilti stand. Es hätten wohl mehrere Leute durchaus ein Motiv gehabt, Caroline Friedrich eins auszuwischen, so wie ich das gelesen habe.«

Ich war stehen geblieben und schaute Julia wie vom Donner gerührt an.

»Lisa, warum kommst du denn nicht?« Julia drehte sich um und schaute mich an.

»Was hast du da eben gesagt?«, fragte ich.

»Na, dass es mehrere Personen gab, die Caroline Friedrich gern eins ausgewischt hätten.« Julia schaute mich fragend an. »Lisa, was ist denn?«

Ich setzte mich auf einen Baumstamm. »Julia, Rainer Wilti habe ich vor vier Wochen obduziert. Er starb an einem Herzversagen!« Ich schaute Julia an. »Das macht dann drei Tote, die alle etwas miteinander zu tun hatten. Das kann doch kein Zufall mehr sein.«

KAPITEL 26

Nachdenklich und verschwitzt kamen wir wieder in meiner Wohnung an. Auf dem Rückweg hatte keiner von uns mehr Lust gehabt zu rennen, und so waren wir gemütlich bis zu meiner kleinen Wohnung zurückspaziert. Wir drehten es, wir wendeten es, es gab nichts daran zu rütteln, dass es ein seltsamer Zufall war. Und ich glaubte nicht an Zufälle. Ich hatte Julia von dem

Erlebnis mit der alten Frau im Altersheim berichtet, und wieder war mir ein Schauer über den Rücken gelaufen, wenn ich an die unheimliche Szene dachte. Zu Hause goss ich uns beiden ein Glas Wasser ein und reichte es Julia, die langsam an ihrem nippte, während sie nachdachte. Ich hatte bereits mein zweites Glas in einem Zug geleert und gab ihr das zerknitterte Exemplar des »Blick am Abend«.

»Irgendetwas hier passt nicht«, sagte ich und setzte mich an meinen Schreibtischstuhl. Julia stellte ihr Glas ab und begann zu lesen. Sie ließ sich Zeit. Ungeduldig verschob ich einen Stapel mit unbezahlten Rechnungen, den ich mir auf den Schreibtisch gelegt hatte, damit ich sie nicht vergaß. Dann stand ich auf und stellte mein Glas in die Spülmaschine. Als ich zurückkam, saß Julia immer noch seelenruhig da und las. Nach einer gefühlten Ewigkeit ließ sie endlich die Zeitung sinken.

»Keine Ahnung, was da nicht passen könnte.«

Julia stand auf und streckte sich. Sie berührte ein Blatt der Bananenstaude, die ich in die Ecke neben meinen Schreibtisch gequetscht hatte, in der Hoffnung, dass sie dort genug Sonne bekam.

»Letztlich ist es doch immer dasselbe«, sagte sie und streckte sich. »Irgendeiner bringt sich um, die Angehörigen wollen es nicht wahrhaben und machen einen Riesenzinnober. Aber weißt du, in der Regel *hat* sich die Person umgebracht. Sieht aus wie eine Ente, läuft wie eine Ente, wird schon eine Ente sein.«

Genervt tigerte ich durch die Wohnung und verräumte dabei lauter unnützes Zeug. »Henrik hat mehr oder weniger das Gleiche gesagt«, gab ich murrend zu.

»Aber«, ich hob meinen Zeigefinger, »es ist doch sonst auch nicht so, dass drei Menschen innerhalb kurzer Zeit sterben, die alle etwas mit ein und demselben Fall zu tun hatten. Und bei zwei von denen gibt es Zweifel an einem Suizid.« Ich stockte kurz, als mir die Stauungsblutungen in den Augenlidern von Wilti einfielen. Aufgeregt schlug ich auf den Tisch.

»Und dann auch noch die alte Frau. Sie hat mir doch erzählt, wie sie gesehen hat, dass diese Krankenschwester umgebracht wurde.«

Julia sah mich zweifelnd an. Ich spürte langsam, wie die Verzweiflung in mir hochkroch. Hatte ich mich denn völlig verrannt?

Julia schwieg und schaute auf ihre perfekt gefeilten Fingernägel. Dann schien sie einen Entschluss gefasst zu haben, denn sie setzte sich auf, straffte ihre Schultern und sah mich mit einem spitzbübischen Grinsen an.

»Ich habe da so eine Idee.«

KAPITEL 27

Eine laute Hupe ließ mich erschrocken zusammenzucken. Julia haute auf das Lenkrad und fluchte laut zum offenen Auto hinaus. Ich sah sie amüsiert von der Seite an. Das hätte man der zierlichen, hübschen Julia gar nicht zugetraut. Sie hatte einen Fahrstil wie, nun ja, wie eine gesengte Sau. Anders konnte ich es nicht beschreiben. Mit einer Hand immer an der Hupe, gab sie Gas, bremste, machte Spurwechsel und gestikulierte wild, wenn einer den Verkehr behinderte, wie es der Glarner vor uns ihrer Meinung nach gerade tat, weil der einen Velofahrer nicht überholte. Wir fuhren durch die Langstraße, die Partymeile von Zürich. Wobei, vielleicht wäre »tuckerten durch die Langstraße« der bessere Ausdruck. Es war Feierabendverkehr, und dementsprechend ging es nur im Stop-and-go vorwärts. Julia erntete gerade befremdete Blicke einer Gruppe älterer Damen, die vermutlich in einem Reiseführer etwas von den guten Restaurants der Langstraße gelesen hatten und sich denkbar fehl am Platz vorkommen mussten, als sie mit quietschenden Reifen noch bei Orange über die Kreuzung brauste.

Erste Partygänger oder besser gesagt »after work»-Volk tummelte sich bereits fröhlich vor den Kneipen. Der eine oder andere Anzugträger verschwand mit verstohlenen Blicken in einem der zahlreichen Bordelle. Knapp bekleidete Frauen unterschiedlichster Herkunft stöckelten auf hohen Absätzen in Grüppchen über die Straße. Auf der Piazza Cella standen zwielichtige Gesellen zusammen, denen man nachts lieber nicht zu nahe kam. Ich seufzte leise. Derartige Typen kannte ich zur Genüge aus meinen Nacht- und Wochenenddiensten. Zuhälter, Türsteher und Drogendealer. Manche groß, mit Testosteron aufgepumpt, manche schlaksig, wieder andere klein und athletisch. Meistens gab es früher oder später eine Prügelei, eine Messerstecherei oder irgendeine andere wüste Auseinandersetzung, deren Beteiligte ich dann meistens noch mitten in der Nacht untersuchen musste. In der Regel nahm ich mir zuerst das Opfer vor, das mit schwersten Verletzungen im Spital lag. Wenn ich danach zur Polizei fuhr, wo der Täter provisorisch inhaftiert war, war ich immer wieder erstaunt, wie harmlos solche Typen wirken konnten. Spätestens wenn ich die Nadel für die Blutentnahme rauszog, zitterten nicht wenige vor Angst, obwohl sie zuvor keinerlei Skrupel gehabt hatten, eine andere

Person mit einem Springmesser niederzustechen und lebensgefährlich zu verletzen.

Nachdem wir den Goldbrunnenplatz hinter uns gelassen hatten, ging es etwas flüssiger voran. Wir waren auf dem Weg zum Altersheim Friesenberg. Julias Idee war es, die alte Dame nochmals genauer nach dem »bösen Mann« zu fragen.

»Vielleicht weiß sie ja gar nichts mehr«, hatte ich eingewandt.

»Das kann sein, aber dann haben wir es wenigstens versucht«, hatte Julia entgegnet und hinzugefügt, »außerdem wirst du dich sonst immer wieder fragen, ob du nicht doch noch mal mit ihr hättest reden sollen.«

Wo sie recht hatte, hatte sie recht. Und trotzdem zweifelte ich auf der Fahrt daran, ob es so eine gute Idee war, ins Friesenberg zu fahren. Wenn das jemand spitzkriegte, gab es mächtig Ärger. Vor allem für Julia, die ja, im Gegensatz zu mir, keinen Ruf als Möchtegern-CSI in der Arbeit hatte und in der Tech-Krim ihre Traumstelle gefunden hatte. Aber Julia, die konzentriert nach vorne schaute, schien das egal. Und immerhin war es ihre Idee gewesen.

»Es wird schon niemand merken«, hatte sie meine Bedenken beiseitegewischt.

Endlich bogen wir zur Einfahrt des Friesenberg ein, und sie stellte ihr Auto auf einem der mit ›Besucher‹ angeschriebenen Parkplätze ab. Mit schnellen Schritten gingen wir die Stufen zum Haupteingang hinauf. Wieder saßen zwei alte Damen auf ihren Rollatoren neben dem Empfang und unterhielten sich. Ob es dieselben waren? Ich wusste es nicht, und im Grunde war es ja auch egal, auch wenn ich das Gefühl hatte, ihre Blicke noch in meinem Rücken zu spüren. Zielstrebig gingen wir an der Rezeption vorbei, wo gerade eine ältere Frau mit einem uralt wirkenden Mann und der Rezeptionistin ein Schwätzchen hielt, und fuhren mit dem Lift in den zweiten Stock. Während der Liftfahrt spürte ich, wie mein Herz klopfte.

Ich hatte mir im Vorfeld Sorgen gemacht, dass die Rezeptionistin mich vielleicht wiedererkennen würde, was unnötig gewesen war, da es eine andere Empfangsdame gewesen war als in der Nacht von Claudia Meinrads Tod. Meine Nervosität stieg jedoch wieder, als sich die Aufzugstüren öffneten und wir den Flur betraten.

Die Station lag ruhig vor uns. Es roch nach Kartoffelbrei und Bratensoße. Weiter hinten im Gang klapperte Geschirr, das nach dem Abendessen gerade wieder eingesammelt wurde. Am Gang standen noch die silberfarbenen Metallwägen. Ich hoffte schwer, dass sich das Personal gerade ebenfalls beim Abendessen befand.

»Welches ist das Zimmer der alten Dame?«, fragte mich Julia leise.

Ich schaute mich um. Doppelt angelegte Türen auf beiden Seiten des Ganges und des Stationszimmers. Es war auf jeden Fall rechts vom Stationszimmer gewesen, nicht links. Aber welches war es denn nun wirklich?

Bevor wir hierhergefahren waren, hatte ich mir im Geist vorgestellt, wie wir zielstrebig ins Zimmer der alten Frau gehen würden. Aber im Moment konnte ich mich nicht mehr erinnern, wo genau sie untergebracht war. Alle Türen sahen gleich aus. Julia trat nervös von einem Bein auf das andere.

»Lisa«, zischte sie, »so können wir uns gleich ein Schild um den Hals hängen, auf dem ›Wo ist die alte Frau‹ steht.«

Meine Hände wurden feucht. Ich wusste es einfach nicht mehr und machte zögernd einen Schritt nach rechts.

»Ich glaube, das da könnte es sein«, deutete ich auf eine Tür, die etwas weiter hinten im Gang war. Julia verdrehte ungläubig die Augen.

»Du glaubst oder du weißt?«, empörte sich Julia leise. Ich hatte doch gewusst, dass es keine gute Idee war, hierherzukommen. Langsam lief ich auf die Tür zu, von der ich glaubte, dass es das Zimmer der alten Frau war, und blieb dann unentschlossen stehen. Es handelte sich um eine Nische, in der zwei Türen waren, die links in das eine und rechts in das andere Zimmer führten.

»Lisa, das geht so nicht. Wenn wir nicht bald wissen, wo wir reingehen müssen, fallen wir hier auf.« Julia konnte ihre Wut nur mühsam unterdrücken.

»Ich dachte, du weißt genau, wo wir hingehen müssen. Dann hätten wir zu ihr gehen und mit ihr sprechen können. So wird bald das Pflegepersonal auf uns aufmerksam werden und uns fragen, was wir hier zu suchen haben. Welches Zimmer ist es denn nun?«

Ich hätte heulen können. Natürlich konnte ich verstehen, dass Julia wütend war. Sie setzte einiges aufs Spiel, im Gegensatz zu mir, und hatte sich auf mich verlassen. Aber ich konnte mich schlichtweg nicht mehr genau erinnern. Vor uns waren die Zimmernummern 205 und 206.

»Ich weiß es nicht mehr«, sagte ich verzweifelt.

»Na, dann können wir entweder einfach auf gut Glück in eines der Zimmer gehen und hoffen, dass es das richtige ist. Oder wir fragen halt doch ganz frech eine Pflegeperson und geben uns als Verwandte aus.«

Stirnrunzelnd sah ich sie an. »Also, das finde ich völlig blödsinnig. Sollen wir denen sagen, dass wir die Enkelinnen sind, aber nicht mal wissen, wie die Frau richtig heißt, oder wie? Wenn sie uns auch nur nach dem Vornamen fragen, sind wir gelackmeiert! Ich kann mich nur noch daran erinnern, dass die Pflegeperson sie mit Frau Fretz oder Fletz oder so ähnlich angesprochen hat.«

Entnervt über mich selbst, aber auch über Julias nicht sehr förderlichen Vorschlag, schüttelte ich den Kopf und blickte mich ratlos um.

»Komm, lass uns doch sonst einfach mal den Kopf in Zimmer 205 stecken. Wenn wir Glück haben, merkt der Bewohner oder die Bewohnerin noch nicht mal, dass wir reingeschaut haben«, meinte ich und zeigte auf die Tür rechts von uns.

In diesem Moment ging die Tür von Zimmer 205 auf, und eine hübsche, sehr jung wirkende Pflegerin kam heraus. »Guten Abend«, sagte sie freundlich auf hochdeutsch, während sie sich die Hände desinfizierte. »Kann ich Ihnen helfen?« Mir blieb beinahe das Herz stehen vor Schreck. »Äh, ja, guten Abend«, antwortete ich und schielte auf ihr Namensschild, das sie als Pflegepraktikantin auswies.

»Wir suchen Frau Fretz und können sie nicht finden. Können Sie uns da vielleicht weiterhelfen?«

»Oh«, entgegnete sie betreten und legte den Kopf schief, so dass ihr am Scheitel hochgebundener Dutt bedrohlich in Schräglage geriet.

»Sind Sie Angehörige von ihr?«

Mist! Die schien nicht so naiv zu sein, wie sie aussah. Bevor ich etwas antworten konnte, sagte Julia:

»Nein, Angehörige im eigentlichen Sinne nicht. Aber meine Mutter war früher eng mit ihr befreundet, und wir wollten schauen, wie es ihr geht.«

»Oh. Ach so. Also, in dem Fall muss ich kurz nachfragen. Bitte warten Sie doch einen Moment hier.« Die junge Pflegerin schob sich den Dutt vorsichtig zurecht und lief in Richtung Stationszimmer. Unterwegs wurde sie jedoch von einem alten Mann, der in gebeugter Körperhaltung und mit zitterndem Gang gerade aus seinem Zimmer herauskam, aufgehalten.

»Fräulein Heinemann«, hörten wir ihn mit dünner Stimme rufen, woraufhin sich die Pflegepraktikantin ihm zuwandte und mit ihm ein Gespräch begann. Dabei drehte sie sich immer wieder kurz zu uns um. Julia und ich sahen uns an. Das wurde langsam ungemütlich.

»Sollen wir einfach verschwinden?«, zischte ich Julia zu.

»Ich weiß es nicht«, flüsterte sie zurück. »Das wäre ja auch auffällig, wenn sie zurückkommt, und nachher halten sie uns am Empfang unten noch auf. Lass uns lieber bleiben.«

Also blieben wir im Gang stehen und warteten darauf, dass »Fräulein Heinemann« endlich weiterging. Aber die sprach immer noch mit dem alten Mann, der etwas Wichtiges auf der Seele zu haben schien. Mein Herz klopfte wie wild, und ich verspürte den unbändigen Drang, hin und her zu laufen. Hoffentlich kam nicht die Leitung oder sonst jemand, der mich noch von der Leichenschau von Claudia Meinrad her kannte. Verstohlen tauschte ich einen Blick mit Julia. Ob wir nicht doch lieber die Fliege machen sollten? Plötzlich begann das Lämpchen an der Tür von Zimmer 202 grün und rot zu blinken, und ein durchdringendes Piepsen erfüllte die ganze Station. Julia und ich zuckten zusammen vor Schreck.

»Oh«, sagte die junge Praktikantin und schaute mit großen Augen auf die blinkende Lampe. Aus dem Stationszimmer rannten bereits mehrere Pflegepersonen, teils noch an ihrem Brötchen kauend, in Richtung Zimmer 202.

»Frau Rohner, der Besuch hier ist da wegen Frau Fetz … also was kann ich … ehem, dürfen sie …«, wandte sich die junge Praktikantin zaghaft an eine sich den Mund abwischende korpulente Frau in mittlerem Alter, die ebenfalls zu Zimmer 202 rannte.

Diese warf ihr einen empörten Blick zu und blaffte sie im Vorbeirennen an.

»Jetzt nicht. Das siehst du doch. Hilf lieber mit. Aber dalli!« Die junge Praktikantin blieb ratlos stehen und schaute uns verzweifelt mit großen Augen an.

»Also, ist denn etwas nicht in Ordnung mit Frau Fetz? Geht es ihr nicht gut?«, fragte ich unschuldig, während eine böse Vorahnung in mir aufkeimte.

»Tja, wahrscheinlich ist es jetzt auch egal, wenn ich mit Ihnen spreche«, sagte sie schulterzuckend.

»Frau Fetz ist leider gestern Morgen verstorben. Ich hoffe, das ist nicht zu schlimm für Ihre Mutter«, setzte sie mit einem Seitenblick auf Julia hinzu. Betroffen schauten wir uns an.

»Oh«, sagte ich jetzt überrascht, »war das denn erwartet?«

»Nein, eigentlich nicht. Das haben wir dem Enkel auch gesagt, der sie an dem Tag besucht hat. Der Arme, der war wirklich untröstlich! Da hatte er sich endlich mit seiner Großmutter wieder versöhnt, und dann ist sie grad gestorben. Aber das gibt es ja. Manchmal braucht es noch eine letzte Versöhnung, bevor man dann endgültig Abschied nehmen kann.« Beinahe selig seufzte sie und schaute versonnen ins Leere.

»Das ist ja schrecklich!«, sagte ich. »Wurde denn eine Leichenschau gemacht? Oder wo ist denn der Leichnam jetzt?«

»Ja, die Leichenschau hat ein Doktor Kohlmann oder so ähnlich gemacht. Der Leichnam wurde aber meines Wissens bereits kremiert. Auf dringenden Wunsch des Enkels.«

»Kommst du jetzt endlich!«, brüllte die korpulente Pflegefachfrau unwirsch, als sie ihren Kopf aus Zimmer 202 steckte. »Wir brauchen dringend frisches Bettzeug! Hier ist alles voll!«

»Oh! Bitte entschuldigen Sie. Ich muss jetzt gehen«, rief die junge Praktikantin, hob noch die Hand zu einem zaghaften Gruß und rannte zu Zimmer 202. Julia und ich blieben verdattert zurück.

KAPITEL 28

Zufrieden saß er vor seinem Computer. Das hatte er doch mal wieder gut gelöst mit der alten Dame. Sie hatte ihm zwar fast ein bisschen leidgetan, denn sie hatte ihn in der Tat entfernt an seine Großmutter erinnert, aber nur fast, denn das Risiko, dass sie ihn erkannt hätte, war unberechenbar gewesen, auch wenn sie verwirrt gewesen war und ihr niemand geglaubt hatte, außer vielleicht ... Das musste er im Auge behalten. Er glaubte nicht, dass Lisa eine ernsthafte Gefahr für ihn darstellte, aber man konnte nie wissen. Genau wie bei der armen alten Frau. Er grinste leise bei dem Gedanken an die süße Pflegepraktikantin, die ihm den untröstlichen Enkel widerspruchslos abgekauft hatte. An ihrem Blick hatte er sofort gesehen, dass sie ihn attraktiv fand. Bei dieser frustrierten Schreckschraube von Stationsleitung hatte sie sicherlich nicht viel zu lachen, so dass sie ihm gegenüber überaus zuvorkommend gewesen war. Schade eigentlich, dass er sich nicht mit ihr verabreden konnte. Die Kombination aus gutem Aussehen, jung und naiv fand er ausgesprochen sexy. Es war aber auch zu gut gewesen, wie er sie mit einem schmachtenden Blick gebeten hatte, ihm und seiner geliebten Großi eine Tasse frischen Kaffee zu bringen, mit »diesen feinen Keksen«, die es doch immer zum Kaffee gab. Nur zu bereitwillig war sie gegangen, um dann schockiert zu bemerken, dass die gute alte Dame bei ihrer Rückkehr nicht mehr atmete. Ach, wie großartig aufgeregt er gewesen war, als er den Körper der alten Frau geschüttelt hatte und immer »Großi! Großi! Nein!« gerufen hatte. Den Fleck auf dem Kissen, der zurückgeblieben war, nachdem er der hilflosen alten Frau das Kissen fest auf Mund und Nase gedrückt hatte, hatte natürlich keiner bemerkt. Die erstickten Geräusche, bevor sie starb, auch nicht. Aber das Beste war dieser furchtbare Trottel gewesen, der die Leichenschau gemacht hatte. Wie wichtig der sich vorgekommen war. Eigentlich eine Frechheit, dass solche Ärzte derartig wichtige Untersuchungen durchführen durften, aber ihm war es nun sehr zugutegekommen. Bei dem Gedanken daran, wie der ihm ernsthaft und mit trauervoller Miene gesagt hatte, dass die Todesursache wahrscheinlich eine Demenz im fortgeschrittenen Stadium war, musste er jetzt noch lachen. Er kicherte leise in sich hinein, als die Tür zu seinem Büro aufging. »Na, was ist denn so lustig?«, wurde er gefragt. Er drehte sich um. »Ach, nichts Besonderes«, entgegnete er unschuldig lächelnd.

KAPITEL 29

Auf der Heimfahrt hatten Julia und ich noch viel diskutiert, Theorien entworfen und gleich wieder verworfen. Julia hatte die Idee gehabt, noch eine Kleinigkeit essen zu gehen, aber ich hatte keinen rechten Appetit verspürt. Trotzdem hatte ich sie in eine Bar begleitet, wo sie sich trotz der Abendstunde einen Apfelkuchen mit Sahne bestellt hatte. Letztlich waren wir uns einig, dass die ganze Geschichte zum Himmel stank.

»Dass da der Enkel kommt, der sich angeblich seit langem

nicht mehr um die Frau gekümmert haben soll, und kaum ist er da, stirbt sie … Eine rührende Geschichte, aber ich glaube sie nicht.« Julia nahm einen Bissen Apfelkuchen mit viel Sahne obendrauf. »Hmm, übrigens sehr lecker hier, der Kuchen«, und haute noch einen großen Löffel Sahne obendrauf. Der Kellner, ein schon etwas älterer Italiener mit Halbglatze, räumte am Nachbartisch mit raschen Bewegungen ab und deckte wieder neu ein. Dabei kontrollierte er noch, ob die Gläser auch sauber poliert waren. Als er sah, dass ich ihn beobachtete, grinste er mich mit schiefen Zähnen an und zwinkerte mir zu. Ich grinste zurück. Mir war der Kerl sympathisch.

»Willst du mal?«, fragte Julia und hielt mir den Sahnetopf hin. Ich schüttelte den Kopf. Wie sie jetzt an Sahne und Kuchen denken konnte, war mir persönlich ein absolutes Rätsel, aber so war sie nun mal. Mir war es gerade total egal, ob ich ein Stück Apfelkuchen mit Sahne oder eine Currywurst essen würde, so sehr beschäftigte mich der Tod der alten Dame.

Aber ich war ganz Julias Meinung. »So etwas passiert doch nur in einer Seifenoper, aber nicht im wirklichen Leben. Und dann auch noch dieses Geschwätz von wegen noch eine Versöhnung und dann konnte sie gehen. Das gibt's bestimmt, aber mir sind das zu viele Zufälle.«

»Was machen wir nun?«, fragte ich und sah aus dem Fenster, wo gerade eine Straßenbahn vorbeifuhr. Ein kleines Kind klebte an der hintersten Scheibe und schnitt mir eine Grimasse. Ich streckte ihm die Zunge raus und wandte den Blick ab.

»Soll ich das meiner Chefin erzählen? Oder lieber erst mal einem von den Oberärzten?« Nach der Vita-Aeterna-Geschichte wäre das ein gefundenes Fressen für Ariana und Konsorten.

Ich stützte mein Kinn auf meine Hände und wunderte mich einen Moment, wie eine derart zierliche Person so viel Apfelkuchen mit Sahne essen konnte, und das auch noch in einer Situation, in der einem die Lust auf Essen vergehen konnte.

»Warum rufst du nicht einfach diesen Kohlmann oder Kohlmeier an und fragst mal nach diesem Enkel und den Umständen«, schlug Julia vor und schob den Teller von sich, den sie blitzblank geputzt hatte. »Vielleicht kann der dir mehr Informationen geben.«

Ich stöhnte unwillig auf. »Oh nein! Das ist *so* ein Depp.«

Julia grinste und klopfte sich auf den Bauch. »Überleg es dir«, war alles, was sie sagte. Dann schaute sie auf die Uhr. »Wollen wir gehen? Maggi wartet sicher schon.« Ich nickte und winkte dem netten Kellner. Die beiden Kaffee und der Kuchen gingen auf meine Rechnung. Das war ich Julia mindestens schuldig.

KAPITEL 30

Am nächsten Morgen wachte ich deutlich vor dem Wecker auf. Ich hatte entsetzlich schlecht geschlafen und wirr geträumt. Frau Fetz hatte mit der jungen Praktikantin zusammen Apfelkuchen gegessen, und Claudia Meinrad war als Wasserleiche auf meinem Stand Up Paddle Board über den See auf mich zu gepaddelt. Mehrmals in der Nacht war ich aufgeschreckt und hatte auf den Wecker geschaut, dessen Zeiger sich nicht fortbewegen wollten. Einmal hatte sogar mein Telefon geläutet, aber es war niemand dran gewesen. Oder hatte ich das auch nur geträumt?

Wie gerädert stand ich auf und versuchte, meine völlig zerzausten Haare zu kämmen. Während der Kaffee kochte, stieg ich in die Dusche und ließ eiskaltes Wasser über meinen Kopf laufen, bis mir die Kopfhaut unangenehm prickelte. Danach fühlte ich mich etwas wacher. Alarmiert fiel mir ein, dass ich ja heute Abend Ben treffen würde. In einer Mischung aus Aufregung und freudiger Erregung schaute ich in meinen Kleiderschrank. Vielleicht mal wieder das schwarz-rot gepunktete Kleid? Ich nahm es und drehte es auf dem Kleiderbügel hin und her. Möglicherweise war das aber auch overdressed, überlegte ich. Doch lieber die Dreiviertelhose mit den ausgefransten Enden? Die hatte ich mir vor ein paar Monaten im »Sihlcity« gekauft. Vor allem mit High Heels sah sie sexy aus, fand ich. Leider war sie bereits beim Kauf schon ganz leicht zu eng gewesen. Ich hatte ja fest vorgehabt, ein paar Kilo abzunehmen, und nicht auszudenken, wenn die Hose dann in ein paar Monaten zu groß sein würde. Schöner Mist! Leider war das Gegenteil der Fall gewesen, und nun kam ich mir darin vor wie eine Knackwurst. Vielleicht aber mit der gestreiften Bluse? Die war weit genug, da würde man nicht sehen, dass sie gerade so noch zuging. Ich nahm meine lila-weiß gestreifte Bluse heraus. So ein Käse. Die hatte einen Ölfleck vorne an der Brust. Das ging natürlich auch nicht. Frustriert stopfte ich die Kleidung wieder in den Schrank und schlug die Tür zu. Darum musste ich mich nach der Arbeit kümmern. Jetzt war das alles irgendwie sinnlos.

Ich nahm meinen Cappuccino mit ins Bad und musterte mein Spiegelbild. Übermäßig attraktiv fand ich mich nun wirklich nicht. Die Stirn einen Tick zu hoch, die Nase ganz leicht gebogen, und die Lippen könnten auch voller sein. Nur meine blauen Augen, auf die war ich wirklich stolz, weswegen ich sie besonders gern betonte. Kritisch musterte ich daher meine Lidschattenpalette und überlegte mir, ob ich mir lieber Smokey Eyes oder einen eher natürlichen Look schminken sollte. Ich entschied mich für Letzteres. Aber auch das gelang mir heute nicht so wie sonst. Der helle Lidstrich war zittrig geworden, und ich hatte an der Innenseite zu viel aufgetragen, so dass ich mir vorkam wie ein Albino-Kaninchen. Zu allem Überfluss hatte sich an der Stirn auch noch ein Pickel bemerkbar gemacht. Wie immer hatte ich es nicht lassen können, daran herumzudrücken, so dass nun ein kleines Horn meine linke Stirnseite schmückte. Entnervt gab ich es auf, schnappte meine Tasche und lief mit schnellen Schritten los in Richtung Irchel.

Der Gang durch den Morgen tat gut. Es war kurz nach 7.30 Uhr, und halb Zürich schien schon unterwegs zu sein. Da waren die Mütter, die ihre Kinder in überdimensionierten Velo-Anhängern durch die ohnehin zu engen Straßen in die Krippe transportierten. Die Anzugträger, die mit den E-Scootern auf den Gehwegen durch die Gruppen schlendernder Studenten kurvten. Und natürlich durften auch die Hundebesitzer nicht fehlen, die an unterschiedlich langen Leinen ihre großen und kleinen Gefährten zum morgendlichen Geschäft anhielten. Ich genoss die morgendliche Frische, die mir half, wieder wacher zu werden. Der Himmel hatte aufgeklart, und es versprach wieder ein schöner Tag zu werden. Perfekt für einen Abend mit Ben.

So ging ich zunehmend fröhlicher meinen Weg, und als ich ins RZZ kam, war ich drauf und dran, ein lustiges Liedchen zu pfeifen. Weil mich die falschen Pfeiftöne anderer Menschen aber unglaublich nervten, ließ ich es gut sein und lief mit einem Lächeln an Evi, unserer Sekretärin, vorbei, die mir freundlich zuwinkte. Heute hatte sie eine gelbe, riesige Haarspange im schwarzen Haar und ein für ihr Alter zu enges Top.

Mein Lächeln erstarb allerdings, als ich um die Ecke in den Gang bog und an Ariana und Nadjas Büro vorbeilief. Ariana und Nadja saßen jede auf ihren Stühlen. Auf dem Sofa lümmelte Doktor Patrick Bode, unser blonder Toxikologe, dessen Stimme mich immer an Alf, den Außerirdischen, erinnerte. Alle drei lachten gerade herzlich. Das an sich wäre ja nicht anstößig gewesen, aber Ariana rief mir hinterher, und was sie sagte, ließ meine gute Laune verschwinden.

»Lisa, du musst heute Abend eine Großkontrolle übernehmen. Von uns anderen kann leider keiner.« Ariana lächelte zuckersüß.

Ich schaute sie an wie vom Donner gerührt und war leider nicht schlagfertig genug, etwas Sinnvolles zu entgegnen.

»Das geht leider nicht«, antwortete ich daher lahm. »Ich bin verabredet«, und hätte mir im nächsten Moment am liebsten die Zunge abgebissen. Das musste Ariana nun ja wirklich nicht wissen.

»Tja, das wirst du absagen müssen. Ich kann nicht, weil ich morgen einen Vortrag beim Diensthundewesen halten muss. Nadja hier hat Nachtdienst. Frau Professor Hagmann sagt, dann musst es eben du übernehmen. Du hast ja auch Dienstreserve.«

Ariana schüttelte selbstgefällig ihre schwarzen Locken. Ich merkte, wie mir das Blut in den Kopf stieg. Ich hasste es, vor vollendete Tatsachen gestellt zu werden, und ausgerechnet heute.

Großkontrolle bedeutete, dass die Polizei an einer Straße in der oder um die Stadt Alkohol- und Drogenkontrollen durchführte. Da man mit mehreren alkoholisierten oder unter Suchtmitteln stehenden Fahrern rechnete, musste immer auch einer von uns dabei anwesend sein und gleich vor Ort Blut und Urin abnehmen sowie den Fahrer untersuchen. Damit der Dienstablauf nicht gestört wurde und die Polizei die zahlreichen im Verdacht stehenden Lenkerinnen und Lenker nicht noch mit dem Auto herumkutschieren musste, war das immer ein Assistenzarzt, der keinen Dienst hatte. In der Regel waren die Kontrollen nach Mitternacht, was bedeutete, dass man sich erst sehr spät am Ort der Großkontrolle einfinden musste und dort dann unter Umständen mehrere Stunden tatenlos herumsaß und mit seinen Blutabnahmeröhrchen auf einen armen Sünder wartete, der von der Polizei erwischt worden war.

Ariana lächelte noch immer zuckersüß, nicht ohne einen Seitenblick auf Patrick Bode zu werfen. Ich hätte gut und gerne Lust gehabt, sie am Kragen zu packen und ordentlich durchzuschütteln, aber das ging natürlich nicht. Nadja beobachtete mich mit einem lauernden Blick, als wüsste sie genau, was mir durch den Kopf ging.

Also beherrschte ich mich mühsam. »Gar kein Problem«, presste ich zwischen den Zähnen hervor.

»Uetlibergtunnel. 00.30 Uhr«, grinste sie und warf mir beim Weggehen noch ein »Viel Spaß! Vielleicht hat es ja einen knackigen Polizisten dabei!« hinterher, was mir endgültig den Rest gab.

Das einzig Gute daran war, dass ich nun wieder nach Hause gehen durfte. Weil ich ja nachts im Einsatz sein würde, musste ich tagsüber nicht arbeiten. Ich stampfte also wieder den gleichen Weg zurück, den ich gerade noch so beschwingt gegangen war, und kämpfte gegen die Tränen an, die mir hochkamen. Natürlich würde ich Ben vorher treffen können, aber ein entspannter Abend sah anders aus. Daher würde ich ihn gleich anrufen und absagen müssen. Oder vielleicht lieber per WhatsApp? Nicht auszudenken, wenn er an meiner Stimme hören würde, wie enttäuscht ich war. Hoffentlich nahm er es nicht persönlich. Den ganzen Weg über überlegte ich mir eine möglichst passende Formulierung. Nicht zu emotional, nicht zu nüchtern, am besten noch mit Verschiebedatum. Schweren Herzens blieb ich stehen, zog mein Handy heraus und tippte die Nachricht ein. Ich war so wütend, ich hätte schreien können.

Keine fünf Minuten später kündigte mir mein Telefon mit einem Fahrradklingeln den Eingang einer Nachricht an. *Kein Problem. Verschieben wir es auf morgen Abend. Freu mich. Ben*, las ich, und mir fiel ein Stein vom Herzen. Etwas zuversichtlicher lief ich nach Hause. Nun würde ich die gewonnene Zeit nutzen und diesem Doktor Kohlheim mal genauer auf den Zahn fühlen.

KAPITEL 31

»Ihr seid ja beide echt nicht ganz bei Trost!« Maggi Ganser schaute ihre Freundin empört an. Julia betrachtete ihre Fingernägel. Sie stand auf und öffnete die Terrassentür, die zu ihrem Sitzplatz führte. Maggi kam ihr hinterher.

»Du kannst doch nicht einfach auf eigene Faust in dieses Altersheim fahren. Wenn das rauskommt. Was hast du dir nur dabei gedacht?«

»Jaja, schon gut, jetzt komm mal wieder runter«, entgegnete Julia bockig und begann, das Frühstück abzuräumen, das sie mit Maggi gerade noch auf der Terrasse in der Morgensonne eingenommen hatte. Julia hatte ein Birchermüsli mit Apfel vom Bauern nebenan zubereitet, und Maggi hatte frisch gepressten Orangensaft dazu serviert. Sie hatten die Morgensonne genossen und zusammen gealbert, bis Julia den Fehler gemacht hatte, Maggi von ihrer kleinen Exkursion mit Lisa zu erzählen. Die hatte das ganz und gar nicht lustig gefunden und machte ihr nun ernste Vorhaltungen.

»Und diese Lisa ist ja total durchgeknallt«, giftete sie weiter.
»Was willst du denn nun machen? Jetzt *ist* etwas komisch an der Sache, und nun?« Maggi starrte Julia grimmig an. Die wischte genervt ein paar Brösel vom Tisch und entgegnete lieber mal nichts, was Maggi nur noch mehr in Rage brachte.

»Das kann dich deine ganze Karriere bei TechKrim kosten. Das ist dir doch wohl klar«, ätzte Maggi weiter. Ihr ohnehin schon herbes Gesicht mit den mandelförmigen braunen Augen sah durch ihren Ärger und ihren Frust regelrecht verbittert aus.

»Jetzt mach aber mal einen Punkt«, widersprach Julia. »Lisa wird sich mal bei diesem Kohlheim umhören, und dann besprechen wir uns weiter.«

»Ha, dass ich nicht lache!«, schrie Maggi auf. »Das wird ja immer besser. Jetzt ermittelt diese Irre auf eigene Faust, und du steckst mittendrin. Na prima!«

Julia straffte störrisch die Schultern und entgegnete nichts mehr. Was hätte sie auch sagen sollen. Maggi hatte ja völlig recht. Trotzdem war es nicht schön, die eigenen Unzulänglichkeiten vor die Nase gehalten zu bekommen. Sie hatte in der Tat keinen blassen Schimmer, wie sie da unbeschadet wieder rauskam. »Mitgehangen, mitgefangen« hatte ihr Vater immer gesagt, und wo er recht hatte, hatte er recht. Julia spülte die Teller kurz unter fließendem Wasser ab und räumte sie dann in die Spülmaschine. Ihr Kater Alois strich ihr miauend um die Beine. Wahrscheinlich spürte er ihren Frust. Maggi war im Bad verschwunden, und Julia konnte das Surren der elektrischen Zahnbürste hören. Bald würde Maggi fort sein. Sie selbst hingegen musste heute erst später arbeiten. Sie sah sich um. Ihre gemeinsame Wohnung war, wie immer, ordentlich aufgeräumt. Sie waren beide ordnungsliebende Menschen. Julia lief zum cremefarbenen Sofa und schüttelte die Kissen auf, die dort lagen. Im Moment hatte sie null Bock, sich Gedanken um diese Lisa-Geschichte zu machen. Julia war eine Meisterin im Verdrängen. Dessen war sie sich auch bewusst, aber warum sollte sie sich jetzt einen Kopf machen. Vielleicht gab es ja doch für alles eine harmlose Erklärung. Ganz bestimmt sogar. Wie sollte das Ganze auch zusammenhängen? Das war doch alles völlig weit hergeholt. Gut, der Tod der alten Dame war merkwürdig. Aber alte Menschen starben nun mal. Es konnte ja auch ein ganz banaler Zufall sein.

Sie lief ins Schlafzimmer und holte ihre Jiu-Jitsu-Kleidung aus dem Kleiderschrank. Nun war es Zeit für ein bisschen Training. Es gab einen Kurs um 10.30 Uhr. Das würde sie gut schaffen. Sie band sich den schwarzen Gurt um, straffte die Schultern und machte sich auf, das Haus zu verlassen. Das Mentaltraining, das sie jedes Mal vor dem eigentlichen Training machten, würde ihr sicher auch guttun.

Danach würde sie sich mit Lisa treffen und gemeinsam mit ihr überlegen, wie sie weiter vorgehen wollten. Vermutlich wäre es am sinnvollsten, wenn Lisa sich mal mit ihrer Chefin besprach. Vielleicht waren die Todesfälle ja doch nicht so sonnenklar. Dann wäre ihre eigene Rolle auch eher sekundär, überlegte Julia, während sie zu ihrem Auto lief. Sie war dem Jiu in Bremgarten treu geblieben, und von Adliswil aus dauerte es zu lange mit den Öffentlichen. Mit dem Auto war sie in der Regel in weniger als 25 Minuten da. Das Wetter war schön heute. Sie öffnete das Verdeck ihres Cabrios und genoss die Luft um ihren Kopf. Die belustigten Blicke der Passanten, die sich über die Judoka im Mini-Cabrio amüsierten, störten sie nicht.

KAPITEL 32

Zu Hause machte ich mir erst mal einen Latte macchiato und setzte mich auf den Balkon. Es kostete mich einige Überwindung, diesen Kohlheim anzurufen. Nur noch kurz die warmen Sonnenstrahlen genießen. Ich schloss die Augen und spürte die Wärme auf meinem Gesicht.

»Genießt du auch das herrliche Wetter?«, hörte ich da eine Stimme von nebenan. Marianne Raspertin, meine Nachbarin, war ebenfalls auf ihrem Balkon und streckte ihr Gesicht in die Sonne. Unsere Wohnungen lagen direkt nebeneinander, und die Balkone waren nur durch eine Art dünne Trennwand voneinander separiert.

Ich freute mich, sie zu sehen. Ich mochte Marianne von Herzen gern. Sie war eine lebenslustige, gutmütige Frau Mitte 40, die sich mit verschiedenen selbstständigen Jobs über Wasser hielt. Einerseits betrieb sie einen Schneider- und Wäscheservice und andererseits einen Tierpflege- beziehungsweise -hütedienst, wenn Frauchen und Herrchen in den Ferien waren oder keine Zeit hatten. Sie fuhr dann zu ihnen nach Hause, pflegte Vögel, Katzen oder Aquarien, mistete Hasenställe aus und fütterte die Fische im Teich. Neulich war aber einmal bei einem Meerwasseraquarium ein kleiner Sattel-Spitzkopf-Kugelfisch aus dem Becken gesprungen, als die Besitzer in den Ferien waren. Na ja, wie das dann eben so kommen musste, hatte die Katze den Fisch gefressen, und weil der einer der giftigsten Kugelfische überhaupt war, hatte die Katze ihre kleine Extraportion nicht überlebt. Der Besitzer, ein halsstarriger alter Rentner, war vorzeitig von seinem Feriendomizil auf Mallorca zurückgekommen und hatte sich schrecklich darüber aufgeregt. Marianne wurde aufs Übelste beschimpft. Dabei hatte sie überhaupt nichts dafürgekonnt, weil der rechthaberische Alte vergessen hatte, die Abdeckung auf das Aquarium zu legen, bevor er losgefahren war. Aber natürlich hatte er ihr trotzdem die Schuld gegeben und war nicht müde geworden, sie bei seinen Kollegen aus dem »Reef & Fish«, dem angesagten Aquarium-Shop in der Gegend, schlechtzumachen, so dass niemand mehr ihre Aquariumpflege in Anspruch nehmen wollte. Zwar hatte sie noch genug Katzen, Pflanzen und Hasen, aber die Flüsterpost funktionierte gut, und niemand wollte eine Frau engagieren, unter deren Obhut die Katze eines anderen gestorben war. So kratzte Marianne mehr oder weniger am Existenzminimum. Sie war eine kleine, leicht übergewichtige Frau, die mit ihren lebhaften blauen Augen immer zu lächeln schien. Gerade knüpfte sie mit ihren fleischigen, aber unglaublich geschickten Händen ein Halsband für Katzen. Auch einer ihrer zahlreichen Jobs.

Ihr Freund war ein paar Jahre älter, ein selbstständiger Schreiner, der zwei Straßen weiter wohnte. Gelegentlich sprachen beide zu viel dem Alkohol zu, und so wurde es ab und zu ziemlich laut nebenan. Immer mal wieder redeten sie davon, nach Mallorca auszuwandern und dort einen Gnadenhof für Tiere zu eröffnen. Sie hatten auch schon einmal dort Urlaub gemacht und sich eine Finca angeschaut, die dann aber für die beiden unerschwinglich gewesen war. Jetzt aber lächelte mich Marianne freundlich an.

»Hast du frei heute?«, fragte sie mich.

Ich nickte. »Muss erst in der Nacht los«, erklärte ich kurz. Marianne und ich plauderten ein wenig über dies und das, als ihr Blick auf ihre Uhr fiel und sie hektisch ausrief, loszumüssen.

»Die Katzen von der Rebbergstraße brauchen pünktlich ihr Futter, sonst essen sie nichts mehr«, grinste sie. Ich seufzte. Gerne hätte ich noch ein bisschen länger mit Marianne geplaudert. Ihre Art, das Leben zu nehmen, wie es eben kam, und immer optimistisch in die Zukunft zu blicken, war ansteckend und bewundernswert. Aber nun gut, dann würde ich jetzt eben den Kohlheim anrufen. Widerwillig nahm ich mein Telefon in die Hand und googelte ihn.

Er hatte eine völlig übertriebene Homepage, was zu dem Eindruck passte, den ich mir von ihm gemacht hatte.

Gleich nach dem ersten Klingeln nahm er ab und gab kurz vor, nicht zu wissen, wer ich war. Ich rollte mit den Augen, half seiner Erinnerung auf die Sprünge und ging in meine Wohnung, wo ich mich an den Schreibtisch setzte. Ich fragte ihn nach der Leichenschau von Frau Fetz, während ich in meiner Schublade nach einem funktionierenden Kugelschreiber suchte.

»Ja klar«, tönte es nach einer kurzen Pause aus dem Hörer. »Das war die alte Dame mit dem netten Enkel. Natürlich habe ich den Fall präsent, Frau Kollega. Warum rufen Sie denn deswegen an? Hier gab es also wirklich gar keinen Zweifel an einem natürlichen Tod. Schließlich war die alte Frau ja schon fortgeschritten dement.«

Ich hatte endlich einen Kugelschreiber gefunden, der noch schrieb, und kramte nun einen alten Briefumschlag hervor, auf dem ich Kringel zeichnete. Währenddessen fragte ich ihn nach der Todesursache von Frau Fetz und ob ihm denn etwas Besonderes aufgefallen sei.

Er erzählte mir erst mal nichts, was ich nicht schon wusste. Der Enkel, den sie lange nicht mehr gesehen hatte, die Tragik dieses Falls auf der einen und die Möglichkeit, vor dem Tod endlich loszulassen, auf der anderen Seite. Alles bereinigen im Angesicht des Todes und so weiter.

Bla, bla, bla, dachte ich mir und biss mir auf die Zunge, damit es nicht rauskam.

»Ja, also wissen Sie, der arme Enkel. Der hat so geweint, wie ich da war. Ich habe mich dann bemüht, möglichst sanft mit dem Leichnam umzugehen. Die Totenwürde, nicht wahr, Frau Kollega, das verstehen Sie doch sicherlich.«

Fassungslos sank ich auf mein Bett. Wenn es stimmte, was er sagte, dann war die arme Frau gar nicht richtig untersucht worden.

»Heißt das, Sie haben sie gar nicht vollständig untersucht?«, hakte ich sicherheitshalber nach.

»Doch, natürlich«, brauste Doktor Kohlheim auf. »Ich habe ihr das Herz abgehört und den Puls gefühlt und …«

»Und haben Sie die Leiche auch entkleidet und nach Würgemalen et cetera gesucht oder die Augenlider umgedreht?«, unterbrach ich ihn schärfer, als ich es beabsichtigt hatte.

»Ja, na ja, also wenn Sie so direkt fragen, jein, haha, na, Sie wissen doch, junge Kollega, also in die Augen schon, wobei ich die Lider nicht mit der Pinzette herumgedreht habe, und entkleidet – also nein, das ging gar nicht mit dem armen Enkelchen daneben. Der war ja so traurig, und dann also, nein, das konnte ich nicht, aber eben, die Dame war ja nicht mehr die Jüngste und krank obendrein und …«

Fassungslos legte ich den Hörer einfach auf. Dieser Doktor Kohlheim war ja nun wirklich das Letzte. Bei einer Leichenschau musste man den Leichnam vollständig entkleiden und den Körper gründlich nach Spuren von Fremdeinwirkung untersuchen. Auch, besser gesagt, vor allem dann, wenn eine Person alt und krank war, weil man dann ein Delikt leicht übersehen konnte. Außerdem war es nicht möglich, den Todeszeitpunkt zu bestimmen, wenn man sich nicht die sicheren Todeszeichen angeschaut hatte und die Rektaltemperatur gemessen hatte. Beides ging nun mal nur am entkleideten Leichnam. Und »Herz abhören« gehörte nun mal ganz sicher nicht zu den für die Todesfeststellung wichtigen Aktivitäten. Eine Katastrophe, dass so ein Stümper Leichenschauen durchführen durfte.

Neben meiner Wut auf diesen Kohlheim regte sich jedoch

ein mulmiges Gefühl. Die alte demente Frau war nur kurze Zeit nach der Pflegerin gestorben, nachdem sie geglaubt hatte, gesehen zu haben, wie diese von einem Mann umgebracht worden war. Eine korrekte Leichenschau war nicht erfolgt und ein ominöser »Enkel«, bei dem es sich eigentlich nur um den Täter handeln konnte, war im Pflegeheim aufgetaucht. Der Tod der alten Frau war kein natürlicher gewesen, dessen war ich mir nun sicher. Das bedeutete aber auch, dass der Tod von Claudia Meinrad aller Wahrscheinlichkeit nach ebenfalls kein Suizid gewesen war. Ich nahm das Telefon wieder in die Hand, um Julia anzurufen. Sie würde sicher eine Antwort haben auf die Frage, wie wir nun weiter vorgehen sollten.

KAPITEL 33

Um Mitternacht machte ich mich müde auf den Weg in Richtung Uetlibergtunnel, wo heute ab 00.30 Uhr die angekündigte Großkontrolle stattfinden sollte. Julia und ich hatten ausgemacht, dass ich morgen früh zu Frau Professor Hagmann gehen und mit ihr die ganze Geschichte besprechen würde. Kurz hatte ich erwogen, zuerst mit Christoph oder Henrik zu reden, aber Julia hatte mich überzeugt, dass das ein Fall für die Chefin war.

Ihre eigene Vorgesetzte war noch auf einer Weiterbildung und würde erst übermorgen zurückkommen. Den ganzen Tag hatte ich mir überlegt, wie ich Frau Professor Hagmann am besten alles schildern würde, so dass sie mich nicht gleich für verrückt erklärte. Natürlich hatte ich auch versucht, ein bisschen vorzuschlafen, aber das hatte überhaupt nicht funktioniert, und ich hatte mich hin und her gewälzt, während sich meine Gedanken im Kopf drehten. Zu Abend hatte ich eine Tiefkühlpizza gegessen, da ich keine Lust darauf gehabt hatte zu kochen, und vor so einer Nachtschicht braucht man ja »was Gescheites«, wie meine Mutter sagen würde. Die lag mir nun aber schwer im Magen, und ich bereute es, nicht etwas Gesünderes gegessen zu haben. Ich bog auf der Autobahn nach rechts ab in Richtung Uetlibergtunnel, wo sich auf der Sperrfläche bereits eine Autokolonne gebildet hatte. Ich schaute auf die Uhr: 00.25 Uhr. Mist. Ich würde wohl oder übel daran vorbeifahren müssen, sonst kam ich zu spät.

Im Kofferraum befand sich meine Arzttasche, bis oben hin vollgepackt mit Blut- und Urinröhrchen. Schließlich hatte ich keine Ahnung, ob ich drei oder 30 Personen untersuchen würde heute Abend. Als ich an der Kolonne vorbeifuhr, hupten einige Autofahrer empört. Der Polizist, der sich an der Spitze der Autokolonne positioniert hatte, schaute alarmiert auf, wedelte mit beiden Armen und einem Leuchtstab hektisch hin und her und sprang todesmutig vor mein Auto.

Ich stellte mich grinsend vor und wurde eingewiesen. Ich schaute mich um. Circa 50 Mitarbeiter von Stadt- und Kantonspolizei waren bereits in voller Montur vor Ort und wurden gerade über den Ablauf des bevorstehenden Einsatzes informiert.

»Ihr wisst ja, dass heute das ›Beer, Wine and Dine in the Street-Festival‹ rund um das Seebecken stattfindet beziehungsweise stattgefunden hat«, sagte gerade der Einsatzleiter, ein bereits etwas in die Jahre gekommener stämmiger Mann, der sich vor den Reihen der anderen Polizisten aufgebaut hatte und ihnen Anweisungen erteilte.

»Das heißt, es wird den einen oder anderen geben, der über den Durst getrunken hat oder auch nur ein kleines Gläschen zu viel vom feinen Chardonnay. Es werden *alle*«, er hob den Zeigefinger der rechten Hand und blickte streng in die Runde, »und ich meine wirklich *alle Autos*, die durch den Uetlibergtunnel fahren, kontrolliert. Das Vorgehen ist euch bekannt. Gibt es zum Anhalten und Überprüfen der Autofahrer Fragen?« Wieder schaute er in die Runde und schien jeden Einzelnen mit seinen kalten Blicken zu durchbohren. Keiner stellte eine Frage, was mich nicht wunderte. Es hätte einigen Mut gebraucht, hier eine Frage zum Vorgehen zu stellen, das ja allen Beteiligten bekannt sein sollte.

»Beim kleinsten Verdacht auf Alkohol- und/oder Drogenein-fluss geht die betreffende Person zur Blut- und Urinentnahme, was auch alle wissen sollten. Ist eigentlich das RZZ endlich ein-getroffen?«, fügte er ungeduldig hinzu. Ich streckte meinen Arm hoch.

»Ja, ich bin hier. Hallo zusammen!«, rief ich und verschränkte verlegen die Hände hinter meinem Rücken, als mich alle anschau-ten.

Der Einsatzleiter musterte mich kurz von oben bis unten. Dann nickte er knapp und wandte sich an eine Polizistin, die neben ihm stand. »Pamela, zeig doch bitte dem RZZ seinen Arbeitsplatz.« Die Polizistin nickte und kam auf mich zu. Sie stellte sich freundlich vor und bedeutete mir, ihr zu folgen. Ich lief neugierig hinter ihr her durch eine Tür in die Wand des Uetlibergtunnels. Ich war selbst schon oft durch diesen Tunnel gefahren, der eine wichtige Verkehrsachse im Großraum Zürich darstellte. Nie aber hätte ich mir vorstellen können, dass es in der Wand des Tunnels ein richtiges Gebäude gab. Ein Treppen-haus verband mehrere Stockwerke, und von langen Gängen aus

Betonwänden gingen zahlreiche Türen ab. Kaltes Neonlicht sorgte für eine ungemütliche Atmosphäre. Fast wie in einem Gefängnis, dachte ich mir. Die Polizistin führte mich im zweiten Stock ans Ende eines langen Gangs, wo ein Tisch und mehrere Stühle standen.

»Hier können Sie auf die ersten Untersuchungen warten. Die Probanden können hier«, sie deutete auf die Stühle, »warten und der, den Sie untersuchen, kann ja bei Ihnen am Tisch sitzen.«

Ich musterte die Stühle kritisch und fragte sie nach einem Paravent als Sichtschutz. »Also, das hat noch niemand von Ihren Kollegen verlangt, aber ich kümmere mich darum«, antwortete sie, drehte sich um und ließ mich allein im Gang an meinem Arbeitsplatz zurück. Ich machte mich daran, die Tasche auszupacken und die Utensilien, die ich für die Untersuchung brauchen würde, parat zu legen. Links der Stapel mit den Formularen, rechts die vorbereiteten Blut- und Urinabnahmesets. Dann setzte ich mich an den Tisch und schaute mich um. Außer grauen Wänden und der Neonröhre war nichts zu sehen. Ich lauschte. Hören konnte ich hier oben auch nichts, das hieß, außer einem leisen, kontinuierlichen Brummen. Es war fast, als wäre ich mutterseelenallein in diesem Tunnel. Ich versuchte, das unbehagliche Gefühl abzuschütteln, das mich beschlich, stand auf und lief ein wenig den Gang hin und her. Danach setzte ich mich wieder an den Tisch und spielte mit meinen Untersuchungsmaterialien. Ungeduldig schaute ich auf die Uhr. Es war erst 1.20 Uhr, und doch kam es mir schon vor, als wäre ich seit einer kleinen Ewigkeit hier. Nachdem ich eine Stunde allein im Gang verbracht hatte, ohne dass auch nur eine einzige Blutentnahme stattgefunden hatte, hielt ich es nicht mehr aus und ging nach unten zur Tür in der Tunnelwand. Endlich drangen auch wieder Laute an meine Ohren. Ich konnte Stimmengewirr und Motorgeräusche wahrnehmen, war also doch nicht ganz allein in der Tunnelwand vergessen worden. Ich schüttelte den Kopf wegen dieses dämlichen Gedankens. Als ich aus der Tür in den Tunnel trat, vergaß ich meine Gedanken jedoch, denn es bot sich mir ein wahrhaft beeindruckendes Bild.

Circa 15 Kontrollstationen waren auf einer Sperrfläche im Tunnel eingerichtet worden. An jeder arbeiteten zwei Polizisten und kontrollierten wie am Fließband. Es war faszinierend, sie bei der Arbeit zu beobachten. Von der einen Seite fuhren die Autos in die Kontrollstation, wurden nach festem Schema kontrolliert, und auf der anderen Seite fuhren sie wieder hinaus. Ich weiß nicht, was ich erwartet hatte, aber irgendwie nicht so ein emsiges, kontrolliertes Vorgehen. Trotz der beträchtlichen Anzahl an Kontrollen gab es bis 3 Uhr keine einzige Blutentnahme. Statt allein im Gang zu warten, schaute ich bei den Kontrollen zu und unterhielt mich mit dem einen oder anderen Polizisten, so dass der ganze Anlass eigentlich, entgegen meiner vorgefertigten Meinung, ganz spannend war. Gegen 5 Uhr war die Großkontrolle beendet, und ich verabschiedete mich vom Einsatzleiter, der im Endeffekt auch sehr freundlich geworden war, nachdem ich Interesse an der Arbeit der Polizei gezeigt hatte. Ich lief zu meinem Auto und machte mich müde, aber gar nicht mehr so wütend, auf den Weg ins Institut, um die paar Blutproben im Kühlschrank zu deponieren. Vielleicht würde ich mich ja doch noch freiwillig für die eine oder andere Großkontrolle melden, die es spätestens vor Weihnachten sicher geben würde. Immerhin gab es dafür einen Tag frei und somit also einen Tag, an dem ich nicht in die griesgrämigen Gesichter von Nadja und Ariana schauen musste.

Im Institut angekommen, ging ich nicht über den Haupteingang, sondern über die Leichenanlieferung zur Rückseite des Gebäudes. Dort befand sich neben den zahlreichen Kühlfächern auch der Kühlschrank für Proben. Zwar motzten die Mitarbeiter der toxikologischen Abteilung regelmäßig, weil sie jeden Morgen zu den Leichen mussten, wie sie es nannten, aber da war unsere Chefin hart geblieben. Sie fand, man konnte es uns nicht zumuten, die Proben jedes Mal in den zweiten Stock zu bringen, wenn man schon die ganze Nacht im Einsatz gewesen war.

Das Dienstauto stand nicht auf seinem Parkplatz. Nadja, die heute Nacht Dienst hatte, war also unterwegs. Wahrscheinlich hielt sie sich irgendwo in der Nähe der Langstraße auf, wo es fast jede Nacht die üblichen Schlägereien und Messerstechereien gab. Lange konnte sie noch nicht weg sein, denn das automatische Licht in der Anlieferung brannte noch. Laut hallten meine Schritte durch den großen Raum. Die beiden metallenen Leichenwägen standen ordentlich nebeneinander vor der Bodenwaage. Daneben lag der hölzerne Maßstab, mit dem die Leichen gemessen wurden.

Ich kauerte in der Hocke vor dem niedrigen Kühlschrank, der in der Ecke platziert worden war, und verstaute die Proben. Bei jeder Probe kontrollierte ich noch kurz die Personalien.

Die Klimaanlage der 18 Kühlkammern neben mir surrte leise. An fünf Kammern war ein rosafarbenes Din-A4-Blatt angeheftet. Ich war also, so gesehen, nicht ganz allein im Institut. Fünf Leichen waren auch noch da. Vielen Menschen würde hier sicherlich ein Schauer über den Rücken laufen. Mir machte es nichts aus. Die Toten waren tot. Das sah ich bei jeder Obduktion.

Als ich gerade die vorletzte Blutprobe im Kühlschrank verstaute, hörte ich ein Geräusch, das mir sehr vertraut war. Daher reagierte ich erst, als sich mir Nacken- und Armhaare aufstellten. Es war das Geräusch der automatischen Schiebetüren zum Obduktionssaal gewesen.

Ich hielt in meiner Tätigkeit inne und lauschte. Waren da leise Schritte? Und dann hörte ich es wieder! Das Geräusch der automatischen Schiebetüren, die auf- und wieder zugingen. Mir lief es kalt den Rücken hinunter. Ich schloss leise den Kühlschrank und drehte mich, immer noch in der Hocke kauernd, um. Wenn ich um die Ecke spähte, konnte ich die Fenster des Obduktionssaals sehen. Ich erstarrte. Im Obduktionsaal brannte Licht!

Da das Licht bei uns infolge Energiesparmaßnahmen mit Bewegungssensoren ausgerüstet war, ging es nur an, wenn jemand sich bewegte.

Um diese Zeit sollte niemand im Institut sein, wenn Nadja nicht da war. Gut, Doktor Patrick Bode, der Chef der Abteilung Toxikologie, war des Öfteren in der Nacht da, weil er dann angeblich am besten arbeiten konnte, und manchmal schlief eine der Sekretärinnen hier, wenn sie zu viel getrunken hatte und nicht mehr in den Aargau zurückfahren wollte.

Aber die schlief sicher nicht im Obduktionssaal.

Nun konnte ich leise ein metallisches Klirren vernehmen. Dann das Rauschen von Wasser. Als ob jemand eine Obduktion durchführen würde. Das verursachte genau die gleichen Geräusche. Aber warum, um alles in der Welt, sollte jemand mitten in der Nacht eine Obduktion durchführen?

Unschlüssig blieb ich einen Moment an der Ecke stehen. Sollte ich einfach mal nachschauen gehen, wer um diese Zeit im Obduktionsaal war? Es konnte ja eigentlich nur eine Kollegin oder ein Kollege von mir sein, denn ohne Schlüssel kam man hier nicht rein.

In meinem Kopf schrillten aber alle Alarmglocken. Kalter Schweiß lief mir den Rücken hinab, und meine Hände waren feucht.

Ich schaute zur Tür, wo mein Schlüsselbund im Schloss baumelte. Einmal quer durch den Raum, und ich wäre wieder draußen. Ich lauschte. Ich zögerte. Der Moment schien gut, einfach verschwinden zu können. Wer auch immer da drin war, war, den Geräuschen nach, vermutlich gerade beschäftigt. Ich machte mich parat zum Sprint, hielt dann jedoch noch einmal inne. Wenn ich jetzt verschwand, würde ich nie erfahren, was hier vor sich ging. Wenn ich einmal quer durch die Leichenlieferung in die andere Richtung lief, könnte ich auf einen der Tische klettern, die unterhalb der Oberlichter zum Obduktionssaal standen, und dann von dort durch die Fenster in den Saal spähen.

Da hörte ich wieder das leise metallische Klirren, so wie wenn jemand an einem Obduktionstisch arbeiten würde. Die Neugierde siegte. Ich holte tief Luft und lief geduckt los.

Schnell atmend kam ich an den Wandtischen der Einsargung an. Ich versuchte, so leise wie möglich auf einen der Tische zu klettern, und fühlte mich wie damals als Achtjährige, als ich mich mit meiner Freundin Maike vor dem Fenster meines großen Bruders versteckt hatte, um ihn und seine Freunde auszuspähen. Mein Herz schlug so laut, dass man es sicher bis in die Abteilung Verkehrsmedizin im obersten Stockwerk hören könnte.

Vorsichtig richtete ich mich auf und spähte durch die schmalen Fenster. Drei Obduktionstische lagen im fahlen Licht des Saals vor mir. Tisch 1 und Tisch 2 waren leer. Aber auf Tisch 3, weiter hinten im Saal, lag eine mit einem Tuch abgedeckte Leiche. Das Licht über dem Tisch brannte hell. Boden und Rand des Obduktionstisches waren nass, als ob eben jemand den Rand abgespritzt hätte. Noch während ich versuchte, weitere Details zu erspähen, realisierte ich etwas anderes. Etwas, was mir ganz und gar nicht behagte.

Im Saal war niemand. Außer dem Leichnam, notabene. Unruhig verdrehte ich meinen Hals, um auch noch in die unterste Ecke des Raums blicken zu können. Da war niemand. Es sei denn, er stand direkt unter dem Fenster. Da konnte ich ihn nicht sehen. Oder – und bei diesem Gedanken bekam ich schwache Knie – er stand hinter mir.

Mein Mund war so trocken, dass sich meine Zunge fremd anfühlte. Mein Herz raste. Langsam drehte ich mich um.

KAPITEL 34

Hinter mir war niemand. Erleichterung breitete sich in mir aus, und ich sackte wieder in meine Kauerposition auf dem Tisch zusammen. Ich würde nun verschwinden. Schnell durch die Leichenanlieferung zur Tür sprinten, und dann ab nach Hause. Im Grunde genommen konnte es mir auch egal sein, was hier des Nachts vor sich ging. Ich hockte mich auf den Tisch, bereit, runterzuspringen, da hörte ich sie wieder.

Die Schiebetüren des Obduktionssaals. Nun vernahm ich auch leise quietschende Schritte. Das Geräusch, das unsere Obduktionsschuhe auf dem Plattenboden machten.

Ich kauerte mich auf dem Tisch zusammen und hielt den Atem an. Der Tisch befand sich an der Wand neben der Tür.

Wenn die Person, die mit mir hier war, nicht nach rechts schaute oder sich umdrehte, hatte ich eine Chance, nicht entdeckt zu werden. Wenn die Person aber wieder in den Saal ging oder sich den Kühlfächern zuwandte, dann gab es kein Entrinnen. Mein Herz schlug mir bis zum Hals, und ich unterdrückte das Gefühl, gleich laut losschreien zu müssen.

Mit schnellen Schritten kam eine Gestalt aus dem Saal. Sie trug eine vollständige Obduktionskluft mit Haarhaube, Mundschutz und Visier. Die offene Tür zur Einsargung und meinen dort steckenden Schlüssel schien sie nicht zu bemerken. In den blutigen Handschuhen wurden zwei ebenfalls blutige Insulin-Injektionsspritzen gehalten. Diese wurden mit Wasser abgespült und auf das Waschbecken gelegt. Die Handschuhe wurden ausgezogen und achtlos in einen Abfalleimer neben dem Waschbecken geworfen. Ich hielt den Atem an. Über dem Waschbecken hing ein kleiner Spiegel. Wenn er sich nun die Hände im Waschbecken waschen würde, würde er mich ziemlich sicher im Spiegel entdecken. Natürlich hatte ich die breitschultrige große Gestalt trotz der Schutzkleidung erkannt. Schließlich arbeiteten wir oft genug in derselben Kluft miteinander. Aber offenbar war keine Zeit, in den Spiegel zu schauen. Christoph Reichert nahm sich mit raschen Bewegungen Mundschutz, Haarhaube und Visier ab, packte die beiden Injektionsspritzen vorsichtig und ging mit schnellen Schritten und einer grimmigen Miene zum Ausgang.

KAPITEL 35

Es war bereits Mittagszeit, als mich lautes Hämmern weckte. Erschrocken fuhr ich mit rasendem Herzschlag auf. Es hämmerte immer noch. Ich brauchte einen Moment, um zu realisieren, dass das Gehämmer tatsächlich eines war und von einem meiner Nachbarn kam. Ich fühlte mich wie gerädert. Ein Blick aus dem Fenster ergab einen frühherbstlichen Tag. Die Wolken jagten sich am Himmel, und der Mammutbaum in der Nähe wiegte sich bedrohlich im Wind. Nachdem ich eine Weile durch meine Wohnung getigert war, Kaffee getrunken und gefrühstückt hatte, hielt ich es nicht mehr aus. Ich zog meine Gore-Tex-Jacke an und ging auf einen Spaziergang in den Irchelpark.

Ein zügiger Westwind blies mir die Kapuze vom Kopf, und der Färbung des Himmels nach würde es vermutlich bald anfangen zu regnen. Am Parkplatz hatte es nur ein einziges Auto, vermutlich von einem Hundebesitzer oder einer Familie mit kleinen Kindern. Alle anderen blieben bei dem Wetter doch lieber zu Hause. Mittlerweile goss es wie aus Kübeln, und die Regentropfen klatschten mir ins Gesicht. Doch ich merkte es kaum.

Denn meine Gedanken kreisten um Christoph Reichert. Was hatte er nur im Institut, besser gesagt im Obduktionssaal gemacht? Julia hatte mir geraten, schnurstracks damit zu Frau Professor Hagmann zu gehen. Entweder sie wusste von seinen nächtlichen Aktivitäten, oder sie wusste es nicht, und dann war es höchste Zeit, dass sie es erfuhr. Ich bog nach links in einen kleinen Weg ab, dessen Ränder von mehreren Bäumen gesäumt wurden.

Der Regen ließ bereits etwas nach. Eine alte Frau schob einen Kinderwagen. Das Baby darin war mit einer Plastikplane vor dem Regen geschützt und schrie erbärmlich. Der Weg war bereits von kleinen Zweigen und Ästchen übersät. Die Frau hatte Mühe, den Kinderwagen, ein altmodisch aussehendes Modell, über das Geäst am Boden zu schieben, und sah mich mit einem Blick, der heimliche Komplizenschaft der »Wind-und-Wetter-Gänger« implizierte, an. Ich beachtete sie nicht und lief grübelnd weiter.

Immer wieder sah ich die blutigen Insulinspritzen vor meinen Augen. Es lag auf der Hand, eine Verbindung zum Tod von Claudia Meinrad herzustellen. Leider hatte ich nicht sehen können, wessen Leiche es war, die da auf dem Tisch lag. Während der Nacht hatte ich mir zeitweise Vorwürfe gemacht, dass ich nicht schnell in den Saal gegangen war und das Tuch angehoben hatte, um zu schauen, wer denn da auf dem Obduktionstisch lag. Aber in der Situation hatte ich nur noch weggewollt. Zu sehr hatte die Angst mich gepackt.

Ich glaubte nicht an Zufälle, und das wäre schon ein gewaltiger solcher, dass einer von uns, kurz nachdem es einen Todesfall mit einer Überdosis Insulin gegeben hatte, mitten in der Nacht still und heimlich mit Insulinspritzen an einer Leiche im Institut herumfuhrwerkte. Wenn es ein Forschungsprojekt wäre, dann hätte man das sicherlich im Rapport an die große Glocke gehängt, denn alle waren stolz auf ihre Arbeit, ob die nun sinnvoll war oder nicht, und Christoph war da keine Ausnahme.

Wenn er etwas mit dem Tod von Frau Meinrad zu tun hatte, dann musste er logischerweise auch an dem Versterben von Frau Fetz beteiligt gewesen sein. Das würde auch erklären, woher der Täter gewusst hatte, dass sie ihn beobachtet hatte. Ich selbst hatte morgens im Rapport davon berichtet. Es half alles nichts. Ich musste zur Chefin damit. Und zwar möglichst gleich.

KAPITEL 36

Nachdem der Entschluss gefasst war, konnte ich es kaum erwarten, mit Frau Professor Hagmann zu reden. Ich rannte also fast den Berg hinunter in Richtung RZZ und überholte die Großmutter mit dem Kinderwagen, aus dem das Kind noch immer laut brüllend seinen Unmut über die Welt kundtat. Atemlos kam ich im RZZ an und lief wieder an die Rückseite des Gebäudes zur Leichenanlieferung. Ich hatte wenig Lust, der neugierigen Evi zu erklären, warum ich an meinem freien Tag herkam. Das Büro von Frau Professor Hagmann lag auf der anderen Seite des RZZ-Gebäudes im sogenannten Oberarzt-Trakt, und ich hoffte, von den Assistenzarzt-Kolleginnen ungesehen zu ihr gelangen zu können. Natürlich bestand die Gefahr, dass ich Christoph in die Arme lief.

Versuchen musste ich es trotzdem. Ich öffnete die Tür zur Anlieferung. Ismail, der türkische Bestatter, bereitete gerade den Leichnam eines alten Mannes für den Flugzeugtransport in die Türkei vor. Ein schmucker Holzsarg stand mitten im Raum. Ismail, ein breitschultriger Türke, der früher einmal athletisch gewesen sein mochte, trug immer denselben braunen Anzug, der ihm früher vielleicht einmal gepasst hatte, nun aber abgewetzt aussah und an manchen Stellen bedrohlich spannte. Er hatte die Silikonpistole in der Hand und presste konzentriert die graue Masse heraus, mit der er den metallenen Innensarg abdichtete, bevor der Holzsargdeckel dann offiziell versiegelt wurde.

Als ich an ihm vorbeilief, wischte er sich die Schweißtropfen an der Stirn mit einem Stofftaschentuch ab und nickte mir freundlich zu. Mark Krüger stand daneben und ließ mit keiner Miene erkennen, ob er es merkwürdig fand, dass ich an meinem freien Tag im RZZ erschien. Außer den beiden begegnete mir bis zum Treppenhaus niemand mehr und ich lief rasch, mehrere Stufen auf einmal nehmend, hinauf. Vor der Glastür, die in den langen Gang unseres Bürotrakts führte, zögerte ich einen Moment. Rechts lagen die Assistentenbüros, links der der Oberarzt-Trakt. Ich holte tief Luft und trat ein. Schnell schaute ich nach rechts. Ariana lief gerade den Gang entlang in Richtung Ausgang, also weg vom Treppenhaus. Sonst war es menschenleer. Ein Blick nach links. Der Oberarzt-Trakt lag still vor mir. Von der anderen Seite konnte ich noch immer das Klappern von Absätzen hören. Irgendwo brummte eine Espressomaschine.

Von meinem Standpunkt aus konnte ich nicht sehen, ob die Bürotüren der Oberärzte geschlossen waren. Das von Frau Lüdemann, das sich mir am nächsten befand, war auf jeden Fall zu. Aber das war es immer. Danach folgten die Zimmer von Christoph und Henrik in dieser Reihenfolge. Das Büro von Frau Professor Hagmann war zuhinterst, am Kopfende des Gangs. Ich schaute auf meine wetterfesten Outdoorschuhe, die nass und dreckig waren. Die würden kein lautes Geräusch auf dem Boden machen. Allenfalls ein leises Quietschen und Dreckspuren. Ich holte tief Luft und ging möglichst leise los.

Das Büro von Frau Lüdemann war, wie erwartet, zu. Danach kam ein Gummibaum, der die Tür von Christophs Büro verdeckte. Sie stand weit offen. Der Schreck fuhr mir kurz in die Glieder, aber ich stellte erleichtert fest, dass sein Schreibtischstuhl leer war. Auf seinem Tisch lagen mehrere Akten kreuz und quer. Eine dampfende Tasse stand neben der Computermaus, und ein angebissenes Sandwich lag auf der anderen Seite des Schreibtisches. Offenbar war er vor kurzem noch hier gewesen, schlussfolgerte ich messerscharf. Da hatte ich ja Glück gehabt. Sozusagen perfektes Timing!

Ermutigt setzte ich meinen Weg fort. Schon vor seiner Tür konnte ich Stimmengemurmel aus dem Büro von Henrik Sitta vernehmen. Ich verlangsamte meinen Gang und lauschte, konnte aber nicht verstehen, was gesagt wurde. Immerhin schien nur Henrik zu reden. Ob Christoph bei ihm war? Mit klopfendem Herzen schlich ich weiter und achtete peinlich darauf, nirgendwo dagegenzutreten. Es half ja nichts, wenn ich zur Chefin musste, musste ich hier vorbei.

Henriks Bürotür stand nur halb offen. Er saß mit dem Rücken zu mir, schaute aus dem Fenster und telefonierte. Die Füße hatte er auf seinen Mülleimer gelegt. Erleichtert stieß ich die Luft aus und passierte ungesehen seine offene Tür. Nun nur noch der Besprechungsraum, dann wäre ich bei der Chefin angelangt. Ich lief also weiter und konnte meine Ungeduld kaum noch zügeln. Wieder versperrte eine große Zimmerpflanze, ich glaube, es war eine Dieffenbachia, die Sicht. Ich spähte durch das Blättergewirr der Pflanze. Die Tür zum Besprechungsraum war geschlossen. Noch fünf Meter bis zur Chefin, deren Tür allerdings ebenfalls zu war. In der Regel bedeutete das, dass sie nicht gestört werden wollte, denn sonst stand ihr Büro immer offen. Egal, ich würde in diesem Fall einfach klopfen und eintreten. Noch während ich das dachte, öffnete sich die Tür des Besprechungsraums mit einem leisen Knarren und Christoph Reichert trat heraus. Ich blieb wie erstarrt stehen und sah ihn mit schreckgeweiteten Augen an.

»Oh, hallo, Lisa«, sagte er. »Was machst du denn hier?«

Ich schluckte und sah zu ihm auf. Er sah aus wie immer. Wenn er überrascht oder erschrocken über mein Erscheinen war, so ließ er sich das nicht anmerken. Ein breites Grinsen im Gesicht. Der kahle Schädel glänzte im Licht. Lederweste, Halstuch und der charakteristische Geruch nach herbem Rasierwasser, gemischt mit Zigarettenrauch. Aber war da nicht etwas Lauerndes in seinen braunen Augen? Wohnte seinem Grinsen nicht etwas Bedrohliches inne? Ich trat einen Schritt zurück und stammelte vor mich hin, während ich fieberhaft überlegte, was ich sagen sollte.

Hinter Christoph erschien Frau Lüdemann, die mich leicht verwundert musterte. Ich konnte es ihnen auch nicht verdenken. Ich musste ein eigentümliches Bild abgeben, zerzaust von Wind und Regen, ganz und gar nicht elegant in meiner Gore-Tex-Jacke und den Outdoorstiefeln, mit müden, ungeschminkten Augen, die, weit aufgerissen, Christoph Reichert anschauten, als wäre er der böse Wolf und ich das Rotkäppchen.

»Ich wollte zu Frau Professor Hagmann«, gab ich schließ-

lich ehrlich zu. »Sie wollte mich nochmals sprechen, wegen …
äh …« Hier fiel mir leider kein Grund ein, der nicht in irgendeiner Art und Weise auffällig gewesen wäre. Christophs Augen
verengten sich zu Schlitzen.

»Wegen was denn?«, fragte er sanft, aber ich meinte, einen
lauernden Unterton wahrzunehmen.

»Äh, also, ja, äh, das hat sie nicht gesagt«, improvisierte ich.
»Ich glaube, es geht um meinen Jahresvertrag«, fügte ich schnell
dazu.

Frau Lüdemann legte den Kopf schräg.

»Und da wollte sie dich heute sprechen?«, fragte sie ungläubig.
Zum Glück fuhr sie gleich fort, so dass ich außer einem Nicken
nicht völlig danebenlag.

»Sie ist doch noch bis heute Abend auf der SGRM-Chefärzte-
Weiterbildung in Rom.«

Ich schlug mir mit der Hand auf die Stirn. Ich war so ein
Dödel. Das hatte ich total vergessen. Alle zwei Jahre fuhr die
Schweizerische Gesellschaft für Rechtsmedizin SGRM mit den
Chefärzten in eine andere europäische Stadt und machte dort
angeblich eine Weiterbildung. Wir alle hatten den Verdacht, dass
es eher um eine Weiterbildung in Kulinarik und Kultur gab als
in fachspezifischen Führungsfragestellungen.

Ich schaute die beiden also für einen Moment sprachlos an und
murmelte dann etwas von Termin verwechselt und wahrscheinlich im Datum vertan und so weiter. Frau Lüdemann lachte auf.

»Na, dann gehen Sie jetzt besser heim und schlafen sich richtig aus!«

Christoph aber musterte mich noch immer mit schwer zu
deutendem Blick.

»Oder möchtest du es mit uns besprechen?«, fragte er und
zeigte einladend auf seine Bürotür.

KAPITEL 37

Ich schaute nochmals in den Spiegel. Die Jeans saßen gut, unter der Bluse konnte man nicht erkennen, dass sie ein bisschen eng war. Für die Augen hatte ich mich für eine dezente Variante der Smokey Eyes entschieden und ganz wenig Lipgloss aufgetragen. Mit dem Lippenstift war das immer so eine Sache. Ich fand, dass er mir auf der einen Seite nicht stand, und auf der anderen Seite schaffte ich es immer, dass er mir früher oder später an den Zähnen klebte. Lipgloss hatte ich zum letzten Mal als Schülerin aufgetragen und war mir damals unendlich erwachsen und cool vorgekommen. Ein Blick auf die Uhr verriet mir, dass es bereits 16.42 Uhr war. Verdammt. Ich musste mich nun ordentlich sputen, damit ich nicht zu spät kam.

Heute war der große Abend. Die Verabredung mit Ben.

Eigentlich hatten wir uns in »Frau Gerolds Garten« treffen wollen. Wegen der schlechten Witterung hatten wir umdisponieren müssen, und Ben hatte vorgeschlagen, uns für den Apéro in einem kleinen Lokal in der Gessnerallee direkt an der Sihl zu treffen. Treffpunkt war 17 Uhr. Mit den Öffentlichen würde ich das nicht mehr schaffen. Also rauf auf das Fahrrad. In einem Affenzahn sauste ich die Weinbergstraße hinunter, kurvte am Hauptbahnhof zwischen den im Stau stehenden Autos durch und kam dann mit geröteten Wangen, vom Wind tränenden Augen und reichlich zerzausten Haaren in der Gessnerallee an. Da hätte ich mir zumindest das Haarspray und das aufwendige volumenfördernde Föhnen meiner dünnen, langen blonden Haare sparen können. Ich befühlte vorsichtig meine Augenpartie und hoffte, dass Lidschatten und Wimperntusche nicht völlig verwischt waren.

Es war bereits kurz nach 17 Uhr.

Suchend sah ich mich um, und da stand er.

Mein Herz machte einen Sprung. Verwaschene Jeans, Sneakers, eine alt aussehende, abgewetzte Lederjacke und ein Kapuzenpulli. Die kinnlangen Locken waren zu einem Pferdeschwanz zusammengebunden. Als er mich entdeckte, grinste er breit und kam auf mich zu.

»Na, so atemlos?«, fragte er lächelnd. »Wegen mir?«

Ich war froh, dass ich schon rot war. Die Bar war mir sofort sympathisch. Kleine runde Tische in scheinbar wahlloser Anordnung. Ein Plüschsofa in der Ecke und Bilder unterschiedlichster Art an den Wänden. Norah Jones sang gerade »Thinking About You«. Mehrheitlich jüngeres Publikum, darunter aber auch das eine oder andere ältere Semester. Wir nahmen an einem der an der Wand platzierten Tische Platz.

Ben bestellte eine Stange. Ich zögerte kurz, entschied mich dann aber für mein Lieblingsgetränk Aperol Spritz.

Im Vorfeld war ich schrecklich nervös gewesen. Ich hatte mir Sorgen gemacht, dass wir nicht wissen würden, worüber wir reden sollten, hatte mir verschiedene Episoden meines Berufs und meines Lebens zurechtgelegt, über die ich würde berichten können, um schreckliche, unangenehme Minuten des Schweigens zu überbrücken. Aber das wäre gar nicht notwendig gewesen. Noch selten hatte ich mich so wohlgefühlt wie in Bens Gesellschaft. Wir lachten und alberten über dies und das, und im Nachhinein kann ich nicht wirklich sagen, worüber wir eigentlich geredet hatten.

Ich vergaß sogar meine Ängste und Sorgen wegen Christoph, den Toten und allem, was damit zusammenhing. Nach Christophs Angebot, mit ihm zu sprechen, hatte ich die Nerven verloren, mich um Kopf und Kragen geredet, um aus der für mich peinlichen Situation rauszukommen. Na ja, eigentlich hatte ich vielmehr irgendetwas gequasselt ohne Sinn und Verstand. Zum

Glück hatte mein Telefon geklingelt. Julia war dran gewesen, und ich hatte so getan, als wäre ich dringend mit ihr verabredet und hätte diese Verabredung mit dem Termin der Chefin verwechselt. Wenig glaubwürdig, ich weiß, aber in diesem Moment fiel mir einfach nichts Besseres ein. Dann war ich, mit dem Telefon am Ohr, überhastet aufgebrochen, den nachdenklichen Blick von Christoph im Rücken.

Gegen 19 Uhr brachen wir auf und schwangen uns auf unsere Velos. Bens Fahrrad war ein uraltes, klapprig aussehendes Herrenmodell, das er einmal auf einer der mehrmals jährlich stattfindenden Velobörsen in Zürich ergattert hatte.

»Wo gehen wir hin?«, fragte ich ihn glücklich.

»Wie wäre es mit libanesisch?«, schlug er vor.

Ich bejahte freudig. Ich liebte libanesisches Essen. Für mich als Vegetarier war da natürlich vieles dabei. Noch lieber hatte ich Sushi, aber da konnte Zürich leider nicht mit meiner alten Heimat München mithalten. Wenn ich ehrlich war, war es mir für heute aber egal, wo und was ich essen würde. Hauptsache, Ben war dabei. Ben deutete an, dass wir nicht weit würden fahren müssen, und radelte voraus.

Nach nicht mal fünf Minuten hielt er vor einem altehrwürdigen Gebäude in einer Seitenstraße der Badenerstraße, einer stark befahrenen Hauptverkehrsader. ›Little Beirut‹ stand in einem eleganten Schriftzug über dem Eingang. Wir schlossen unsere Fahrräder an einem Pfosten ab, auf dem ein großer Kleber ›Velos anbringen verboten‹ verkündete.

Zweifelnd schaute ich Ben an, aber der wischte meine Bedenken mit einer Handbewegung weg und hielt mir die Tür auf. Ich lief in einen schweren roten Vorhang, den man nur mit Müh und Not beiseiteschieben konnte.

Lautes Stimmengewirr empfing uns. Es roch himmlisch nach Angebratenem und orientalischen Gewürzen. Es schien mir, als ob alle Tische im Restaurant besetzt waren, aber so genau konnte ich das im schummrigen Licht der Messingwandlampen nicht erkennen. Unschlüssig standen wir einen Moment am Eingang.

Eine schwarzhaarige Kellnerin, die ihre besten Jahre schon hinter sich hatte und gekleidet war wie aus einem Märchen von 1001 Nacht, kam auf uns zu und schaute uns unfreundlich an.

»Reserviert?«, fragte sie barsch.

Ben verneinte.

»Aber wir sind auch nur zwei«, merkte ich fröhlich an.

Genervt schnaubte sie aus. »Das ist egal. Bei uns müssen Sie immer reservieren! Immer! Egal ob allein, zu zweit oder zu zehnt!« Kopfschüttelnd, als sei ihr noch nie eine so dumme Bemerkung untergekommen, ließ sie uns stehen und lief einen schmalen Gang zwischen mehreren Tischreihen entlang. Ben und ich sahen uns an. Der Eingangsbereich ließ wenig Platz übrig, und wir standen uns so nah, dass wir uns fast berührten und ich inmitten der orientalischen Gewürzmischung sein feines, aber leicht herbes Parfüm riechen konnte. Mein Herz schlug bis zum Hals. Ich sah ihm tief in seine blauen Augen.

»Wollen Sie jetzt einen Tisch oder nicht?«, unterbrach die Kellnerin mürrisch den romantischen Moment.

Ich riss mich verlegen von Bens Blick los. Wir beeilten uns, der Kellnerin nachzukommen, die uns mit einer ungeduldigen Handbewegung bedeutete, ihr endlich zu folgen.

Das Restaurant war in der Tat bis auf den letzten Platz besetzt. Die Tische standen so eng beisammen, dass man sich nur tänzelnd zwischen ihnen hindurchbewegen konnte. Riesige Portionen türmten sich auf den viel zu kleinen Tischen. Die Leute brüllten einander an, um sich trotz der lauten arabisch klingenden Musik verständigen zu können. Die Kellnerin hielt plötzlich inne und herrschte einen übernächtigt aussehenden, unrasierten Mann mit einem schreienden Baby auf dem Arm an.

»Der Kinderwagen da! Der muss da weg. Den müssen Sie draußen abstellen!« Kopfschüttelnd ging sie weiter, als ob es das

Dreisteste überhaupt sei, mit einem Baby am Abend essen zu gehen und dann auch noch den Kinderwagen im Gang abzustellen. Sie führte uns zu einem winzigen Tisch unter einer Treppe.

»Das ist das Einzige, was wir derzeit haben.« Sie verschwand, nur um kurz darauf mit einer Speisekarte wiederzukommen, die sie auf den Tisch knallte.

»Die müssen Sie sich teilen, mehr haben wir im Moment nicht.« Damit verschwand sie wieder in der Menschenmenge.

»Ist das okay für dich?«, fragte mich Ben. Ich zuckte mit den Schultern. Wenn es gut schmeckte, und das musste es, der schieren Masse an Leuten nach zu urteilen, war es auf jeden Fall in Ordnung.

Wir bestellten einen Teller mit gemischter vegetarischer Mezze für zwei.

Während wir darauf warteten – und wir warteten sehr, sehr lange –, erzählten wir uns aus unseren Leben. Ben war in einer kleinen Gemeinde am Zugersee aufgewachsen. Wasser hatte in seinem Leben schon immer eine große Rolle gespielt, da er es sein Leben lang praktisch vor der Haustür gehabt hatte. Er war zu Hause wohnen geblieben und hatte in Zürich Jura studiert, sich dann aber dazu entschieden, zur Kantonspolizei zu gehen, statt Anwalt zu werden wie sein Vater. Seine große Schwester war mit ihren zwei Kindern nach Spanien ausgewandert, und er sah sie leider sehr selten. Ich berichtete ein wenig von München und meinem großen Wunsch, einen eigenen Hund zu halten. Hier stieß ich leider auf wenig Gegenliebe bei Ben. Vor Hunden hätte er immer ein wenig Angst gehabt, gab er zu. Aber das war bis jetzt der einzige Minuspunkt, den er erzielt hatte.

Natürlich war auch die Arbeit über kurz oder lang Thema. Kurz überlegte ich, ob ich ihm von Christoph und den Todesfällen erzählen sollte, hatte letztendlich aber keine Lust dazu, weil der Abend zu schön war und ich die Stimmung nicht verderben wollte. Immerhin stellte sich der enge Platz unter der

Treppe als positiv heraus, denn er war ruhiger gelegen, und wir konnten uns ungestört unterhalten, ohne dass die Nachbarn uns halb auf dem Tisch saßen, wie das bei den anderen Plätzen der Fall war.

Die Kellnerin kam schwer beladen wieder zu uns an den Tisch und stellte unzählige Teller voller fein aussehender und nicht immer auf den ersten Blick ganz klar definierbarer Speisen vor uns ab.

»Na dann, guten Appetit!«, sagte Ben und reichte mir die Schale mit den Fladenbroten. Ich riss mir ein Stück ab und tunkte es in die Schale, in der ich den Chili-Hummus vermutete. Es war zwar irgendeine andere Creme, die nach Zitronengras schmeckte, aber es war köstlich. Wir schlugen uns gewaltig den Bauch voll, und am Schluss waren nur noch wenige Reste in einzelnen Schälchen. Gern hätte ich jetzt einen Grappa gehabt, traute mich aber nicht so recht, in Bens Gegenwart danach zu fragen. Als Polizist war er sicherlich schnell entnervt von Frauen, die zu tief ins Glas schauten.

Als wir das »Little Beirut« verließen, hatte sich der Himmel aufgeklart und man konnte den einen oder anderen Stern sehen. Ben befreite unsere Fahrräder von ihrem gemeinsamen Schloss, und wir standen uns einen Moment verlegen gegenüber. Eine Horde laut gackernder junger Frauen stöckelte an uns vorbei, eine Wolke unterschiedlichster Düfte hinter sich herziehend. Beinahe wären sie vor den Velokurier gelaufen, der gerade um die Ecke geschossen kam und laut fluchend sein schlingerndes Velo wieder auf gerade Bahnen lenken musste. Ich nahm umständlich meine Tasche ab und spannte sie in den Velokorb, während ich fieberhaft überlegte, wie es nun weitergehen sollte. Sollte ich Ben noch zu mir nach Hause einladen? Das könnte jedoch falsch verstanden werden. Dann doch lieber noch irgendwo einen Absacker. Der Gedanke, mich jetzt von ihm zu verabschieden, ohne zu wissen, wann ich ihn wiedersehen würde, erschien mir unerträglich. Ich hatte meine Tasche nun wirklich gründlich im Korb verstaut und sah auf.

Er saß lässig auf seinem Velo und hatte ein Bein gegen den Pfosten gestemmt, um das Gleichgewicht zu halten.

»Wo musst du lang?«, fragte er.

Ich deutete unbestimmt hinter mich. »Ich glaube, in diese Richtung«, antwortete ich.

»Dann können wir noch ein Stück zusammen fahren. Ich muss auch«, er machte eine ausschweifende Geste, »da lang«, und lächelte wieder sein entwaffnendes Grinsen.

Ich war zu vollgegessen und verwirrt seinetwegen, so dass ich nicht schlagfertig genug eine Antwort parat hatte. Also nickte ich nur und fuhr ihm hinterher. Während wir durch das nächtliche Zürich kurvten, überlegte ich verzweifelt, wie ich den Abend doch noch verlängern könnte. Vielleicht noch einen Drink in einer Bar am Schaffhauserplatz vorschlagen? Ben hatte erzählt, in Oerlikon in der Nähe des Hallenstadions zu wohnen. Mittlerweile hatte sich meine Orientierung auch wieder so weit gefestigt, dass ich wusste, wo wir waren. Vollgegessen wie ich war, schnaufte ich im Schneckentempo den Berg zum Schaffhauserplatz hinauf. Ben war wesentlich schneller als ich und wartete oben an der Ampel.

»Kennst du den Weg von hier aus?«, fragte er.

Ich nickte und sah ihn erwartungsvoll an. Als er nichts mehr sagte, nahm ich all meinen Mut zusammen und sagte mit klopfendem Herzen zu ihm: »Das können wir sehr gerne bald mal wiederholen.«

Über Bens Gesicht huschte ein undefinierbarer Ausdruck. Nur für einen Moment, aber ich hatte ihn wahrgenommen.

»Ganz bestimmt. Man sieht sich«, war alles, was er darauf sagte. Dann verabschiedete er sich brav mit den in der Schweiz üblichen drei Küsschen, schwang sich auf sein Velo und fuhr davon. Ich blieb verdattert zurück und hatte das Gefühl, irgendetwas schrecklich falsch gemacht zu haben.

KAPITEL 38

Julia Zimmermann gähnte und schaltete den Fernseher aus. Ihre Wohnküche lag im gemütlichen Licht abgedunkelter Lampen, und sie hatte sich eine kleine Duftkerze auf dem Couchtisch angezündet. Bis eben war »Rendezvous mit Joe Black« im Fernsehen gelaufen. Zwar hatte sie den Film schon zweimal gesehen, und an sich war sie kein großer Fan von Brad Pitt, aber er verkörperte den Tod derart eindrücklich, dass sie diesen Film immer wieder würde anschauen können. Dazu hatte sie sich ein Glas Chardonnay gegönnt, dessen feiner Geschmack noch in ihrem Mund verweilte. Zum Glück hatte sie heute keinen Dienst. Zwar erlebte sie während ihrer Einsätze viele spannende Geschichten, aber es war auch einmal schön, einfach sorglos und ungestört auf dem Sofa sitzen zu können. Ihre Freundin Maggi hatte heute ein Abteilungsessen, so dass Julia den Abend über alleine sein würde. Wenn sie ehrlich war, kam ihr das im Moment gerade recht. Maggi hatte sich so furchtbar aufgeregt über die Geschichte mit Lisa, dass sie es nicht hatte sein lassen können, immer wieder endlose Diskussionen anzuzetteln. So gesehen war die Stimmung zwischen ihnen im Moment ein bisschen angespannt. Der Abend mit der Abteilung würde Maggi sicher guttun.

Julia ging in die Küche, spülte ihr Glas kurz mit kaltem Wasser aus und stellte es dann ordentlich in die Spülmaschine. Ihr Blick fiel auf das noch volle Katzenfutterschälchen.

Julia stutzte. Ihr Kater Alois war derart verfressen, dass er praktisch nie Futter zurückließ. Sie sah sich um und rief leise nach ihm. Kein Alois weit und breit. Natürlich konnte Alois kommen und gehen, wie er wollte. Aber mit zunehmendem Alter waren die Tage, an denen der Kater draußen die Vogelreviere unsicher gemacht hatte, immer weniger geworden, und nun saß der alte Kater mittlerweile lieber auf seinem Fell in der Stube und döste friedlich vor sich hin. Manchmal kam er auch ins Bett und rollte sich am Fußende von Julias Bett zusammen. Er war schon seit Jahren bei Dunkelheit nicht mehr draußen gewesen. Hoffentlich war ihm nichts passiert. Vielleicht hatte er in irgendeiner Garage Katzenfutter entdeckt und war nun versehentlich eingeschlossen worden. Möglicherweise war er auch in die leerstehende Nachbarwohnung gelangt und konnte nun nicht mehr heraus. Die neuen Mieter würden erst kommenden Monat einziehen.

Julia hoffe darauf, dass es nicht wieder eine Familie mit so schrecklich lauten und nervigen Kindern sein würde. Die Familie vorher hatte mit ihren zwei Jungs im Flegelalter für viel Lärm und Unruhe in Haus und Garten gesorgt. Der Garten, zu dem sowohl ihre als auch die Nachbarwohnung einen direkten Zugang mit jeweils eigenem Sitzplatz hatte, war eigentlich für alle Mieter zur Mitbenutzung gedacht, aber mit diesen Bengeln war das kaum möglich gewesen, da sie durch wildes Rennen und Ballspielen die sorgsam von Julia gepflanzten Blumen zertrampelt hatten. Als sie ihr dann auch noch die verschiedenen Beeren, die sie in einem Blumenkasten auf der Terrasse angepflanzt hatte, geplündert hatten, hatte es ihr gereicht, und sie hatte sich beim Vermieter beschwert, da mit den Eltern der Kinder, die total überfordert gewesen waren, kein Konsens gefunden werden konnte. Die hatten Julia und Maggi als spießige, kinderfeindliche Lesben beschimpft ohne Sinn für die individuelle Entwicklung ihrer Sprösslinge.

Der Vermieter hatte auch nicht wirklich viel unternommen, aber nun waren sie vorgestern zum Glück trotzdem ausgezogen, und Julia genoss die neu gewonnene Ruhe.

Aber im Moment war es ihr zu ruhig, denn sie vermisste ihren Kater Alois. Und es wäre doch denkbar, dass er irgendwie in diese Nachbarwohnung gekommen war und nun nicht mehr herauskam. Julia seufzte und zog ihre Gartenschlappen an, die wie immer an der Tür zur Veranda standen. Sie öffnete die Tür zum Garten, der schwach vom Licht der über Julias und Maggis gelegenen Wohnungen beleuchtet wurde. Das Licht warf ungewohnte Schatten, und die Büsche sahen aus, als würden sie mit langen, dürren Fingern nach ihr greifen. Julia fröstelte. Da war sie wahrscheinlich doch zu sehr in Lisas Geschichte eingetaucht, um jetzt auf solche Täuschungen reinzufallen.

»Alois! Alois!«, rief sie leise in den Garten und sah sich um. Alles blieb ruhig. Sie kniff die Augen zusammen. Da! Hatte sich nicht dort hinten beim roten Holunderbusch ein Schatten bewegt? Angestrengt schaute sie in die Dunkelheit. Wieder lief ihr ein Schauer über den Rücken. Verflixt, was war nur mit ihr los? Sie war doch sonst kein Angsthase, und den Garten kannte sie jetzt wirklich schon viel zu gut, um hier den Hasenfuß bei Dunkelheit zu mimen. Sie ging ihrer inneren Stimme zum Trotz entschlossen weiter in Richtung Holunderbusch.

Jetzt konnte sie es deutlich erkennen. Etwas bewegte sich am hinteren Rand des Busches, da, wo das Grundstück zu den Nachbarn hin leicht anstieg. Julia rief wieder nach Alois und ging langsam weiter auf den Holunderbusch zu. Noch immer konnte sie nicht erkennen, was sie da genau sah. Es war, als bewegte sich ein kleines Tier im Busch hin und her. Warum hatte sie auch nicht an ihre Taschenlampe gedacht? Sie war ja nun wirklich eine super Polizistin. Noch nicht einmal ihr Handy hatte sie dabei. Das lag auf dem Küchentisch, und wenn Julia sich nicht täuschte, klingelte es sogar in just diesem Moment. Sie zögerte. Sollte sie schnell hineinrennen und es abnehmen? Vielleicht hatte ja jemand Alois gefunden. Dann könnte sie auch ihre Taschenlampe mitnehmen.

Sie drehte sich schon um, als ein leiser Klagelaut an ihr Ohr drang. Julia erstarrte mitten in der Bewegung. Das Geräusch war vom Holunderbusch gekommen. Was mochte das gewesen sein? Julia wurde immer unheimlicher zumute. Sie würde nun doch zurückgehen und ihre starke Lampe holen. Auch festere Schuhe wären vonnöten. Mit den Schlappen, die sie einmal in einem Hotel bekommen hatte, war sie in der Dunkelheit auf dem noch nassen Untergrund nun wirklich nicht gut zu Fuß. Aber da hörte sie es wieder. Und dieses Mal gab es keine Zweifel. Eine Katze schrie. Julia rannte los in die Dunkelheit.

KAPITEL 39

Ich ließ es eine gefühlte Ewigkeit klingeln. Enttäuscht drückte ich auf das rote Telefonsymbol und steckte mein Handy in die Tasche. Ich konnte Julia nicht erreichen. Dabei hatte sie mir angeboten, sie unbedingt am Abend noch anzurufen und ihr zu erzählen, wie das Date mit Ben gelaufen war. Natürlich konnte ich es einfach nochmals und nochmals probieren, aber ich wollte mich auch nicht aufdrängen. So gut kannte ich Julia schließlich noch nicht.

Nachdenklich schob ich mein Fahrrad über den Gehweg. In meinem Bauch hatte sich ein Kloß gebildet, ach was, ein schwerer Stein, so kam es mir zumindest vor. Es war so ein wunderschöner Abend gewesen. Alles hatte gepasst. Mit Ben zusammen zu sein wirkte so vertraut, als ob wir uns schon ewig kannten. Ich hatte nicht damit gerechnet, dass wir an diesem Abend gleich im Bett landen würden, wenngleich ich es, naiv wie ich war, natürlich gehofft hatte. Aber sein schroffer Abschied hatte mich kalt erwischt. Kein »Wann sehen wir uns« oder »Es war wirklich schön« oder Ähnliches, nur ein kleiner Fingerzeig in diese Richtung. Noch nicht mal ein »Bis bald». Ich kickte entmutigt eine Redbull-Dose weg, die jemand einfach auf den Gehweg geschmissen hatte, und zog mir den bösen Blick einer Frau zu, die, ihrer großen Sporttasche und den nassen Haaren nach, vermutlich auf dem Heimweg von einer abendlichen Sportaktivität war. Mein Handy vibrierte in meiner Hosentasche. In der Hoffnung auf eine Nachricht von Ben zog ich es schnell heraus, aber es war nur – oh welche Freude – meine Mutter. Sie wollte wissen, wann ich gedächte, sie mal wieder zu besuchen. Das hatte mir jetzt gerade noch gefehlt. Meine Mutter hatte echt ein Händchen für schlechtes Timing. Häufig rief sie genau dann an, wenn es überhaupt nicht passte, und war dann entsetzlich beleidigt, wenn man ihr das dann so mitteilte.

Es war spürbar kälter geworden. Jetzt, wo die schützende Wolkendecke fort war, merkte man deutlich, dass es schon langsam Herbst wurde. Ich fröstelte und zog den Reißverschluss meiner Jacke zu. Ein E-Bike sauste an mir vorbei. Darauf saß ein lachender Rentner, der mir fröhlich zuwinkte. Mir reichte es. Zeit, nach Hause zu kommen. Ich schwang mich lustlos auf den Sattel. Die Heimfahrt hatte ich mir nun wirklich anders vorgestellt. Fröhlich beschwingt, verliebt. Und nicht verunsichert und gefrustet nach einem eigentlich sehr schönen Abend.

KAPITEL 40

Julia Zimmermann blieb einen Moment wie erstarrt stehen. Sie konnte nur undeutlich im Dämmerlicht erkennen, was beim Holunderbusch vor sich ging. Ein kleines Tier zappelte und wand sich in der Luft. Dabei stieß es grauenvolle Schreie aus, die langsam in ein undefinierbares Röcheln und Zischen übergingen. Julia sprang mit einem Satz nach vorne und verhedderte sich mit ihren Schlappen an einem verzweigten Ast, der auf dem Boden lag. Als sie sich wieder aufrappelte, konnte sie ihren Kater Alois erkennen, der an einem dünnen Seil aufgehängt worden war. Das Seil war in einer zulaufenden Schlinge um seinen Hals geschlungen und an einem Ast des Holunders befestigt worden.

»Alois!«, schrie sie erstickt auf und hob ihn an, um das Gewicht auf die Schlinge zu reduzieren. Er bewegte sich fast nicht mehr. Nur noch seine Pfoten zuckten gelegentlich. Sein Kopf war leicht nach links geneigt. Der Mund stand einen Spalt weit auf, und man konnte die kleine Katzenzunge sehen, die zwischen den Zähnen hervorquoll.

»Alois!«, schrie Julia wieder, während sie verzweifelt versuchte, das dünne Seil um Alois' Hals zu lösen. Tränen rannen ihr über die Wangen. Vor ihrem inneren Auge zogen verschiedene Bilder vorbei. Alois, wie er als junges Kätzchen zum ersten Mal bei ihr im Bett schlief. Wie er immer geschnurrt hatte, wenn sie ihn gestreichelt hatte, wie gern er beim Kochen in der Küche auf dem Schrank gehockt war.

»Verdammt noch mal, wer macht denn so etwas?«, schrie sie ihren Zorn laut heraus. Sie hatte es nun geschafft, die Schlinge zu lockern, die sich tief ins kurze Fell eingegraben hatte. Julia hielt ihren Kater im Arm, küsste seinen regungslosen Kopf und streichelte ihm über sein warmes Fell. Sie begann hemmungslos zu schluchzen.

Vorsichtig, um mit ihm auf dem Arm nicht zu stolpern, drehte sie sich um und machte sich auf den Weg zurück zu ihrer Wohnung. Sie würde nun schnell die Tierklinik anrufen. Vielleicht konnte man Alois ja noch retten. Blind vor Tränen lief sie durch die Dunkelheit zu ihrer hell erleuchteten Terrassentür. Unfassbar, dass sie sich soeben noch dort auf dem Sofa gelümmelt hatte, zugedeckt mit der flauschigen Vliesdecke, während hier draußen jemand ihren Kater Alois gequält hatte. Erneut schossen die Tränen wie Sturzbäche über ihre Wangen.

Plötzlich vernahm sie ein anderes Geräusch hinter ihr. Ein Knacken, als ob jemand auf einen kleinen Zweig getreten war. Ihre Nackenhaare stellten sich auf. Sie wollte herumwirbeln, aber es war zu spät. Ein kräftiger Unterarm legte sich von hinten um ihren Hals und drückte zu.

KAPITEL 41

Als endlich der Wecker schrillte, war ich schon fast froh, endlich aufstehen zu können. Ich fühlte mich wie gerädert. Nachts war ich mehrmals aus unruhigen Träumen aufgeschreckt und seit etwa 4.30 Uhr hatte ich gar nicht mehr schlafen können, sondern mich unruhig von einer Seite auf die andere geworfen und versucht, nicht ständig an Ben zu denken. Im Dämmerzustand des Halbschlafs hatte ich plötzlich die fixe Idee entwickelt, dass Christoph und Ben gemeinsame Sache machten und alle möglichen Personen auf dem Gewissen hatten. Nun, im hellen Licht des Badezimmers, sah die Welt schon wieder anders aus. Das heißt, die Welt sah ich eigentlich nicht, aber ich sah mich. Müde betrachtete ich mein Spiegelbild. Ein unlustig dreinschauendes Gesicht mit hängenden Mundwinkeln, grauen Schatten unter den Augen und Resten verschmierter Wimperntusche. Na prima. Wenn das so weiterging, würde ich in ein paar Jahren aussehen wie Mitte 50. Dabei war ich doch noch gar nicht so alt. Ich schaute auf die Uhr. Genug Zeit für eine kalte Dusche.

Ich ließ den harten Duschstrahl so lange auf meine Schultern prasseln, bis sie kribbelten. Leider wurde das Wasser hier nicht richtig kalt. Ich nahm mein Markenduschgel und seifte mich großzügig damit ein. Der wohltuende Geruch nach Zitrone und Vanille stieg mir in die Nase. Sofort fühlte ich mich besser. Als ich aus der Dusche kam, war meine Haut ganz rot vor lauter Kälte. Mit einem wohligen Seufzen legte ich mir das auf der Heizung vorgewärmte Handtuch um den Körper. Vielleicht hatte ich gestern ja auch alles zu schwarzgesehen. Der Abend mit Ben war großartig gewesen, und ich durfte den Abschied nicht überbewerten, nur weil ich mir mehr erhofft hatte. Sicherlich würde sich Ben in den nächsten Tagen melden, und wenn nicht, dann würde ich halt die Initiative ergreifen. Schließlich lebten wir in einer modernen, emanzipierten Welt. Jawohl!

Außer meinem heißgeliebten Cappuccino am Morgen konnte ich nichts zu mir nehmen. Ich war noch zu voll vom gestrigen Gelage. Da es immer noch zu früh war, entschloss ich mich, heute mal ins Institut zu laufen, statt mit dem Velo zu gehen.

Bevor ich mein Handy in die Tasche steckte, vergewisserte ich mich, dass auch wirklich keine Nachricht von Ben drauf war. Den Anflug von Enttäuschung, der schon wieder aufkeimen wollte, erstickte ich, indem ich darüber nachdachte, warum Julia sich auch nicht bei mir gemeldet hatte. Vielleicht hatte sie schon geschlafen? Wenn ich mich recht erinnerte, war sie eher Lerche als Eule und ging gern früh ins Bett. Schulterzuckend verstaute ich mein Handy in meiner Hosentasche, damit ich die Vibration einer eingehenden Nachricht auch sicher spüren würde, und machte mich auf dem Weg ins RZZ.

Der Morgen war frisch und klar. Heute würde sich der Spätsommer noch einmal mit seiner ganzen Schönheit präsentieren. Ich lief zügigen Schrittes den Hang hinauf. Eine Mutter schnaufte mit einem überdimensionierten Kinder-Veloanhänger auf der Hauptstraße neben mir her. Sie war nur unwesentlich schneller als ich. Im Anhänger saßen zwei Kinder, die sich offenbar um ein Stückchen Brot zankten, wodurch der ganze Anhänger bedrohlich wackelte. Die Mutter, von der ich in Beziehung auf Augenringe noch einiges lernen konnte, schimpfte mit atemloser Stimme nach hinten, was ihre Sprösslinge allerdings wenig beeindruckte. Ich lächelte in mich hinein. Zum Glück hatte ich keine Kinder.

Ich wich einem elegant gekleideten Anzugträger aus, der telefonierend auf einem der vielen Leih-E-Trottis den Berg hinabgesaust kam. Als ich den Bäcker passierte, roch es so himmlisch nach frisch gebackenem Brot, dass ich nicht umhinkam, mir dort eine kleine Wegzehrung zu kaufen. Als ich auf die liebevoll dekorierte Auslage blickte, schwankte ich einen Moment zwischen einem Mandelhörnchen und einem Chiasamen-Brötchen, entschied mich dann aber kurzerhand für beides. Das Mandelhörnchen konnte ich ja mittags zum Nachtisch essen. Mit der Bäckertüte in der Hand setzte ich meinen Weg fort. Den letzten Kilometer dachte ich darüber nach, wie ich Frau Professor Hagmann, die heute hoffentlich wieder da war, von meinen Überlegungen würde erzählen können. Schließlich wollte ich vermeiden, dass man mich für überkritisch erachtete. Ich überlegte mir mehrere Formulierungen, die sich allesamt irgendwie wenig glaubhaft anhörten. Nun gut. Dann würde ich mich eben auf mein loses Mundwerk verlassen müssen. Hoffentlich ließ es mich nicht im Stich.

Ein Blick auf die Uhr verriet mir, dass ich nur noch drei Minuten bis zum Rapportbeginn hatte. Hatte ich also doch zu viel getrödelt. Das passierte mir häufig, wenn ich das Gefühl hatte, zu früh dran zu sein. Am Anfang mochte das noch stimmen, aber dann ließ ich mir so viel Zeit, dass ich irgendwann in eine totale Hektik verfiel. Ich packte meine kleine Tasche fester und rannte los.

Ziemlich außer Puste kam ich am Haupteingang an. Am daneben gelegenen Eingang zum Theologischen Institut standen gerade zwei ältere Herren in schwarzgrauen Anzügen, die sich unterhielten. Als ich hektisch in meiner Tasche nach dem Schlüssel kramte, bedachte mich einer von ihnen mit einem mitleidigen Blick, deutete auf unser Eingangsschild und sagte zu seinem Kollegen:

»Und ich dachte immer, in der Rechtsmedizin geht es nicht mehr um Leben und Tod.«

Der andere lachte bellend und schlug sich mit einer Hand auf den Schenkel. Zum Glück hatte ich den Schlüssel gefunden und musste mich nicht mehr länger mit den beiden Witzbolden abgeben.

Ich lief direkt zum Rapportraum, ohne den Abstecher in mein Büro zu machen. Der Rapport hatte schon begonnen. Alle saßen gespannt um den ovalen Tisch und lauschten einer Diskussion zwischen Henrik und Christoph.

Nadja hatte offenbar eine 65-jährige Frau untersucht, die Anzeige bei der Polizei gemacht hatte, da ihr 63-jähriger Ehemann sie gewürgt hatte. Auslöser war wohl ein Streit um das Essen gewesen. Er hatte gegenüber der Polizei zu Protokoll gegeben, dass seine Frau ihm ständig Brokkoli kochte, obwohl sie doch seit 30 Jahren wissen müsste, dass er den nicht ausstehen konnte. Dann hatte sie die Frechheit besessen, ihm mit einem auf der Gabel aufgespießten Brokkoli vor der Nase herumzufuchteln. Daraufhin waren ihm die Sicherungen durchgebrannt, und er hatte sie mit beiden Händen gewürgt, bis sie bewusstlos geworden war. Henrik vertrat die Ansicht, dass man auch hier unbedingt DNA-Abstriche vom Hals und den Händen nehmen sollte.

»Sonst kann man das Würgen durch den Ehemann doch nicht nachweisen«, sagte er gerade auf die ihm eigene besonnene Art.

»Ach, so ein Unsinn!«, herrschte ihn Christoph Reichert an. »Die leben seit 35 Jahren zusammen. Ihre DNA ist doch überall.«

»Aber vielleicht nicht am Hals«, beharrte Henrik und verschränkte die Arme vor der Brust.

»Nein, aber vielleicht am Busen«, ätzte Christoph angriffslustig. Henrik schüttelte den Kopf und sah auf seine Fußspitzen. Seinem verbissenen Gesichtsausdruck konnte man entnehmen, dass es ihm gewaltig stank. Christoph lehnte seinen großen Körper weit nach hinten und schlang einen Arm um die Lehne. Er starrte Henrik noch immer provozierend an. Ich hielt den Atem an. Eine derart offene Konfrontation hatte ich noch nie hier gesehen. Aber Frau Professor Hagmann klatschte in die Hände.

»Meine Güte, benehmt euch nicht wie die Kindergartenkinder. Ich finde, Henrik hat irgendwo recht. Dann machen wir halt die Abstriche am Hals.« Streng schaute sie über ihre Brille in die Runde. Henriks Mundwinkel zuckten unmerklich nach oben, während Christoph genervt schnaubte und sich nach vorne beugte. Er machte keinen Hehl daraus, was er von dieser Anweisung hielt.

»Wenn sonst niemand mehr etwas zu berichten hat …«, fuhr meine Chefin fort und sah auffordernd in die Runde. Keiner meldete sich, so dass kurze Zeit später Stühle rückten und leises Stimmengemurmel den Raum erfüllte. Christoph stand als Einziger schnell auf und stürmte entschlossen und mit grimmiger Miene als Erster aus dem Raum.

Ich blieb zögernd stehen und wartete darauf, dass der Raum sich leerte, damit ich allein mit Frau Professor Hagmann würde reden können. Die allerdings besprach sich noch mit Henrik und Frau Lüdemann.

Frau Lüdemann vertrat noch radikalere Ansichten als Henrik. Wenn es nach ihr gehen würde, würde man immer und überall von allen Beteiligten einer Schlägerei, einer Messerstecherei oder was sonst noch so anstand DNA-Abstriche nehmen. Denn man wusste ja nie, was im Nachhinein noch rauskam, und Studien hätten gezeigt ... Ich tat so, als würde ich in meiner Tasche kramen, während ich aus den Augenwinkeln beobachtete, wie sich Frau Professor Hagmann, Henrik und Frau Lüdemann langsam zusammen zum Ausgang bewegten. Mist. Dann musste ich eben warten, bis sie in ihrem Büro war. Also stieß ich einen lauten Seufzer aus, murmelte »Da ist er ja« oder so etwas in der Art und lief an dem Dreiergrüppchen vorbei. Ich war noch nicht einmal beim zerrupften Drachenbaum angekommen, als mich Frau Professor Hagmann zurückrief.

»Frau Klee«, sagte sie, »ich habe gehört, dass Sie dringend etwas mit mir hätten besprechen wollen. Worum geht es denn?«

Ich trat unsicher von einem Bein auf das andere, während ich einen raschen Blick auf Henrik und Frau Lüdemann warf, die mich interessiert musterten.

»Ich ... ja ... also ... ich ...«, stammelte ich. Frau Professor Hagmann schaute mich prüfend an, warf dann einen Blick auf ihre Oberärzte und bedeutete mir mitzukommen.

Schweigend folgte ich ihren klackernden Absätzen den Oberarzt-Trakt entlang. Frau Professor Hagmanns Büro war groß und geräumig. In einer Ecke gab es einen kleinen runden Tisch mit ein paar Stühlen. In der gegenüberliegenden Ecke stand ein großer, zweckmäßiger Schreibtisch, auf dem sie allerlei praktischen Schnickschnack verteilt hatte, wie einen Brillenhalter, ein paar lose Büroklammern, einen Stifthalter in Form eines Absatzschuhs und ein paar Orchideen, die traurig ihre Köpfe hängen ließen.

Wir nahmen an dem kleinen runden Tisch in der Ecke Platz. Frau Professor Hagmann rückte ihre Brille zurecht, schlug die Beine übereinander und sah mich erwartungsvoll an.

Wieder druckste ich herum, wusste nicht so recht, wie ich beginnen sollte. Plötzlich hatte ich Hemmungen und Angst, mich bis aufs Blut zu blamieren.

»Also, Frau Klee. Was gibt es denn so Dringendes?« Ein Hauch von Ungeduld schwang in ihrer Stimme mit. Ich sah meine Chefin unschlüssig an. Schaute ihr in das fein geschnittene Gesicht. In die blauen Augen, die mich hinter den Brillengläsern ernst musterten. Dann holte ich tief Luft und begann. Anfangs stockend, aber dann immer flüssiger, bis es nur noch so aus mir heraussprudelte. Von Rainer Wilti, Tenzin Kaldeira, Claudia Meinrad und Frau Fetz.

Frau Professor Hagmann hörte mir schweigend zu. Dann und wann machte sie eine kleine Notiz auf einem Schreibblock, den sie zwischenzeitlich von ihrem Pult geholt hatte. Als ich gerade damit anfangen wollte, ihr von Christophs nächtlichen Aktivitäten zu erzählen, hob sie die Hand und unterbrach mich.

»Warten Sie bitte einen Moment, Frau Klee. So ganz verstehe ich das alles nicht.« Sie stand auf und ging langsam in ihrem Büro auf und ab. Erstaunt und ein bisschen belustigt bemerkte ich, dass sie ihre Pumps abgezogen hatte und barfuß hin und her lief. Nun gut, es war ja schließlich auch ihr Büro.

Sie schaute auf ihren Block und sagte: »Also, wenn ich das richtig verstanden habe, dann sind Sie der Meinung, dass es hier mehrere Tötungsdelikte gibt, die wir übersehen haben.« Sie hob die Augenbrauen und sah mich an. Ich senkte meinen Blick und registrierte, dass meine Chefin pinkfarbenen Nagellack an den Zehennägeln hatte, der auch mal wieder aufgefrischt hätte werden müssen. Außerdem hatte sie an der rechten Großzehe eine Druckstelle von den Pumps. So wie sie das sagte, hörte es sich wie eine Anschuldigung an. Ich hob den Blick und öffnete meinen Mund. Sie hielt die Handfläche nach außen, wie um mich zu bremsen, und sprach weiter.

»Außerdem glauben Sie und Frau Zimmermann – also was die damit zu tun hat, habe ich auch noch nicht kapiert, aber dazu später –, dass vor einigen Jahren einmal eine Studentin verschwunden ist, die vielleicht auch getötet wurde, und all die anderen *Delikte* also mit dieser Studentin – wie hieß sie noch«, sie warf einen Blick auf den Block, »Claudia Meinrad …«

»Nein, Claudia Meinrad habe ich obduziert. Sie war die Freundin von Caroline, der Studentin, die damals in der Limmat ertrank.«

»Dann eben Caroline. Ist doch völlig schnuppe, wie die geheißen hat, bei«, rollte sie genervt mit den Augen und sah kurz auf den Block, »drei verkannten Tötungsdelikten.«

Frau Professor Hagmann lief zu ihrem Pult und setzte sich auf den pinkfarbenen Bürostuhl. Dort stützte sie die Stirn auf ihre Finger und sagte erst mal nichts mehr.

Unbehaglich rutschte ich auf meinem Stuhl hin und her. Ich konnte im Moment überhaupt nicht einschätzen, was meine Chefin dachte. Die sagte immer noch nichts und schaute schweigend auf den Computerbildschirm. Lange Zeit war nichts von ihr zu hören außer dem gelegentlichen Geräusch der Computer-Maus, wenn sie sie bewegte. Draußen lachte jemand. Der Drucker auf dem Gang surrte, und eine Tür schlug zu.

Als ich gerade den Mund aufmachen wollte, um sie zu fragen, was ich jetzt machen sollte, begann sie zu reden.

»Also nochmals, Frau Klee. Wenn ich Sie nun richtig verstehe, dann ist vor 13 Jahren eine Studentin tot in der Limmat gefunden worden. Und in den letzten paar Wochen haben wir drei Verstorbene obduziert, die alle auf irgendeine Art und Weise mit dieser Studentin zu tun hatten.« Ich nickte erleichtert. Das hörte sich nun nicht mehr so anklagend an. Allerdings änderte sich das mit ihren nächsten Worten:

»Diese drei sind aber alle eines natürlichen Todes gestorben, oder habe ich das etwa falsch verstanden?« Ich schaute sie betroffen an. Wie reagierte man, wenn einem die eigene Chefin sagen wollte, dass ein Tod durch eine Überdosis Insulin oder durch Selbstverbrennung *natürlich* sei?

»Äh …«, sagte ich daher nur. Sie machte eine wegwischende Handbewegung in der Luft. »Jaja, ich weiß, was Sie eigentlich sagen wollen, aber sich nicht trauen.« Über den Rand der Brille hinweg schaute sie mich leicht belustigt an. »Natürlich ist mir klar, dass der Tod durch Insulin und Selbstverbrennung zu den nicht-natürlichen Todesarten gehört. Auch wenn ich hier die Chefin bin, bin ich nicht ganz ohne Ahnung vom Fach. Ich meinte ja eigentlich auch nur, dass man eine Fremdeinwirkung autoptisch ausgeschlossen hat, nicht wahr?«

Ich nickte verhalten. Ich konnte überhaupt nicht einschätzen, was Frau Professor Hagmann von der Geschichte hielt. Ob sie mir glaubte oder ob sie mich für völlig irre hielt. Daher war ich noch immer unsicher, ob ich ihr von Christoph erzählen sollte. Ob sie wusste, dass er nachts im Institut rumgeisterte? In Obduktionskleidung? Und mit einer Leiche zugange war?

Ich gab mir einen Ruck. »Da ist noch was, Frau Professor Hagmann«, sagte ich. Sie schaute mich fragend an.

»Neulich nachts, also da war ich hier im Institut, aber eben nicht alleine, da war …« Weiter kam ich nicht, denn es klopfte kurz an der Tür, und Christoph Reichert kam rein, ohne eine Antwort von der Chefin abzuwarten. Mir stockte das Herz. Ausgerechnet Christoph.

»Du, Bea, du musst sofort kommen. Etwas Unglaubliches ist passiert. Es geht um …« Als sein Blick auf mich fiel, stoppte er abrupt. Mir wurde heiß und kalt zugleich. Was sollte ich jetzt machen? Vielleicht wäre es das Beste, die Katze aus dem Sack zu lassen?

Frau Professor Hagmann lachte humorlos. »Na wunderbar. Was ist denn nur heute los? Frau Klee hier hat auch lauter ›unglaubliche‹«, sie machte mit den Händen Anführungszeichen in der Luft, »Entdeckungen gemacht, die alles andere als lustig sind.« Sie schaute mich an. »Und eben wollte sie mir noch mehr erzählen, nicht wahr? Was war neulich nachts im Institut?«

Christoph Reichert war nun ganz ins Büro getreten und schaute mich an. Frau Professor Hagmann ebenfalls. Ich merkte, wie ich einen roten Kopf bekam. War da etwas Lauerndes in Christophs Blick?

»Ich … äh … also … nicht so wichtig«, stotterte ich. Der Mut hatte mich verlassen.

»Sie wollten mir doch eben erzählen, dass Sie nachts nicht ganz allein im Institut gewesen seien, oder nicht? Frau Klee, ich bitte Sie. Nachdem Sie jetzt schon eine Verbindung zwischen mehreren Toten aufgedeckt haben, kann es ja eigentlich nicht mehr wilder kommen, nicht wahr? Oder haben Sie den Geist von dieser, wie hieß sie schon wieder, Caroline oder Claudia, persönlich gesehen?«

Ich schluckte. »Nein, nein, ich habe mich da geirrt. Das war nur der türkische Bestatter, Sie wissen schon«, ich machte mein Kleines-dummes-Mädchen-Gesicht und hob die Arme. Christoph kniff die Augen zusammen und schaute mich prüfend an. Frau Professor Hagmann lachte wieder humorlos auf.

»Na, dann ist es ja gut.« Sie wandte sich an Christoph. »Aber was hast du denn so Dringendes?«, fragte sie müde. Ich stand schnell auf und schaute zu, dass ich aus diesem Büro kam. Christoph hielt mich kurz an der Schulter zurück.

»Lisa«, sagte er. Seine Hand auf meiner Schulter löste einen kleinen elektrischen Schlag aus, und ich zuckte zusammen. Ich starrte zu ihm hoch. Kam mir vor wie das Kaninchen in der Falle. Er beugte sich leicht zu mir herab. »Wir obduzieren nachher noch die Faulleiche zusammen.« Verwirrt sah ich ihn an. Welche Faulleiche? Davon war doch im Rapport gar nicht berichtet worden. Offenbar stand mir meine Ratlosigkeit ins Gesicht geschrieben, denn Christoph bleckte seine Zähne zu einem Grinsen und sagte:

»Du bist doch zu spät zum Rapport gekommen. Ariana und Nadja obduzieren die Frau aus Adliswil, und da bleiben noch wir beide für die Faule. Die Akte sollte bei dir auf dem Tisch liegen. Geh schon mal vor, ich komme gleich.« Er kniff mir noch kurz in die Schulter und schob mich dann sanft aus der Tür.

Ich stand einen Moment lang verwirrt und ein bisschen frustriert im Gang. Ich konnte überhaupt nicht einschätzen, ob mir meine Chefin glaubte oder nicht. Und was sie jetzt mit Christoph besprach. Ob er etwas gemerkt hatte? So, wie er mich angeschaut hatte, schon. Langsam trottete ich den Oberarzt-Trakt entlang und wäre beinahe mit Henrik zusammengestoßen, der gerade hinter der Dieffenbachia hervorkam, eine Tasse dampfenden Kaffee in der Hand.

»Hoppla, Lisa«, lachte er. Ich war zu Tode erschrocken und musste ihn entsprechend angeschaut haben, denn er fasste mir kurz an den Arm und sah mir besorgt ins Gesicht.

»Geht's wieder, Lisa? Ist denn etwas passiert, du siehst aus, als ob du ein Gespenst gesehen hättest?« Ich schüttelte den Kopf und murmelte, dass alles in Ordnung sei.

»Wo ist Christoph?«, rief er, als er in dessen leeres Büro schaute.

»Bei der Chefin«, antwortete ich. Henrik sah mich überrascht an.

»Prima. Dann ist er ja schon am richtigen Ort«, fuhr er fort.

»Beatrix hat eine Sitzung einberufen. Ich hoffe, es geht nicht so lange. Christoph kommt dann direkt in den Saal.«

Ich nickte und lief nachdenklich weiter bis zu meinem Büro. Auf meinem Schreibtischstuhl lag ein Sichtmäppchen, in dem sich ein handschriftlich ausgefülltes Fallbeschreibungsformular befand. Ich zog es mit spitzen Fingern heraus. Bereits das Blatt stank erbärmlich nach den Ausdünstungen menschlicher Verwesung. Ich versuchte, die krakelige Schrift von Ariana zu entziffern.

Ein Mehrfamilienhaus in der Magnusstraße. Nicht gerade beste Wohnlage. Die Nachbarn hatten schon seit längerem einen üblen Geruch im Treppenhaus festgestellt. Das war an und für sich nicht so verwunderlich, weil es eben dann und wann mal nicht so gut roch. Aber nachdem einer der Briefkästen aus allen Nähten geplatzt war, hatte man den Hauswart gebeten, sich mit einem Zweitschlüssel Zugang zu der Wohnung zu verschaffen, aus der es am schlimmsten gestunken hatte. Der arme Mann war als Hauswart in dieser Liegenschaft einiges gewohnt, aber das Bild des aufgedunsenen schwarzen Leichnams, der mit einer dicken Schicht weißer Maden bedeckt war, war zu viel gewesen, und er hatte sich direkt neben dem Leichnam übergeben müssen.

Ariana hatte in Anbetracht der unklaren Umstände und des Milieus eine Obduktion empfohlen.

Ich stöhnte leise, denn ich untersuchte nicht gerne Faulleichen. Erstens konnte man bei der Obduktion aufgrund der Fäulnis meistens nicht mehr viel herausfinden. Zweitens stank nachher alles: die Haare, die Socken, ja sogar die Unterwäsche. Alles roch nach Faulleiche. Außerdem hatte ich danach immer das Gefühl, dass sich eine der Maden in meine Kleidung verirrt hatte, was natürlich nie der Fall war.

Missmutig machte ich mich auf den Weg zum Obduktionssaal. Bereits im Treppenhaus konnte ich den charakteristischen Geruch nach faulen Eiern wahrnehmen. Als ich die Tür zur

Leichenanlieferung öffnete, stand Ariana mitten im Raum und schaute gelangweilt ins Leere. Neben ihr war ein Mitarbeiter des polizeilichen Erkennungsdienstes, der gerade Fingerabdrücke bei einem Leichnam nahm. Ariana trug Obduktionskleidung, was mich kurz verwirrte, bis mir wieder einfiel, dass Christoph ja etwas von einer jungen Frau aus Adliswil gesagt hatte. Beim Vorbeilaufen warf ich einen Blick in den schlichten Holzsarg und erstarrte.

Dort lag, eingehüllt in einen schwarzen Leichensack, der Leichnam einer jungen Frau. Ich trat näher und betrachtete sie. Sie musste einem Unfall zum Opfer gefallen sein, denn viel konnte man nicht mehr erkennen. Ihr Gesicht wirkte asymmetrisch, als ob es leicht verschoben worden sei. Die linke Wange schien eingedellt. Das linke Auge war stark eingesunken. Überall im Gesicht war Blut. Die langen braunen Haare waren mit Blut verklebt und mit einem Gummiband zusammengehalten. Es musste einmal ein schöner Pferdeschwanz gewesen sein. Nun hing er verrutscht neben dem blutigen Gesicht. Ariana hatte den Leichensack für die Daktyloskopie öffnen müssen. So konnte man den roten Kapuzenpulli erkennen, den sie trug.

Julia hatte so einen roten Kapuzenpulli.

Mir wurde eiskalt. Julia. Ich zog schnell mein Handy aus der Hosentasche. Noch immer keine Nachricht von Julia. Auch nicht von Ben, aber das war im Moment sekundär. Ich umrundete den Sarg und öffnete den Reißverschluss des Leichensacks noch ein Stück. Der Leichnam trug zerrissene Jeans. Die Beine standen in einem unnatürlichen Winkel zum Rest des Körpers.

Ariana sah mich irritiert an, während sie den Arm für den Polizisten hochhielt.

»Wer ist das?«, fragte ich sie nur.

Ariana sah mich immer noch an, als überlegte sie, ob ich überhaupt eine Antwort verdient hatte, zuckte letztendlich aber mit den Schultern.

»Wir wissen es noch nicht. Sie wurde in der Nacht unter der Brücke auf der Sihltalstraße in Adliswil gefunden. Hast du mal wieder nicht zugehört im Rapport heute Morgen?«

Mir wurde immer kälter. Ich betrachtete das Gesicht, das zweifellos Ähnlichkeit mit Julia aufwies. Konnte das wirklich sein? Meine Hände fingen an zu zittern. Ich musste mir sofort Gewissheit verschaffen, dass das nicht Julia war.

»Lisa«, spottete Ariana, »siehst du schon wieder Gespenster«, sie machte eine Pause und beschrieb einen Halbkreis mit ihrer Hand, während sie sich flüsternd zu mir neigte, »oder gefährliche Machenschaften mit unentdeckten Morden?« Sie lachte so laut, dass sie sogar der Polizist vom Erkennungsdienst irritiert anschaute.

Ich entgegnete nichts mehr. Ich konnte gar nichts mehr sagen. Ich nahm mein Handy und stürzte zum Ausgang. Mit zitternden Händen drückte ich auf Julias Telefonnummer. »Bitte, lass alles in Ordnung sein«, murmelte ich ein Stoßgebet an eine unbekannte Gottheit. Es läutete. Ich hielt die Luft an, und dann hörte ich Julias Stimme. Vor Erleichterung hätte ich beinahe laut aufgeschrien, nur um kurz darauf vor Schreck wieder zusammenzuzucken. Es war nur ihre Mailbox. Julia hatte eine Ansage, die mit einem »Hallo« begann, und dann erst nach einer kurzen Pause als Anrufbeantworter entlarvt wurde. Als ich ihre fröhliche Stimme aus dem Hörer vernahm, wusste ich plötzlich mit Gewissheit, dass der Leichnam dort drin Julia war. In meinem Bauch krampfte sich ein dicker Kloß zusammen, und ich musste mich für einen Moment auf einen großen Stein setzen, der am Wegesrand lag.

Fieberhaft überlegte ich, was zu tun war. Es bestand noch immer Hoffnung, dass der Leichnam dort drin nicht Julia war. Diese roten Pullover waren zurzeit der letzte Schrei. Auch ich hatte mir überlegt, mir einen solchen zu kaufen, dann aber davon abgesehen, weil praktisch jede dritte Frau einen solchen Pulli trug. Außerdem war doch erst neulich im Rapport darüber diskutiert worden, wie unsicher Identifikationen über Konfrontation waren. Also das, was man immer im Fernsehen sah. Ein Gerichtsmediziner deckt den Leichnam in einer kalten Umgebung ab, und der oder die Angehörige nickt weinend. Das war in Wirklichkeit völliger Käse. Rund ein Viertel solcher Identifikationen war falsch. Die Angehörigen befanden sich ja in einem emotionalen Ausnahmezustand. Hinzu kam, dass die Toten sich irgendwie ähnelten und charakteristische Mimik bei einem Leichnam natürlich fehlte.

All das redete ich mir ein, und trotzdem konnte ich nicht anders. Ich war mir sicher, dass Julia da drin im Sarg lag und von Ariana gleich wieder in die Kühlzelle geschoben werden würde. Die Nummer von Maggi hatte ich nicht. Ben würde vielleicht mehr wissen. Er saß ja als Polizist sozusagen an der Quelle. Aber andererseits würde das ziemlich merkwürdig rüberkommen, wenn ich ihn jetzt wegen Julia kontaktierte. So nach dem Motto: »Hallo, Ben, schön war es mit dir. Weißt du, ob Julia noch lebt?« Ich schüttelte den Kopf. Nein, das ging nicht. Aber vielleicht sollte ich ihn kurz anrufen? Noch während ich überlegte und dabei mit meinen Schuhen den halben Kies wegschaufelte, steckte Christoph den Kopf zur Tür raus.

»Aha, da steckst du also. Komm jetzt bitte. Wir müssen anfangen. Und zwar subito!«

Widerwillig stand ich auf und trottete in den Saal. Ich hatte ja keine Wahl. Wenn es stimmte, dass Christoph der Täter war, dann musste ich so tun, als ob ich nichts bemerkt hätte. Er durfte nicht merken, dass ich Verdacht geschöpft hatte.

Während der Obduktion ging die Schiebetür auf. Ich schaute hoch, als ich das charakteristische Klappern hoher Absätze vernahm.

Meine Chefin stand vor uns. Entgegen allen Weisungen ohne Kittel, Handschuhe oder sonstige Schutzausrüstung.

»Frau Klee«, sagte sie ernst. »Sie sollen sofort zur Kriminalpolizei in die Zeughausstraße kommen. Frau Zimmermann wurde heute Nacht überfallen.«

KAPITEL 42

Ein typischer Sommermittag im Irchelpark. Vom See hallten Kinderstimmen durch den Park, irgendwo grillte jemand, und leckere Gerüche zogen vorbei. Es waren noch viele Menschen unterwegs. Manche offensichtlich auf einem Spaziergang oder beim Joggen. Andere trugen Sporttaschen bei sich. Hier und da standen lockere Grüppchen junger Menschen, die den warmen Tag und die herrliche Luft genossen. Ich lief gedankenverloren durch den Park zur Trambahn.

Mein Kopf schwirrte. Was wollte Frau Graf von mir? Ich sollte zur Kripochefin höchstpersönlich kommen, hatte mir meine Chefin gesagt. Mehr Informationen hatte sie nicht preisgegeben. Natürlich hatte ich zaghaft gefragt, ob sie denn wisse, was genau mit Julia passiert war, aber sie hatte nicht mehr sagen wollen oder können. Christoph hatte mit keiner Regung gezeigt, ob er überrascht war oder nicht. Er hatte einfach zu mir gesagt, dass er die Obduktion allein beenden würde und wir ja ohnehin schon fast fertig waren.

Das Polizeizentralkommando oder eben kurz PZK, in dem auch die Kriminalpolizei untergebracht war, lag in der Zeughausstraße und war vor allem nachts ein ausgeprägt vertrauter Ort für mich. Dort hatte die Polizei Zellen, in denen sie kurzfristig verdächtige Personen unterbringen konnte. Fast jede Dienstnacht verbrachte ich hier mit Blutentnahmen, Untersuchungen oder Ähnlichem. Es war sogar schon einmal darüber diskutiert worden, ob man denn nicht dort ein Zimmer für uns einrichten könnte, in dem wir dann die Nacht verbrachten. Manche Assis hätten das cool gefunden, denn dann wären sie nachts nicht mehr so allein im RZZ gewesen, hätten mit knackigen Polizisten schäkern und auf einem Klappbett schlafen können, etwas, was es bei uns überhaupt nicht gab. Frau Lüdemann war nämlich der Meinung, dass wir im Nachtdienst, wenn wir schon tagsüber nicht arbeiten mussten, gefälligst auch in der Nacht nicht schlafen, sondern Gutachten abschließen sollten. Arbeit hieß ja schließlich nicht im Bett liegen und träumen. Früher war das ja auch anders gewesen! Jawohl! Da hatte man noch 72 Stunden lang nonstop geackert und war auch nicht ständig am Jammern gewesen!

Leider hatte sie sich mit ihrer radikalen Einstellung durchsetzen können, und das Klappbett war entfernt worden, damit wir gar nicht erst in Versuchung kamen. Schrecklich. Als ob ich in der Nacht allen Ernstes Gutachten anständig bearbeiten könnte. Das ging vielleicht so bis um 1 Uhr noch ganz gut, aber danach brachte ich nichts Sinnvolles mehr zustande, und die Zeit, die ich dann tagsüber wieder für die Korrektur aufwenden musste, war viel größer, als wenn ich es gleich tagsüber geschrieben hätte. Aber ein kleiner Trost war, dass man ja meistens eh nicht zum Schlafen kam, da man mindestens dreimal pro Nacht zu Blutentnahmen von nicht mehr fahrfähigen Autofahrern auf verschiedene Polizeiwachen in der ganzen Stadt fahren musste. Aber sich einfach mal hinlegen und die Beine ausstrecken, wäre ja auch gut gewesen.

Ich war noch nie tagsüber im PZK gewesen und war sehr erstaunt, wie anders es doch im Vergleich zur Nacht war. In der Nacht ging es hier zu wie in einem Bienenstock. Dubiose Gestalten lungerten am Eingang herum und warteten darauf, eingelassen zu werden. Andere randalierten in ihren kleinen Zellen, während die Kriminalpolizei wieder andere in den unterschiedlichen Zimmern befragte. Da nachts hier eine Art Zentrale der Kripo war, waren viele Kriminalpolizisten hier stationiert, die tagsüber in anderen Regionen von Zürich arbeiteten.

Je nach involvierten Personen hatte es die unterschiedlichsten Geruchsnoten im Gang, allen voran die nach Alkohol und nach Schweißfüßen. Umso überraschter war ich, dass hier tagsüber gähnende Leere zu herrschen schien. Am Eingang saß ein unmotivierter übergewichtiger Wachtchef, der nur unwillig von seinem Kreuzworträtsel aufschaute und mich über den Rand seiner Lesebrille hinweg unfreundlich musterte.

Nachdem ich ihm erklärt hatte, dass ich einen Termin bei Frau Graf hätte, nahm er den Hörer und drückte gähnend auf eine Taste, um mich bei Frau Graf anzukündigen.

»Ja, genau. Eine Frau Klee wünscht dich zu sehen. Was soll ich … ah ja, okay«, sagte er leicht verwundert und musterte mich nun mit größerem Interesse.

»Kommen Sie bitte mit«, brummte er etwas freundlicher, stemmte sich von seinem Stuhl hoch und ging den Gang entlang zum Aufzug. Schweigend fuhren wir in den fünften Stock, wo Frau Graf ihr Büro hatte. Der Wachtchef führte mich um zwei Ecken zu einer Tür, wo er klopfte und sich mit einem Stofftaschentuch den Schweiß von der Stirn wischte.

»Herein«, tönte die angenehm tiefe Stimme von Frau Graf. Mit einem mulmigen Gefühl trat ich ein und schloss die Tür hinter mir.

Das Büro von Frau Graf war wunderschön. In warmem Orange gestrichene Wände. Orchideen auf dem Schreibtisch und Bilder von Franz Marc an den Wänden. Am Boden lag ein großer Flickenteppich. Es roch dezent nach einem blumigen Duft, den ich nicht genau einordnen konnte. Frau Graf saß an einem schönen antiken Schreibtisch aus Nussholz. Sie las konzentriert in einem Bericht, einen Stift in der Hand. Bei meinem Eintreten hatte sie kurz hochgeschaut und die Hand gehoben. Dann hatte sie sich wieder ihrem Bericht gewidmet. Da ich nicht wusste, was ich machen sollte, blieb ich stehen und sah mich um. Die Aussicht aus dem fünften Stock war fantastisch. In einer Ecke des Raums stand eine Sitzgruppe mit einem kleinen Mosaiktischchen in der Mitte. Dort waren bereits drei Tassen, Gläser, eine Flasche Wasser und eine Selektion verschiedener Kekse bereitgestellt. Frau Graf las noch immer in ihrem Bericht und schüttelte gelegentlich mit einem missbilligenden Schnalzen den Kopf.

Ich musterte sie verstohlen, während ich wartete. Sie trug einen eleganten braunen Hosenanzug, der ihre nicht unbeträchtliche Leibesfülle gut kaschierte und zum Braun ihrer Locken passte. Ihr Alter zu schätzen war schwer. Sie mochte vermutlich Mitte 40 oder auch gut zehn Jahre älter sein. Als mir bewusst wurde, dass ich sie unverhohlen anstarrte, schaute ich schnell wieder aus dem Fenster. Frau Graf schien es jedoch ohnehin nicht bemerkt zu haben, da sie weiterhin in ihrem Schreiben las und dabei gewaltig ihre Stirn runzelte. Plötzlich zückte sie ihren Stift und schrieb etwas auf das Blatt, das sie gelesen hatte. Dann legte sie es zur Seite, stand auf und kam auf mich zu.

»Guten Tag, Frau Klee«, begrüßte sie mich freundlich, während sie mich mit warmen, aber wachsamen braunen Augen durch ihre Brille hindurch ansah und mir die Hand reichte.

»Schön, dass Sie gleich kommen konnten.« Sie zeigte auf die Sitzgruppe. »Bitte setzen Sie sich doch schon einmal. Ich hole nur noch kurz Herrn Maurer herbei. Er ist zuständiger Kaderoffizier und möchte bei dem Gespräch gern dabei sein.« Sie verließ den Raum, und ich hörte sie an einer benachbarten Zimmertür klopfen.

Ich setzte mich nervös und fragte mich, was mich gleich erwarten würde. Frau Graf war freundlich gewesen, aber mir war natürlich klar, dass ich nicht zu einer netten Plauderei hierherzitiert worden war. Um mich abzulenken, biss ich in einen der Kekse. Die Tür ging wieder auf, und Frau Graf trat in Begleitung eines hochgewachsenen weißhaarigen Mannes, der sich knapp mit »Guten Tag, Maurer« vorstellte, wieder ein.

Frau Graf nahm die bereitgestellten Tassen und füllte mit einer Kapselmaschine Espresso ein. »Für dich koffeinfrei?«, fragte sie Herrn Maurer.

»Ja, gern«, antwortete der, während er mich mit seinen grauen Augen musterte. Die Espressomaschine summte, und Kaffeeduft breitete sich im Büro aus.

»So, Frau Klee«, sagte er, beugte sich nach vorne und legte seine Hände auf die Oberschenkel.

»Was können Sie uns also berichten?« Verwirrt sah ich ihn an. »Wie meinen Sie das?«, erwiderte ich unsicher. Frau Graf kam mit den Espressotassen zurück.

»Sie nehmen doch auch einen Kaffee, oder?«, fragte sie mich und stellte bereits einen Espresso vor mich auf den Tisch.

»Frau Klee«, sagte sie und setzte sich, »ich nehme an, Sie haben vom Überfall auf Frau Zimmermann bereits gehört.« Fragend schaute sie mich an, auch wenn ihre Worte nicht wie eine Frage geklungen hatten.

Bevor ich jedoch etwas entgegnen konnte, fuhr sie fort.

»Ich hatte heute Morgen einen Anruf von Frau Ganser, der Lebensgefährtin von Frau Zimmermann.« Sie nahm einen Schluck Espresso und sprach weiter.

»Sie war, um es gelinde auszudrücken, ziemlich erbost. Sie hat mir erzählt, dass Sie und Frau Zimmermann Detektiv gespielt hätten, und«, sie machte mit den Fingern die Zeichen für Ausrufezeichen, »auf ein paar Ungereimtheiten gestoßen seien.« Wieder trank sie einen Schluck Espresso und verzog das Gesicht.

»Ohne Zucker schmeckt der einfach nicht«, murmelte sie mehr zu sich selbst als zu Herrn Maurer und mir und schaute mich dann wieder ernst an.

Ich rutschte unruhig auf dem Sofa hin und her. So, wie Frau Graf es ausgedrückt hatte, hörte es sich schon fast nach Detektivspielchen à la »Die drei Fragezeichen« an.

»Sie hat, um ehrlich zu sein, böse Anschuldigungen gegen Sie erhoben. Sie hätten Julia da eine fixe Idee in den Kopf gesetzt und trügen die Schuld an dem Überfall auf sie.« Frau Graf musterte mich über den Rand ihrer Espressotasse prüfend.

»Julia … also ich …«, begann ich und merkte zu meinem Entsetzen, dass meine Stimme brüchig wurde, als mir klar wurde, was Frau Graf da eben gesagt hatte. Maggi gab mir die Schuld. Wenn ich Julia nicht in die »Detektivspielchen« hineingezogen hätte, wäre sie jetzt noch am Leben. Ich schluckte und versuchte mich zu sammeln, während mir die Tränen kamen.

»Frau Zimmermann selbst hingegen sieht das ein bisschen anders, soweit sie derzeit befragt werden kann«, fügte Frau Graf hinzu.

Ich nahm schnell einen Keks, um die aufkommenden Tränen zu unterdrücken. Es war ein Schokoladenkeks, der eine Orangenglasur hatte. Die Kombination von Frucht und Schoko konnte ich nicht ausstehen, aber es half mir im Moment, mich zu kontrollieren. Ich sah Frau Graf an.

»Ich wollte nicht, dass Julia etwas passiert, Frau Graf«, sagte ich verzweifelt. »Wir fanden es nur seltsam, dass die alte Frau so kurz darauf ganz plötzlich verstorben ist, nachdem …« Ich brach ab und schaute sie mit offenem Mund an. Was hatte sie da eben gesagt? Julia selbst hätte etwas zu ihrem Überfall gesagt?

»Ja, so etwas in der Art hat auch Frau Zimmermann angegeben. Aber, wie gesagt, sie ist im Moment noch nicht wirklich in der Lage, vernommen zu werden, daher möchte ich es gern aus Ihrem Mund hören, was es mit der ganzen Geschichte auf sich hat.«

»Aber Julia ist doch …«, stammelte ich. »Ist sie nicht …« Irgendwie brachte ich es nicht über mich, das Wörtchen »tot« in den Mund zu nehmen. »Also Julia lebt?«, war schließlich alles, was ich sagen konnte.

Frau Graf sah mich amüsiert an. Sie beugte sich vor und nahm sich einen Schokokeks.

»Warum wirken Sie denn so überrascht? Hat man Ihnen etwas anderes erzählt?«, fragte sie mich kauend.

Ich konnte es kaum fassen. Erleichterung breitete sich in mir aus, dass ich hätte lachen, heulen und laut schreien können. Es fiel mir ungeheuer schwer, mich zu beherrschen. Die Tränen, die mir nun in die Augen schossen, konnte und wollte ich nicht zurückhalten. Frau Graf reichte mir verwundert ein Kleenex.

»Ich dachte nur, also der Leichnam heute Morgen bei uns«, brachte ich schluchzend hervor, »ich dachte, das wäre Julia.« Bei der Erinnerung überkam es mich noch mal. Meine Angst, die Gewissheit, dass Julia tot war, die Furcht vor Christoph. Das war alles zu viel, und ich weinte jetzt hemmungslos. Frau Graf seufzte, stand auf und brachte eine ganze Schachtel Kleenex, die sie wortlos vor mir abstellte.

Herr Maurer, der rechts neben mir saß, war zunehmend unruhig geworden und nestelte nun ungeduldig an seiner Uhr herum. Als ich mich ein bisschen beruhigt hatte, schaute ich Frau Graf lächelnd mit tränenverhangenen Augen an.

»Geht es wieder, Frau Klee?«, fragte sie sanft. Ich nickte. Sie fuhr fort.

»Wir sind natürlich ebenfalls sehr froh, dass Julia Zimmermann nicht die Tote von der Sihlbrücke ist. Nein, sie wurde heute Nacht in ihrem Garten überfallen. Was wissen Sie darüber? Erzählen Sie doch bitte mal die ganze Geschichte«, forderte sie mich auf.

»Wir ... ja, also ich ... äh ...«, stotterte ich hilflos und sah abwechselnd zu Frau Graf und Herrn Maurer. Ich kam mir plötzlich so unglaublich kindisch vor mit meinem Verdacht und den scheinbar nicht geklärten Todesfällen. Frau Graf musterte mich weiterhin schweigend, und Herr Maurer sah starr auf seine Hände. Seiner Gesichtsfarbe nach zu urteilen, stand er kurz vor einem Wutausbruch. Schnell fuhr ich fort. »Es gab da eine Studentin, die vor 13 Jahren verschwunden ist. Und in letzter Zeit haben wir mehrere verstorbene Personen obduziert, die irgendwie mit dieser Studentin in Zusammenhang standen.« Ich hörte selbst, wie unglaubwürdig das klang. Meine Stimme hatte einen schrillen Unterton angenommen, und meine Wangen brannten. »Es waren vier Tote, also obduziert haben wir nur drei, aber die alte Frau aus dem Pflegeheim gehörte sicher auch dazu«, redete ich weiter. »Da waren der pensionierte Polizist, die Krankenschwester, das Selbstverbrennungsopfer und ...«

»Es reicht, Frau Klee!«, brüllte mich Herr Maurer plötzlich so laut an, dass ich zusammenzuckte vor Schreck. Sein Gesicht war krebsrot geworden. »Merken Sie denn nicht, was Sie da für einen Unsinn von sich geben?« Er lehnte sich zurück und rüttelte am Knoten seiner Krawatte.

»Und selbst wenn irgendetwas an dieser Sache dran sein sollte, warum«, er lehnte sich wieder vor und kam mir so nah, dass ich beinahe seine Speicheltröpfchen auf meinem Gesicht spüren konnte, »warum, Frau Klee, haben Sie nicht daran gedacht, uns zu informieren? Dachten Sie, dass Sie das im RZZ allein lösen können, so wie in diesen amerikanischen Fernsehsendungen, oder wie?«

Er war aufgestanden und schaute mich mit unverhohlener Wut an. Frau Graf saß ruhig auf ihrem Platz, lächelte Herrn Maurer freundlich an und machte eine beschwichtigende Handbewegung. »Das reicht jetzt, René«, sagte sie ruhig und bestimmt. Herr Maurer verstummte und setzte sich wieder. Ich saß eingeschüchtert da und schaute Frau Graf an, die mich ernst, aber nicht unfreundlich musterte.

»Wissen Sie, Frau Klee, der Punkt ist, dass wir uns fragen, warum Sie nicht damit zu uns gekommen sind. Der Überfall auf Frau Zimmermann hätte übel enden können, und es ist reines Glück, dass sie so glimpflich davongekommen ist.« Sie räusperte sich.

»Aber ich«, begann ich mich zu rechtfertigen, »ich habe es meiner Chefin, Frau Professor Hagmann, erzählt. Ich hätte doch nicht einfach …«

Herr Maurer schlug mit der flachen Hand auf den Tisch, dass die Tassen und Gläser nur so klirrten. Erschrocken zuckte ich zusammen.

»Das ist doch immer das Gleiche mit euch Rechtsmedizinern. Das RZZ meint immer, es könne alles, aber auch alles besser. Spurensicherung, Zusammenhänge aufdecken, uns sagen, wie wir die Arbeit machen sollen, und so weiter. Und Sie«, er deutete mit dem Zeigefinger auf mich, »Sie passen da voll ins Schema.«

Den Tränen wieder sehr nahe, sah ich Herrn Maurer und Frau Graf an. Die legte Herrn Maurer die Hand auf den Arm und sagte: »Beherrsche dich bitte, René.« Sie sagte das zwar ganz ruhig, aber die Wirkung glich einer Ohrfeige. Herr Maurer lehnte sich zähneknirschend und mit vor der Brust verschränkten Armen zurück.

Frau Graf schaute mich wieder an. »Vorausgesetzt natürlich, dass es einen Zusammenhang gibt zwischen dem Überfall auf Frau Zimmermann und diesen Todesfällen.« Sie machte eine Pause. »Was können Sie uns denn dazu sagen?«

Ich schluckte. Und dann begann ich zu erzählen. Von Rainer Wilti, Tenzin Kaldeira, Claudia Meinrad, der alten Frau Fetz und

Caroline Friedrich. Frau Graf hörte mir ernst zu und nickte ab und zu bestätigend, unterbrach mich aber nicht. Herr Maurer schüttelte dann und wann genervt den Kopf, sagte aber ebenfalls nichts. »Na ja, und dann habe ich es heute Morgen Frau Professor Hagmann erzählt. Ich wollte es ihr gestern schon sagen, aber da war sie noch auf einer Weiterbildung«, schloss ich meinen Bericht ab.

Frau Graf schob ihre Brille hoch und nickte nachdenklich.

»Mit Beatrix, also Ihrer Chefin, habe ich bereits gesprochen«, sagte sie. »Sie hat mir versichert, dass all diese Todesfälle aus rechtsmedizinischer Sicht lückenlos aufgeklärt worden sind und dass daher ein Zusammenhang mit einem Gewaltverbrechen unwahrscheinlich ist.« Sie stand auf und ging zum Fenster, wo sie nachdenklich hinausschaute. »Beziehungsweise ausgeschlossen, hat sie gesagt.« Sie schnaubte belustigt. Herr Maurer gab ein Geräusch von sich, das man vielleicht als Lachen deuten konnte, sich aber eher wie ein Husten anhörte.

»Als ob das RZZ …«, begann er, wurde aber von Frau Graf mit einer Handbewegung zum Schweigen gebracht.

Sie drehte sich um und schaute mich ernst an. »Ich finde nicht, dass man das alles als unsinnig abtun kann«, meinte sie und wandte sich Herrn Maurer zu. »Und dass bei allen Fällen von rechtsmedizinischer Seite her ein Gewaltverbrechen ausgeschlossen sein soll … tja«, sie hob beide Hände, »das finde ich schon sehr spannend, da es ja sonst von eurer Seite her heißt, dass man nie etwas ausschließen kann.« Letzteres ging wieder an mich.

René Maurer schüttelte wieder genervt den Kopf. »Ach, ausgeschlossen, dass ich nicht lache. Aber darum geht es hier doch gar nicht. Hier geht es um etwas ganz anderes, nämlich, dass sich die Rechtsmedizin mal wieder in die gute solide Polizeiarbeit einmischt.« Er stand auf und lief wütend auf und ab. »Schon das Institutsmotto, das riesengroß auf allem steht, wo das RZZ-Zeichen drauf ist: ›Aufklärung na klar – wir lösen alle Rätsel‹.

Was für ein Humbug! Fälle aufklären! Das ist immer noch Aufgabe der Polizei und sicher nicht, hören Sie, Frau Klee, sicher nicht«, er baute sich vor mir auf und deutete mit seinem Zeigefinger auf mich, »die Aufgabe der Rechtsmedizin. Wir sind hier doch nicht im amerikanischen Fernsehen. Aber da sind Sie«, er deutete immer noch erbost auf mich, »sicherlich anderer Meinung. In Ihrem Institut wimmelt es ja nur so von diesen postmortalen Klugscheißern und Möchtegern-CSI-Leuten. Und Sie«, der Zeigefinger kam näher, »passen da offenbar voll mit rein, sonst hätten Sie sich von Anfang an an uns gewandt.«

Völlig eingeschüchtert blieb ich sitzen und schaute auf meine Finger. Aber Herr Maurer war noch nicht fertig.

»Und Ihre Chefin ist ganz vorne. Das macht sie ja gern, wie man weiß.« Er wurde immer lauter. »Aber an uns«, brüllte er nun, »an uns hat sich niemand gewandt! Was haben Sie sich nur dabei gedacht! Und jetzt ist Frau Zimmermann ernsthaft verletzt. Sie hätte tot sein können, verstehen Sie, tot!« Herr Maurer brüllte nun wieder so laut, dass kleine Speicheltröpfchen von seinen Lippen sprühten. »Und das ist allein Ihre Schuld, Frau Klee, haben Sie das verstanden! Ihre. Schuld!« Mit zornesroter Miene stand er vor mir, den Zeigefinger hoch erhoben, und ich hätte mich am liebsten unter der Couch verkrochen.

Sonja Graf kam wieder zurück vom Fenster und setzte sich auf ihren Sessel.

»René, würdest du uns bitte allein lassen?«, sagte sie ganz ruhig und freundlich. Herr Maurer, eben noch völlig außer sich, nickte wortlos und ging aus dem Raum. Verzweifelt schaute ich Frau Graf an. Tränen standen mir in den Augen und rannen lautlos meine Wangen hinab. »Frau Graf … ich … das stimmt so nicht, ich habe …«, stammelte ich. Frau Graf legte mir die Hand auf den Arm.

»Frau Klee, nun mal ganz ruhig. Sie haben keine Schuld, okay? Frau Zimmermann ist erwachsen und Polizistin. Sie hätte es eigentlich besser wissen müssen. Aber sie hat mir gesagt, dass sie selbst nicht an einen Zusammenhang und an ein Delikt geglaubt hat.« Frau Graf machte eine kurze Pause und fuhr dann fort.

»Es ist auch richtig gewesen, dass Sie sich erst mal an Ihre Vorgesetzte wenden mussten. Beatrix, also Frau Hagmann, hat mir gesagt, dass Sie bei ihr waren und sie die Geschichte mit ihren Kaderärzten besprochen hat. Sie hätten sich gemeinsam nochmals die Unterlagen zu den Todesfällen angeschaut und seien sich einig gewesen, dass die restlos und ohne Unsicherheiten oder offene Fragen abgeklärt wurden.«

Sie seufzte und nahm sich noch einen Keks vom Tisch.

»Wenn hier jemandem ein Vorwurf gemacht werden kann, dann Ihrer Chefin und, ehrlich gesagt, auch Frau Zimmermann.«

Frau Graf lehnte sich entspannt im Sessel zurück und schob sich den Rest des Kekses in den Mund. »Und Sie, Frau Klee, gibt es denn noch mehr, was Sie sagen können oder wollen oder eben auch eigentlich nicht sagen wollen?« Sie lächelte mich warmherzig an. Ich zögerte. Sollte ich ihr von dem Verdacht gegen Christoph erzählen? Frau Graf nahm sich noch einen Keks und schaute mich entspannt an.

»Wenn Sie noch etwas wissen, dann wäre es doch gut, wenn Sie mir das erzählen würden. Nicht, dass noch mal etwas passiert.« Sie schaute auf den Keks in ihrer Hand. »Wirklich sehr lecker, diese Kekse«, sagte sie und kicherte. »Eigentlich sollte ich ja nicht, aber sie sind halt so fein«, meinte sie mit einem verschwörerischen Blick und einem Klaps auf ihren Bauch. Ich glaube, das war der Moment, in dem ich mich dazu entschloss, ihr alles zu sagen. Irgendwie schaffte es diese Frau, dass ich das Gefühl bekam, ihr vorbehaltlos vertrauen zu können. Ich nahm mir ebenfalls einen Keks, öffnete unsicher den Mund und begann stockend zu erzählen.

Als ich eine halbe Stunde später aus dem Gebäude an der Zeughausstraße trat, atmete ich erleichtert auf. Ich war vollkommen erschöpft und fühlte mich wie durchgewalkt. Frau Graf war sehr nachdenklich geworden und hatte mir versichert, dass sie die Informationen vorerst vertraulich behandeln würde. Leider hatte man bei Julia keine Spuren finden können. Lediglich Schuhsohlenprofile hatte man im Garten feststellen können, und die waren bereits von der TechKrim ausgewertet worden. Es hatte sich um feste Arbeitsschuhe gehandelt, wie sie überall gekauft werden konnten, Größe 44, ohne größere Abnutzungsspuren am Profil. Manchmal gab das Schuhprofil Rückschlüsse auf die Belastung beim Gehen, zum Beispiel dann, wenn das Profil der Ferseninnenseite mehr abgenutzt war als das der Außenseite. In diesem Fall aber musste es sich um brandneue Schuhe gehandelt haben, denn das Profil war absolut gleichmäßig abgenützt.

Bevor ich die Tram zurück nahm, ging ich noch kurz bei einem Take Away vorbei und kaufte mir einen Mango-Frischkäse-Wrap, den ich im Gehen aß. Obwohl er sehr fein schmeckte, nahm ich kaum wahr, was ich kaute. Ich fühlte mich völlig ausgelaugt und befand mich in einem Wechselbad der Gefühle. Auf der einen Seite war ich überglücklich und unendlich erleichtert, dass Julia lebte, und auf der anderen Seite fühlte ich mich stark verunsichert, ob mein Handeln und Tun nun richtig gewesen war. Natürlich plagte mich das schlechte Gewissen Christoph Reichert gegenüber. Hätte ich denn nicht vorher mit ihm sprechen sollen? Ihn fragen sollen, was er da in der Nacht gemacht hatte?

Andererseits war da der Überfall auf Julia, den man nicht wegdiskutieren konnte. Natürlich konnte es auch wirklich ein Überfall gewesen sein. Ein Einbrecher, den sie im Garten überrascht hatte. Aber Frau Graf hatte mir gesagt, dass der Angriff gezielt gegen Julia gerichtet gewesen war, ohne mir näher zu erklären, wie sie zu dieser Erkenntnis gekommen war. Ein Zusammenhang zu ihrem vorangehenden Herumschnüffeln in Hinblick auf die Todesfälle lag da auf der Hand.

Ich war mittlerweile an einer Trambahnhaltestelle angekommen und schob mir die Reste meines Wraps in den Mund. Die Anzeige verriet mir, dass meine Trambahn in wenigen Minuten kommen würde. Nachdenklich lief ich ein wenig auf dem fast leeren Gehsteig hin und her. Die Frage, warum Julia und nicht ich überfallen wurde, geisterte nun ebenfalls in meinem Kopf herum. Das war das Einzige, was darauf hindeutete, dass der Angriff gegen sie nichts mit unseren Vermutungen zu tun hatte. Vielleicht war es ja ein Übeltäter aus einem anderen Fall gewesen? Als Kriminaltechnikerin hatte Julia natürlich mit allerlei Bösewichten zu tun. Möglicherweise gab es darunter auch den einen oder anderen, der Rachegelüste gegen sie hegte.

Die Tramtüren öffneten sich quietschend. Um diese Zeit hatte es nur wenige Leute im Tram. Ein älteres Ehepaar saß sich in einer Vierersitzreihe gegenüber und unterhielt sich in einer Lautstärke, dass der ganze Wagen mithören konnte. Ich setzte mich auf einen der Einzelsitze am Fenster und versuchte, klar zu denken.

Frau Graf war sehr nachdenklich gewesen, als ich ihr von Christophs nächtlichen Aktivitäten erzählt hatte. Sie hatte auch noch die eine oder andere Einzelheit zu den Todesfällen Wilti, Meinrad und Kaldeira wissen wollen. Danach hatte sie mich recht schnell rauskomplimentiert. Es war für mich absolut nicht vorherzusehen, was Frau Graf mit diesen Informationen machen würde. Sie hatte mir zwar zugesichert, die Information über Christoph vertraulich zu behandeln, aber schließlich war sie nicht meine Beichtmutter, sondern Kripochefin, und eigentlich konnte sie gar nicht anders, als zumindest einmal mit Christoph zu reden. Plötzlich erschien es mir doch keine so gute Idee mehr gewesen zu sein, Sonja Graf alles zu erzählen. Ich atmete tief ein, lehnte den Kopf gegen das Tramfenster und fühlte mich völlig ausgelaugt.

KAPITEL 43

Verdammt. Das war knapp gewesen. Er hätte ja daran denken können, dass die Lesbe geübt in Selbstverteidigung war. Aber dass sie auch noch irgendwelche anderen Kampfkunsttechniken beherrschte, das hatte er ja nun wirklich nicht wissen können. Beinahe hatte sie es geschafft, ihn auf den Boden zu werfen, und dann wäre alles aus gewesen. Nur wegen dieser verdammten Lesbe. Die blöde Kuh hatte ihm einen gewaltigen Schlag in den Solarplexus gehauen. Zum Glück war er so gut trainiert, dass seine Bauchmuskeln das Schlimmste verhindert hatten. Gut, hatte er seine schweren Stiefel angehabt. Die hatten der blöden Kuh hoffentlich ein paar Rippen gebrochen. Eigentlich hatte er der Lesbe nur einen Denkzettel verpassen wollen. Es war äußerst ungünstig gewesen, dass sie ihn beinahe erwischt hatte. Er hatte sich kaum noch beherrschen können. Wenn nicht der Nachbar mit seiner Taschenlampe aus einem der oberen Fenster geleuchtet hätte, dann hätte es heute eine Leiche mehr im RZZ gegeben. Kurz musste er hysterisch kichern bei dem Gedanken. Er war doch tatsächlich kurz erschrocken. Die junge Tote aus Adliswil hatte der Statur und der Kleidung nach wirklich Ähnlichkeit mit dieser blöden Lesbe. Natürlich wäre es möglich gewesen, dass sie unter Schmerzen herumgeirrt und von der Brücke gestürzt wäre, aber er war schnell zum Schluss gekommen, dass dies nicht plausibel war.

Nun musste er sie ganz scharf im Auge behalten. Er glaubte nicht, dass sie ihn erkannt hatte. Auch würden weder seine Fußabdrücke noch sonst irgendwelche Fasern seiner Kleidung zu ihm führen. Da hatte er vorgesorgt. Aber man konnte nie wissen. Was er mit der kleinen naiven Lisa machen würde, war

ihm noch nicht klar. Zurzeit hielten sie alle für völlig überge-
schnappt. Aber er würde sie ganz scharf im Auge behalten müs-
sen. Wieder kicherte er. Sie konnte zumindest kein Judo oder
so. So sah die nicht aus. Da hätte er zur Not leichtes Spiel. Aber
eigentlich glaubte er nicht, dass die naive Lisa eine echte Gefahr
für ihn darstellte. Andererseits, Lisa war die Einzige, die kritisch
dachte. Und daher auch die Einzige, die ihm jetzt noch gefähr-
lich werden konnte. Diese übereifrige kleine Schlampe. Viel-
leicht würde es nicht schaden, wenn er sich einen Plan zurecht-
legte. Für alle Fälle. Dann würde er schnell handeln können.
Das wäre gut. Fröhlich pfeifend nahm er seine Tasche und trat
auf die Straße.

KAPITEL 44

»Konntest du ihn denn erkennen?«, fragte ich Julia besorgt. Ich
hatte kurzerhand beschlossen, sie zu besuchen und nicht mehr
in die Arbeit zurückzugehen. Für heute würde das vermutlich
niemandem auffallen. Julia war mit einer Unterkühlung, rechts-
seitigen Rippenbrüchen und Verdacht auf eine Gehirnerschüt-
terung ins Universitätsspital eingeliefert worden. Sie richtete
sich stöhnend auf und hielt eine Hand an ihre rechte Brustseite.

»Nein, leider nicht. Er hat mich ja von hinten angegriffen.«
Sie brach ab und schluckte. Es fiel ihr sichtlich schwer, über das
Vorgefallene zu sprechen. Ich nahm die kleine Packung Ferrero,
die ich auf dem Weg noch schnell bei einem Kiosk gekauft hatte,
und legte sie ihr auf den Nachttisch. Julia quittierte es mit einem
müden Lächeln.

»Du musst auch nicht …«, begann ich. Sie brachte mich mit
einer Handbewegung zum Schweigen.

»Nein, das ist schon okay«, lächelte sie traurig. »Das habe ich
den anderen auch gesagt, die vorhin schon da waren. Es ist nur,
Alois …«, sie stockte und Tränen begannen ihr über die Wangen zu laufen. Ich reichte ihr ein Taschentuch, in das sie vorsichtig schnäuzte.

»Mein Alois, ich verstehe das einfach nicht. Und weißt du«,
Verzweiflung stand in ihrem Gesicht, »wenn ich Alois nicht auf
dem Arm gehabt hätte, dann hätte ich den Kerl wahrscheinlich
erwischt. Ich habe im Jiu mindestens tausendmal geübt, wie man
sich aus einem Unterarmwürger windet. Aber ich konnte doch
Alois nicht einfach fallen lassen.« Ihre Stimme brach. »Dabei
war er doch eh nicht mehr zu retten.« Nun schluchzte sie hemmungslos und hielt sich dabei eine Hand auf ihre verletzte Seite.

Hilflos saß ich daneben und legte ihr vorsichtig die Hand auf
die Schulter. Ich wusste nicht, was ich sagen konnte, um ihren
Schmerz zu lindern. Alois hatte den Übergriff nicht überlebt.
Er war schon tot gewesen, als Maggi Julia gefunden hatte. Noch
immer in ihren Armen. Von dem bisschen, was Julia erzählt hatte,
konnte ich mir den Rest zusammenreimen.

Julia hatte es dank ihrer Kampfsportausbildung geschafft,
sich aus dem Unterarmwürgegriff herauszuwinden. Anstatt den
Angreifer jedoch auf den Boden zu werfen und dort zu fixie-
ren, war sie mit dem Kater im Arm gehandicapt gewesen. Der
Mann hatte ihr dann mit voller Wucht zweimal in die rechte
Brustkorbseite getreten. Sie hatte es knacken gehört und war

vor Schmerzen ohnmächtig geworden. Laut Maggi hatte sie es dem Mann aus der Wohnung im ersten Stock zu verdanken, dass sie halbwegs glimpflich davongekommen war. Er hatte sie im Garten schreien gehört und mit seiner Taschenlampe vom Balkon in den Garten geleuchtet und dazu laut geschimpft. Offenbar hatte er gedacht, dass die beiden Bengel von der Wohnung neben Maggi und Julia ihr Unwesen im Garten treiben würden. Daher hatte er, nachdem er eine Gestalt hatte wegrennen sehen, verärgert seine Balkontür wieder geschlossen und sich nichts weiter dabei gedacht, bis Maggi laut im Garten um Hilfe geschrien hatte.

Ich betrachtete sie sorgenvoll. Julia sah völlig mitgenommen aus. Ihr Gesicht war kreidebleich. Ihre sonst so fröhlich zwinkernden haselnussbraunen Augen schauten stumpf an die Zimmerdecke.

Die Frau im Nachbarbett hustete krächzend. Ich wartete einen Moment, bis der Hustenanfall abgeklungen war, und sagte leise zu Julia: »Hast du einen Verdacht, oder besser gesagt, was glaubst du, wer das gewesen ist?«

Julia schüttelte vorsichtig den Kopf, nur um gleich wieder aufzustöhnen. »Ich weiß es nicht. Und außerdem ist mir so schwindelig. Ich kann einfach nicht richtig denken.« Ihre Stimme brach.

»Außer an meinen Alois. Mein armer alter Alois. Wer macht denn so was, und was soll das denn? Der hat doch niemandem auch nur irgendwas getan!«

Zornig sah sich mich an. »Weißt du, Lisa, wenn ich den erwische, schlägt es dreizehn. Da kannst du dich drauf verlassen.«

Es klopfte an der Tür. »Das wird Maggi sein«, sagte Julia erschöpft und lehnte ihren Kopf gegen das Kissen. Die Tür ging einen Spalt auf, und Ben steckte seinen Kopf ins Zimmer. Mein Herz machte einen kleinen Hüpfer, als ich sein scharf geschnittenes Gesicht, die schwarzen Locken und die unglaublich blauen

Augen erkannte. Automatisch setzte ich mich aufrechter hin und strich mir unauffällig unter den Augen entlang, um allfällig verschmierte Wimperntuschereste zu entfernen. Ben ließ sich nicht anmerken, ob er überrascht war, mich hier zu sehen, also weder im positiven noch im negativen Sinn. Er begrüßte erst Julia und dann mich. Ich holte einen zweiten Stuhl von dem kleinen Tisch, der an der Wand stand. Ben nahm ihn mir dankend ab und setzte sich auf die andere Bettseite von Julia.

»Du machst ja wilde Sachen« sagte er betont fröhlich. Julia versuchte es mit einem Grinsen, schaffte aber nur ein müdes Lächeln. Ben fragte im Gegensatz zu mir nichts zum Vorfall, sondern gab sich vielmehr alle Mühe, sie aufzumuntern. Er erzählte lustige Episoden von der Arbeit auf Streife, einen Schwank aus seiner Kindheit am Zugersee und von seinen Neffen in Spanien, die ständig Unfug im Sinn hatten. Julia hörte die meiste Zeit schweigend zu, aber gelegentlich huschte ein leichtes Lächeln über ihre Züge. Ich hingegen musste mehrmals breit grinsen. Ben schaffte es innert Kürze, dass sich die Anspannung, die in meinem Bauch einen großen Klumpen gebacken hatte, löste. Es tat gut, dazusitzen und ihm zuzuschauen, wenn er mit einer komischen Grimasse davon erzählte, wie er aus Versehen einmal den schicken Hut der reichen Nachbarin statt der Frisbeescheibe in den See geschleudert hatte, und der kleine Jack Russell Terrier, für den das Spiel gedacht gewesen war, gar nicht daran gedacht hatte, die schwer gewonnene Beute wieder herzugeben. Immer wieder sah er auch mich mit einem breiten Lächeln an, und jedes Mal hüpfte mein Herz ein kleines Stück höher.

Julia wurde jedoch mit der Zeit erschöpfter. Sie lehnte sich auf die Kissen zurück und sah an die Decke. Es war unmöglich zu sagen, ob sie dem Gespräch noch folgte. Ich warf Ben einen Blick zu und kündigte daher an, demnächst zu gehen. Zu meiner großen Freude sagte Ben: »Da komme ich doch mit.«

Als ich gerade dabei war, mich von Julia zu verabschieden,

klopfte es kurz und laut an der Tür, und Julias Freundin Maggi trat ein.

Für einen Moment stand sie einfach da. Eine große, schlanke Gestalt in hellbraunen Chinos und einer kurzen Jeansjacke. Dann lief sie zu Julia, der sie einen Kuss auf die Stirn drückte. Ben begrüßte sie mit den üblichen drei Küsschen auf die Wangen, bevor sie sich mir zuwandte und mich kühl von oben bis unten musterte. Ich brachte es nicht über mich, ihr in die mandelförmigen braunen Augen zu schauen, und blickte zu Boden. Maggi gab mir die Schuld, das hatte mir Frau Graf ja erst vor wenigen Stunden klargemacht. Und auch die anklagenden Worte Herrn Maurers – Sie sind Schuld – klangen mir plötzlich wieder in den Ohren. Wenn ich ehrlich war, hatten sie ja alle recht. Und deswegen konnte ich Maggi nicht in die Augen schauen. Sie legte ihren Kopf schief und steckte die Hände in die Hosentaschen.

»Dass du dich überhaupt hierhergetraut hast«, schnauzte sie mich an.

Schuldbewusst zog ich den Kopf ein wenig ein.

»Maggi, bitte«, sagte Julia in flehendem Tonfall. Aus den Augenwinkeln bemerkte ich, wie Ben überrascht stehenblieb und uns beobachtete.

»Nein, nichts Maggi, bitte«, brachte Maggi Julia zum Schweigen. Ihre Augen verengten sich zu Schlitzen. »Wegen ihr liegst du doch hier. Wegen ihr und ihren«, Speicheltröpfchen flogen ihr von den Lippen, »bescheuerten Detektivspielchen wärst du beinahe ums Leben gekommen. Und jetzt wagt diese Frau es, hierherzukommen und gut Wetter zu machen? Dir über den Kopf zu streicheln und freundlich zu lächeln?« Maggis Stimme war gegen Schluss lauter geworden. Die Frau im Nachbarbett hatte wieder einen Hustenanfall. Für eine Weile war nichts zu hören außer dem gequälten, krächzenden Husten. Ich entschloss mich, den Rückzug anzutreten. Es brachte nichts, hier mit Maggi zu streiten. Ich war von den Ereignissen des heutigen Tags noch viel zu aufgewühlt, um eine derart emotionale Diskussion halbwegs nüchtern und sachlich zu bestehen. Außerdem kamen mir schon wieder die Tränen, als mich Maggi damit konfrontierte, dass alles meine Schuld war. Denn natürlich wusste ich, dass sie recht hatte.

Ich ging daher langsam und mit gesenktem Kopf zur Tür. Ich wollte auch nicht vor Ben anfangen zu weinen. Daher winkte ich Julia noch kurz zu, bemühte mich um ein fröhliches Gesicht, was mir wahrscheinlich nicht gelang, und lief zur Tür. Aber ich hatte die Rechnung ohne den Wirt gemacht, denn Maggi versperrte mir den Weg.

»So leicht kommst du mir nicht davon«, zischte sie. »Ich möchte jetzt und hier von dir hören, was das alles soll und was du dir dabei denkst, dass Julia jetzt hier im Spital liegt. Sie. Hätte. Tot. Sein. Können.« Sie hatte die Hände in die Seiten gestemmt. Ihr Gesicht war wutverzerrt. Sie roch leicht nach Schweiß, gemischt mit einem blumig-würzigen Deoduft.

Hilflos zuckte ich mit den Schultern. »Maggi, es tut mir leid, ich wollte doch nicht, dass …«, begann ich.

»Ha«, unterbrach sie mich, »das wollte ich nicht, oh, es tut mir so leid«, äffte sie mich nach. »Das hättest du dir vorher überlegen sollen. Jetzt ist es zu spät. Julia hätte sich gar nie auf dich und deine blöden, bescheuerten, wichtigtuerischen Möchtegern-Ermittlungen einlassen sollen.« Ich stand einen Moment da und spürte, wie meine inneren Dämme brachen. Ich drehte mich kurz zu Julia um, die in ihrem Bett lag, das Gesicht schmerzverzerrt, und zu Ben, der die Szene mit einem schwer zu deutenden Ausdruck beobachtete. War da nicht auch etwas Vorwurfsvolles in seinen blauen Augen?

Der Damm brach, Tränen schossen mir in die Augen und flossen meine Wangen hinab. Zu meinem Schrecken fing ich an, leise zu schluchzen. Ich lief auf Maggi zu, in Richtung Ausgang. Zur Not würde ich sie beiseiteschubsen. Aber das war nicht notwendig. Sie machte einen Schritt zur Seite und höhnte: »Hau nur ab und lass dich nicht mehr blicken.« Ich rannte zur Tür hinaus und den Gang entlang. Völlig orientierungslos und blind vor Tränen.

»Lisa, warte!«, hörte ich Ben rufen. Ich lief weiter, schlug einen Bogen, um einem jungen Mann mit Krücken auszuweichen, und wäre beinahe mit einer Pflegerin zusammengestoßen, die gerade ein Tablett mit Kaffee- und Teekannen aus einem Zimmer trug und missbilligend schnalzte.

Irgendwo musste hier doch das Treppenhaus sein. Ich warf kurz einen Blick zurück. Ben lief immer noch hinter mir her, aber in deutlich gemäßigterem Tempo als ich. Er lächelte die Pflegerin freundlich an und hob entschuldigend die Hände. Als ich wieder nach vorne schaute, bekam ich einen riesigen Schreck. Vor mir stand ein großer, wuchtiger Mann und machte ein furchterregendes Gesicht. Die Enden seines Schnauzbarts waren nach oben gezwirbelt, und am Kinn hatte er ein kleines gestutztes Ziegenbärtchen. In seinem linken Ohrläppchen klaffte das Loch eines großen Rings. Seiner Kleidung nach war er wohl Pfleger. Er versperrte mir den Weg und hielt beide Hände nach vorne.

»So, junge Dame«, sagte er bestimmt mit ostdeutschem Akzent. »Hier ist jetzt mal Schluss. Wir sind in einem Spital und nicht auf einer Rennbahn. Entweder, Sie benehmen sich ab jetzt und gehen ruhig weiter, oder ich rufe den Sicherheitsdienst.«

Ich schaute ihn atemlos an, unfähig, etwas Adäquates zu antworten.

»Kein Problem. Bitte entschuldigen Sie. Meine Freundin hat gerade eine schlimme Nachricht erhalten und ist kurz durchgedreht«, ertönte da Bens Stimme neben mir.

Der Schnauz musterte Ben zweifelnd. Seine Gesichtszüge wurden aber etwas weicher. »Na, dann sollten Sie besser nach Ihrer Freundin sehen«, raunzte er zurück und machte widerstrebend den Weg frei.

KAPITEL 45

Ben und ich liefen schweigend zum Ausgang des Universitäts-spitals. Ein Rettungswagen bog gerade mit Blaulicht und hoher Geschwindigkeit um die Ecke in Richtung Notfall. Neben dem Haupteingang saßen mehrere Menschen und rauchten in einer eigens dafür abgesteckten Ecke. Zwei davon hatten Infusions-ständer dabei, einer trug einen Gips am Arm und ein anderer saß im Rollstuhl. Die Gruppe lachte gerade auf, als wir an die fri-sche Luft traten. Ich sah auf den Boden und dann auf die Rämi-straße, auf der, wie üblich, dichter Verkehr herrschte, aber nicht zu Ben. Ben nahm mich am Ellenbogen.

»Lisa«, sagte er sanft. »Was war denn das eben?« Ich drehte mich zu ihm um und schaffte es endlich, ihn anzuschauen. Schon wieder kamen neue Tränen, und ich wandte den Blick wieder ab und begann, in Richtung Norden zu laufen. Ben folgte mir schweigend. Nach einer Weile zeigte er auf ein Café in einer Seitenstraße.

Das Café war nur etwa zur Hälfte besetzt. Es roch nach frisch gemahlenem Kaffee und Kuchen. Hinter der Bar konnte ich eine italienische Siebträgermaschine sehen, an der ein drahtiger, grau-haariger Kellner gerade Milch aufschäumte. An der Bar saßen ein paar südländisch wirkende ältere Männer und diskutierten in einer mir nicht geläufigen Sprache.

Ben und ich setzten uns an einen kleinen Tisch in einer Ecke. Er bestellte zwei Kaffee Corretto für uns. »Oder möchtest du lieber ohne Grappa?«, fragte er mich fürsorglich.

Ich schüttelte den Kopf. Am liebsten hätte ich jetzt den Grappa ohne Kaffee gehabt, aber das konnte ich ja schlecht sagen. Zum Kaffee hatte er noch eine Aprikosen- und eine Apfelwähe bestellt, die der kleine Kellner gerade brachte. Wir tranken und aßen schweigend. Der Apfelkuchen schmeckte hervorragend. Genau die richtige Mischung aus Mürbteig, Mandelbelag und relativ wenig Zucker auf den leicht säuerlichen Äpfeln. Ich spürte, dass ich mich allmählich wieder etwas beruhigt hatte. Ben war großartig. Er bedrängte mich überhaupt nicht mit Fragen. Er war einfach da. Ich nahm noch einen großen Bissen meines Kuchens und legte dann die Gabel beiseite. Schnell nahm ich noch einen Schluck Wasser und begann dann, Ben alles zu erzählen.

KAPITEL 46

Schöner Mist. Das hätte er der kleinen Schnepfe gar nicht zugetraut. Sie sah so unglaublich naiv aus, mit ihren großen Augen, die so erstaunt in die Weltgeschichte schauten. Alles hatte sie jedoch nicht erraten. In einer Sache hatte sie sich gewaltig geirrt.

Es würde nicht mehr lange dauern, und Christoph Reichert würde wieder aus dem Polizeigewahrsam entlassen werden. Dann würde sie wissen, dass sie einen Fehler gemacht hatte. Sie würde wieder damit beginnen, Fragen zu stellen. Es war zwar unwahrscheinlich, aber vielleicht würde doch noch die Verbin-

dung zwischen ihm und Caroline Friedrich rauskommen. Und dann war alles aus. Alles. Das würde er nicht zulassen. Nicht jetzt. Er hatte es so weit gebracht. Seine Karriere lief nach Plan. Das würde er sich nicht kaputtmachen lassen. Nur wegen dieser blöden Caroline, die ihn wieder heimsuchte, nach so vielen Jahren. Nein, niemals. Sein Plan war gefasst. Und der Plan war genial.

Er lachte leise. Eigentlich tat es ihm fast leid um die kleine Lisa. Sie schien die Einzige zu sein, die wirklich rechtsmedizinisch dachte und sich nicht Befunde passend machte wie der Rest des Haufens da oben. Aber es war zu riskant. Er konnte sie nicht am Leben lassen. Unmöglich. Danach würde er hoffentlich Ruhe haben.

Die kleine Lesbe würde nach Lisas Tod aufgeben. Das hatte er im Gefühl. Das Mannweib, das ihre Freundin war, war ohnehin der Meinung, dass Lisa nicht ganz richtig im Kopf war. Wenn der schlechte Einfluss auf Julia mal weg war, würde alles wieder anders aussehen. Und dann hätte er endlich seinen Frieden. Könnte seiner Arbeit in Ruhe nachgehen. Seiner einzigen, wahren Leidenschaft. Die würde er sich nicht nehmen lassen. Nicht von der wiederkehrenden Caroline und auch nicht von Lisa.

Die letzten Wochen waren schrecklich anstrengend gewesen. Er hatte nicht gern getan, was getan werden musste. Angst, erwischt zu werden, hatte er nicht. Dafür war er zu gut, zu vorausschauend. Aber wenn einem keine Wahl blieb, musste man eben in den bitteren Apfel beißen. Oder war es der saure Apfel? Egal, er konnte Äpfel ohnehin nicht ausstehen. Bald, nur noch zwei Nächte, dann hatte Lisa Nachtdienst. Und dann war der perfekte Zeitpunkt, um zuzuschlagen!

KAPITEL 47

Am nächsten Morgen ging ich mit einem mulmigen Gefühl zur Arbeit. Ben hatte es geschafft, mich ein bisschen zu beruhigen. Ich war mir nicht mehr so schrecklich kindisch vorgekommen und hatte ihm sogar von meinen Ängsten erzählen können, nie wieder in der Rechtsmedizinerwelt ernst genommen zu werden. Und die Rechtsmedizin war doch immer mein Traumberuf gewesen. Ich weiß nicht, wie er es geschafft hat, aber ich fühlte mich danach zwar ausgelaugt, aber zuversichtlich. Der Angriff auf Julia zeigte doch auch, dass Fleisch am Knochen war an der ganzen Geschichte. Wenn es nicht ein anders gelagerter Überfall war, der gar nichts mit uns und unseren Nachforschungen zu tun hatte. Er hatte versprochen, mich bei weiteren Neuigkeiten, die er als Polizist mitbekommen würde, zu informieren, und sich sogar mit mir verabredet. Er hatte das kommende Wochenende vorgeschlagen. Leider hatte ich das ganze Wochenende über Nachtdienst, und so mussten wir es auf den Donnerstag danach verschieben, weil er ja ebenfalls im Schichtdienst arbeitete. So war ich nicht völlig verzweifelt zu meiner Wohnung zurückgekommen, hatte mir ein großes Glas Rotwein eingeschenkt und vom Bett aus ein wenig Fernsehen geschaut. Bei einem alten Film mit Terence Hill und Bud Spencer war ich dann eingeschlafen.

So fühlte ich mich heute zwar mehr oder weniger ausgeschlafen, aber ich war sehr unsicher, was mich in der Arbeit erwarten würde. Ob die Polizei schon mit Christoph geredet hatte? Ben hatte mich in meinem Verdacht bestärkt, dass Frau Graf diese Information unmöglich für sich behalten würde, sondern aktiv werden musste. Daher sank mir das Herz bis in die Kniekehlen, als ich durch den Haupteingang in die Empfangshalle des RZZ trat.

Es war 7.30 Uhr. Eine frühe Zeit für das RZZ, wo die meisten erst kurz vor 8 Uhr eintrudelten. Evi saß schon hinter der Plexiglasscheibe und nickte mir nur knapp zu, anstatt wie sonst ausgiebig »Guten Morgen« zu trällern und zu winken. Mir kam es so vor, als hätte sie mich zuvor kurz missbilligend gemustert. In meinem Bauch bildete sich ein Kloß. Langsam lief ich weiter in den Gang der Assistentenbüros. Arianas und Nadjas Büro war leer, wie ich mit einem Seufzer der Erleichterung feststellte. Von weiter hinten kam mir unser Toxikologe Patrick Bode entgegen. Er, der immer einen lockeren Spruch auf den Lippen hatte, wich meinem Blick aus, als wir uns näher kamen. Der Kloß in meinem Bauch wuchs zu einem handfesten Klumpen an. Ich beschloss, in die Offensive zu gehen.

»Guten Morgen, Patrick«, grüßte ich ihn fröhlich. »Der frühe Vogel fängt den Wurm, oder warum bist du so früh schon am Arbeiten?« Über Patricks Augen huschte für einen kurzen Moment ein eigentümliches Blitzen.

»Ah, hallo, Lisa«, sagte er mit seiner tiefen Stimme. »Du weißt ja, die Arbeit.« Er lachte gekünstelt. »Ohne Moos nichts los. Aber ich muss weiter.« Ohne mich noch eines weiteren Blickes zu würdigen, lief er schnellen Schrittes an mir vorbei.

Okay, ich war nicht paranoid. Patrick war komisch gewesen. Das konnte nur eines bedeuten: Frau Graf hatte Christoph verhören lassen oder zumindest als Zeugen befragt. Mir wurde immer unwohler. Wie sollte ich mich nun verhalten? Nun stand ich vor meiner Bürotür. Ich wollte gerade die Tür öffnen, hielt dann aber inne. War da nicht leises Stimmengewirr von drinnen zu vernehmen? Ich lauschte angestrengt. Das Herz klopfte mir bis zum Hals. Jetzt konnte ich ganz klar Arianas Stimme vernehmen. Sie sagte etwas, und danach folgte ein zustimmendes Gemurmel. Was hatte das zu bedeuten? Sicherlich nichts Gutes.

Was sollte ich nun tun? Plötzlich hörte ich klackernde Schritte den Gang entlangkommen. Ich wollte nicht wie ein Schnüffler vor meiner eigenen Tür beim Lauschen erwischt werden, also atmete ich tief ein und öffnete die Tür.

Das Stimmengewirr verstummte auf der Stelle, und eisige Stille trat ein. Ich blickte in die ernsten Gesichter von Ariana, Nadja, Bine Kessel und Armin Walther. Die Tür ging auf, und Evi kam herein. Sie stellte sich an die Wand und verschränkte die Arme vor der Brust.

»Guten Morgen«, sagte ich zum zweiten Mal heute. Ich versuchte, entspannt und normal zu wirken, was mir aber ganz und gar nicht gelang. Meine Bewegungen waren fahrig, und meine Hände zitterten. Ich stellte meine Tasche neben meinem Schreibtisch ab, konnte mich aber nirgends setzen, da mein Bürostuhl bereits besetzt war. Unsicher sah ich mich um. Nadja grinste hämisch, und Ariana sah mir wütend ins Gesicht. Bine und Armin wichen meinem Blick aus. Bine nestelte an ihren Haaren herum, und Armin drehte unablässig seinen Ehering am Finger. Evi stand schräg hinter mir. Ich fühlte mich ein bisschen wie ein Angeklagter, der im Mittelalter vors Gericht hatte treten müssen, und hatte keine Ahnung, wie ich mich nun verhalten sollte.

Mein Herz klopfte mir bis zum Hals. Noch bevor ich überhaupt meinen Gedanken zu Ende fassen konnte, nahm Ariana mir die Entscheidung ab.

»Sag mal, tickst du noch ganz richtig?«, fuhr sie mich an. Ariana stand auf und stellte sich direkt vor mich. »Was fällt dir eigentlich ein?« Sie verschränkte die Arme vor der Brust und sah mich herablassend an. »Erst die Vita-Aeterna-Geschichte, jetzt behauptest du, die Hälfte unserer Todesfälle seien Tötungsdelikte und Christoph ist der Mörder! Bei dir hakt's doch gewaltig«, rief sie aus, »du hast sie ja nicht mehr alle. Deine Verschwörungstheorien kannst du für dich behalten.«

»Aber ich …«, begann ich, bevor sie mir mit einer wütenden Handbewegung das Wort abschnitt. »Du«, fauchte sie, »hältst jetzt mal schön den Schnabel. Du«, sie zeigte mit ihrem Zeigefinger auf mein Gesicht, »hörst mir jetzt mal gut zu. Wir alle hier«, Beifall heischend sah sie sich um, »haben keinen Bock mehr auf dich und dein dummes Geschwätz. Dass du bei irgendwelchen Vita-Aeterna-Leichen Mord und Totschlag siehst, das mag ja noch gehen, aber dass du nun mehrere Todesfälle unserem Christoph in die Schuhe schiebst und dann auch noch einen abstrusen Zusammenhang zu einem uralten Fall ziehst, das ist echt der Gipfel. Ich an deiner Stelle würde mich in Grund und Boden schämen. Hörst du«, sie wurde wieder lauter, »in Grund und Boden!«, brüllte sie nun. »Wenn du schon Aufmerksamkeit brauchst, dann melde dich doch beim ›Bachelor‹ im Fernsehen oder sing eine Ballade bei ›Voice of Switzerland‹, aber bitte nicht auf Kosten von Christoph oder sonst wem hier.« Wutentbrannt stand sie vor mir, ihr Gesicht nur wenige Zentimeter von meinem entfernt.

Ich stand da wie vom Donner gerührt. Die Augen aller waren auf mich gerichtet. Sogar in Armins Blick erkannte ich einen stummen Vorwurf. Nicht einmal Bine Kessel lächelte mir aufmunternd zu oder ergriff Partei für mich.

Zu meinem Schrecken merkte ich, wie mir die Tränen in die Augen stiegen.

»Heul du nur, du blöde Kuh. Hau am besten gleich ab und komm nie wieder!«, höhnte Ariana. Nadja stieß ein schrilles Kichern aus. Das war zu viel. Ich musste hier raus. Schnell schnappte ich mir meine Tasche und verließ fluchtartig das Büro. Nur mühsam konnte ich meine Tränen unterdrücken. Ohne Ziel hastete ich den Gang entlang, bis ich mich vor dem Büro von Frau Professor Hagmann wiederfand. Es war 7.55 Uhr. Noch fünf Minuten bis zum Rapport. In meiner Verzweiflung klopfte ich an ihre Tür. Hoffentlich war sie schon da.

»Herein!«, tönte ihre Stimme ungeduldig auf mein Klopfen. Vorsichtig öffnete ich die Tür. Frau Professor Hagmann stand hinter ihrem Schreibtisch und kramte hektisch in ihrer Tasche. Genervt sah sie auf und rückte ihre Brille zurecht.

»Frau Klee«, sagte sie ungehalten. »Was gibt es denn? Jetzt ist doch gleich Rapport.«

Nun konnte ich mich nicht mehr zurückhalten und brach in Tränen aus. Frau Professor Hagmann wedelte ungeduldig mit ihrer Hand in der Luft herum.

»Frau Professor Hagmann«, sagte ich mit brüchiger Stimme, »ich weiß nicht mehr, was ich machen soll. Alle hier sind stink-wütend auf mich.«

Meine Chefin trat vor mich, so dass mich eine Wolke Chanel Nr. 5 einhüllte, die mich an meine Mutter erinnerte. Meine Mutter. Was die wohl sagen würde, wenn sie wüsste, in was für ein Schlamassel ich mich da geritten hatte. Nun konnte ich die Tränen nicht mehr stoppen. Wie kleine Sturzbäche rannen sie mir beide Wangen hinab.

Frau Professor Hagmann sah mich mit einer tiefen Furche auf der Stirn an. »Nun, Frau Klee, mal ganz ehrlich, wundert Sie das wirklich?«

Verzweifelt versuchte ich, mein Weinen zu unterdrücken, was es nur noch schlimmer machte und in einem hysterischen Schluchzer endete.

Frau Professor Hagmann seufzte. »So, Frau Klee, nun setzen Sie sich mal.« Sie schob mir einen Stuhl hin, reichte mir ein paar Taschentücher und sah auf ihre Uhr. Sie wolle nach dem Rapport wiederkommen. Dann könnten wir alles besprechen.

Es dauerte lange, bis sie wiederkam. Wahrscheinlich war der Rapport auch nicht länger als sonst, aber mir kam es endlos lang vor. Ich kramte in meiner Tasche nach einem Kaugummi, um mich durch das Kauen ein wenig abzulenken, und sah mich in Frau Professor Hagmanns Büro um. Sie hatte ihren hellblauen Mantel schlampig über den Schreibtischstuhl geworfen und einen dünnen, bunt gemusterten Schal noch darüber. Ihre teuer aussehende Tasche stand mitten auf dem Schreibtisch, auf ein paar Sichtmäppchen mit Gutachten darin, die sie wohl noch durchlesen und unterschreiben musste. Schließlich verließ nichts das RZZ ohne die Unterschrift der Chefin. Ein paar schmutzige Teller aus der Kantine standen im dem Waschbecken. Ich schloss die Augen und stützte die Stirn in meine Hände. Das liebevolle Chaos im Büro meiner Chefin stand in schroffem Kontrast zum in warmen Farben gehaltenen durchgestylten Büro von Frau Graf, war mir aber wesentlich sympathischer, zumindest im Nachhinein. Ich hatte mich von Frau Graf in deren schönem Büro mit den feinen Keksen und ihrer warmherzigen Art zu sehr einlullen lassen. Ich hob den Kopf wieder. Mein Blick fiel auf einen Abschnitt im Regal an der Wand. Dort hatte sie sich eine nordische Ecke eingerichtet, mit Souvenirs aus Hamburg wie die blaue Tasse, auf der ›I love Hamburg‹ stand. Direkt daneben ein Glas mit den süßen Kieselsteinen, die für den Norden typisch waren. Auf ihrem Schreibtisch stand der Schietwetterpot, auch eine Tasse aus Norddeutschland. Ob sich meine Chefin eigentlich wohl fühlte hier in der Schweiz? Die Norddeutschen hatten nun doch einen ganz anderen Charme als wir Süddeutschen, und vielen Schweizern waren wir schon zu distanzlos, laut und selbstgefällig.

Das Umschauen im Büro, das Kaugummikauen und Nachdenken über meine Chefin halfen mir, mich ein bisschen zu beruhigen. Ich sah auf meine Hände und überlegte mir, wie es wohl mit mir weitergehen würde. Wahrscheinlich würde ich das RZZ baldmöglichst verlassen müssen und damit mein Traumfach Rechtsmedizin vorerst in den Wind schreiben. Ich hatte aber keine Ahnung, was ich dann machen konnte. Als »richtige Ärztin« in einem Spital oder einer Praxis zu arbeiten, kam für mich nicht infrage. Allenfalls noch in der Pathologie, aber den ganzen Tag über dem Mikroskop zu hängen, war auch nicht so meine Welt. Das laute Klackern energischer Schritte riss mich aus meinen Gedanken. Und schon ging die Tür auch schwungvoll auf, und meine Chefin betrat ihr Büro. Wie beim letzten Mal zog sie ihre Stöckelschuhe aus und setzte sich mir gegenüber.

»So, Frau Klee«, sagte sie. »Ich habe im Rapport bereits bemerkt, dass die Stimmung recht übel ist. Ihre Kollegen sind aufgebracht. Und das ist aus deren Sicht doch auch irgendwo verständlich, finden Sie nicht?« Sie räusperte sich. »Ihretwegen ist einer unserer beliebtesten Oberärzte noch am Arbeitsort von der Polizei abgeholt und verhaftet worden. Und das nur«, sie warf die Hände in die Luft, »wegen einer verworrenen Geschichte, die Sie der Polizei erzählt haben.« Sie machte eine Pause, während ich versuchte, das Gesagte zu verdauen. Christoph war also gestern noch verhaftet worden. So viel zum Thema »vertraulich behandeln«.

»Ich habe Sonja gesagt, dass ich das überhaupt nicht nachvollziehen kann. Dass alle Todesfälle lückenlos geklärt sind, zumindest aus rechtsmedizinischer Sicht. Offen gestanden, auch, dass Ihre Ideen«, sie zeigte kurz mit dem Zeigefinger auf mich, »die Hirngespinste einer jungen, sehr unerfahrenen Assistentin sind, die wohl zu viele Krimis im Fernsehen gesehen hat und noch nicht viel Ahnung von der echten Rechtsmedizin hat, in der es nämlich entgegen der weitläufigen Meinung sehr wenig Tötungsdelikte zum Untersuchen gibt, sondern vor allem Todesfälle, die sich bei unseren Untersuchungen als natürlich entpuppen.«

Ich schluckte. Das saß. Hätte sie mir eine Ohrfeige gegeben, ich wäre nicht stärker gedemütigt gewesen.

Missbilligend schnalzte Frau Professor Hagmann mit der Zunge, stemmte die Hände in die Hüften und schüttelte den Kopf. Ich starrte auf ihren Schreibtisch. Wusste nicht, was ich entgegnen sollte oder konnte. Ich fühlte mich völlig leer. Frau Professor Hagmann sprach weiter.

»Was haben Sie sich nur dabei gedacht?«, fragte sie mich kopf-schüttelnd, sprach aber weiter, ohne meine Antwort abzuwarten, so dass ich meinen bereits geöffneten Mund wieder zuklappte.

»Ich hatte anfangs einen super Eindruck von Ihnen. Motiviert, wissbegierig, viel Freude an der Arbeit … und nun?« Sie warf die Hände in die Höhe. »Erst das Theater mit ›Vita Aeterna‹ und nun das.«

Sie schüttelte den Kopf und lief zum Fenster. »Und denken Sie mal drüber nach, wer Ihnen damals übrigens geholfen hat?« Sie machte eine Pause und sah mich mit hochgezogenen Augen-brauen an. »Christoph Reichert, oder irre ich mich da etwa?« Frau Professor Hagmann lachte leise und humorlos auf. »Ich kann, ehrlich gesagt, Frau Klee, Ihre Kollegen sehr gut verste-hen. Ja, ich bin selbst sehr verärgert oder vielmehr sehr ent-täuscht über Ihr Verhalten.«

Endlich setzte sie sich, während mir schon wieder die Trä-nen in die Augen stiegen.

»Wobei mich Sonja allerdings noch viel mehr aufregt. Was fällt der denn ein, Christoph einfach so abholen zu lassen, ohne das nochmals mit mir zu besprechen!« Sie stand wieder auf und drehte sich um. »Aber gut, das ist eine Geschichte zwischen mir und Frau Graf. Die Frage ist vielmehr, was machen wir jetzt mit Ihnen?«

Ich nestelte unstet an meinen Händen herum und wusste über-haupt nicht, was ich entgegnen könnte. Frau Professor Hagmann drehte sich wieder zu mir um und kam langsam auf mich zu.

»Wann läuft noch mal Ihr Vertrag aus? Sie haben ja einen Jah-resvertrag wie alle Assistenten, oder nicht?« Ich nickte wortlos.

»Na, dann sind Sie ja eh nicht mehr lang bei uns. Ich erwarte, dass Sie in Ihrer verbleibenden Zeit Ihre Arbeit mit gewohntem Elan erfüllen. Ihre Dienste anständig machen und nun großen Einsatz für dieses Institut zeigen, dessen Ruf Sie gerade ziem-lich in den Schmutz gezogen haben.« Empört schnaubte sie auf. »Und nach Ablauf Ihres Vertrages werden Sie sich dann eben etwas Neues suchen müssen. Und wie Sie mit den anderen umgehen beziehungsweise die mit Ihnen, nun ja, da müssen Sie selbst einen Modus Operandi finden. Und wenn Sonja Christoph endlich wieder gehen lässt, dann setzen wir uns zu dritt mal zusammen und besprechen das Ganze. Aber Sie sollten sich bis dahin schon mal eine angemessene Entschuldigung überlegen!«

Mit diesen Worten setzte sie sich an den Schreibtisch und begann, in irgendwelchen Gutachten zu lesen. Ich begriff, dass die Unterredung für mich beendet war, und ging leise hinaus.

KAPITEL 48

Die folgenden zwei Tage im RZZ verbrachte ich mehr schlecht als recht, aber irgendwie biss ich mich durch. Ich blieb keine Sekunde länger als notwendig und beschloss, direkt nach der Arbeit nach Julia zu sehen. Als ich ins Universitätsspital kam, saß Julia fröhlich in ihrem Bett und lachte gerade laut ins Telefon.

Ich wartete gedankenverloren, bis sie aufgelegt hatte. Es ging ihr schon viel besser, aber nach Hause entlassen würde man sie erst nach dem Wochenende, wenn sie weiterhin so stabil blieb.

Allerdings verkündete sie schon wieder mit einem schelmischen Grinsen, dass sie eigentlich keinen Bock hätte, dazubleiben und viel lieber daheim bei Maggi wäre.

»Vielleicht entlasse ich mich einfach selbst«, meinte sie da gerade und machte ein zuversichtliches Gesicht. Ich zuckte mit den Schultern und schnitt eine, wie ich hoffte, fröhliche Grimasse. Aber Julia konnte man nicht so leicht etwas vorspielen. Sie schaute mich besorgt an. »Sag mal, Lisa, ist alles okay mit dir?«

»Ach«, seufzte ich und holte tief Luft, da ich merkte, schon wieder den Tränen nahe zu sein.

»So schlimm?« Julia legte die Hand auf meinen Arm und schaute mich liebevoll an. »Komm, erzähl schon. Vielleicht finden wir ja zusammen einen Weg.«

Ich schluckte ob der Fürsorge in ihrer Stimme, holte noch mal tief Luft und klagte ihr mein Leid. Ich hatte heute nun wirklich nichts mehr zu lachen gehabt im RZZ. Außer Bine Kessel und Mark Krüger, dem grimmigen Präparator, behandelten mich alle wie Luft. Und jetzt stand auch noch der Wochenend-Nachtdienst vor der Tür. »Hoffentlich gibt es nicht wieder so eine grässliche Übergabe wie gestern«, meinte ich mutlos.

Ich hatte bereits kurzfristig für den Tagdienst einspringen müssen. An und für sich ja nichts Schlimmes, aber die Umstände waren kaum auszuhalten gewesen. Nadja, die Nachtdienst gehabt hatte, hatte einfach alle Fälle, die nicht wirklich eilten, auf 8 Uhr gelegt, also auf meinen Dienstbeginn. Das hatte den Effekt, dass ich, als ich zum Dienst kam, bereits drei körperliche Untersuchungen von Verletzten anstehen hatte, die nach einer Auseinandersetzung mit abgebrochenen Flaschenhälsen im Spital lagen. Nadja hatte mit nur schlecht unterdrückter Schadenfreude verkündet, dass man ja bei Einlieferung ins Spital vermutlich ohnehin erst mal noch die diagnostischen Untersuchungen vonseiten der klinischen Ärzte durchführen würde, wie Computertomografie und so weiter, und sie deswegen sowieso nicht mitten in der Nacht hätte untersuchen können.

»Deswegen habe ich gedacht, es ist doch praktischer, wenn du das machst«, hatte sie höhnisch gegrinst. Ich hatte mich zusammengerissen und mit zusammengekniffenem Mund genickt. Es war natürlich absoluter Humbug, dass man nachts nicht untersuchen konnte. Ganz im Gegenteil. Mit den Klinikleitungen war abgemacht, dass man die Diagnostik für unsere Untersuchungen unterbrach und vor allem mit der Wundversorgung wartete, bis wir die Verletzungen dokumentiert und Spuren gesichert hatten.

Dementsprechend ungehalten waren dann natürlich sowohl Spitalmitarbeiter als zu Untersuchende gewesen, da die Polizei den Ärzten quasi untersagt hatte, vor Spurensicherung und Untersuchung nicht lebensbedrohliche Verletzungen zu versorgen. Das hatte zur Folge, dass die drei betroffenen Personen, die zum Teil tiefe, aber eben nicht lebensbedrohliche Verletzungen aufwiesen, mit üblen Schnittverletzungen im Gesicht und an den Armen seit den frühen Morgenstunden auf dem Notfall auf mich warteten. Dies in Kombination mit dem sinkenden Alkoholpegel trug natürlich nicht dazu bei, deren Laune zu verbessern.

Im Anschluss stand dann eine Faulleiche an, die man nachts um 3.30 Uhr gefunden hatte, da die Nachbarn wegen des Gestanks nicht mehr bei offenem Fenster hatten schlafen können. Aufgrund der Post im Briefkasten vermutete man, dass der Betroffene seit etwa zwei Wochen tot war. Nadja hatte dann offenbar empfohlen, dass man den genauso gut auch bei Tageslicht anschauen könne, da einer, der eh schon seit mindestens zwei Wochen tot in der Wohnung lag, auch noch vier Stunden länger warten könne. Dagegen hatten die in der Nacht diensthabenden Polizisten natürlich nichts einzuwenden gehabt und begeistert Nadjas Vorschlag zugestimmt. So war ich nach den körperlichen Untersuchungen gegen 13 Uhr zur Faulleiche gekommen, was den tagdiensthabenden Polizisten mächtig gestunken hatte – im buchstäblichen Sinn des Wortes. Weiter war es dann mit dem normalen Tageswerk gegangen, das zu meinem Pech das übliche Maß deutlich überschritt: eine Vergewaltigte und mehrere infrage kommende Täter, ein Suizid durch Erhängen, ein Drogentoter und noch Opfer und Tatverdächtiger häuslicher Gewalt mit Würgen. Am Abend war ich lange nach 20 Uhr noch da gewesen und hatte erst gegen 23.30 Uhr nach Hause gehen können. Ich traute mich nicht, mich zu beschweren. Es kam auch niemand auf die Idee, mir Hilfe anzubieten oder freundlich auf mich zuzugehen. Offenbar hatte sich fast das ganze Institut gegen mich gewandt. Das schlug mir gewaltig auf den Magen. Ich war zwar nicht von der Sorte Mensch, die permanent und immerzu nur gutgesinnte Kollegen um sich haben musste, aber so eine kollektive Abneigung hatte ich noch nie am eigenen Leibe erfahren müssen. Und natürlich nagten permanent Zweifel an mir, ob mein Tun und Handeln denn so richtig gewesen war. Was, wenn der arme Christoph nun überhaupt gar nichts mit diesen Fällen zu tun hatte? Oder schlimmer noch, es gar keinen Zusammenhang gab und ich tatsächlich eine Lawine wegen nichts und wieder nichts ausgelöst hatte?

Ich seufzte tief. Julia schaute mich an und runzelte besorgt die Stirn. »Ach Mensch, Lisa, ich kann ja verstehen, dass das total schwierig ist. Gibt es denn keine Möglichkeit, früher im RZZ aufzuhören?«

»Na ja«, meinte ich mutlos und stützte mein Kinn in die Hände. »Frau Professor Hagmann sagt, dass sie mich jetzt nicht gehen lassen möchte, sondern erst, wenn alles geklärt ist. Ich soll mich zusammenreißen und Contenance zeigen, nachdem ich jetzt schon für so einen Aufruhr gesorgt hätte.«

Ich schüttelte den Kopf. »Als ob ich so gut arbeiten könnte. Weißt du, jeder Fehler, den ich mache, wird sofort bemerkt und darauf rumgeritten. Heute habe ich bei der Obduktion das Herz beim Herausnehmen zu weit unten abgesetzt.« Ich schluckte bei der Erinnerung daran. Ich hatte das Herz beim Entnehmen aus der Brusthöhle sozusagen mitten durch den rechten Vorhof geschnitten, so dass man das Foramen ovale, also die ehemalige Verbindung zwischen rechtem und linkem Vorhof, nicht mehr hatte beurteilen können. Dann war mir auch noch der Flachschnitt, also der halbierende Flächenschnitt durch die Herzmuskulatur der linken Kammer, missraten. Bei der Präparation der Herzkranzschlagadern, die wir am RZZ mit Querschnitten eröffneten, um Lichtung und Wanddicke beurteilen zu können, kam ich mit dem Messer nicht durch die kalkharte Wand, mit dem Effekt, dass ich auch hier viel zu tief ins angrenzende Muskelgewebe geraten war. Henrik hatte dann bemängelt, dass die Abstände zwischen den Schnitten viel zu groß seien, und ich hätte während der Organdemo vor allen anderen kleinere Abstände der Querschnitte in den Herzkranzschlagadern setzen sollen.

»Weil die aber so hart waren«, setzte ich Julia ins Bild, »ging das überhaupt nicht, und ich habe mich zum Schluss beinahe noch selbst geschnitten. Die gesammelte Abteilung stand um den Tisch und hat gegrinst.« Noch immer stieg mir die Schamesröte ins Gesicht bei dem Gedanken an diese Situation. Für kurze Zeit schwiegen wir, beide unseren Gedanken nachhängend.

»Aber sag mal, hast du was von Christoph gehört?«, wechselte ich das Thema. »Warum ist der denn immer noch bei der Polizei?«, fragte ich Julia neugierig.

Julia schüttelte den Kopf und quittierte dies sogleich mit einem schmerzhaften Aufstöhnen. »Nein, ehrlich gesagt, nicht. Mir gibt niemand Bescheid. Angeblich, um mich zu schonen. Aber ich glaube, sie haben Angst, dass ich es dir weitererzählen könnte. Jemand, der eins auf die Rübe bekommen hat, ist wohl nicht mehr sehr vertrauenswürdig.« Sie machte eine komische Grimasse.

»Aber ich vermute einmal, dass sie etwas rausgefunden haben. Wahrscheinlich gibt es eben doch einen Zusammenhang, und du wirst hoffentlich bald rehabilitiert.« Sie grinste. »Komm, Lisa, nimm es bitte nicht so schwer«, sagte sie mitfühlend. »Nimm dir deinen Vertrag nochmals vor und schau, wie lange deine Kündigungsfrist ist. Sie dürfen dich ja gar nicht gegen deinen Willen beschäftigen. Und dann kündigst du und suchst dir was anderes. Vielleicht gehst du auch zurück nach München.«

Ich nickte nachdenklich. »Wahrscheinlich hast du recht«, entgegnete ich. Wir plauderten noch eine Weile über andere Dinge, und ich merkte, wie gut mir das Zusammensein mit Julia tat.

Es war bereits früher Abend, als ich nach Hause ging. Das Wetter war schön, und ich entschloss mich, zu Fuß vom Unispital nach Hause zu meiner Wohnung zu laufen, weil ich so besser nachdenken konnte. Wahrscheinlich wäre es wirklich das Beste, wenn ich nach München zurückgehen würde. Den Professor, der die Rechtsmedizin dort leitete, kannte ich von meiner Zeit als Praktikantin. Er war sehr nett und hatte mir bei den Obduktionen bereitwillig gezeigt, wie man Organe richtig präpariert. Dass ich dann für die Präparation des Herzens so lange gebraucht hatte wie er und sein Kollege für die ganze Obduktion, hatte er gutmütig mit einem »Vielleicht klappt es ja, wenn Sie noch schneller zittern« quittiert und mir kumpelhaft auf die Schulter gehauen. Er war es auch gewesen, der meine Begeisterung für das Fach geweckt hatte. Aber wenn ich im Moment darüber nachdachte, war ich mir gar nicht mehr so sicher, ob es tatsächlich das Richtige für mich war. Offenbar witterte ich ja ständig irgendein Verbrechen, wo nach Meinung aller anderen gar keins war.

Ich wich ein paar laut schnatternden chinesischen Touristen auf Mietfahrrädern aus, die offenbar nicht wussten, dass man in der Schweiz nicht auf dem Gehweg Fahrrad fahren durfte. Eine alte Frau schimpfte in schönstem Zürideutsch hinter ihnen her und schüttelte erbost den Kopf. Die Chinesen hatten sie nicht einmal bemerkt und lachten laut. Der Spaziergang durch die laue Abendluft tat gut, und meine Gedanken wurden immer klarer. Ich würde es genauso machen, wie Julia vorgeschlagen hatte. Zu Hause würde ich erst einmal meinen Vertrag vorkramen und die Kündigungsfrist nachlesen. Länger als drei Monate konnte die ja eigentlich nicht sein. Und die würde ich auch noch rumkriegen. Vielleicht konnte ich ja noch heute ein kleines Bewerbungsschreiben für München aufsetzen. Ermutigt lief ich weiter und machte auf dem Weg noch bei einem Asia Take Away Halt, wo es ein leckeres Gemüsecurry mit Cashewkernen gab. Zürich war schon eine großartige Stadt, aber gegen München natürlich Provinz.

Zu Hause beschloss ich, in die Badewanne zu gehen, dazu ein Glas Rotwein zu trinken und ein gutes Buch zu lesen. Schließlich würde das für die kommenden drei Nächte das letzte Mal sein, dass ich in meinem eigenen Bett schlief. Es prickelte wunderbar auf der Haut, als ich mich in das warme Wasser legte. Ich liebte meine Badewanne. Mein Glas Rotwein hatte ich griffbereit auf einem Stuhl neben der Wanne platziert. Ich schloss die Augen, genoss den wunderbaren Duft von Vanille und Zitrone, den mein neuer Badezusatz verströmte, und wäre beinahe eingeschlafen. Nur widerstrebend verließ ich die Wanne nach fast 50 Minuten.

Während ich meine nassen Haare kämmte und mich anzog, betrachtete ich mein Spiegelbild. Mit nassem Haar und völlig ungeschminkt sah ich im fahlen Licht des Badezimmers wirklich furchtbar aus. Unter meinen Augen hatten sich tiefe Ringe gebildet, und mein Mund hatte einen bitteren Zug bekommen. Julia hatte recht. Es wurde Zeit, etwas an dieser Situation zu ändern. Ich zog meine alte Jogginghose und einen Schlabberpulli an und suchte in meinen Schreibtischschubladen nach meinem Arbeitsvertrag. Als ich ihn endlich gefunden hatte, biss ich mir kurz auf die Lippen.

Zu gut konnte ich mich daran erinnern, wie groß meine Freude war, als ich die Zusage für die Stelle in Zürich bekommen hatte. Wie ich daheim mit meiner Freundin Valerie einen Freudentanz aufgeführt und sie dann jubelnd angerufen hatte, als ich endlich den Vertrag in den Händen hielt. Bitterkeit stieg in mir auf. Was hatte ich für Hoffnungen mit dieser Stelle verknüpft. Rechtsmedizin Zürich, ein unerreichbar scheinender Arbeitsplatz, der plötzlich Realität geworden war. Und nun konnte ich es kaum erwarten, von hier wieder wegzukommen. Die Entspannung, die ich in der Badewanne verspürt hatte, schwand rasch wieder.

Die Kündigungsfrist betrug sechs Monate. Das war dann zwar nur eine geringe Verkürzung, bis der Vertrag ohnehin auslief, aber immer noch besser als nichts. Ich musste schließlich niemandem etwas beweisen. Mein Ruf war eh schon ruiniert.

Seufzend schenkte ich mir noch mehr Rotwein ein, nahm mein Notebook und setzte mich an den Schreibtisch, um mein Bewerbungsschreiben für die Rechtsmedizin München aufzusetzen. Durch die offene Balkontür wehte der feine Geruch nach gegrilltem Essen herein. Stimmengewirr kam von einem Balkon auf der anderen Straßenseite. Gerade hatte ich die ersten paar Zeilen geschrieben – Anrede et cetera, als das Telefon klingelte. »Hallo?«, meldete ich mich kurz angebunden. Stille. Außer dem leisen Atmen am anderen Ende. Entnervt legte ich auf und schmiss wütend das Telefon auf mein Bett. Das konnten eigentlich nur meine Kollegen aus dem RZZ sein, die mich fertigmachen wollten. Solche Deppen. Entschlossen zog ich die Balkontür zu und wandte mich wieder meinem Schreiben zu. Allerdings konnte ich mich nicht konzentrieren und starrte nur tatenlos auf den Bildschirm, so dass ich bald in mein Bett ging und in einen unruhigen Schlaf fiel.

Das Telefon hatte noch ein paarmal geläutet in dieser Nacht, und irgendwann hatte ich einfach den Stecker gezogen und sicherheitshalber den Nicht-stören-Modus auf meinem Handy eingestellt. So konnten mich nur Nummern erreichen, die zuvor eingegeben worden waren. Immerhin war das meine letzte Nacht im eigenen Bett für die nächsten drei Nächte und ich hatte nicht vor, mir die vermiesen zu lassen.

Letztendlich hatte ich aber doch schlecht geschlafen, und als ich aufstand, fühlte ich mich völlig erschöpft. Wirre Albträume hatten mich wiederholt schweißgebadet aufwachen lassen, und mehr als einmal war ich aufgeschreckt, weil ich das unbestimmte Gefühl hatte, jemand sei in meiner Wohnung und laufe hin und her. Nach einem dementsprechend durchwachsenen Freitag machte ich mich dann um 19.30 Uhr auf den Weg ins RZZ, um die erste der drei Nachtschichten anzutreten.

Meine Kollegin Nadja, die Tagdienst gehabt hatte, hatte einen ruhigen Dienst verbracht. Sie hatte mir nichts zu übergeben, wie sie mir kurz angebunden mitteilte. Schweigend gingen wir zu unserem Dienstwagen, um unsere Diensttaschen auszutauschen und das obligatorische Logbuch auszufüllen, in dem man festhalten musste, wo und wann man weswegen und wie viel gefahren war.

»Ach, tanken habe ich vergessen«, meinte sie gerade. Ich nickte und gab mich locker. Innerlich stöhnte ich auf. Ich hasste es, mit dem Dienstwagen tanken gehen zu müssen. Die Zapfsäule befand sich im riesigen Universitätsparkhaus im untersten Stock, wo in der Regel eine gähnende Leere herrschte. Die klassische Musik, mit der das ganze Parkhaus beschallt wurde, hüllte das leere Parkdeck in eine unheimliche Atmosphäre. In einem Thriller wäre es die klassische Szene, in der die Protagonistin ... ja, ihr wisst schon.

Hinzu kam, dass man, um zur Zapfsäule zu kommen, mit einer Art Plastikschlüssel ein Gitter hochfahren lassen musste, dass sich dann kreischend wieder hinter einem schloss, bis man fertig getankt hatte. Ich hatte mir immer vorgenommen, nie und unter keinen Umständen in der Nacht allein tanken zu gehen. Aber nun blieb mir wohl nichts anderes übrig. Vielleicht konnte ich gleich jetzt fahren, denn noch war es ja nicht komplett dunkel.

Ich nahm Nadja den Schlüssel ab, den sie mir hinhielt, und wollte mich zum Gehen umdrehen, als sie plötzlich etwas ausrief. »Hey, Lisa. Das mit Christoph war total scheiße von dir.« Sie schaute mich mit großen Augen an. »Warum hast du das denn gemacht?« Überrascht, dass sie das Thema ansprach, ja überhaupt mit mir sprach, sagte ich zögernd:

»Ach, Nadja. Das ist eine lange Geschichte.« Ich schluckte. Nadja sah mich einfach nur schweigend an. »Ich … also wir … Julia und ich …«, stotterte ich verunsichert.

Nadja sah mich immer noch stumm an. Ein paar Strähnen hatten sich aus ihrem Dutt gelöst und hingen ungeordnet um ihren Kopf.

Gerade als ich ansetzen wollte, mehr zu sagen, zuckte sie mit den Schultern und sagte: »Ach, weißt du, mit dieser Aktion machst du es einem wirklich schwer, dich zu mögen. Was hast du dir nur dabei gedacht? Christoph ist doch kein …«, sie zögerte, »Mörder!« Sie spuckte das Wort förmlich aus.

Sie nahm ihre Diensttaschen, die wir gerade aus dem Auto geholt hatten, und hielt inne. »Ich möchte einfach, dass du weißt, dass diese Geschichte, die du abgezogen hast, einfach gar nicht geht. Also wirklich überhaupt gar nicht!«

Dazu gab es nichts mehr hinzuzufügen. Ich sah Nadja noch lange hinterher, vor dem offenen Kofferraum stehend, die Diensttaschen vor mir auf dem Boden.

KAPITEL 49

Ein schrilles Klingeln weckte mich. Schweißgebadet und mit Herzrasen fuhr ich von der Schlafcouch auf. Das Diensthandy klingelte. Auf dem Display stand ›EZ Kapo‹. Ich stöhnte leise und sah auf die Uhr. 2.06 Uhr. Oh nein. Ich hatte jetzt gerade mal eineinhalb Stunden geschlafen.

»Guten Morgen, Frau Klee. Leutenegger von der Kantonspolizei Zürich, Einsatzzentrale«, tönte eine fröhliche Stimme aus dem Hörer. »Wir sollten Sie für eine Blutentnahme haben. Ein FINZ.«

Ein FINZ, also eine Blutentnahme bei einem Autofahrer in nicht fahrfähigem Zustand. Das hatten wir pro Nacht zwischen drei und zehn Mal. Frau Leutenegger kündigte mir an, dass ich in den Vernehmungsraum der Kantonspolizei kommen solle, die Patrouille sei noch in Rapperswil, aber in circa 40 Minuten mit dem fehlbaren Lenker vor Ort.

40 Minuten! Das bedeutete ja, dass ich noch mindestens eine halbe Stunde länger hätte schlafen können und mir jetzt nicht die Zeit um die Ohren schlagen müsste. Denn zum Vernehmungsraum, der sich in der Stampfenbachstraße befand, hatte ich gerade mal fünf Minuten. Leise vor mich hin schimpfend, stand ich also auf und ließ mir einen Kaffee aus der großen Kapselmaschine unseres Instituts herunter. Mit meiner dampfenden Tasse setzte ich mich vor den Computer und starrte mit leeren Augen auf das zu korrigierende Gutachten.

Es war ein Gutachten über eine forensisch-klinische Untersuchung über eine vorangegangene häusliche Gewalt, bei der eine 19-Jährige angeblich massiv von ihrem Lebenspartner gewürgt worden war. Obwohl solche Würgefälle eigentlich Standardgutachten waren und es sogar mehrere Textvorlagen gab, hatte Frau Lüdemann es nicht lassen können, lauter Kleinigkeiten zu korrigieren. So wollte sie im Untersuchungsprotokoll zum Beispiel statt »am rechten Oberarm, streckseitig« »an der rechten Oberarmstreckseite« haben, was bedeutete, dass ich überall unnützen Kleinkram verbessern musste, obwohl die eigentliche Beurteilung und auch der Inhalt des Geschriebenen völlig korrekt waren. Da Frau Lüdemann darüber hinaus auch kein Freund von Korrekturprogrammen im Computer war, hatte sie alles in nahezu unleserlicher Kleinschrift in den ausgedruckten Text gekritzelt. So konnte ich also nicht einfach auf »Änderung annehmen« klicken, sondern musste das Gekritzelte aktiv in den Text einbauen. Nach fünf Minuten gab ich entnervt auf. Nein, das ging einfach nicht mitten in der Nacht.

Vielleicht könnte ich noch kurz die feingeweblichen Schnitte einer Obduktion unter dem Mikroskop anschauen? Ich knipste das Mikroskop an und nahm mir ein Brett mit fertigen Objektträgern vom Stapel auf meinem Schreibtisch. Hm, da schaute ich also auf einen feingeweblichen Schnitt des Herzens. Die Farben und Fasern verschwammen vor meinen Augen. Ich nahm mir einen Schnitt der Lunge. Ah, da waren doch aber viele Entzündungszellen. War das etwa eine Lungenentzündung? Wieder fielen mir vor lauter Müdigkeit fast die Augen zu. Und dann ging auch noch das Licht aus. Weil ich mich vollkommen ruhig am Mikroskop verhalten hatte, hatte der Bewegungsmelder mich nicht mehr registriert. Genervt wedelte ich mit den Armen, woraufhin ein lautes Klicken ertönte und das Licht wieder anging. Das war doch alles total sinnlos. Ich sah auf die Uhr. 2.28 Uhr. So langsam konnte ich mich wohl auf den Weg machen. Rasch aß ich noch ein Stück Schokolade aus meiner Schublade und ging dann langsam in Richtung FL-Raum.

Die Nacht war mild und es roch wunderbar nach Heu, feuchtem Gras und Sommer. Als ich zum Auto lief, huschte ein Fuchs über den Weg. Von denen hatte es so viele in Zürich, dass ich fast jede Nacht einen sah. Im Auto stellte ich Radio 1 an, meinen Lieblingssender. Da kam eigentlich immer Musik, die gute Laune machte. Immer? Na ja, fast immer, aber eben nicht mitten in der Nacht. Das, was da aus den Lautsprechern tönte, hörte sich eher an wie aus einem Softporno entsprungene Pseudo-Chill-out-Musik. Ich schauderte und wechselte den Sender. Na ja, ich hatte es ja zum Glück nicht weit.

Der Vernehmungsraum wurde von der Kantonspolizei Zürich benutzt, um in der Stadt, die ja von der Stadtpolizei abgedeckt wurde, laufende Untersuchungen durchzuführen. In der Regel handelte es sich um Autofahrer, die in nicht fahrfähigem Zustand irgendwo in der Peripherie aufgegriffen wurden. Warum die Polizei den fehlbaren Lenker dann für die anstehende Untersuchung einschließlich Blut- und Urinentnahme nicht in ein Spital in der Nähe brachte, war mir schleierhaft.

Stattdessen fuhren sie lieber viele Kilometer weit bis nach Zürich, wo sie im ungünstigsten Fall auch auf den RZZ-Arzt warten mussten, weil der vielleicht gerade anderweitig beschäftigt war. Ich parkte auf dem mit ›Polizei‹ angeschriebenen Parkplatz, schnappte meine Untersuchungstasche und ging zur Tür, wo ich auf den Klingelknopf drückte. Ein lauter Gong ertönte, aber nichts weiter passierte. Ich wartete kurz und drückte dann nochmals auf die Klingel. Alle Storen waren heruntergelassen, und von innen drang kein Lichtschein nach außen. Ich sah mich um. Auch auf dem Parkplatz war weit und breit kein anderes Auto außer unserem roten VW Golf zu erkennen. In böser Vorahnung zog ich mein Telefon aus der Hosentasche und rief bei der Einsatzzentrale der Kantonspolizei Zürich an. »Notruf Kapo Leutenegger«, meldete sich die fröhliche Stimme von vorhin. Ich erklärte ihr die Situation und bat sie nachzufragen, wo die Streife denn gerade sei. Sie legte mich in die Leitung.

Fröhliche Marschmusik ertönte. Kurze Zeit später meldete sich Frau Leutenegger wieder. »Also, das ist so. Der Fahrzeuglenker hat der Patrouille das Auto vollgek... äh, also sich im Streifenwagen übergeben. Sie mussten das erst noch reinigen und sind jetzt aber wieder unterwegs. So in spätestens zehn Minuten sollten sie da sein. Tut mir leid, Frau Klee.«

Ich bedankte mich seufzend und ging wieder zurück zum Auto, wo ich mit stierem Blick auf das Eintreffen der Patrouille wartete.

Nach 20 Minuten konnte ich endlich die Scheinwerfer eines sich nähernden Polizeiautos erkennen. Zwei völlig entnervt aussehende junge Polizisten stiegen aus und öffneten die Hintertür.

»So, also jetzt komm raus da«, sagte der eine barsch. Aus dem Auto ertönte ein undefinierbares Lallen.

»'s langet jetzt!«, rief der andere. »Jetzt chummsch usse oder ...«

»Jajajaja, ich komm ja schon«, lallte es aus dem Inneren des Autos, und ein Mann mittleren Alters stieg aus. Er trug eine schief sitzende Krawatte, die von einem blauen Hemd und einem dunklen Anzug, der diverse Flecken aufwies, umrahmt wurde. Der eine Polizist stellte mich kurz vor.

»RZZ. Was soll das denn schon wieder sein? ›Richtig zackige Zicken‹, oder was?« Der Mann lachte sich schier kaputt über seinen eigenen Witz, als sein Blick auf mich fiel. »Ahhh, schöne Frau. Sind Sie etwa die Frau Doktor, die mich pieksen möchte? Och, bitte, nein ... Ich habe das gar nicht gern«, raunte er nun mit sanfter Stimme und kam näher. »Ich könnte Ihnen auch mal noch meinen Leistenbruch zeigen, also wisse Sie ...«

»Schluss jetzt, Herr Wirth.« Der eine Polizist baute sich drohend vor dem Trunkenbold auf. »Entweder, sie machen jetzt mit, oder es gibt eine Zwangsblutentnahme, dann ist Schluss mit den Scherzchen.«

Herr Wirth verschränkte trotzig die Arme vor der Brust. »Okay, dann halt. Ich weigere mich.«

Ich warf dem Polizisten einen bitterbösen Blick zu. So ein Vollpfosten. In der Regel schaffte ich es, um eine Zwangsblutentnahme herumzukommen, denn ich mochte die gar nicht. Fünf Polizisten mussten den Betreffenden auf den Boden drücken und festhalten, damit ich gefahrlos eine Blutprobe nehmen konnte.

Da es für die Polizei ein nicht unerheblicher Aufwand war, fünf Polizisten in der Nacht zusammenzutrommeln, gab es jedes Mal Diskussionen, ob es nicht auch mit drei Mann ginge. Kurz gesagt, es war einfach mühsam. Also riss ich mich zusammen, lächelte den fehlbaren Lenker freundlich an, zwinkerte ihm zu und sagte: »Ach, jetzt kommen Sie. So ein starker Mann wie Sie wird doch vor einem kleinen Pieks keine Angst haben, oder?«

Damit hatte ich natürlich voll ins Schwarze getroffen, denn er richtete sich auf und dröhnte: »Aber Frau Doktor, natürlich nicht! Und wenn die Blutentnahme so charmant ist, sowieso nicht.« Er krempelte seinen Ärmel hoch und streckte mir den Arm hin. Innerlich betete ich, dass die Polizisten jetzt nicht auf die Idee kamen, einen blöden Spruch zu machen, denn dann wäre alles wieder dahin gewesen. Aber offenbar waren die beiden Polizisten auch einfach nur müde und hatten keine Lust auf dumme Späßchen.

Kurze Zeit später verließ ich erleichtert mit zwei Blut- und einer Urinprobe wieder den FL-Raum und machte mich auf, ins RZZ zu fahren.

Als ich etwa auf Höhe des Universitätsspitals war, begann die Tankanzeige aufzuleuchten. Ich verdrehte die Augen. Das hatte ich ja ganz vergessen. Kurz überlegte ich, ob es noch bis morgen früh reichen würde, aber dann gäbe es noch mehr Ärger, wenn ich dem Tagdienst ein fast leeres Auto übergeben würde. Diese Blöße wollte ich mir nicht geben. Dann doch lieber ins Parkhaus fahren und schnell tanken. So schlimm konnte es ja nicht werden.

Missmutig bog ich am Eingang des Irchelparks in Richtung

Parkhaus ab und fuhr ins Untergeschoss. Klassische Musik beschallte das fast leere Parkdeck. Nur ein einzelnes Auto stand verloren auf einem Parkplatz. Vermutlich ein Student, der sein Auto nach einer Party stehen lassen hatte, redete ich mir ein, während sich ein mulmiges Gefühl in meinem Bauch ausbreitete. Das einsame Auto ließ die Szenerie unheimlicher wirken als ein vollständig leeres Parkdeck. Ich fuhr bis an das Ende des Parkdecks, wo sich im hintersten Bereich die Tankstelle befand. Vor dem rostigen Gitter, das die kleine Tankstelle absperrte, stoppte ich und suchte im Handschuhfach nach dem Badge, den man an den Scanner vor dem Gitter halten musste.

Natürlich war er nicht an dem dafür vorgesehenen Ort im sogenannten Tankbuch, in dem wir immer Datum, Literanzahl, Kosten und so weiter festhalten mussten. Ich fluchte leise und sah mich ratlos im Auto um. Plötzlich meinte ich, eine Bewegung im Rückspiegel wahrgenommen zu haben. Ich zuckte zusammen und drehte erschrocken den Kopf. Alles war ruhig. Nichts bewegte sich. Verunsichert klappte ich die Sonnenblende herunter, um den kleinen darin integrierten Spiegel für einen unauffälligen Blick nach hinten zu nutzen. Erkennen konnte ich im winzigen Spiegel nichts, aber wenigstens fand ich so den Badge, der hinter der Sonnenblende klemmte.

Erleichtert nahm ich ihn heraus, blickte mich noch einmal kurz in alle Richtungen um und hielt ihn dann an den dafür vorgesehenen Scanner. Mit einem schrillen Quietschen schob sich das Gitter zur Seite. Langsam fuhr ich zur einzigen Zapfsäule.

Eine nur noch zur Hälfte funktionierende Neonleuchte tauchte die Zapfsäule in düsteres Licht. Es stank nach Benzin und muffigen Lüftungsschächten. Als ich eben aussteigen wollte, schloss sich das Gitter ebenso kreischend, wie es sich geöffnet hatte, wieder hinter mir. Ich zuckte zusammen vor Schreck und blieb einen Moment wie erstarrt im Auto sitzen. Mein Atem beschleunigte sich und ich sah mich erneut hektisch nach allen Seiten um.

Der Tankbereich war so schmal, dass man nur vorwärts hinein- und rückwärts wieder hinausfahren musste. Da sich der Tankdeckel unseres Wagens auf der anderen Seite befand, musste ich aussteigen und einmal um das Auto herumlaufen. Als ich etwa auf Höhe des rechten Frontlichts angelangt war, erlosch das Licht im Parkdeck. Nur noch das düstere Licht der Tankstelle beleuchtete mich und mein Auto, während die Umgebung in undurchdringliche Schwärze gehüllt war. Vor lauter Schreck stieß ich einen kleinen Schrei aus, der schrill in der fast leeren Halle widerhallte. Panisch blieb ich stehen und lauschte. Die klassische Musik war lauter geworden. Oder bildete ich mir das ein? Dann war da noch das leise Rauschen der Lüftung. Und ein Knacken und ein Scharren. Von der anderen Seite des Gitters. Ich spähte angestrengt in die Dunkelheit. Erkennen konnte ich nichts. Aber da war es wieder. Ein leises Kratzen wie von Schuhen auf dem Asphaltboden. Nun war ich fast froh, dass sich das rostige Gitter wieder geschlossen hatte. So konnte wenigstens niemand zu mir hereinkommen, ohne dass ich es merkte. Auch im abgeschlossenen Auto würde ich mich relativ sicher fühlen. Sicherlich war das Parkhaus videoüberwacht, oder? Hektisch lief ich zum Tankdeckel, schraubte ihn ab und steckte den Zapfhahn hinein.

Das Benzin floss unerträglich langsam in den Tank. Dauerte das immer so lange? Ich wusste es nicht. Ich lauschte wieder angestrengt in die Dunkelheit. Das Brummen der Benzinpumpe machte es unmöglich, weitere Geräusche wahrzunehmen. Ich warf einen Blick auf die Anzeige. 20 Liter hatte ich bereits getankt. Das musste für heute reichen. Sollten sich andere bei Tageslicht um einen vollen Tank kümmern. Als ich mit dem Zapfhahn wieder um das Auto herumlief, um ihn einzuhängen, erlosch auch das Licht in der Tankstelle, und es wurde stockdunkel.

KAPITEL 50

Ariana Kubiczi stellte ihre Tasse in die Spüle in der Küche ihrer Zweizimmerwohnung in Zürich Oerlikon. Sie gähnte und sah auf die Uhr. Sie sollte dringend ins Bett. Es war schon viel zu spät. Sie hatte sich auf YouTube verschiedene Stylinganleitungen angeschaut. Weniger um sie unmittelbar nachzumachen, sondern vielmehr als Anregung. Zufrieden betrachtete sie sich in ihrem bodentiefen Spiegel in ihrem Wohnzimmer. Ihr ganz persönliches Vorbild war Penelope Cruz, seit ihr einmal ein Typ gesagt hatte, dass sie ihn an die berühmte Schauspielerin erinnere. Das war allerdings das einzige Mal gewesen, obwohl sie sich Mühe gab, sich Augen und Lippen so zu schminken wie ihr Vorbild.

Ob sie einmal etwas gegen die kleinen Fältchen an der Stirn machen sollte? Ariana zog mit den Fingern die Haut an dieser Stelle glatt. Ihre Nagelstylistin hatte ihr neulich ganz begeistert von einer Botox-Behandlung erzählt. Sie hatte sich sicherheitshalber mal die Adresse geben lassen. Auch wenn sie noch keine 40 war, besser, man beugte vor. Sie schnitt sich noch ein paar Grimassen im Spiegel und überlegte, mit welchem Blick sie wohl am besten rüberkam. Der mit den halb geöffneten Lidern oder lieber neckisch von unten, mit halb geöffneten Lippen? Ach, es war im Grunde genommen egal. Wenn man so aussah wie sie, brauchte man keine besonderen Blicke aufzusetzen.

Sie öffnete ihren Spiegelschrank im Badezimmer und bürstete ihre langen schwarzen Haare. Das machte sie immer vor dem Schlafengehen. Heute hatte sie zudem noch eine besondere Glanzspülung aufgetragen. Für morgen sollte alles passen. Am nächsten Abend war nämlich die Party im »Kaufleuten«. Ariana freute sich schon seit Wochen darauf. Man kam natürlich nur über eine Gästeliste rein. Da der Türsteher aber ein Auge auf sie geworfen hatte, woran sie nicht ganz unschuldig gewesen war, hatte sie schon bald einen festen Platz auf der begehrten Liste bekommen und durfte sogar noch ein paar Freunde mitnehmen.

Einige ihrer Kollegen aus dem RZZ hatten schon zugesagt. Ariana hoffte aber besonders darauf, dass auch Henrik Sitta erscheinen würde. Sie fand ihn unglaublich attraktiv. Er hatte genau die richtige Größe. Die schlanke Figur und der immerzu verwuschelte braune Kopf waren genau ihr Fall. Dazu kam, dass sie seine Position als Leitender Arzt ohnehin schon ziemlich sexy fand. Sie würde bald 33 Jahre werden, da war es an der Zeit, über eine ernsthafte Beziehung nachzudenken.

Ariana zog ihr seidenes Nachthemd an und löschte das Licht im Badezimmer. Falls es mit Henrik nicht klappen würde, hatte sie auch schon Plan B parat. Dann würde sie es eben mit Patrick Bode versuchen. Er war immerhin Chef der toxikologischen Abteilung und sah objektiv gesehen nicht schlecht aus. Sie stand halt mehr auf den eleganten Typ und nicht auf den lässigen Surfer, als der er sich so gerne darstellte. Patrick hatte ihr mehrmals eindeutige Avancen gemacht und ihr mit purer Lust im Blick mitgeteilt, dass er morgen auf jeden Fall dabei wäre. Insgeheim fand Ariana es ziemlich langweilig, wenn ein Typ so unverhohlen das Interesse an ihr zeigte. »Einem geschenkten Gaul schaut man nicht ins Maul«, hatte ihre Großmutter immer gesagt. Da hatte sie natürlich recht. Aber ihr Favorit war Henrik Sitta.

Bei ihm war sie sich überdies nicht sicher, ob er nicht mehr auf den kühlen blonden Typ stand. Er war immer ausgesprochen freundlich und zuvorkommend zu Lisa, die mit ihren blonden Haaren und den blauen Augen der Prototyp der Skandinavierin war. Ariana konnte das zwar überhaupt nicht nachvollziehen, wie man so ein Pummelchen mit kuhäugigem Augenaufschlag attraktiv finden konnte, aber sie steckte ja nicht in der Männerhaut.

Zum Glück hatte diese blöde Lisa morgen nochmals Nachtdienst. Wer weiß, womöglich wäre sie so dreist gewesen und auch noch ins »Kaufleuten« gekommen. Und das, nachdem sie das mit Christoph abgezogen hatte. Das war echt übel von ihr gewesen. Ausgerechnet Christoph. Der konnte doch keiner Fliege was zuleide tun. Aber so waren sie nun mal, manche Frauen. Undankbar und hysterisch, stets darauf bedacht, den eigenen Vorteil an sich zu reißen. Zum Glück war sie nicht so egozentrisch. Sie dachte immer an die anderen. Ariana Kubiczi betrachtete zufrieden ihre langen rot-blau bemalten Fingernägel, löschte dann das Licht und sank sofort in einen tiefen, traumlosen Schlaf.

KAPITEL 51

Ich saß wie erstarrt mit pochendem Herzen im Auto. Mein Schrei gellte mir noch in den Ohren. Panisch war ich ins Auto gesprungen und hatte die Tür hinter mir verriegelt. Hier saß ich nun wie ein Kaninchen in der Falle. Verzweifelt versuchte ich, in der Dunkelheit etwas zu erkennen. Ich war keines klaren Gedankens mehr fähig. Vor meinem inneren Auge tauchten die Toten auf, die mich in letzter Zeit so sehr beschäftigt hatten und die alle eines gemeinsam hatten: die Verbindung zu einer toten Studentin. Sie alle waren irgendwie in eine Falle gelockt worden. Was, wenn das hier nun meine Falle war?

Aber es musste doch Überwachungskameras geben. Funktionierten die auch bei Dunkelheit? Warum hatte ich auch keine Taschenlampe dabei! Lampe! Natürlich! Die Autoscheinwerfer. Wie konnte ich die nur vergessen haben!

Zitternd drehte ich den Zündschlüssel, und sofort begannen die Scheinwerfer die Szenerie in gleißendes Licht zu tauchen. Da ich vorwärts in die Tankstelle gefahren war, leuchteten die Scheinwerfer die Wand vor mir an. Ich drehte mich im Sitz um und spähte über den Rücksitz. Im Schein der roten Rücklichter konnte ich nur das rostige Gitter erkennen. Hinter dem Gitter sah ich schemenhaft noch die ersten paar Meter, dann war alles dunkel. Schatten schienen sich dort geisterhaft zu bewegen. Vorsichtig ließ ich die Scheibe einen winzigen Spalt runter und lauschte. Totenstille. Auch die Musik war verstummt. Ich hielt mir beide Hände an den Mund, um einen erneuten Schrei zu unterdrücken. Plötzlich war ich mir sicher, dass ich jetzt und hier sterben würde. Ich legte den Kopf auf das Lenkrad und schluchzte hemmungslos.

KAPITEL 52

Julia wachte mit einem Schrei auf. Im ersten Moment wusste sie nicht, wo sie war. Gerade war sie noch in ihrem Garten gewesen, und ihr Kater Alois hatte sie mit leuchtend orangefarbenen Augen aus dem Gestrüpp heraus angeschaut. Als sie nach ihm gerufen hatte, war er mit einem Schrei und gespitzten Krallen auf sie zugefahren. Sie richtete sich halb in ihrem Bett auf und sah sich um. Im Dämmerlicht der Nachtlampe erkannte sie allmählich die Umrisse des Spitalstischchens, der beiden Stühle und ihres Nachttischs, auf dem sich auch der rote Knopf befand, den sie drücken konnte, wenn sie Hilfe brauchte. Sie sank mit einem Seufzen wieder in ihr Bett zurück und hielt sich die schmerzende Rumpfseite. Die Rippenbrüche taten ordentlich weh. Sie hatte am Abend weniger Schmerzmittel nehmen wollen, als ärztlich verordnet. Vielleicht war das keine so gute Idee gewesen. Julia schaute an die Zimmerdecke und lauschte dem leisen Schnarchen ihrer Nachbarin.

Ach Alois. Armer, süßer Alois. Warum nur hatte er sterben müssen? Er konnte doch nichts dafür, dass sie ihre Nase in Dinge steckte, die sie nichts angingen. Sie schaute auf ihr Handy, das neben ihr auf dem Tisch lag. Kurz nach 3 Uhr. Was wohl Lisa gerade machte? Sie hatte ja Nachtdienst, fiel Julia ein. Hoffentlich steckte sie nicht auf dem Notfall in einem Spital bei einer Untersuchung. Vor allem am Wochenende standen nachts oft Untersuchungen vergewaltigter Frauen an. Julia nahm ihr Handy und schrieb Lisa eine Nachricht. Vielleicht war sie ja wach und würde sich über eine Abwechslung des tristen Nachtdiensts freuen. Julia legte ihr Telefon wieder auf den Tisch und drehte sich vorsichtig auf die Seite. Sie starrte auf den grauen Vorhang, der ihr Bett von dem ihrer Nachbarin trennte. Schrecklich, diese Krankenhauszimmer. Morgen würde sie sich selbst entlassen. Herumliegen konnte sie zu Hause auch. Und Maggi würde sich sicher liebevoll um sie kümmern. Ach Maggi. Wie recht sie doch gehabt hatte. Julia hätte nicht auf eigene Faust ermitteln sollen. Frau Graf war bei ihrem Besuch zwar ausnehmend freundlich gewesen, aber Julia war klar, dass ihre Aktion ein Nachspiel haben würde. Zum Glück war Christoph nun in Polizeigewahrsam. Und allein die Tatsache, dass er immer noch nicht entlassen worden war, sprach ja dafür, dass er nicht unschuldig sein konnte. Dann waren die Konsequenzen vielleicht nicht so schlimm, als wenn der wahre Übeltäter noch frei herumlief. Mit diesem Gedanken fiel Julia bald wieder in einen unruhigen Schlaf.

KAPITEL 53

Nachdem ich eine gefühlte Ewigkeit so dagesessen hatte, fiel mir mein Handy ein, das ich ja dabeihatte. Natürlich. Warum war ich nicht zuvor darauf gekommen. Ich zitterte so sehr, dass ich es kaum aus meiner engen Jeanstasche bekam. Hektisch entsperrte ich den Bildschirm, wobei ich mich zweimal vertippte und es verfluchte, dass ich die Gesichtserkennung nicht aktiviert hatte. Kurz darauf ließ ich es enttäuscht sinken. Kein Empfang. Was anderes war hier unten auch nicht zu erwarten gewesen.

Wieder drehte ich meinen Kopf und spähte durch die Rückscheibe. Unverändert leuchtete das rostige Gitter im roten Licht der Rückscheinwerfer. Um zum Badgescanner zu kommen, musste ich aussteigen, da ich ja rückwärts wieder hinausfahren musste. Ob ich es wagen sollte? Ich sah auf die Uhr. 3.35 Uhr. Irgendwann würde es sicher auffallen, dass die Dienstärztin nicht an ihr Handy ging, oder? Dann würde man mich suchen. Die Vorstellung, zitternd und bibbernd in der Tankstelle gefunden zu werden, behagte mir überhaupt nicht. Wenn ich ausstieg, konnte ich es in wenigen Sekunden schaffen, zum Scanner zu rennen, den Badge hinzuhalten und wieder einzusteigen. Dann wäre ich im sicheren Auto und könnte dieses Gruselparkhaus schnellstmöglich verlassen.

Ich atmete ein paarmal tief ein und aus, setzte die Hand an den Türgriff und ließ im letzten Moment wieder von ihr ab. Beim gefühlten 100. Mal öffnete ich die Tür mit einem leisen Knarren. Die Hand am Türgriff, lauschte ich angestrengt, bereit, beim kleinsten Geräusch wieder ins Auto zurückzuspringen.

Im Schummerlicht der Rückscheinwerfer trat ich zögernd zum Scanner. Dabei schaute ich mich hektisch nach allen Seiten um, lauschte immer wieder und hörte nichts als meinen eigenen Atem und das Pochen meines Herzens.

Zitternd streckte ich den Arm aus und hielt die Karte an den Scanner. Nichts passierte. Wider besseres Wissen drehte ich sie um und hielt sie wieder hin. Das Gitter bewegte sich keinen Wank. Offenbar ein Unterbruch der kompletten Stromzufuhr. In meiner Angst begann ich nun allerlei Geräusche zu hören. Es schien, als habe es an der Stelle, wo ich das einzelne Auto vermutete, geknackt. Hatte sich da nicht jemand geräuspert? Langsam trat ich den Rückzug zum Auto an. Dann, ganz plötzlich, ertönte die klassische Musik wieder. Lauter denn je. Im Nachhinein gesehen konnte es sich nur um wenige Sekunden gehandelt haben, aber mir kam es vor wie eine Ewigkeit. Nur die Musik in der völligen Dunkelheit. Kurz darauf ging auch das Licht wieder mit einem leisen Klicken an. Vor lauter Schreck schrie ich erneut auf, als sich das rostige Gitter ächzend wieder öffnete. Als sei der Teufel persönlich hinter mir her, rannte ich zum Auto und fuhr, so schnell ich konnte, im Rückwärtsgang wieder aus der Tankstelle. Das Parkdeck war immer noch unverändert. Das einzelne Auto stand am selben Ort, und außer mir war weit und breit kein Mensch zu sehen.

Als ich das Parkhaus endlich über die Rampe am Ausgang verließ, liefen mir die Tränen schon wieder über die Wangen, so erleichtert fühlte ich mich. Zwei junge Füchse tollten bei der Unterführung in den Steinhaufen umher. Ich betrachtete sie glückselig.

Ich atmete noch immer schneller als üblich, und auch mein Herz hämmerte noch in meiner Brust. Erst als ich mich auf der gut beleuchteten Hauptstraße wiederfand, beruhigte ich mich allmählich. Ich fuhr nach Hause in meine Wohnung und stellte das Dienstauto mit dem RZZ-Schild einfach zwischen zwei Parklücken. Keine zehn Pferde würden mich diese Nacht allein im Institut die Nacht verbringen lassen. Wenn man mich für eine Untersuchung brauchte, würde ich genauso gut auch von daheim aus losfahren können. Ich wohnte ja nicht wirklich weit vom RZZ entfernt. Daheim angekommen, verschloss ich die Tür von innen und ließ den Schlüssel quer gestellt stecken. Es hatte doch auch seine Vorteile, wenn man berufsbedingt mehr über intakte Schließverhältnisse Bescheid wusste. Kurz kontrollierte ich, ob die Balkontür bei meiner Heimkehr verschlossen war, und schaute sogar unter das Bett. Erst als ich davon überzeugt war, wirklich allein zu sein, begann ich, mich etwas zu entspannen.

Am nächsten Morgen um 7.45 Uhr fuhr ich nach der körperlichen Untersuchung einer Ehefrau, die von ihrem Ehemann mit einem Messer bedroht und gewürgt worden war, von der Polizeiwache City zurück ins RZZ, wo Nadja den Dienst übernahm. Ich fühlte mich restlos erschöpft. Die Situation im Parkhaus war mir noch lange nicht aus dem Kopf gegangen. Und so war es gegen 5 Uhr geworden, als ich endlich in einen unruhigen Schlaf gefallen war, nur um kurz darauf wieder durch das Klingeln des Telefons geweckt zu werden.

Die Wache in der City mochte ich eigentlich sehr gerne. Sie war in einem wunderschönen denkmalgeschützten Gebäude, dem Amtshaus, untergebracht. Wenn man hinaustrat, blickte man auf die Limmat, und insbesondere im Sommer, wenn es dämmerte und die Vögel zwitscherten, musste man den Moment einfach genießen, egal wie widerlich die Umstände der Blutentnahme oder der körperlichen Untersuchung zuvor gerade gewesen waren. Als ich im Institut ankam, übernahm Nadja wortlos meinen Dienst. Die Übergabe gestaltete sich problemlos, und ich fuhr wieder nach Hause, wo ich nach meiner schon fast zur Gewohnheit gewordenen Kontrollrunde die Jalousie herunterließ, zur Sicherheit noch eine Schlafmaske aufzog und bald in einen unruhigen Schlaf fiel.

Erstaunlicherweise erwachte ich erst gegen 17.30 Uhr vom Schrillen des Weckers. Ich fühlte mich hundemüde, hatte aber fast den ganzen Tag geschlafen. Für einen Moment legte ich mich wieder zurück, nachdem ich den Wecker ausgeschalten hatte. Zu lange durfte ich jedoch nicht liegen bleiben, sonst würde ich vermutlich gleich wieder einschlafen. Ich nahm mein Handy vom Nachttisch und antwortete Julia auf ihre liebe Nachricht, die ich in der Nacht von ihr bekommen hatte. Unmittelbar nach dem Heimkommen hatte ich nicht den Nerv gehabt, ihr zu schreiben. Was hätte ich auch schreiben sollen? Wurde im Parkhaus eingeschlossen bei Stromausfall – hatte Angst, überfallen zu werden? Nein, das ging in der momentanen Situation nicht. Julia sollte sich nicht aufregen, und außerdem war Christoph ja erst mal verhaftet worden. Ich wollte nicht, dass sie mich für völlig übergeschnappt hielt. Also beschränkte ich meine Antwort auf belanglose Freundlichkeiten. Ben hatte sich ebenfalls gemeldet und mir eine ruhige Nacht gewünscht. Bei ihm war es viel schwieriger, eine Antwort zu schreiben. Das würde ich besser nach dem Kaffee und einer kalten Dusche erledigen. Mittlerweile war es schon kurz nach 18 Uhr, so dass ich mich fast ein bisschen sputen musste, da ja mein Dienst bereits um 20 Uhr wieder beginnen würde.

KAPITEL 54

Ariana Kubiczi betrachtete sich im Spiegel. Sie fand, dass sie super aussah. Der kurze Rock betonte ihren knackigen Hintern sehr. Ob das Top zu gewagt war? Schließlich wollte sie auch nicht billig aussehen. Das hatte eine Frau ihres Kalibers ja nun wirklich nicht nötig. Sie drehte und wendete sich nochmals vor dem Spiegel und entschied sich dann doch lieber für ein nicht ganz so freizügiges Oberteil. So, nun war es besser. Zufrieden schnalzte Ariana mit der Zunge. So würde hoffentlich auch Henrik anbeißen. Es war nun schon 21.30 Uhr. Sie würde sich beeilen müssen, um noch rechtzeitig zu kommen. Schnell ging sie in ihr Badezimmer und begann mit geübten Bewegungen, Make-up und Concealer aufzutragen. Jetzt fehlten nur noch die Wimpern. Ariana griff zu ihrer Wimpernzange und machte sich dran, die Wimpern schwungvoll zu verlängern. Gerade als sie fertig war und das Ergebnis zufrieden im Spiegel betrachtete, klingelte ihr Mobiltelefon. Sie lief in die Küche, wo sie es neben einem halb geleerten Proseccoglas hatte liegen lassen. Das Display zeigte ihr eine Nummer an, die sie gut kannte.

»Hi«, meldete sie sich. »Ich gehe in fünf Minuten los.«

Ariana lauschte dem Anrufer. Ihre anfangs noch freudige Miene wandelte sich schnell in ein immer länger werdendes Gesicht. Fassungslos setzte sie sich auf einen Stuhl an den Küchentisch.

»Nein. Einfach: nein. Ich kann heute nicht. Und überhaupt, warum denn ausgerechnet ich?« Sie lauschte wieder und zerknüllte dabei das Etikett ihres neu gekauften kurzen Rocks, das noch neben der Schere auf dem Küchentisch lag. Während sie weiter den Ausführungen des Anrufers lauschte, stand Ariana entnervt auf und lief in ihrer Wohnung hin und her. Ihr Blick fiel frustriert auf die nagelneuen Stiefeletten, die sie sich extra für diesen Abend gekauft und schon an die Tür gestellt hatte.

»Nein, ich springe nicht ein! Nein!«, brüllte sie ins Telefon und wühlte mit einer Hand hektisch in ihrer Handtasche, bis sie das Zigarettenpäckchen fand, das sie gesucht hatte. Das Handy unter das Ohr geklemmt, zündete sie sich eine Zigarette an.

»Was kann ich denn dafür, dass sich die blöde Kuh den Magen verdorben hat. Das kann doch Nadja machen oder … was? Ich glaube, ich höre nicht richtig.« Ariana wurde nun richtig wütend. »Ihr seid so was von fies. Das zahle ich der dummen Kuh heim, verlass dich drauf!«

Wütend legte sie auf und schmiss ihr Handy auf den Tisch. Tränen der Wut und des Frusts stiegen ihr hoch. So was Blödes. Sie hatte sich doch so auf die Party gefreut. Wäre sie nur nicht ans Telefon gegangen. Nun musste sie den Dienst für die blöde, diese unbegreiflich dumme, wüste … hach, Ariana bekam fast keine Luft mehr, so sehr regte sie sich auf. Heulend zog sie ihre Ausgehklamotten wieder aus und die Dienstkleider des RZZ an, von denen sie immer ein Set zu Hause hatte. Sie kaute auf ihrer Unterlippe. Na warte, das würde sie dieser hinterhältigen, widerlichen Kuh schon noch heimzahlen. Von wegen Magen-Darm. Die hatte doch keinen Bock darauf, den Dienst zu machen. So nicht! Nun sollte sie Ariana mal kennenlernen. Aber so richtig!

KAPITEL 55

Es war alles bereit. Heute Nacht war sie dran. Er verspürte eine schon fast kindliche Erregung in sich aufsteigen, wenn er daran dachte, was ihn heute Abend erwarten würde. Wie die kleine Lisa große Augen machen würde. Wie sie begreifen würde, dass sie in fast allen Punkten recht gehabt hatte, außer eben in der großen Frage nach dem Wer. Freudig schnalzte er mit der Zunge. Dann aber würde sich die Angst in ihrem Blick zeigen. Ob sie bitten und betteln würde? Flehen und wimmern? Er hoffte es nicht. Er war eigentlich ein Freund von kurzen, schmerzlosen Prozessen. Dass er Lisa eigentlich mochte und schätzte, würde es nicht einfacher machen. Aber er hatte keine Wahl. Sie musste sterben. Und wenn schon, dann wenigstens so, dass niemand, aber auch gar niemand einen Verdacht auf Fremdeinwirkung hegen würde. Am allerwenigsten er selbst. Fast musste er laut lachen bei diesem Gedanken. Schnell wurde er wieder ernst. Nach Lisa würde hoffentlich ein für alle Mal Schluss sein mit dieser blöden Geschichte. Ruhig nahm er sich seinen Rucksack, packte die schwarze Kopfhaube und die Laufhandschuhe ein. An der Tür drehte er sich nochmals um und lief in die Küche zurück. Er öffnete den Schrank unter dem Waschbecken und holte ein zwischen den Putzmitteln verstecktes kleines braunes Fläschchen raus, dessen Etikett er bereits vor längerer Zeit entfernt hatte. Plan B, falls etwas nicht so verlief, wie er es geplant hatte. Das war zwar schwer vorstellbar, aber man wusste ja nie. Und heute Abend durfte nichts schiefgehen. Danach ging er zügigen Schrittes zu seiner Wohnungstür und schloss hinter sich ab.

KAPITEL 56

Ich saß am Schreibtisch und versuchte, das Gutachten über die Untersuchung einer Vergewaltigten fertigzustellen. Es war eine der Geschichten, wie wir sie so oft zu hören bekamen. Eine 19-Jährige war am Abend zuerst bei Freunden und dann in einer Bar gewesen. Der Alkohol war in Strömen geflossen, und irgendwann hatte sie ein Blackout gehabt, war dann, nur mit einem Strumpf bekleidet, in der Wohnung eines ihr völlig Fremden aufgewacht. Als sie dann neben dem Typen einen zweiten entdeckt hatte, war sie panisch geworden und hatte eine Anzeige bei der Polizei erstattet, mit dem Verdacht, dass man ihr K.-o.-Tropfen verabreicht hätte. Die toxikologische Untersuchung hatte eine Blutalkoholkonzentration von 2,2 Gewichts-Promille ergeben, was die Erinnerungslücke hinreichend erklärte.

Es fiel mir unglaublich schwer, mich zu konzentrieren. Es war bereits 21.45 Uhr. Das RZZ lag ruhig da. Durch das offene Fenster drangen die Gerüche einer Sommernacht. Es roch nach Heu, feuchtem Gras und Grillfeuern. Gelegentlich hörte man das Lachen von Leuten im Park. Eine Katze huschte lautlos am Fenster vorbei. Ich drehte mich auf meinem Stuhl und sah aus dem Fenster ins Leere. Tagsüber hatte ich meine Angst in der Tankstelle bei Stromausfall schon fast lachhaft gefunden, aber bei Nacht allein im Institut sah die Welt schon wieder anders aus. Ich war schreckhaft und reagierte überempfindlich auf Geräusche und Bewegungen. Seufzend schloss ich das Gutachten. Ich würde am besten nach Hause fahren und dort den Abend verbringen, bis die ersten Einsätze kamen.

Da läutete mein Handy. Wenn man vom Teufel spricht, dachte ich. Das war bestimmt die Polizei. Ich kramte in meiner Handtasche, in die ich mein Handy schon für den Heimweg geworfen hatte. ›Unbekannter Anrufer‹ stand auf dem Display. Ich schaute für einen Moment stirnrunzelnd darauf. Die Nummern der Polizei wurden in der Regel angezeigt. Aber es gab auch manchmal Anrufe von der Staatsanwaltschaft oder von stationierten Polizisten, die aus Gründen der Nachverfolgbarkeit nicht immer sichtbar waren. Also nahm ich ab.

»Grüezi, Frau Klee, Abderhalden, Kapo Zürich«, hörte ich eine männliche Stimme am Telefon sagen. »Wir hätten da noch einen außergewöhnlichen Todesfall«, tönte es aus der Leitung. »Und zwar in der Strickhofstraße beziehungsweise im nahen Wald.«

»Was sind denn die Umstände?«, fragte ich.

»Suizid«, sagte der Polizist am anderen Ende der Leitung. »Sieht zumindest ganz danach aus. Es hat sich offenbar jemand an einem Baum erhängt. Feiernde Jugendliche haben den Leichnam gefunden.«

Ich beendete das Telefonat, nachdem ich versichert hatte, in etwa fünf Minuten loszufahren. Auch wenn sich aufgrund meiner Müdigkeit gerade alles dagegen sträubte, woandershin als in meine gemütliche Wohnung zu fahren, so konnte ich mich einer gewissen Faszination für diesen außergewöhnlichen Todesfall nicht erwehren. Ein Erhängter im Wald. Und das in der Nacht. Das hörte sich auf jeden Fall sehr spannend an. Mit einem Nicht-Rechtsmediziner, wie zum Beispiel meiner Mutter, kam es regelmäßig zu Diskussionen darüber, wie »schlimm« meine Arbeit denn sei. Sie fand es schrecklich, dass ich von früh bis spät mit gewaltsamen Todesfällen zu tun hatte, und konnte sich partout nicht vorstellen, dass man gewisse Fälle schlichtweg spannend und faszinierend finden konnte. Dementsprechend drückte sie auch ihre Abscheu darüber aus, wenn ich eine so geartete Äußerung machte. Ich hatte es mittlerweile aufgegeben, ihr zu erklären, dass der Tod zwar durchaus seinen Schrecken auch für mich nicht verloren hatte, aber dass ich mich gut von den Toten, die ich untersuchte, abgrenzen konnte und dem Wie, Wann und Warum nachging.

Kurz überlegte ich, ob ich den Hintergrund informieren müsse. Die EZ hatte ja gesagt, dass man in erster Linie von einem Suizid ausgehe. Trotzdem wollte ich mir in meiner momentanen Situation keinen Fehler erlauben. Ich nahm mein Handy und rief Henrik Sitta an.

Lautes Stimmengewirr wie in einer Kneipe war im Hintergrund zu hören. Eine Tür knarrte, und plötzlich war es still.

Ich berichtete ihm von dem Erhängten im Wald und fragte ihn, ob er dazukommen wolle oder ob ich auf irgendetwas Bestimmtes achten müsse.

Kurzes Zögern am anderen Ende der Leitung. »Ach Lisa«, sagte Henrik mit einem leicht genervten Unterton in der Stimme, »ich glaube, das schaffst du doch allein. Ein Erhängter ist ein Erhängter. Ob im Wald, ob in einer Scheune unter der Autobahnbrücke oder weiß der Geier wo. Die Untersuchung ist doch immer gleich. Suche nach Hinweisen, ob man ihn aufgehängt hat, also Griffspuren, Würgemale, die nicht zur Strangulation mit dem Strangwerkzeug passen, anderweitige Verletzungen und so weiter. Du kannst das doch, oder?«, setzte er etwas freundlicher hinzu und beendete das Telefonat.

Also packte ich meine Taschen und machte mich auf den Weg.

Die Strickhofstraße war nicht weit von hier, und es dauerte nicht lange, bis ich am besagten Waldrand ankam. Auf dem großen Kiesparkplatz hatte es außer meinem Dienstwagen kein anderes Auto. Das irritierte mich kurz, denn die Polizei war ja logischerweise immer als Erste am Ereignis- beziehungsweise Fundort. Der Polizist hatte mir aber gesagt, dass der Treffpunkt etwas weiter hinten im Wald liegen sollte.

Vielleicht war die Polizei ja direkt dorthin gefahren mit all den Utensilien, die man für eine Untersuchung nachts im Wald brauchte, also Beleuchtung und so weiter.

Ich spähte in den Wald hinein. Vor mir lag ein schmaler Kiesweg, der noch etwa 20 Meter weit einsehbar war, bevor er eine deutliche Rechtskurve machte. In der Mitte hatte er eine Grasnarbe. Kurz zögerte ich, ob ich nicht auch in den Wald hineinfahren sollte, aber der Dienstwagen hatte keinen Allradantrieb. Außerdem hatte die Polizei ja am Telefon gesagt, dass es nur noch 50 Meter weit in den Wald hineinging.

Ich schulterte meine Leichenschautasche und machte mich zu Fuß auf den Weg. Zahlreiche Insekten umschwirrten meinen Kopf. Darunter war leider auch die eine oder andere Stechmücke. Es wurde zunehmend dunkler. Schon wieder hatte ich vergessen, eine Taschenlampe mitzunehmen. Mein Handy hatte nicht mehr allzu viel Akku, so dass ich mich nicht getraute, die Taschenlampe einzuschalten. Ich hielt es daher nur in der Hand und ließ dann und wann das Display aufleuchten, um den Weg noch zu erkennen. Nun hatte ich die Rechtskurve passiert. Zögerlich drehte ich mich um. Der Waldrand und damit der beleuchtete Parkplatz waren nicht mehr zu erkennen. Dunkelheit umgab mich. Ich spürte, wie die Panik wieder in mir aufstieg. Es war wie ein Déjà-vu. Plötzlich befand ich mich wieder im Parkhaus an der Tankstelle. Mein Atem ging schneller, und ich beschloss gerade, den Rückweg anzutreten, als ich einen Lichtschein im Wald wahrnahm und jemand meinen Namen rufen hörte.

»Frau Klee, hier entlang.« Erleichtert atmete ich auf und schalt mich wegen meiner Furcht. Ich hielt nun mein Handy hoch und stolperte abseits des Weges auf den Lichtschein zu. Mehr als einmal wäre ich beinahe hingefallen. Äste kratzten an meinen Armen. Brombeerranken verhedderten sich in meinen Hosen.

Langsam näherte ich mich dem Lichtschein. Ich kämpfte mich durch ein paar Haselnussbüsche und stand nun am Rand einer Lichtung. Mitten darauf brannte ein kleines Feuer in einem kleinen Kreis aus Steinen. An einem Baum auf der anderen Seite der Lichtung konnte ich, undeutlich gegen das flackernde Licht des

Feuers, einen Körper baumeln sehen. Daneben stand eine Person, die eine Taschenlampe in den Händen hielt und in meine Richtung leuchtete.

Ich befand mich offenbar am richtigen Ort und trat auf die Lichtung.

»Guten Abend, Lisa Klee, RZZ«, rief ich. Der Schein der Taschenlampe vor mir blendete mich weiterhin, so dass ich noch immer nichts richtig erkennen konnte. Unsicher trat ich näher an das Feuer und schirmte meine Augen mit einer Hand ab. Der Strahl der Taschenlampe war mir noch immer mitten ins Gesicht gerichtet.

»Hallo?«, rief ich und hielt mir die Hand vor die Augen. Schweigen. Das Licht blendete mich unverdrossen weiter. Ein leises Kichern ertönte. Schlagartig war meine Müdigkeit wie weggeblasen. Hier stimmte etwas ganz und gar nicht. Nun realisierte ich auch, dass weder Spurensicherung noch andere Polizisten vor Ort waren. Es hätte hier doch wimmeln müssen vor Mitarbeitern der Polizei und der Kriminaltechnik. Jetzt fiel mir auch wieder ein, dass am Parkplatz kein anderes Auto gestanden hatte. Panik ergriff mich. Dennoch war ich nicht fähig zu reagieren. Wie erstarrt stand ich da und schaute in das Licht der sich nähernden Taschenlampe.

Erst als sich die Person auf wenige Schritte genähert hatte, kam wieder Leben in meinen Körper. Panisch drehte ich mich um, um wegzurennen, aber da war es bereits zu spät. Kräftige Arme packten mich von hinten, und ein aromatisch riechender Lappen wurde mir auf Mund und Nase gedrückt. Kurz zuvor nahm ich noch einen Geruch wahr, den ich kannte. Einen vertrauten Geruch nach einem Rasierwasser. Aber ich kam nicht mehr dazu, darüber nachzudenken, denn dann wurde alles dunkel.

KAPITEL 57

Ariana war so wütend wie noch nie. Sie hätte schreien können vor Zorn. Wenn sie auch nur an Lisa Klee dachte, sah sie nur noch rot. Sie schnappte sich ihre Schlüssel und rannte aus ihrer Wohnung, nicht ohne die Tür gewaltig hinter sich zuzuschlagen. Die Treppen hinab flog sie förmlich, und es war wohl gut, dass ihr niemand auf dem Weg nach unten begegnete, denn dann hätte der wahrscheinlich schon den ganzen Zorn zu spüren bekommen. Zu blöd nur, dass sie zuerst ins Institut musste, da sie nicht wusste, wo diese blöde Schnepfe wohnte. Im Institut gab es eine hinterlegte Liste mit den persönlichen Angaben aller ärztlichen Mitarbeiter für den Notfall. Sie wusste, wo die im Sekretariat aufbewahrt wurde. Evi hatte ihr das einmal verraten. Die würde sie sich schnell unter den Nagel reißen, und dann ab die Post. Dann würde diese Lisa mal ihr blaues Wunder erleben.

Auf dem kurzen Weg von Oerlikon ins RZZ gab es zum Glück keine Geschwindigkeitskontrolle. Ariana parkte ihr Auto schräg in einer Parklücke, aber das war ihr im Moment völlig egal. Sie schmiss die Autotür energisch hinter sich zu und stürmte zum Eingang. Das Institut lag verlassen da und war völlig im Dunkeln außer dem Fenster von Patrick Bode, wo Licht brannte. Patrick war häufig auch an den Wochenenden und nachts noch am Arbeiten. Hatte der nicht auch zur Party gehen wollen? Und wo war überhaupt der Dienstwagen? Sollte sie jetzt auch noch mit ihrem eigenen Auto zu den Einsätzen fahren?

Ariana war derart geladen, dass sie sich nicht mal die Mühe machte, leise zu sein. Sie stürmte durch die Eingangshalle ins Sekretariat, wo sie den Schlüssel auf den Tisch schmiss. Sie zog an der obersten Schublade des Corpus, der unter dem Schreibtisch von Evi stand. Dort, wusste sie, wurden die privaten Adressen aller RZZler aufbewahrt. Die Schublade ging nicht auf. Evi musste sie, in ihrer überbordenden Korrektheit, abgeschlossen haben. Ariana rüttelte wie eine Irre ein paarmal daran, aber sie hatte keine Chance. Wütend schlug sie mit der Faust gegen die Schublade.

Sie überlegte, wie sie sonst an die Adresse von Lisa rankommen könnte oder wo Evi den Schlüssel aufbewahrte. Letzteres erübrigte sich wahrscheinlich, weil der Schlüssel ziemlich sicher an Evis überdimensionalem Schlüsselbund hing, und der wäre dann vermutlich mit ihr zu Hause. So ein Mist! Wie kam sie nun an Lisas Adresse?

KAPITEL 58

Als ich wieder zu mir kam, wusste ich im ersten Moment nicht, wo ich mich befand. Mir war übel, und mein Kopf brummte wie wild. Ich saß auf einem weichen, kühlen Untergrund, und es roch angenehm nach Wald. Ich nahm das Schwirren von Stechmücken wahr, die mir um den Kopf flogen. Als ich sie verscheuchen wollte, merkte ich, dass mir die Hände auf dem Rücken gefesselt worden waren. Schlagartig fiel mir alles wieder ein.

Der Dienst, der Todesfall im Wald, der ganz offensichtlich keiner war, die Gestalt, deren Geruch mir so seltsam bekannt vorgekommen war, das grelle Licht, der Lappen ...

Panisch zerrte ich an meinen Fesseln, offenbar weiche, schalartige Tücher, die fest um meine Handgelenke und Unterarme gebunden waren. Da hörte ich ein leises Lachen, und der Schein der Taschenlampe leuchtete mir wieder mitten ins Gesicht. Da meine Beine nicht gefesselt waren, versuchte ich aufzustehen, stolperte jedoch sofort wieder und landete unsanft auf dem Allerwertesten. Die lachende Gestalt kam mit raschelnden Schritten auf mich zu.

»Spar dir die Mühe, Lisa«, sagte eine ruhige Stimme. Als ich diese hörte, wurde mir ganz anders. Ich kannte diese Stimme, denn ich hörte sie jeden Tag. Die Wahrheit realisierend, wurde mir schrecklich übel. Mir war ein furchtbarer Fehler unterlaufen. Christoph war unschuldig, und der wahre Täter hatte alle Zeit gehabt, sich ins Fäustchen zu lachen und einen Plan auszuhecken.

»Lisa, Lisa, was machst du nur für Sachen«, sagte er bedauernd und nahm die Taschenlampe runter, so dass mich der Strahl nicht mehr blendete und ich ihm ins Gesicht schauen konnte. Ein Gesicht, das ich gut kannte und von dessen Besitzer ich nie gedacht hätte, dass er zu solchen Taten fähig war.

KAPITEL 59

Julia lachte und schaute ihre Freundin Maggi glücklich an. Wie gut es war, dass sie sich gefunden hatten. Maggi hatte sie am späten Nachmittag aus dem Spital abgeholt und kümmerte sich nun rührend um sie. Gerade hatte sie eine lustige Geschichte aus ihrer Arbeit erzählt, besser gesagt von ihrem Kollegen, der …

»So, meine Liebe. Jetzt legst du dich aber mal ins Bett. Schließlich sollst du dich ja hier schonen, gell?« Es rührte Julia, wie liebevoll Maggi sie anschaute. Nie hätte sie sich träumen lassen, dass diese unglaublich attraktive Frau, der ganze Männerheerscharen zu Füßen lagen, auf Frauen stehen könnte.

»Was schaust du mich denn so an?«, meinte Maggi verlegen. »Da werde ich doch ganz rot!« Julia lachte und umarmte ihre Freundin.

»Es tut so gut, dass es dich gibt«, murmelte sie, dicht an Maggi geschmiegt.

»Aber ich muss offenbar besser auf dich aufpassen«, ergänzte Maggi und schob Julia ein Stückchen von sich weg.

»Halt dich ab jetzt bloß fern von dieser Verrückten!«, sagte Maggi ernst.

Julia entgegnete nichts.

»Wenn wir nur wüssten, wer dir das angetan hat«, murmelte Maggi. »Das war kein Jugendstreich. Du hättest tot sein können!« Sanft streichelte sie Julia über den Kopf.

»Ich habe ohnehin von Anfang nicht daran geglaubt, dass es Christoph gewesen ist«, sagte sie nachdenklich.

Julia genoss die sanften Berührungen ihrer Freundin. Als sie realisierte, was diese gesagt hatte, fuhr sie auf.

»Was sagst du da?« Stöhnend fasste sie sich an den Kopf, der durch die ruckartige Bewegung gleich wieder angefangen hatte wehzutun. Maggi streichelte Julia beschwichtigend über den Arm. »Ach, mach dir doch darüber jetzt keine Gedanken. Du bist hier sicher. Es ist alles gut.«

Sie küsste Julias Haare. »Soll ich uns eine heiße Milch mit einem Schuss Baileys machen?«, fuhr sie betont fröhlich fort. »Klar, du sollst ja keinen Alkohol trinken, aber einfach einen winzigen Schuss, sozusagen als Geschmacksverstärker? Na, was meinst du?«

Julia ging nicht auf die aufgesetzte Fröhlichkeit ihrer Freundin ein. Sie hatte sich von Maggi gelöst und schaute diese unverwandt an. »Maggi«, sagte sie betont ruhig, »was ist mit diesem Christoph? Gibt. Es. Neuigkeiten?«

Maggi stand auf und fuhr sich durch die Haare. »Ach Julia, ich weiß nicht, du sollst dich doch nicht aufregen ...«

»Maggi, ich rege mich aber bereits auf, und zwar ziemlich«, gab Julia erregt zurück. »Jetzt sag schon, was los ist, bitte!«

Maggi seufzte und setzte sich wieder hin. Sie drehte ein Päckchen Streichhölzer in ihren Händen, mit denen sie zuvor eine Kerze angezündet hatte.

»Nun gut, aber bitte rege dich nicht auf, ja? Reto hat vorhin angerufen und wollte wissen, wie es dir geht. Er hat sich dann, gelinde gesagt, sehr über diese Geschichte aufgeregt, in die du da geraten bist.« Maggi machte eine Pause und fuhr dann zögernd fort.

»Christoph Reichert hat mit dieser Studentin zusammen studiert, war mit einer Austauschorganisation in Madrid, als sie starb. Sie haben Christoph Reichert heute früh entlassen.«

Julia schaute ihre Freundin entgeistert an. »Was sagst du da? Warum erfahre ich das erst jetzt? Weiß Lisa schon Bescheid?».

Sie wollte aufstehen, aber Maggi drückte sie sanft wieder auf das Sofa.

»Nein, Julia«, sagte sie bestimmt. »Wir müssen gar nichts unternehmen.« Sie seufzte. »Ohne Lisa und ihre verrückten Theorien wärst du nie in dieses Schlamassel geraten. Und außerdem hat Christoph Reichert offenbar nichts Böses oder Unrechtes getan, denn er wurde wieder freigelassen. Es ist doch ohnehin die Frage, ob Lisa mit ihren verrückten Theorien überhaupt irgendwo ein Körnchen Wahrheit entdeckt hat oder ob sie sich das nur zusammengesponnen hat.«

KAPITEL 60

Ariana setzte sich für einen Moment an Evis Schreibtisch und überlegte. Sie könnte Patrick Bode fragen, ob der wüsste, wo Lisa wohnte. Aber warum sollte der wissen, wo diese Schnepfe ihr Dasein fristete? Außerdem würde sie sich dann mit ihm unterhalten müssen, womöglich würde er noch mit ihr flirten wollen, und darauf hatte sie jetzt gar keine Lust. Nein, es musste eine andere Möglichkeit geben. Fieberhaft sah sie sich im Büro von Evi um. Was es da alles für Schnickschnack hatte. Verschiedene Kaugummidosen, Parfümfläschchen, mehrere kitschige Figürchen, die aus Souvenirläden verschiedener Großstädte Europas stammten, Brillenetuis für Evis große Brillensammlung und eine kleine Vase mit einem Strauß Maiglöckchen aus Plastik.

Meine Güte. Ariana konnte Evi förmlich vor sich sehen, wie sie all den unnötigen Kitsch arrangierte und vermutlich täglich anders anordnete. Sie fühlte sich so frustriert, dass sie gute Lust hatte, eine der Kitschfiguren gegen die Wand zu schmeißen. Ariana nahm die Vase in die Hand und drehte sie unschlüssig hin und her.

Da bemerkte sie, dass es im Inneren klapperte. Sie sah hinein und entdeckte einen einzelnen Schlüssel. Aufgeregt nahm sie ihn heraus und steckte ihn in die Schreibtischschublade. Er passte. Mit einem triumphierenden Grinsen drehte Ariana ihn im Schloss und schaute in das Innere der Schublade. Evi war eine nahezu zwanghafte Ordnungsfanatikerin und hatte alles fein säuberlich in verschiedenfarbige Mäppchen sortiert. ›Aktuelle Adressliste RZZ – vertraulich‹, stand auf einem Post-it. Es dauerte nicht lange, und Ariana hatte Lisas Adresse gefunden.

KAPITEL 61

Mein Angreifer sah mich ernst an. »Lisa, Lisa«, sagte er wieder. »Was sollte denn das alles? Was hast du dir nur dabei gedacht?

Hättest du denn nicht die alten Geschichten ruhen lassen kön-nen? Niemand hier wäre auf die Idee gekommen, dass da etwas nicht stimmt mit den Todesfällen.« Er schnalzte missbilligend mit der Zunge. »Aber dieser Rainer Wilti, der konnte ja keine Ruhe geben. Wenn der nicht bei unserer Abendveranstaltung immer wieder mit der alten Geschichte angefangen hätte, wäre es vielleicht gar nicht so weit gekommen. Furchtbar, diese alten Knacker, die sich auch nach ihrer Pensionierung nicht von ihrem Möchtegernruhm der vergangenen Tage lösen können, findest du nicht?«

Kopfschüttelnd schaute er mich an.

»Offenbar hat dieser Putzmann, der damals den Park gerei-nigt hat, ihn angerufen und ihm erzählt, dass er was in der Nacht gesehen hat.« Entnervt schlug er mit der Faust gegen den Baum-stamm. »Und Rainer hat natürlich auf seine alten Tage nochmals Blut geleckt. Sich wohl eingebildet, dass er einen alten Mordfall sogar nach seiner Pensionierung noch ohne weiteres einfach so lösen könnte.« Er machte eine kurze Pause. »Zum Glück hat er auf unserem Fest damit angegeben, so konnte ich ihm einen Rie-gel vorschieben und diesem Reinigungsmann gleich obendrein.«

Er drehte gedankenverloren einen kleinen Ast zwischen sei-nen Fingern hin und her, während ich mir panisch überlegte, wie ich hier wieder rauskam. Unauffällig versuchte ich, die wei-chen Schals von meinen Handgelenken zu lockern, indem ich meine Hände vorsichtig gegeneinander bewegte. So hatte ich das einmal im Fernsehen gesehen. Keine Ahnung, ob es wirk-lich funktionierte.

Mein Angreifer schien nichts davon mitzubekommen. Wie in Gedanken versunken, fuhr er fort:

»Dieser Rainer Wilti wollte unbedingt, dass man alle Zeugen von damals nochmals befragt. Na ja, und da wäre es nur eine Frage der Zeit gewesen, bis man die Verbindung zu mir herge-stellt hätte. Ich habe mit Caroline Friedrich zusammen studiert.

Diese dumme Schnepfe hat sich immer über mich lustig gemacht und mich vor allen Kommilitonen bloßgestellt. Und ihre dämliche Freundin Claudia Meinrad war auch jedes Mal Feuer und Flamme. Kein Tag im Hörsaal, ohne dass Caroline mich brüskiert hat. Und ja, ich war damals in sie verliebt.« Er hielt inne und sah entrückt in die Ferne. »Und dann hatte ich den Fehler gemacht, es ihr zu sagen. Daraufhin ging es so richtig los. Ihre Gemeinheiten reichten so weit, dass ich mich kaum noch in die Vorlesungen getraut habe.« Wieder schüttelte er den Kopf.

»Und das Ganze gipfelte dann auf dieser Party im ›Platzspitz‹ im Sommer 1997. Aber dann habe ich es ihr so richtig gezeigt, der kleinen Schlampe. Die hat sich nie wieder«, erbost hob er den Zeigefinger, »nie wieder über mich lustig gemacht. Und auch über niemanden anders. Dafür habe ich gesorgt! Und nun habe ich mein Ziel fast erreicht. Ich bin habilitiert und meine Bewerbung als Chef des Rechtsmedizinischen Instituts in Mainz kam in die Endrunde. Und jetzt kommst du, Lisa, und machst mir beinahe alles wieder kaputt. Das kann ich einfach nicht zulassen.« Beinahe mitleidig sah er mich an. »Das verstehst du doch Lisa, oder?«

Ich gab ein unbestimmtes Murmeln von mir. Meine Lage war prekär und sah alles andere als gut aus, aber solange er redete, brachte er mich wenigstens nicht um. Ich versuchte weiterhin, die Fesseln zu lockern. Bislang aber ohne Erfolg.

»Ich dachte, mit den dreien wäre es vorbei.« Wieder schüttelte er den Kopf. »Aber dann wurde es immer schlimmer, die alte Frau im Spital, die mich gesehen hatte, Julia, die ich überfallen musste … das Ganze begann mir aus dem Ruder zu laufen. Und alles nur, weil du«, hasserfüllt starrte er jetzt auf mich hinab, »dir die Fälle zu gründlich angeschaut hast. Die anderen wären nie im Leben auf die Idee gekommen, an den Suiziden zu zweifeln! Die sind doch viel zu engstirnig und darauf bedacht, ihre Fälle nur schnellstmöglich abzuschließen. Riecht nach Ente, läuft wie 'ne Ente, wird schon 'ne Ente sein, so nach dem Motto. Aber du, Lisa, du tickst anders. Du hattest in allen Fällen den richtigen Riecher. Du hast nicht gleich den einfachsten Weg gewählt, sondern hast nachgehakt und scheinbar Offensichtliches kritisch hinterfragt. Du bist die geborene Rechtsmedizinerin. Aber leider hast du dir damit selbst alles zerstört. Es ist wirklich schade, Lisa. Du und ich, wir hätten es in unserer kleinen Rechtsmedizinerwelt hier echt zu was bringen können. Alle anderen sind doch die totalen Pfeifen. Aber jetzt kann ich nicht mehr anders.« Der Ast zwischen seinen Fingern zerbrach.

»Entweder du oder ich. Wenn ich dich laufen lasse, komme ich dran, und meine ganze Karriere, die ich mir so sorgfältig aufgebaut habe, wäre hinüber. Das geht nun mal nicht.« Wieder machte er eine kurze Pause, in der er mich eindringlich und fast schon bedauernd musterte und dann humorlos auflachte.

»Aber es birgt schon eine gewisse Ironie, dass nun ausgerechnet du, also die Einzige, die daraufkam, was wirklich passiert ist, dasselbe Schicksal erleiden wirst wie Rainer Wilti und die anderen. Findest du nicht?« Das Lachen ging in ein hysterisches Kichern über. »Und wenn du dann nicht mehr da bist, wird auch keiner von den anderen daraufkommen. Alle werden glauben, dass du dich wegen der Sache mit Christoph umgebracht hast. Einen entsprechenden Abschiedsbrief habe ich schon mal vorbereitet.« Er wedelte mit einem Blatt Papier vor mir herum.

Ungläubig starrte ich darauf. Es war mir klar, dass er keine Witzchen riss, sondern alles bitterernst meinte. Ich würde sterben, wenn nicht ein Wunder geschah. Und keiner würde Verdacht schöpfen, das hatte er ganz richtig gesagt. Gründe, Selbstmord zu begehen, gab es aus Sicht der anderen vermutlich genug. Ich musste hier weg. Irgendwie! Ich stöhnte auf und begann nun, wie wild an meinen Fesseln zu zerren. Noch bevor ich aber auch nur meinen Mund aufmachen konnte, um laut nach Hilfe zu rufen, war er mit einem einzigen geschmeidigen Satz bei mir und drückte mir seine kräftige behandschuhte Hand auf Mund und Nase.

»Wage es ja nicht«, knurrte er gefährlich leise. »Nicht, dass dich hier jemand hören würde, aber sicher ist sicher.« Er stopfte mir ein Stück Stoff in den Mund, so dass ich gerade noch durch die Nase Luft bekam. »Keine Sorge«, sagte er. »Faserfrei, hihi, da würde die TechKrim nicht ein Fitzelchen davon finden. Gibt's im Sexshop in der SM-Abteilung.« Nun lachte er lauthals. »Aber die TechKrim wird eh nicht kommen, weil es ja ein ganz eindeutiger Selbstmord ist. Schau mal«, er deutete auf den baumelnden Körper, der, wie ich nun erkennen konnte, aus einem Sack bestand, der mit irgendetwas gefüllt gewesen war. Das Seil war über einen circa zwei Meter hohen Ast über den Boden geworfen worden. Am Sack selbst befanden sich die zu einer zulaufenden Schlinge verknoteten Seilenden, auf etwa einem Meter siebzig Höhe. Schräg unterhalb des Müllsacks war ein abgesägter Baumstamm.

»Hier habe ich schon ein schönes Szenario vorbereitet. Du«, er zeigte auf den Baumstamm, »wirst auf diesen Baumstrunk da steigen, den Kopf in die Schlinge legen, und dann nur noch ein kleiner Hops ...«, er machte eine schubsende Geste mit seinen Händen.

»That's it. Du musst eigentlich nicht viel machen.« Er ließ wieder sein irres Lachen ertönen. »Aber sicherheitshalber helfe ich mit einem klitzekleinen Schubs ein bisschen nach. Dann wirst du sehr schnell bewusstlos, und der Rest passiert ganz von allein.«

Er machte eine angewiderte Geste. »Die Krampfanfälle und wie du dir in die Hose machst, bekommst du ja nicht mehr mit. Ich übrigens auch nicht, das möchte ich mir nämlich nicht antun. Aber vorher«, er griff in den Müllsack und hielt eine Flasche Wodka und das Blatt Papier in den Händen, »wirst du diesen computergetippten Abschiedsbrief unterschreiben und dazu ein bisschen Wodka trinken.«

Wieder wedelte er mit dem Papier hin und her. »Da steht alles drin. Dass es dir leidtut, Christoph beschuldigt zu haben, dass du das Mobbing am Arbeitsplatz nicht mehr aushältst, dass du unglücklich in mich verliebt warst und einfach nicht mehr weiterkannst. Jaja, ich weiß«, fuhr er belehrend fort, als ob ich irgendwelche Einwände vorgebracht hätte, »du warst ja wahrscheinlich nicht in mich verliebt, aber ich dachte, das macht es noch ein bisschen theatralischer, nicht wahr?« Er kicherte wieder und schaute mich beifallheischend an.

»Also, Lisa, ich lockere dir jetzt die Fesseln, und dann unterschreibst du ganz brav den Brief, ja?« Er begann, meine Fesseln an den Handgelenken zu lockern. »Die hinterlassen übrigens auch keine Spuren, aber das war dir eh klar, gell?« Mit wenigen Griffen hatte er die Knoten des rechten Handgelenks gelöst. »Und ja keine unüberlegten Manöver. Du hättest keine Chance.« Er reichte mir den Stift. »Hier, unterschreibe!«

KAPITEL 62

Julia war trotz der pochenden Kopfschmerzen aufgestanden und schaute ihre Freundin wütend an.

»Aber Maggi«, entgegnete sie aufgebracht, »schau doch, was mir passiert ist. Irgendwas wird wohl dran sein an Lisas Theorien.

Und wenn Christoph es nicht war, dann bedeutet das, dass dieser Mensch noch immer frei herumläuft und Lisa in Gefahr ist.«

Maggi lief zu Julia und nahm sie sanft an den Schultern.

»Julia, jetzt beruhige dich doch ...«

»Verdammt, Maggi!«, zornig hieb Julia auf den Couchtisch.

»Wir müssen Lisa warnen, checkst du das denn nicht?«

Maggi seufzte und sah ihre Freundin besorgt an. Diese war wieder ganz bleich geworden und hatte fiebrig glänzende Augen.

»Ich sehe einfach, dass du dich nicht so aufregen solltest. Sonst kann ich dich gleich wieder zurück ins Spital fahren. Klare Anweisung der Ärzte.«

Julia wurde nun richtig wütend. »Jetzt sag du mir bloß nicht, wann ich mich aufregen kann und wann nicht, sapperlot noch mal. Ich rufe jetzt erst mal bei Lisa an und gebe ihr Bescheid.« Wütend schnappte sich Julia ihr Mobiltelefon und drückte auf Lisas Handynummer.

KAPITEL 63

Zitternd nahm ich den Stift in die rechte Hand, die sich ganz steif anfühlte. Natürlich wollte ich nicht unterschreiben und überlegte fieberhaft, wie ich irgendwie Zeit schinden konnte, auch wenn ich keine Ahnung hatte, wie ich das anstellen sollte. Vor lauter Panik konnte ich eh nicht mehr richtig denken. Mein Mobiltelefon klingelte in meiner Tasche.

»Schreib! Jetzt!«, knurrte er und kam ganz nah an mich heran. »Dein Telefon wird schon wieder aufhören.«

Leider hatte er recht, und nach einer gefühlten Ewigkeit verstummte mein Handy wieder. Er hielt mir das Blatt erneut hin.

Da hörten wir plötzlich Stimmen. Lautes Gelächter tönte durch den dunklen Wald. »Heeeiiiiiiiiiiioooooo!«, grölte einer.

»Ach, verfluchter Mist!«, schimpfte mein Angreifer und zog die Fesseln wieder an. Geschmeidig und behände löste er das Seil vom Ast und warf es in den Müllsack. Lichter schwirrten durch den Wald, und die Stimmen wurden lauter. Ich versuchte zu schreien, aber durch den Knebel, den er mir in den Mund gestopft hatte, brachte ich nur ein ersticktes Stöhnen hervor.

»Hei, Mann, was geht ab. Wir machen Paaarrrtyyyyyyyyy!«, schrie eine sich überschlagende Stimme.

Er zerrte an meinen Armen, um mich aufzurichten, und presste mich an einen Baumstamm. Er legte seine Hände an meinen Rücken, so dass man die Fesseln nicht sehen konnte. Ich stöhnte, wand mich, versuchte, mich aus seinem Griff zu befreien, hatte aber keine Chance.

Äste knackten. Es hörte sich an, als ob eine Elefantenherde durch den Wald getrampelt kam. Lichtkegel irrten durch die Dunkelheit. Bald schon spürte ich, wie Lichter einer Taschenlampe über uns glitten.

»Heeeyyy, da ist ja schon wer!«, schrie einer übermütig.

»Schau mal, zwei Alte am Knutschen, ich glaub, mir wird übel.« Der Typ machte Würgegeräusche. Seine Freunde antworteten mit lautem Gelächter und leuchteten mit ihren Lampen direkt auf uns. Ich erkannte meine Chance. Ich musste mich unbedingt bemerkbar machen. Ich wand mich unter der Umklammerung meines Angreifers und versuchte zu schreien, aber er presste seinen Mund fest auf meinen, und so kam lediglich ein dumpfes Brummen aus meinem Mund.

»Oh. My. God. Die Alte stöhnt ja schon wie wild. Kommt, Leute, lasst uns woanders Party machen. Da weiter hinten gibt's noch 'ne coole Lichtung.«

Wieder versuchte ich, meinen Mund zu öffnen und zu schreien, aber ich hatte keine Chance. Er war viel stärker als ich. Kurz erhaschte ich noch einen Blick auf die sich abwendenden Jugendlichen, und dann war es wieder dunkel. Der Lichtschein und das Gegröle der Partymacher entfernten sich.

Ich spürte, wie meine ganze Hoffnung in mir zusammensackte und einer tiefen Verzweiflung wich. Die Rettung war so nah gewesen. Es dauerte nicht lange, und dann war gar nichts mehr von den Jugendlichen zu hören. Er hielt mich noch eine ganze Weile umarmt, bevor er seine Umklammerung prüfend löste. Ich wimmerte leise vor mich hin, völlig verzweifelt.

»Hier können wir nicht bleiben«, stellte er nüchtern fest. »Auch wenn wahrscheinlich gar keiner auf die Idee kommt, es ist zu riskant, weil sie uns da beide gesehen haben. Und ich gehe nicht noch mal ein Risiko ein.« Er gab mir einen kleinen Schubs. »So, meine liebe Lisa, jetzt säufst du erst mal ein bisschen Wodka, und dann gehen wir zu dir nach Hause. Kleine Planänderung!«

KAPITEL 64

Ehe ich mich's versah, hatte er mir den Knebel aus dem Mund genommen, mir den Kopf nach hinten gebogen und den Hals der Wodkaflasche in den Mund gestopft. Ich spürte, wie das brennende Nass meine Kehle hinunterglitt, und schluckte reflexartig. Mein Kollege hielt die Flasche aber fast senkrecht, so dass viel zu viel Wodka in meinen Mund floss, weswegen ich mich verschluckte. Ich hustete, doch immer mehr Wodka floss nach, und bald hatte ich Panik, zu ersticken beziehungsweise am Wodka zu ertrinken. Dass ich Wodka zudem hasste wie die Pest, weil ich mich zu Studienzeiten einmal übelst damit betrunken hatte, war jetzt absolut sekundär. Gerade als der Würgereiz übermächtig wurde und ich schon dachte, an meinem beinahe Erbrochenen sterben zu müssen, löste er seinen harten Griff und nahm die Flasche aus meinem Mund. Ich hustete und würgte trocken. Mir war entsetzlich übel. Meine Knie zitterten, und alles begann sich zu drehen. Wie von weit weg hörte ich seine Stimme.

»So, Madame. Jetzt gehen wir mal zu deinem Auto. Gehen wir zu dir oder zu mir?« Er lachte leise. »In diesem Fall natürlich zu dir.«

Er packte mich mühelos unter den Armen und führte mich zu meinem Auto. Wehren konnte ich mich nicht mehr. Mir kam das alles vor wie in einem schrecklichen Albtraum, nur dass ich nicht erwachte. Irgendwie registrierte ich, dass er in meiner Tasche nach dem Schlüssel wühlte, das Auto aufschloss und mich auf den Beifahrersitz bugsierte. Mir war elendig zumute. Von der Fahrt zu meiner Wohnung blieben mir nur dumpfe Erinnerungen. Ein Bus, der hinter uns herfuhr, die Lichter eines Fahrrades, das uns entgegenkam, und schließlich das Haus, in dem meine Wohnung war. Er griff mir wieder um den Oberkörper und um die Schultern und schleppte mich zu meiner Wohnungstür. Ich war derart benebelt, dass ich nicht einmal daran dachte, zu schreien oder sonst irgendwie auf mich aufmerksam zu machen. Bei mir zu Hause ließ er mich unsanft auf mein Bett fallen, ging noch mal zur Wohnungstür und schloss von innen ab.

»So, Lisa, jetzt ziehen wir dir erst mal deine Jacke und die Schuhe aus, gell? Soll ja alles möglichst authentisch wirken!«

KAPITEL 65

Ariana schaute auf Google Maps nach, wo sich Lisas Wohnung befand. Erleichtert lachte sie auf. Das war ja ganz in der Nähe. So würde sie nicht noch durch die ganze Stadt kurven müssen. Sie legte die Adressliste wieder fein säuberlich an exakt den Ort, an dem sie sie gefunden hatte. Evi konnte furchtbar pedantisch sein und würde am Montag sonst ein Riesengeschrei veranstalten, dass jemand an ihrer Schublade gewesen wäre. Nein danke, da konnte Ariana gern drauf verzichten. Sie legte den Schlüssel wieder in die Vase und drehte sie dann unschlüssig in ihren Händen. Wo hatte die nun schon wieder gestanden? Neben dem kleinen Eiffelturm oder zwischen dem Abbild der Kaiserin Sisi und der venezianischen Gondel?

Ariana schüttelte genervt ihre langen Haare. Letztlich war das jetzt auch egal. Sie würde am Montag einfach leugnen, im Büro gewesen zu sein. Könnte ja auch die Putzfrau verschoben haben. Sicherheitshalber verstellte sie noch ein paar andere Souvenirs und tauschte den Petersdom gegen den Hamburger Schietwetterpot aus.

Zufrieden sah sie auf die neu entstandene Ordnung, löschte das Licht und schloss die Tür wieder. Auf dem Weg zum Ausgang hörte sie plötzlich eine tiefe Stimme:

»Oh, hallo, schöne Frau, wohin des Weges?« Ariana stockte und brauchte einen Moment, um sich für die Begegnung mit Doktor Patrick Bode zu wappnen. Schließlich drehte sie sich mit einem strahlenden Lächeln um.

»Hallo, Patrick, was machst du denn hier? Ich dachte, du gehst zur Party ins ›Kaufleuten‹?«

Patrick strich sich die Haare aus der Stirn und hakte die Daumen in die Taschen. »Du weißt ja, die Arbeit … Wenn die Arbeit ruft und das Bett einsam ist, ist das RZZ mein Zuhause!« Mit einem vielsagenden Grinsen sah er sie an.

»Aber du wolltest doch auch hingehen. Was hat dich denn abgehalten?«

Ariana machte eine wegwerfende Handbewegung.

»Ach, weißt du, ich habe kurzfristig einen Dienst übernehmen müssen und musste noch etwas holen. Ich muss jetzt auch gleich wieder weiter. So ist das eben, wenn die Arbeit ruft …«, grinste sie und schaute, dass sie weg kam. Der arme Patrick Bode stand noch einen Moment regungslos da und schaute ihr mit einem dümmlichen Lächeln nach. Was für eine Frau, was für ein Temperament, dachte er bei sich.

KAPITEL 66

Nachdem mein Angreifer meine Jacke ordentlich in die Garderobe gehängt und die Schuhe an die Tür gestellt hatte, wandte er sich wieder mir zu.

»Also, Lisa, Plan B ist auch nicht übel. Du wirst einfach ein bisschen was von dem da schlucken.« Er wedelte mit einem kleinen braunen Fläschchen vor meiner Nase herum, das mir irgendwie bekannt vorkam. Wenn ich doch nur nicht so benommen wäre. Ich konnte überhaupt keinen klaren Gedanken mehr fassen. Schon fielen mir wieder die Augen zu.

»Lisa, hey, noch nicht schlafen! Das kommt später!« Er schüttelte mich. Aber ich war noch immer so müde. Meine Augen gingen nicht mehr auf.

»Ach, so ein Scheiß!«, schimpfte er. »Das war wohl zu viel *Dormicum* im Wodka. Warte mal, vielleicht hilft ja das.« Er klatschte mir einen nassen Lappen ins Gesicht, so dass ich wieder etwas wacher wurde und zumindest die Augen aufbekam.

»So, Lisa, nun unterschreibe jetzt endlich diesen Abschiedsbrief!« Wieder drückte er mir einen Stift in die Hand und hielt mir das Blatt mit den Abschiedszeilen vor die Nase. Ich drehte den Stift weg.

»Aber Lisa, jetzt sei doch nicht so störrisch. Dann machen wir es eben ohne Unterschrift, ist ja eigentlich eh egal. Der Brief allein sollte reichen.« Er nahm mir den Stift aus der Hand, legte meine Finger und die Handfläche in undefinierbarer Reihenfolge auf den Abschiedsbrief und legte diesen dann schön säuberlich in die Mitte auf meinen Schreibtisch.

Irgendwie fühlte ich mich plötzlich wieder etwas wacher. Hatte er etwas von *Dormicum* gesagt? Das war ein sehr kurz wirkendes Beruhigungsmittel. Vielleicht ließ die Wirkung schon wieder nach? Tatsächlich konnte ich plötzlich wieder etwas besser denken. Aber das durfte er nicht merken. Also gab ich mich weiterhin benommen, was in Anbetracht des vielen Wodkas ja auch nicht so schwierig war. Ich sah, wie er das braune Fläschchen wieder in den Händen hielt. Natürlich hatte er Handschuhe an, was auch sonst. Er öffnete mehrere Schränke in meiner Küche, bis er den Vorratsschrank gefunden hatte, und spähte suchend hinein.

»Aha, habe ich es mir doch gedacht. Du isst gern Schokolade«, murmelte er und nahm ein kleines Schokoladentäfelchen aus der großen Lindt-Packung, die ich mir regelmäßig im Fabrikshop in Kilchberg kaufte. Dann öffnete er mehrere Schubladen, bis er einen Löffel entdeckte. Diesen nahm er heraus und kramte ein zweites braunes Fläschchen aus seiner Jackentasche hervor. Er machte sich daran, dieses zu öffnen und eine Flüssigkeit in den Löffel zu tropfen. Dabei zählte er leise die Tropfenzahl mit. »So, 40 Tropfen sollten eigentlich reichen«, murmelte er vor sich hin.

Plötzlich wurde mir klar, was er vorhatte. Schließlich bekam ich dieses Vorgehen fast bei jedem Dienst zu sehen. Es war die Art und Weise, wie »Vita Aeterna« Freitodbegleitungen durchführte. Erst *Paspertin®* Tropfen, damit man das giftige Sterbemittel nicht wieder erbrechen musste, dann das tödliche Natriumpentobarbital, und zu guter Letzt direkt nach dem Gift ein kleines Schokolädchen, damit der bittere Geschmack des Gifts überdeckt wurde. Nachdem »Vita Aeterna« ihren Sitz in der Nähe der Schokoladenfabrik hatte, gab es dort auch immer die feinen kleinen Schokotäfelchen aus Kilchberg, die ich auch so gerne hatte.

Mir wurde erneut übel. Ich musste auf Teufel komm raus verhindern, dass er mir das Gift einflößte. Denn dann war es zu spät. Das wusste ich aus den zahlreichen Freitodbegleitungsblättern, die ich immer bei den Abklärungen im Rahmen der Leichenschau gelesen hatte. ›Einnahme NAP‹ stand da und nur zwei bis drei Minuten später ›einschlafen‹. Gefolgt von Feststellung des Todes durch die Begleitpersonen, meist nur fünf Minuten, nachdem das Gift getrunken wurde.

Leider war ich noch immer unter dem Einfluss von Wodka und *Dormicum*® und nicht wirklich in der Lage, mir eine klare Lösungsstrategie zu überlegen. Jetzt kam er mit dem mit *Paspertin*® gefüllten Löffel auf mich zu. Ich drehte meinen Kopf zur Seite und presste die Lippen so fest aufeinander, wie ich nur konnte.

»So, Lisa, nun ein paar Tropfen, damit es dir nicht schlecht wird«, murmelte Henrik und führte den Löffel an meinen Mund.

Da klingelte es plötzlich stürmisch an der Tür.

Er drehte sich um und schaute zum Eingang. Die bräunliche Flüssigkeit im Löffel begann bedrohlich hin und her zu schwappen.

»Aufmachen! Verdammte Axt! Lisa! Mach sofort auf!«, brüllte eine Stimme. Danach folgte ein Poltern an der Tür, dass man vorübergehend meinen konnte, jemand würde sie einschlagen.

Er fluchte laut und wandte sich schnell wieder mir zu.

Ich begann so laut ich nur konnte, um Hilfe zu rufen, was zugegebenermaßen nicht wahnsinnig erfolgreich war, zumal an der Tür ein Höllenlärm veranstaltet wurde.

»Ich schlag gleich die Tür ein, du dumme Schnepfe! Jetzt mach schon auf!«

»Ach, verdammte Scheiße. Geht denn heute alles schief!«, schimpfte er vor sich hin. Blitzschnell hatte er mir den Löffel mit dem Antibrechmittel in den vom Schreien offenen Mund gestoßen und das *Paspertin*® in meinen Rachen geschüttet. Prompt verschluckte ich mich und musste husten, was er dazu nutzte, mir blitzschnell den Mund zuzuhalten. Ich konnte gar nicht anders, als die Flüssigkeit zu schlucken. Zum Glück war es nur das Antibrechmittel. Ich spürte den leicht bitteren Geschmack des *Paspertins®* im Mund, das ich auch selbst schon oft genommen hatte, wenn ich einen Magen-Darm-Infekt gehabt hatte.

Ariana – mittlerweile hatte ich die Stimme an der Tür zuordnen können – führte sich auf wie ein Berserker. Sie polterte, klopfte und schrie an der Tür herum, dass man es im ganzen Haus hören musste. Der siegessichere Ausdruck in den Augen meines Angreifers schwächelte. Panik erschien in seinen Augen. Hektisch sah er sich nach etwas um, das er als Knebel benutzen konnte, als sein Blick auf meine Joggingsocken fiel, die ich zum Trocknen über die Stuhllehne gehängt hatte. Schnell wurden mir diese in den Mund gestopft. Mir wurde wieder übel, und ich bekam fast keine Luft mehr.

Plötzlich konnte man draußen noch eine andere Stimme vernehmen.

Eine Frau rief ziemlich erbost: »He, Sie, was machen Sie denn da? Haben Sie noch alle Tassen im Schrank?«

Ich erkannte diese Stimme sofort. Das war Marianne, meine bereits etwas in die Jahre gekommene Nachbarin. Hoffnung keimte in mir auf. Ich musste mich bemerkbar machen. Irgendwie. Leider hatte der Übeltäter die Socken weit nach hinten in meinen Mund geschoben, so dass ich einen leichten Würgereiz verspürte, sobald ich den Mund weiter aufmachte und Luft holte. Trotzdem versuchte ich, nochmals laut nach Hilfe zu rufen. Außer einem Wimmern war jedoch nichts zu hören.

»So«, sagte er entschlossen, »du gehst jetzt mal kurz in die Badewanne, und ich lass Ariana rein. Die spinnt ja total. Nachher ruft deine Nachbarin noch die Bullen.«

Mühelos hob er mich auf, trug mich ins Bad und legte mich samt Fesseln und Knebel in die Badewanne. Danach drehte er sich um und verließ das Badezimmer, nur um gleich wieder zurückzukommen. Mit einem Blick im Gesicht, als sei ihm gerade die Erleuchtung gekommen, drehte er den Wasserhahn auf.

»Temperatur stimmt so, hoffe ich«, murmelte er, tätschelte mir kurz den Kopf und ging schnell aus dem Badezimmer. Das Licht hatte er netterweise angelassen. Das Wasser plätscherte fröhlich aus dem Wasserhahn in die Badewanne. Ich spürte, wie es bereits meine Beine und meinen Rücken benetzte. Es stieg langsam, aber stetig. Und dann? Panik erfasste mich.

Draußen schrie mittlerweile Ariana meine liebe Nachbarin an. Dass sie das einen Scheißdreck angehe und sie sich verzupfen solle, sonst würde sie ihr blaues Wunder erleben. Kurz hoffte ich darauf, dass Marianne einen kühlen Kopf bewahren würde, sich in ihre Wohnung verziehen und die Polizei rufen würde. Aber leider war Marianne nicht gerade vom kühlen und gelassenen Schlag Mensch, sondern ebenfalls ziemlich hitzköpfig. Sie keifte etwas zurück, was ich durch die geschlossene Tür nicht verstehen konnte. Man konnte dann einen kurzen Tumult vernehmen, es polterte, krachte, und jemand schrie. Dann knallte eine Tür, und es war Ruhe. Unfähig, mich von meinen Fesseln zu befreien, lag ich in der Badewanne. Das Wasser bedeckte nun schon vollständig meine Unterschenkel.

Ich hörte meinen Schlüsselbund klimpern und kurz darauf, wie meine Wohnungstür geöffnet wurde. Meine Wohnung war ziemlich klein und das Bad lag direkt gegenüber dem Eingang.

»Hallo, Ariana«, hörte ich seine ruhige und gelassene Stimme. »Gibt es irgendein Problem?«

»Henrik?«, kam es erstaunt zurück. »Was machst denn du hier?«

KAPITEL 67

Nach dem gefühlten 40. Klingeln legte Julia auf. »Sie geht nicht ran«, sagte sie mit gerunzelter Stirn. Nachdenklich legte sie ihr Handy auf den Couchtisch. Sie legte den Zeigefinger an ihre Lippen und stützte das Kinn in die andere Hand.

Maggi nahm gerade den Teebeutel eines Ingwer-Zitronengras-Tees aus einer Tasse und kam von der offenen Küche zurück ins Wohnzimmer. Sie stellte die dampfende Tasse vor Julia ab und öffnete sich selbst ein kleines Bier.

»Ach, vielleicht hört sie ihr Telefon nicht oder sie ist im Ausgang oder sie schläft schon oder was auch immer.« Entnervt hob Maggi die Hände in die Luft.

»Julia, und es ist Samstagabend. Es gibt viele verschiedene Gründe, warum sie jetzt nicht an ihr Telefon geht.«

Julia nahm einen Schluck vom heißen Ingwertee und verzog das Gesicht. Vorsichtig stellte sie die dampfende Tasse wieder ab und schaute in die flackernde Kerze, die Maggi auf dem Couchtisch angezündet hatte.

»Lisa hat Dienst, Maggi. Sie muss an ihr Telefon gehen.«

»Dann ist sie gerade bei einer Untersuchung und kann nicht rangehen.« Maggi stand wütend auf und lief in die Küche, wo sie mit einem Lappen imaginäre Brösel wegputzte. Sie hielt inne und drehte sich zu ihrer Freundin um, die ihre Beine angezogen und das Kinn auf die Knie gelegt hatte.

»Bitte, Julia! Kannst du es nicht einfach sein lassen? Ich mache mir doch nur Sorgen um dich.« Liebevoll sah sie Julia an.

Julia sah die Sorge in Maggis Augen und legte widerstrebend ihr Telefon weg. »Komm«, sagte Maggi sanft, »lass uns einen alten Film anschauen. Vielleicht den Film mit Til Schweiger, den du so gerne hast? Oder ›Don Camillo‹? Irgendeinen, über den wir so richtig lachen können. Dann geht es dir sicher bald besser. Und gleich morgen früh fahren wir zu Lisa und schauen, wie es ihr geht, okay?«

Julia gab den Widerstand auf. Sie ließ sich von Maggi sanft auf die Couch drücken und legte sich ein Kissen unter den Kopf, während diese in den gespeicherten Filmen nach einer lustigen Klamauk-Hau-Drauf-Komödie suchte.

KAPITEL 68

»Ach weißt du«, hörte ich Henrik Sitta mit völlig ruhiger und entspannter Stimme antworten, »nachdem Lisa den Dienst abgesagt hat, hatte ich so ein komisches Gefühl wegen der ganzen Geschichte mit Christoph. Deswegen bin ich hierhergefahren, um nachzuschauen, ob sie wirklich krank ist.«

Kurze Pause, in der ich bildlich vor mir sah, wie er sich verlegen mit einer Hand über das Gesicht strich und lächelte.

»Ich habe ja gemerkt, wie wütend du gewesen bist, als ich dich angerufen und gebeten habe, den Dienst zu übernehmen.«

»Ja, allerdings«, rief Ariana wieder aufgebracht, wohl weil man sie an die verlorene Nacht erinnert hatte. »Wo ist das dumme Luder nun? Die ist doch garantiert nicht krank, oder? Ist sie überhaupt da?«

»Na ja, das schon, aber es geht ihr nicht so gut«, sagte Henrik mit leiser Stimme. »Komm doch mal rein, dann kannst du dir selbst ein Bild machen.«

Ich wimmerte in der Badewanne verzweifelt um Hilfe. Krampfhaft versuchte ich, irgendwie meine Fesseln zu lösen. Der Knebel schnürte mir die Luft ab, und die Panik hatte mich fest im Griff. Mein Herz raste. Das Wasser ging mir nun schon bis zum Bauchnabel, und in meiner Angst konnte ich plötzlich glasklar erkennen, was Henrik vorhatte. Ich musste Ariana warnen. Aber ich schaffte es nicht. Das Wasser stieg unbarmherzig, und ich rutschte in der nassen Badewanne immer wieder nach unten. Die Fesseln saßen so fest. Ich schaffte es einfach nicht, sie zu lockern. Tränen traten mir in die Augen. Wieder versuchte ich zu schreien. Lediglich ein dumpfes Stöhnen drang durch den Knebel. Mit den Beinen schlug ich gegen den Badewannenboden. Das Rumpeln musste Ariana doch misstrauisch machen.

»Wo ist sie denn?«, hörte ich sie sagen. »Was sind denn das für Geräusche?« Die Stimmen waren lauter geworden. Sie mussten nun unmittelbar vor der Badezimmertür stehen.

Erneut versuchte ich mit aller Kraft, mich bemerkbar zu machen, um Ariana zu warnen. Mir war klar, was Henrik vorhatte. Er würde Ariana dazu benutzen, mich zu töten, und es nachher so aussehen lassen, als ob sie sich danach umgebracht hätte. Im Affekt. Ganz klar. Das machen manche Leute, Stichworte Amoklauf, erweiterter Suizid und so weiter, und niemand würde misstrauisch werden. Niemand. Ariana sei psychisch auffällig gewesen. Wahrscheinlich eine Persönlichkeitsstörung. Nein, weitere Fremdeinwirkung absolut ausgeschlossen. Und wenn Henrik es geschickt anstellte, und das würde er zweifellos, dann wäre er der Erste, der den Tatort hier als RZZ-Arzt betreten würde, das wäre dann auch eine Erklärung für allfällige

DNA-Spuren von ihm, die man hier vermutlich finden würde. Dann würde er den Geschockten mimen und ein anderes rechtsmedizinisches Institut aufbieten lassen, denen er all den Humbug über Ariana und mich erzählen würde. Kein Mensch würde mehr nachhaken. Schließlich kamen die Informationen ja von einem Oberarzt der Rechtsmedizin mit tadellosem Ruf ... Erneut versuchte ich, Lärm zu machen, und schlug mit aller Kraft auf den Badewannenboden. Mein Kopf knallte gegen den Wannenrand, und für einen Moment sah ich Sternchen. Aber das war vermutlich mein kleinstes Problem im Moment, das Wasser dämpfte meine Bewegungen, und es spritzte bereits gewaltig. Es ging mir nun schon bis zur Brust. Trotzdem konnte man das Rumpeln gut vernehmen.

»Was macht die denn da drin?«, hörte ich Ariana nun ganz nahe an der Tür. »Das hört sich ja an, als würde sie randalieren.« Gleich würde sie hereinkommen, und das war es dann wohl! Wieder versuchte ich zu schreien, aber nur ein dumpfes Stöhnen drang durch den Knebel.

»So, Lisa, jetzt kannst du was erleben!«, rief Ariana. Die Badezimmertür wurde schwungvoll aufgestoßen, und Ariana erschien auf der Türschwelle.

Arianas Blick traf meinen. Ihre ohnehin schon vor Wut weit aufgerissenen Augen wurden noch größer, als sie mich gefesselt, geknebelt und voll bekleidet in der Badewanne entdeckte. Unfähig zu begreifen, was hier geschah, blieb sie einfach einen Moment wie erstarrt stehen. Ich versuchte zu schreien, was natürlich wieder nicht gelang. Nur das dumpfe Stöhnen drang durch den Knebel.

»Lisa, was zum Henker ...« Es war zu spät. Henrik stand schon hinter ihr und hatte ihren Hals zwischen seinem Ober- und Unterarm in einem Würgegriff eingeklemmt. Nach wenigen Sekunden sackte Ariana zusammen. Währenddessen lief das Wasser immer weiter in die schon fast volle Badewanne hinein.

KAPITEL 69

»Ich klingle und rede mit ihr, okay? Du hältst dich im Hintergrund. Und wir gehen nicht rein. Wenn alles in Ordnung ist, fahren wir sofort wieder heim und du legst dich hin!« Maggi schwankte zwischen Resignation und genervt sein, dass sie sich hatte breitschlagen lassen, doch nach Lisa zu schauen. Angestrengt schaute sie auf die Straße. Sie waren in ihrem Auto auf dem Weg zu Lisa.

Julia hatte einfach nicht lockergelassen. Gerade als sich Bud Spencer und Terence Hill eine wunderbare Rauferei mit einer Horde Cowboys geliefert hatten, war Julia plötzlich aufgefahren und hatte darauf bestanden, bei der Einsatzzentrale nachzufragen, ob Lisa irgendwo unterwegs war. Als sie erfahren hatte, dass es schon den ganzen Abend keinen einzigen Fall für Lisa gegeben hatte, war Julia nicht mehr zu bremsen. Sie war durch nichts davon abzubringen, dass etwas nicht in Ordnung war. Noch mehrmals hatte sie versucht, Lisa anzurufen, und sich dann nach dem gefühlten 20. Mal angezogen und angekündigt, dass sie eben allein nach Lisa schauen würde. Maggi hatte an ihrem sturen Blick und der Art und Weise, wie Julia das Kinn nach vorne geschoben hatte, erkannt, dass Widerstand zwecklos war, und sich durchgerungen, Julia zu begleiten. In ihrem Zustand konnte Julia unmöglich alleine fahren. Schließlich hätte sie noch weiter im Spital bleiben müssen.

Julia erklärte ihr den Weg. Sie bogen von der Hauptstraße in die Winkelriedstraße ab. Schon von weitem konnten sie erkennen, dass ein kleines Auto völlig schräg auf dem Gehweg vor Lisas Haus stand. In Lisas Wohnung brannte Licht. Julia sah Maggi besorgt an. Diese nickte ihr aufmunternd zu, und gemeinsam gingen sie durch die nur angelehnte Haustür hinein zu der Wohnung im ersten Stock.

Maggi drückte auf die Klingel, die laut im Inneren der Wohnung ertönte. Nichts passierte. Maggi drückte nochmals auf die Klingel, während Julia nervös von einem auf das andere Bein trat. Lisas Wohnungstür befand sich direkt neben einer Ecke. Rechts daneben, also im rechten Winkel zu Lisas Wohnungstür, war eine weitere Tür. ›M. Raspertin‹ stand auf dem Klingelschild.

Aus Lisas Wohnung konnte man nun gedämpftes Stimmengemurmel hören. Plötzlich polterte es mehrmals hintereinander. Julia sah Maggi mit weit aufgerissenen Augen an und machte sich daran, energisch gegen die Tür zu hämmern. Maggi, die das Ganze nun auch sehr seltsam fand, hielt sie geistesgegenwärtig zurück.

»Warte«, meinte sie, »wer weiß, was da drinnen los ist. Lass uns sicherheitshalber einen Plan zurechtlegen.«

In diesem Moment öffnete sich die Nachbarstür, und eine kleine Frau stand im Flur. Sie mochte Mitte oder auch Ende 50 sein, hatte braunes schulterlanges Haar und war von stämmiger Statur. Auf ihre rechte Schläfe presste sie einen Eisbeutel und ihr linkes Auge war zugeschwollen.

Julia und Maggi erschraken bei ihrem Anblick gewaltig. Da rumpelte es wieder aus Lisas Wohnung.

KAPITEL 70

Die Klingel dröhnte übernatürlich laut in meinen Ohren. Sie schien sogar das nunmehr dumpfe Plätschern des Wassers zu übertönen. Henrik schaute auf die leblos wirkende Ariana und wandte sich dann mir zu. Die Klingel ignorierte er einfach. Nachdem es mehrmals geklingelt hatte, wurde es wieder still, und auch von draußen waren keine Geräusche zu vernehmen.

»So, liebe Lisa. Das war knapp«, hörte ich Henrik sagen. Mein Mund war bereits unter der Wasseroberfläche, es würde nicht mehr lange dauern, bis das Wasser auch meine Nase erreicht hatte. Krampfhaft versuchte ich, den Kopf so hoch wie möglich zu halten, aber das Wasser berührte schon meine Nasenöffnungen. Tränen stiegen mir in die Augen. Ich wollte nicht sterben. Ich hatte doch noch so viele Pläne gehabt, so viel vor. Stattdessen würde mein Leben jetzt und hier in dieser Badewanne enden, die ich so sehr liebte. In der ich so oft ein heißes Schaumbad genommen hatte, ein gutes Buch in der Hand und daneben ein Glas Rotwein.

Niemand würde je die Wahrheit erfahren. Und meine armen Eltern. Wie würden sie mit dem »Suizid« der einzigen Tochter klarkommen?

Henrik stand neben der Badewanne und betrachtete mit einem leichten Lächeln mein Gesicht. »Ich glaube, es ist Zeit, Abschied zu nehmen«, meinte er leise. »Es tut mir leid, Lisa, du wärst wirklich eine sehr gute Rechtsmedizinerin geworden. Leider für hier einfach zu gut.« Krampfhaft versuchte ich, meinen Kopf etwas höher zu halten, als das Wasser begann, meine Nasenöffnungen zu überfluten. Noch immer stand Henrik neben der Badewanne und sah mit einer Mischung aus Faszination und Ekel zu, wie ich versuchte, dem Wasser zu entkommen.

»Ach Lisa, das hat doch keinen Sinn«, meinte er, bückte sich und tauchte wieder auf, Arianas schlaffe Hand in seinen behandschuhten Händen. »Gute Reise. Bye, bye, Lisa.«

Arianas Hand legte sich auf meinen Kopf und begann, meinen Kopf unter Wasser zu drücken.

Alles gurgelte um mich herum, und die Farben waren nur noch schemenhaft wahrnehmbar. Ich versuchte mit aller Macht, meinen Kopf nach oben zu bringen. Aber der Druck auf meinen Kopf war unerbittlich. Meine Beine schlugen gegen den Badewannenboden, im übermächtigen Drang, zu überleben. Zu atmen. Frische klare Luft. Mir kam der Wald in Erinnerung, in dem ich mit meinem Vater so oft gewesen war. Die duftende gute Luft. Fast meinte ich, ich könnte ihn riechen. Ich müsste nur einatmen, dann wäre der Wald sicher da. Und mit ihm das berauschende Gefühl von Freiheit, das ich dort immer empfunden hatte. Warum atmete ich nicht einfach? Was drückte da auf meinen Kopf? Langsam spürte ich, wie meine Kräfte schwanden, wie mir schwarz vor Augen wurde. Ich konnte nicht mehr. Gleich würde ich meinem Körper nachgeben und einatmen müssen. Und dann wäre vielleicht der Wald da. Vielleicht wäre das nicht das Schlechteste. Undeutlich vernahm ich ein Geräusch, das irgendwie nicht hierher passte. Dann wurde alles schwarz.

KAPITEL 71

Marianne saß mit Julia und Maggi an einem ovalen hölzernen Esstisch. Es roch nach Curry und Fisch. Auf dem Fensterbrett standen ein paar Orchideen. In der Küche konnte man schmutziges Geschirr neben dem Spülbecken stehen sehen.

Marianne schenkte sich ein Glas Kirschwasser ein. Maggi und Julia saßen nervös vor einem Glas Wasser, nachdem sie dankend abgelehnt hatten, auch ein Schnäpschen auf den Schreck zu trinken. Julia konnte ihre Unruhe kaum noch bezähmen. Marianne leerte das Glas in einem Zug und erzählte von ihrer Auseinandersetzung mit Ariana.

»Diese Irre ist einfach auf mich losgegangen. Hat auf mich eingeprügelt.« Vorsichtig betastete sie ihr zugeschwollenes Auge. »Wenn ich nicht die Flucht in meine Wohnung angetreten hätte, wäre es noch schlimmer ausgegangen.«

Sie schenkte sich erneut das Schnapsglas mit Kirschwasser voll. »Zum Glück ist Lisas Freund da, der hat nun wirklich einen beruhigenden Eindruck gemacht. Ich habe nämlich durch den Türspalt gespäht, wissen Sie.« Marianne Raspertin zwinkerte verschmitzt mit ihrem rechten Auge.

»Und da habe ich gesehen, wie dieser sympathische junge Mann dieses rabiate Weibsbild hineingelassen hat. Als sie ihn gesehen hat, ist die auch wieder ruhiger geworden.« Marianne lachte humorlos auf. »Also ich hätte die garantiert nicht reingelassen. Die war ja völlig übergeschnappt.«

»Lisas Freund?«, fragte Julia alarmiert nach. »Sie hat doch aber gar keinen!«

»Ja, das hat mich auch ein bisschen gewundert«, gab Marianne zurück. »Aber so eine hübsche nette Frau wie Lisa ... die bleibt doch nicht lang allein. Und der Typ würde zu ihr passen. Kein Knaller, aber sympathisch, sehr sympathisch.«

Julia ließ sich von Marianne den »Freund« beschreiben. Ihre letzte Hoffnung, dass es sich um Ben gehandelt haben könnte, schwand dahin. Kurze hellbraune Haare, eher klein bis mittelgroß, hatte Marianne angegeben. Julia stand auf und stieß vor Aufregung den Stuhl beinahe um. Sie war weiß wie die Wand. »Maggi. Das ist nicht Ben. Das ist bestimmt der Gleiche, der mich auch überfallen hat. Wir müssen Lisa jetzt helfen.«

»Dann lass uns sofort deine Kollegen anrufen«, sagte Maggi und zog ihr Telefon aus der Tasche.

»Nein, das dauert alles viel zu lange. Wir müssen da rein. Und zwar sofort.«

Marianne Raspertin sah beunruhigt von einer zur anderen. »Welche Kollegen? Kommen noch mehr Irre? Dann rufe ich aber lieber mal die Polizei an.«

»Frau Raspertin«, wandte sich Maggi freundlich an Marianne, »das ist eine gute Idee. Können Sie bitte sofort die 117 anrufen und den Kollegen sagen, es geht um Leben und Tod? Sagen Sie, Julia Zimmermann und Lisa Klee sind involviert. Das sollte reichen. Äußerste Dringlichkeitsstufe.«

Maggi und Julia rannten aus der Wohnung von Marianne Raspertin.

Frau Raspertin nickte eifrig. »Ja natürlich, mache ich sofort«, und murmelte, »Julia Zimmermann, Lisa Klee, äußerste Dringlichkeitsstufe.«

KAPITEL 72

Henrik Sitta fluchte laut. Er hatte doch alles so gut geplant. Perfekt sozusagen. Der perfekte Mord, der gleichzeitig sein letzter sein sollte. Denn im Grunde genommen hasste er es, jemanden umzubringen. Es ließ sich nur eben manchmal nicht vermeiden. Als es schon wieder geklingelt hatte, hatte er die Klingel einfach ignoriert und gehofft, dass es nur die Nachbarin war. Aber was, wenn die doch die Polizei gerufen hatte? Vor lauter Schreck hatte er sogar Arianas Hand von Lisas Kopf genommen. Er sah zu Lisa in die Badewanne. Die war offenbar bewusstlos, wenn nicht sogar schon tot. Na ja, auf jeden Fall würde das Wasser den Rest erledigen. Nun musste er sich schnell noch um Ariana kümmern. Bis dann allenfalls doch die Polizei da wäre, sollte die Arbeit längst getan sein, und er wäre weg, bevor er dann, tief betroffen, als erster Rechtsmediziner am Tatort erscheinen würde und damit eine Erklärung für allfällige DNA-Spuren von ihm liefern würde.

Trotzdem war er nun nervös. Er musste sich beeilen, und das bedeutete, dass alles fehleranfälliger werden würde. Er überschlug sein weiteres Vorgehen kurz im Kopf. Lisa konnte er abhaken. Die war in der Badewanne eigentlich so gut wie erledigt. Ariana hingegen begann langsam, sich zu regen und aus ihrer Bewusstlosigkeit aufzuwachen. Er hatte darauf geachtet, den Unterarmwürger rechtzeitig zu lösen. Schließlich brachte ihm eine erdrosselte Ariana nichts.

Sie griff sich an den Hals und stöhnte leise. Er hob sie auf und legte sie auf Lisas Bett. Sein Plan war, dass Ariana sich nun mit Natriumpentobarbital umbrachte, also na ja, eigentlich würde *er* sie damit umbringen, aber alle Welt würde später denken, dass sie es selbst gewesen war aus Reue wegen des Mordes an Lisa. So ergab doch immer eins das andere, dachte er zufrieden.

Ob er in Anbetracht der Dringlichkeit auf das *Paspertin®* verzichten konnte? Aber die toxikologische Untersuchung würde dann feststellen, dass nur Gift im Blut war. Ob das seine Kollegen stutzig machen würde? Er schürzte die Lippen und blieb für einen kurzen Moment unschlüssig mit beiden Fläschchen in der Hand stehen. Da fiel sein Blick auf den Tisch von Lisa. Ach Mist, den fingierten Abschiedsbrief von Lisa musste er unter diesen Umständen auch noch schleunigst verschwinden lassen. Er stellte die Fläschchen kurz ab und lief zum Schreibtisch, der sich vor dem Fenster befand. War da gerade eine Bewegung hinter der Scheibe gewesen? Henrik starrte hinaus, aber draußen war es so dunkel, dass er nichts erkennen konnte. Die Gemeinde stellte ja in der Nacht das Licht ab. Stichwort »Lichtverschmutzung« und so weiter. Was für ein Schwachsinn. Damit half sie nur irgendwelchen Bösewichten, in der Dunkelheit zu verschwinden. So wie ihm hoffentlich heute, hihi. Aber hey, er musste sich jetzt konzentrieren. Durfte nicht abschweifen. Noch einmal alles geben, und dann wäre es hoffentlich vorbei.

Also zuerst der Brief. Den ließ er in seiner Tasche verschwinden, um ihn später irgendwo zu verbrennen. Er würde ja primär mal nicht verdächtigt und damit auch nicht durchsucht werden. Dann nahm er wieder die zwei braunen Fläschchen in die Hand und lief zu Ariana, die auf dem Bett lag. Er würde darauf verzichten, das *Paspertin®* genau abzumessen, und ihr einfach alles auf einmal in den Mund schütten. Das musste für den Moment reichen. Ariana regte sich immer mehr. Eine Hand fuhr stöhnend zu ihrem Hals, die andere lag auf der Stirn.

»Hier, meine Süße, mach mal den Mund auf. Das wird dir helfen«, sagte Henrik mit zuckersüßer Stimme und drückte die Paspertin®-Flasche gegen ihren Mund. Ariana schaute ihn benommen aus halb geöffneten Augen an. Sie war unfähig zu begreifen, was geschah, öffnete aber ihre Lippen leicht, und Henrik konnte ihr ungehindert das Medikament in den Mund schütten. Ariana räusperte sich und begann zu husten.

»Shhh, nicht doch«, raunte Henrik. »Jetzt kommt noch mal was, das hilft gegen alles«, sagte er und zwängte ihr die Flasche mit dem Gift zwischen die Lippen. In diesem Moment hämmerte es wie verrückt gegen die Balkontür neben dem Schreibtisch. Henrik erschrak derart, dass ihm das Fläschchen aus der Hand fiel, dessen Inhalt sich langsam über Lisas Bett ergoss. Er fuhr herum. »Was zum Henker ist da los!«, fluchte er unterdrückt und sprang mit einem geschmeidigen Satz zum Balkon.

KAPITEL 73

Ich schwamm schwerelos durch den Wald. Die Sonne schien, Vögel zwitscherten, und es roch wunderbar nach Tannenzapfen und Laub. Ich konnte mich beliebig zwischen den Bäumen drehen und nach oben oder unten schwimmen. Es war wunderbar. Das süßeste Gefühl, das ich je erlebt hatte. Irgendwie erschien es nicht richtig, durch den Wald zu schwimmen, aber das war im Moment egal. Neben mir flog ein Eichelhäher und krächzte mir etwas zu. Es tönte unheilvoll und störte den unglaublichen

Frieden, in dem ich mich befand. Plötzlich hörte ich neben mir eine Rabenkrähe. Ich drehte den Kopf und sah einen Kolkraben zusammen mit einer Rabenkrähe fliegen. Da stimmte doch was nicht. Normalerweise hassten Krähen doch die Kolkraben und vertrieben sie. Immer mehr Vögel kamen und flogen neben mir her. Spechte, Amseln, Milane, Bussarde und sogar Waldohreulen waren da. Alle pfiffen, krächzten und raunten sie, und mit der Zeit konnte ich verstehen, was sie da von sich gaben. »Noch nicht, Lisa. Dreh um. Du musst zurück!«

KAPITEL 74

Maggi stand mit dem modernsten Werkzeug der Kriminaltechnik, das Julia immer in ihrem Auto hatte, bewaffnet vor Lisas Wohnung und hoffte, dass sie es schaffte, damit die Wohnungstür aufzubrechen. Julia hatte ihr zwar alles erklärt, aber sie, Maggi, war nun mal Biomechanikerin und keine Schlossmechanikerin. Einer inneren Eingebung folgend, drückte sie probehalber die Türklinke nach unten. Zu ihrer großen Überraschung war gar nicht abgeschlossen. Die Tür öffnete sich lautlos.

Maggi hielt den Atem an und schaute auf die Uhr. Julia musste jeden Moment ihr Ablenkungsmanöver am Balkon starten. Von

Mariannes Wohnung aus waren sie gemeinsam auf Julias Balkon geklettert. Dicht an die Wand gedrückt, hatten sie hineingespäht. Lisa hatten sie nicht sehen können, aber einen Mann, den Julia kannte und dessen Namen sie ihr zugewispert hatte.

Flüsternd hatte sie sich schnell einen Plan zurechtgelegt, der zwar alles andere als perfekt war, aber für den Moment reichen musste. Inbrünstig hoffte Maggi, dass diese Nachbarin auch wirklich die Polizei angerufen hatte. Sonst sah es nicht gut aus. Von außen hatten sie beobachten können, wie Henrik zu der regungslosen Frau auf dem Bett gegangen war. Das sei Ariana, hatte ihr Julia zugeraunt. Der Typ hatte zwei kleine Fläschchen in der Hand. Blitzschnell war Maggi wieder zurück in Mariannes Wohnung geklettert und stand nun im kleinen Gang zwischen Eingangstür, Badezimmer und Wohnzimmer von Lisas Wohnung. Hoffentlich war der Typ nicht bewaffnet. Generell verfluchte sie die Situation, in die sie nun geraten war. Das war doch wirklich Sache der Polizei. Aber nun war es zu spät und sie steckte mittendrin. Da hörte sie ein lautes Poltern aus dem Zimmer.

KAPITEL 75

Das Wasser drang in meine Atemwege, und schlagartig waren der Wald, die Vögel und das wunderbare Gefühl verschwunden. Ich versuchte, gegen den Husten- und den Brechreiz anzukämpfen, hatte jedoch keine Chance. Mein Körper bäumte sich auf und wehrte sich mit aller Kraft gegen die einströmenden Wassermassen. Nicht so, nicht hier und jetzt! Und doch sah im Moment alles danach aus. Ich kam mit der Nase nicht mehr über die Wasseroberfläche. Erneut bäumte ich mich auf und schaffte es, für einen kurzen Moment Luft zu holen. Danach musste ich wieder husten, atmete Wasser ein und verschluckte mich. Der Badewannenboden war schrecklich glatt, so dass ich immer wieder nach unten rutschte, sosehr ich mich auch dagegenstemmte. Beim nächsten Aufbäumen passierte es. Ich rutschte weg, und mein Körper begann sich zu drehen.

KAPITEL 76

Julia kauerte auf dem Balkon und spähte angestrengt ins Zimmer. Sie konnte erkennen, wie Henrik Ariana ein braunes Fläschchen in den Mund drückte. Ein anderes Fläschchen hielt er noch in der Hand. Verdammt. Hoffentlich kamen sie nicht zu spät! War Maggi schon bereit? Sie musste nun etwas unternehmen, sonst war es definitiv aus für Ariana. Wenn sie doch nur nicht solche Kopfschmerzen hätte. Das Pochen in ihrem Kopf war wieder stark geworden und überschattete ihre Gedanken. Da. Henrik drückte Ariana das andere Fläschchen gegen die Lippen. Julia raffte sich auf und polterte mit dem Besen, der auf dem Balkon gestanden hatte, gegen die Balkontür.

Da, es polterte gegen die Balkontür. Vorsichtig spähte Maggi um die Ecke. Mit einem Blick erfasste sie die Situation. Auf dem Bett lag noch immer diese Ariana. Sie schien völlig regungslos zu sein. Lisa war nicht zu sehen. Der Typ, dieser Henrik, stand vor der Balkontür und überlegte offenbar, ob er diese öffnen sollte.

Maggi blieb an der Ecke zwischen Eingangsbereich und dem Wohnbereich stehen. Ihr Herz schlug ihr bis zum Hals. Wenn sie zu früh ins Zimmer ging, bestand die Gefahr, dass er sie entdeckte, bevor er die Balkontür geöffnet und damit Julia Zugang zum Zimmer verschafft hätte. Wenn sie aber zu lange wartete, brachte sie die körperlich stark eingeschränkte Julia in Gefahr. Was sie auch tat, es war eine verzwickte Situation. Langsam steckte sie den Kopf um die Ecke und zog ihn blitzschnell wieder zurück. Verdammt. Henrik hatte sich umgedreht und in ihre Richtung geschaut. Ob er sie gesehen hatte? Maggi hätte am liebsten die Flucht angetreten. Sie war nun mal keine Polizistin und daher für derartige Situationen wirklich nicht ausgebildet. Am ganzen Körper zitternd, stand sie hinter der Ecke und wusste nicht, wie sie sich verhalten sollte. Hatte er sie gesehen? Wartete er auf der anderen Seite der Zimmerecke, um sie sich zu schnappen, wenn sie sich weiter vorwagen würde? War die Balkontür schon offen und damit Julia bereits im Zimmer? Maggis Nerven lagen blank. Nie hätte sie sich auf diesen wahnsinnigen Plan einlassen sollen.

Sie lauschte, konnte aber nur ihren eigenen Herzschlag und ihr unterdrücktes Atmen vernehmen. Es half alles nichts. Sie musste nun etwas machen. Sonst sah es für Julia ebenfalls schlecht aus, denn die konnte sich nicht wehren. Maggi tastete sich langsam vor, versuchte, sich in Erinnerung zu bringen, was ihr Jiu-Jitsu-Lehrer ihnen alles für den Ernstfall gesagt und gezeigt hatte, und spähte um die Ecke.

Julia hatte sich blitzschnell wieder unter den Balkontisch gekauert, nachdem sie mit dem Besen gegen die Balkontür geschlagen hatte. Sie rechnete jederzeit damit, dass Henrik auf den Balkon treten würde, um nachzuschauen, was los war. Dann würde Maggi von innen agieren können, und gemeinsam würden sie vermutlich ohne Weiteres schaffen, ihn zu überwältigen. Henrik konnte sie von drinnen nicht erkennen, es sei denn, er leuchtete mit einer Taschenlampe nach draußen. Julia wartete. Die Sekunden schienen endlos langsam zu vergehen. Warum passierte nichts? Selbst wenn Henrik nicht auf den Balkon kam, so hätte Maggi doch nun Gelegenheit gehabt, von innen an ihn heranzukommen. Sie lauschte. Sicherlich würde sie es doch hören, wenn es drinnen ein Gerangel geben würde. Julia hielt es kaum noch aus. Sie war gespannt wie eine Feder. Was war nur mit Maggi? Vorsichtig wagte sich Julia ein Stück weit unter dem Balkontisch hervor und hob den Kopf, um durch die Scheibe in das Zimmer zu spähen. Was sie sah, ließ ihr den Atem stocken. Henrik stand mit einem Steakmesser in der Hand vor der Zimmerecke, hinter der Maggi stehen musste, und wartete ruhig.

Julia schaltete blitzschnell. Trotz der rasenden Kopfschmerzen musste sie nun reagieren. Sie nahm den Besen, sprang unter dem Balkontisch hervor und schlug mit aller Kraft gegen die Scheibe.

Henrik fuhr herum. Julia hämmerte gegen die Balkonscheibe und schrie dabei, so laut sie nur konnte. Henrik starrte sie an, im ersten Moment unfähig zu begreifen, was er da sah. Maggi schoss um die Ecke und griff Henrik von hinten mit einem Unterarmwürgegriff an. Dieser strauchelte. Seine Hände fuhren nach oben zum Hals. »Nein!«, schrie Julia, die erkannte, was Henrik vorhatte. In seiner Hand hielt er noch immer das Messer. Er stach damit auf Maggis Unterarm ein, so dass diese keine andere Wahl hatte, als Henriks Hals loszulassen. Julia trat nun wie irre gegen die Scheibe. Sie sah, wie Henrik mit einem irren Grinsen im Gesicht auf Maggi zulief, die völlig fassungslos ihre blutenden Wunden an ihrem Unterarm anschaute. Es knallte und klirrte. Endlich war die Scheibe unter Julias verzweifelten Schlägen und Tritten zerborsten. Etwas Kaltes floss an ihrem Bein hinab, und Julia erkannte, dass es Blut war. Offenbar hatte sie sich beim Eintreten der Scheibe verletzt. Wut und Verzweiflung verliehen ihr jedoch ungeahnte Kräfte. Mit wenigen Sätzen war sie bei Henrik angekommen. Dieser wollte sich gerade auf Maggi stürzen und war durch Julias Aktion für den Bruchteil einer Sekunde unsicher geworden. Und dieser kleine Moment reichte Julia. Mit einem geübten Tritt schlug sie Henrik das Messer aus der Hand. Danach versetzte sie ihm einen Schlag in die Magengrube, der ihn nach vornüber kippen ließ. Nun brauchte es nicht mehr viel, um ihn zu Boden zu bringen, wo Julia ihn problemlos fixieren konnte. Im Stillen dankte sie kurz ihren Eltern, die sie von Kindesalter an ins Jiu-Jitsu geschickt hatten, und ihrem kleinen Jiu-Lehrer, der mit ihr unermüdlich geübt hatte und sehr viel Wert auf eine präzise Technik gelegt hatte.

Henrik versuchte natürlich wütend, sich zu drehen. Er schlug mit den Füßen um sich und versuchte, Julia abzuwerfen. Julia, die seinen Arm in einer Hebelposition an der Schulter hatte, verstärkte den Druck noch etwas. In Henriks Schultergelenk knackte es, und er schrie schmerzerfüllt auf.

»Maggi, schau nach Lisa, schnell«, fuhr sie die wie gelähmt wirkende Maggi an. Diese schüttelte sich kurz.

»Lisa!«, schrie sie und begann, in der Wohnung herumzulaufen. Zuerst war sie in die Küche gegangen.

»Hier ist sie nicht«, rief sie. Da entdeckte sie die Tür zum Badezimmer. In der Ferne konnte man bereits Sirenen heulen hören. Die Nachbarin hatte es offenbar geschafft, die Polizei zu alarmieren. Hoffentlich brachten sie auch gleich einen Krankenwagen mit, dachte Julia, während sie noch immer dafür sorgte, dass Henrik sich nicht bewegen konnte. Diese Ariana machte im Moment auch keinen Wank mehr. Aber für sie konnte sie im Moment nichts tun, da sie Henrik fixiert halten musste. Aus dem Badezimmer ertönte nun ein erstickter Schrei.

KAPITEL 77

Das blaue Licht der Polizeiautos flackerte gespenstisch. Stimmen riefen durcheinander. Polizisten und Sanitäter liefen hin und her, gestikulierten wild und redeten hektisch aufeinander ein. Aber für Julia war es, als ob die Zeit in einer Blase stillstehen würde. Wie in Zeitlupe sah sie die Sanitäter, die zuerst Ariana und dann Lisa auf einer Bahre aus dem Haus transportierten.

Sie seien zwar noch am Leben, hatte es lapidar geheißen, aber wie schwer das Gehirn schon geschädigt sei, könne man nicht sagen. Sauerstoffmangel, hatte ihnen noch einer der unglaublich jung wirkenden Notärzte im Vorbeigehen zugeraunt.

Tränen rannen Julia über das Gesicht. Sie war vollkommen erschöpft, und ihr Kopf fühlte sich an, als sei er mit einem Presslufthammer bearbeitet worden. Die Sanitäterin, die sich um Maggi und sie gekümmert hatte, hatte ihr schon leicht vorwurfsvoll mitgeteilt, dass sie zur Beobachtung ins Spital müsse. So eine Kopfverletzung sei nun wirklich nicht auf die leichte Schulter zu nehmen. Julia war das alles egal. Sie machte sich schlimme Vorwürfe, dass sie nicht schon früher nach Lisa geschaut hatte. Wenn doch nur Lisa und Ariana wieder gesund würden. Wenn sie es überleben würden. Wenn sie nur nicht zu spät gekommen waren.

Maggi saß neben Julia und sah zu, wie die Mitarbeiterin der Sanität ihre Stich- und Schnittverletzungen verband. Man müsse zum Nähen ins Spital fahren, hatte man ihr gesagt. Maggi machte sich ebenfalls große Vorwürfe. Hätte sie doch nur auf Julia gehört und früher reagiert. Dann wären sie noch rechtzeitig gekommen. So war es vielleicht ihre Schuld, wenn die beiden sterben müssten oder schlimme Behinderungen davontrugen. Am besten wäre es aber gewesen, wenn sie überhaupt nicht auf eigene Faust losgelaufen wären. Das hatte ihnen auch Sonja Graf unmissverständlich in knappen Worten klargemacht. Maggi kam nicht umhin, die Kaderoffizierin der Zürcher Kantonspolizei zu bewundern. Sie war in Lisas Wohnung erschienen, hatte ruhig und besonnen Anweisungen gegeben und durch ihre schiere Präsenz für Ruhe und Ordnung gesorgt.

Frau Professor Hagmann, die Chefin vom RZZ, war ebenfalls vor Ort und wirkte wie das pure Gegenteil von Sonja Graf, wie sie da immer wieder den Kopf schüttelte und hektisch auf und ab lief. Gegen sie wirkte Sonja Graf wie ein Fels in der Brandung. Julias Kollegen hatten mit der Spurensicherung begonnen und alle aus der Wohnung geschmissen. Henrik Sitta war abgeführt worden. Er hatte den Kopf gesenkt und ließ sich widerstandslos im Polizeiauto verstauen. Ein Arm hatte merkwürdig herabgehangen. Julia hatte ihm wohl die Schulter ausgerenkt, so dass auch er später im Spital würde untersucht werden müssen. Frau Professor Hagmann war zu ihm getreten und hatte offenbar etwas sagen wollen. Sie hatte es sich dann aber sichtlich anders überlegt, nur leicht den Kopf geschüttelt und ihm samt den ihn begleitenden Polizisten Platz gemacht.

»Komm, Maggi«, stupste Julia sie von der Seite an, »die Kollegen fahren uns ins Spital.« Sie deutete auf zwei uniformierte Polizisten, die sich zu ihnen gesellt hatten. Eine schon ältere, müde aussehende Notärztin hatte ihnen kurz und knapp verdeutlicht, dass sie zwar beide in Spitalbehandlung gehörten, aber doch bitteschön selbstständig dorthin fahren sollten, da ihre Verletzungen nicht so gravierend wären, dass man einen Krankenwagen beanspruchen müsste.

Als sie gerade in das Polizeiauto einsteigen wollten, hörten sie ein lautes Rufen hinter sich. Es war Marianne Raspertin, die aufgeregt versuchte, an einer Polizistin vorbeizukommen, die ihr den Weg versperrte. »Aber ich bin doch die Nachbarin!«, konnte man die empörte Marianne vernehmen. »Ich war es doch, die Sie alle überhaupt gerufen hat. Ohne mich wäre das hier anders ausgegangen, aber hallo! Ich möchte doch nur wissen, wie es Lisa geht.«

Julia drehte sich um und wollte zu Marianne gehen. Schließlich stimmte das ja, was sie gesagt hatte. Ohne ihre Hilfe wäre alles unter Umständen noch viel schlimmer ausgegangen. Da trat Sonja Graf vor, warf Julia einen eisigen Blick zu und trat zu Marianne Raspertin. Sie stellte sich kurz vor.

»Frau Klee geht es den Umständen entsprechend. Wir können leider noch nichts Genaueres sagen. Aber sie wird ins Unispital gebracht, und Sie können sie sicher in ein paar Tagen dort besuchen. Es ist Ihnen zu verdanken, dass nichts Schlimmeres passiert ist. Sie haben alles richtig gemacht.« Sie holte aus ihrer Jackentasche eine Karte hervor. »Hier haben Sie meine Karte. Sie können sich gerne melden, wenn Sie noch Fragen haben. Die Kollegen werden sich aber ohnehin morgen bei Ihnen für eine Aussage melden. Vielleicht weiß man dann auch schon mehr über den Zustand von Frau Klee.«

Maggi und Julia saßen in der Notfallambulanz des Universitätsspitals. Julia sollte eigentlich bereits stationär aufgenommen sein, aber im Moment wollte sie noch bei Maggi bleiben. Sie konnte jetzt nicht alleine sein oder in einem Mehrbettzimmer mit anderen Kranken liegen. Dann würde es ihr nur noch schlechter gehen. Neben ihnen im Wartebereich saß eine Familie mit einem etwa zweijährigen Kind, das fröhlich vor sich hinmurmelte und wiederholt laute Juchzer ausstieß. Die Eltern saßen erschöpft auf den Stühlen und schauten stumm ihrem Sprössling zu. Ein Triage-Pfleger näherte sich den beiden.

»Herr und Frau Simonovic?«, fragte er. Beide nickten stumm. »Was hat denn der kleine Elias?«

»Der ist schon den ganzen Tag krank, hat hohes Fieber und schreit«, entgegnete die Mutter entnervt, während der Vater die Ellenbogen auf den Knien aufgestützt hatte und an einem Daumennagel kaute. Der kleine Elias rannte unterdessen fröhlich plappernd die Stuhlreihen auf und ab. Der Pfleger musterte die Familie skeptisch und vertröstete sie noch einen Moment. Neben ihnen saß ein etwa 25-jähriger Mann, dessen rechtes Auge zugeschwollen war und der sich einen blutenden Tupfer unter die Nase hielt. Begleitet wurde er von einer jungen aufgetakelten Frau, die ihm immer wieder beruhigend die Hand tätschelte.

»Frau Magdalene Ganser?« Ein junger Arzt kam auf Julia und Maggi zu und hielt Julia die Hand hin. »Zimmermann«, sagte diese tonlos und deutete auf Maggi.

»Ah, Entschuldigung. Kommen Sie doch bitte mit. Dann schauen wir uns Ihre Wunden mal an.«

Julia schaute zu, während der junge Arzt Maggis Wunden versorgte. Er war dabei unerwartet geschickt, und bald sah man nichts mehr von den Schnittverletzungen außer säuberlich vernähten Hauträndern. »So, Frau Ganser«, meinte der Arzt fröhlich. »Dann wünsche ich Ihnen noch einen wunderschönen Abend. Gegen Schmerzen nehmen Sie diese hier«, er drückte ihr eine Medikamentenschachtel in die Hand, »bis zu dreimal eine am Tag, klar so weit?« Maggi nickte, bedankte und verabschiedete sich. Dann machten sie sich auf, Lisa zu suchen.

KAPITEL 78

Ich schwamm wieder durch den Wald. Nein, das stimmte nicht. Dieses Mal flog ich durch den Wald und fühlte mich federleicht. Die Vögel zwitscherten wunderschön. Ich genoss die Schwerelosigkeit, die Leichtigkeit, mich einfach treiben zu lassen. Ob sich so der Tod anfühlte? Die Sonne wärmte meinen Rücken.

Ein Tropfen glitzerte auf einem Blatt. Ich flog näher hin und beobachtete fasziniert Form und Größe des glitzernden Tropfens. Aus einem nahen Vogelnest piepste es leise. Ich schwebte näher hin, damit ich mir das Vögelchen anschauen konnte. Das Piepsen wurde immer lauter. Aufdringlicher. Rhythmisch. Das musste ja ein großer Vogel sein. Es wurde immer heller, und ich konnte das Nest nicht mehr sehen. Dafür wurde das Piepsen nun so laut, dass ich es kaum noch aushielt.

»Sie bewegt sich! Maggi, schau, sie bewegt sich!« Die Stimme kam mir irgendwie bekannt vor, aber ich konnte sie nicht einordnen. Das Piepsen übertönte alles. Jemand rief meinen Namen. Ich versuchte zu sagen, dass sie dem Vogelbaby endlich was zu essen geben sollten, damit es aufhörte zu piepsen, aber es kam nur ein Stöhnen aus meinem Mund.

»So, ich möchte Sie bitten, jetzt das Patientenzimmer zu verlassen«, vernahm ich eine resolute Stimme.

»Aber sie wacht gerade auf. Wir müssen doch …«, widersprach die andere Stimme.

»Nichts da! Sie sind ohnehin nur auf der Intensivstation geduldet, weil Sie von der Polizei sind. Aber jetzt gehen Sie bitte.«

»Tschüss, Lisa, wir kommen wieder«, sagte die andere mir bekannte Stimme. Ich weiß nicht, ob ich eine Antwort herausgebracht habe oder nicht.

»So, Frau Klee, dann wollen wir mal, was?«, trötete die resolute Stimme neben mir. »Machen Sie doch bitte mal die Augen auf!«

Ich realisierte erst jetzt, dass ich die Augen geschlossen hatte, und blinzelte vorsichtig. Grelles Licht schlug mir entgegen, so dass ich sie gleich wieder schloss.

»Na, das klappt ja schon ganz gut.« Irgendetwas klapperte. »Können Sie mal Ihren rechten Arm bewegen?«

»Na prima. Das geht ja auch schon. So, Frau Klee, und nun sagen Sie doch mal etwas. Zum Beispiel ›Hallo‹ oder so.«

Berliner Dialekt. Das war es, was sie sprach. Ich grübelte. War ich denn in Berlin? Ich öffnete meinen Mund und krächzte etwas Undefinierbares. »Auch schon gut. Das wird schon wieder, Frau Klee! Nur Geduld. Die Ärztin schaut gleich noch bei Ihnen vorbei.« Ich blinzelte wieder gegen das grelle Licht und konnte schemenhaft eine Frau wahrnehmen, die neben mir mit etwas hantierte und dann zügigen Schrittes wieder verschwand.

Die folgenden Tage verliefen ähnlich. Wirklichkeit und Träume verschmolzen miteinander. Leute kamen und gingen. Ich glaubte, meine Eltern an meinem Bett stehen gesehen zu haben, auch meinen Bruder, und einmal meinte ich sogar, Christoph Reichert und Frau Professor Hagmann und sogar Ben wären da gewesen. Aber ich war mir nicht sicher. Allmählich kam meine Erinnerung wieder. Zuerst schemenhaft und unwirklich, wie von einem Traum, an den man sich morgens nach dem Aufwachen nicht mehr erinnert. Und dann, mit einem Mal, wachte ich morgens auf und fühlte, dass irgendetwas anders war als die vergangenen Tage. Ich hatte keine Kopfschmerzen mehr und konnte plötzlich wieder klar denken. Die Benebelung, die mich in den letzten Tagen umhüllt hatte, war wie weggeblasen. Im ersten Moment war es ein wunderbares Gefühl, endlich wieder klar denken zu können. Und dann kehrte die volle Erinnerung zurück. Mit ganzer Kraft traf sie mich wie ein Hammerschlag, und ich wünschte mir augenblicklich wieder den Dämmerzustand der letzten paar Tage zurück.

Stöhnend setzte ich mich auf und sah mich um. Offenbar war ich nicht mehr auf einer Intensivstation, sondern in einem hellen und freundlichen Krankenzimmer im Universitätsspital Zürich. Vom Fenster aus hatte ich einen Blick in den Park. Draußen regnete es, und am Himmel hingen graue Wolken. Ich versuchte, mich weiter aufzusetzen, merkte aber schnell, dass mir dabei schwindelig wurde, und beließ es daher dabei, aufrecht im Bett zu sitzen. Nachdenklich schaute ich aus dem Fenster. Dass die

Erinnerung voll zurückgekommen war, stimmte nur halb. Ich konnte mich nicht an alle Details erinnern. Zum Beispiel fehlte mir völlig, wie ich dem Ertrinkungstod in meiner eigenen Badewanne entkommen war. Auch war mir nur noch schemenhaft und dumpf im Gedächtnis, was im Wald und danach in meiner Wohnung passiert war. Irgendwie kam mir auch immer wieder Ariana in den Sinn, die doch auch noch da gewesen war. Oder hatte ich das nur geträumt?

Da klopfte es an der Tür, und Julia steckte ihren Kopf herein. »Oh, du bist ja wach!«, rief sie freudig aus. »Dürfen wir reinkommen?« Ohne meine Antwort abzuwarten, ging die Tür auf und Julia trat ein, gefolgt von Sonja Graf und Frau Professor Hagmann.

»Guten Tag, Frau Klee«, sagten beide beinahe unisono. Julia schaffte derweil die Stühle, die an einem kleinen Tischchen im Zimmer standen, herbei und stellte sie links und rechts neben mein Bett, so dass sich alle um mich herum setzen konnten.

»So, Frau Klee«, sagte Sonja Graf und schaute mich ernst an. »Was machen Sie denn für Sachen? Sie können von Glück reden, dass Sie so liebe Freunde haben wie Ihre Julia hier, sonst wären Sie jetzt nicht mehr unter den Lebenden.« Ich schluckte und sah Julia an, die verlegen zu Boden schaute. Frau Graf rutschte auf ihrem Stuhl hin und her.

»Tja, was soll ich sagen. Sie hatten in allen Punkten recht. Henrik Sitta hat gestanden. Und wir wissen jetzt, dass er damals die Studentin Caroline Friedrich getötet hat. Als Rainer Wilti den Fall wieder aufrollen wollte, hat er Panik bekommen und ihn, den Reinigungsmann und die Freundin der Studentin, diese Krankenschwester, umgebracht. Mit seinem großartigen rechtsmedizinischen Wissen konnte er natürlich alle hinters Licht führen. Sogar das RZZ, das ja anscheinend alle Fälle löst, nicht war, Beatrix?«

Sie warf Frau Professor Hagmann ein zuckersüßes Lächeln zu. Die rutschte nun ihrerseits unruhig auf dem Stuhl hin und her.

»Na ja, Sonja, es sprach ja auch nichts, aber auch wirklich gar nichts für ein Tötungsdelikt bei diesen Fällen«, erwiderte sie in künstlich fröhlicher Tonlage.

Frau Graf wandte sich wieder mir zu. »Und Sie, Frau Klee, haben sich und andere in lebensgefährliche Situationen gebracht. Anstatt wilde Verdächtigungen auszusprechen, hätten Sie von Anfang an zu mir kommen müssen. Genau wie Frau Zimmermann.«

Der letzte Satz war an Julia gerichtet, die plötzlich ihre eigenen Fingernägel unglaublich spannend zu finden schien.

»Aber zum Glück«, sie hob den Zeigefinger, »ist ja alles gutgegangen, und auch Frau Kubiczi wird voraussichtlich ohne bleibende Schäden aus der Sache herausgehen. Sie liegt übrigens grad im Zimmer nebenan.« Frau Graf deutete hinter mein Bett.

»Falls Sie einen Besuch machen wollen. Vermutlich haben Sie es unter anderem auch ihrer Ablenkung zu verdanken, dass Sie nicht schlimmer geschädigt wurden. So wie ich Herrn Sitta verstanden habe, war der Plan ziemlich eindeutig und unanfechtbar. Er wollte Ihnen Natriumpentobarbital einflößen und es wie einen Suizid aussehen lassen. Das Zeug bekommt man ja problemlos gegen Rezept hier in der Apotheke, so dass sein Plan aufgegangen wäre. Den Abschiedsbrief haben wir in seiner Jackentasche gefunden, so dass wir ihn damit konfrontieren konnten.« Sie seufzte. »Wenn alles nach seinem Plan gelaufen wäre ... Tja, dann würden Ihre Eltern nun wohl um ihre Tochter trauern, die Selbstmord begangen hat.«

Ihre Worte trafen mich tief, und ein Kloß bildete sich in meiner Kehle. Tränen stiegen mir in die Augen. Frau Graf merkte wohl, dass sie etwas zu weit gegangen war, und tätschelte mir beruhigend den Arm. »Aber, wie gesagt. Es ist ja nochmals alles gut gegangen, und Sie werden sich wieder vollständig erholen, sagen die Ärzte.«

»Was passiert jetzt mit Henrik?«, fragte ich mit meiner heiseren Stimme.

»Der ist bereits in U-Haft und wartet dort darauf, dass man ihm den Prozess macht. Allerdings wird dies«, wieder ein Blick zu Frau Professor Hagmann, »noch eine Weile dauern, denn die bereits abgeschlossenen ›sonnenklaren‹ Fälle müssen vom RZZ nochmals aufgearbeitet werden.«

Frau Professor Hagmann räusperte sich und sagte: »Ja, Frau Klee, und da wären wir im RZZ sehr froh, wenn Sie uns dabei unterstützen könnten, sofern das Ihr Gesundheitszustand zulässt, natürlich. Ich, also wir alle«, sie räusperte sich wieder, »könnten verstehen, wenn Sie das nicht mehr wollen, aber nachdem das Ganze ja durch Sie aufgeflogen ist und auch einige der betreffenden Obduktionen von Ihnen gemacht worden waren, wäre es aus meiner Sicht logisch. Zumal«, ein kleiner Seitenblick zu Sonja Graf, »wir im Moment ja auf einen Schlag drei Leute weniger geworden sind, denn Frau Kubiczi wird noch länger nicht wieder zum Dienst kommen können. Aber natürlich«, fuhr sie mit einer hektischen Handbewegung fort, »können Sie sich das Ganze noch überlegen. Gar kein Problem. Sie müssen ja ohnehin noch ein paar Tage im Spital bleiben. Beinahe zu ertrinken ist ja schließlich eine ernste Sache, nicht wahr!«

Mir brummte bereits wieder der Schädel. Irgendwie war mir das gerade alles zu viel. »Aber auf jeden Fall«, redete Frau Professor Hagmann in fröhlichem Plauderton weiter, »habe ich hier für Sie noch einen kleinen Gruß der Kollegen aus dem RZZ.« Sie holte eine Karte und eine Lindt-Schokoladenschachtel aus ihrer Tasche und überreichte mir beides feierlich. Jetzt war mir definitiv alles zu viel. Und Lindt-Schokoladentäfelchen würde ich vermutlich nie wieder essen können. Ich nahm beides, murmelte ein Dankeschön und schloss die Augen, woraufhin meine Besucher sich leise verabschiedeten.

Ab da ging es täglich aufwärts, und ich kam immer mehr zu Kräften. Julia hatte mich über den Rest der Geschehnisse ins Bild gesetzt, so dass ich nun die ganze Geschichte kannte. Nun war auch klar, dass sie angegriffen worden war, da sich Frau Professor Hagmann mit ihren Oberärzten besprochen hatte, nachdem ich bei ihr gewesen war. Henrik hatte in ihr die größere Gefahr gesehen und sie daher gezielt ausschalten wollen.

Irgendwann hatte ich auch den Mut gefunden, bei Ariana vorbeizuschauen. Sie lag noch völlig entkräftet in ihrem Bett. Als sie mich sah, weiteten sich ihre Augen und sie begann, panisch zu schreien, so dass die ins Zimmer stürmende Pflegerin mich vorwurfsvoll ansah und ich schleunigst das Zimmer wieder verließ. Nun gut, wir waren ja auch zuvor keine Freundinnen gewesen. Trotzdem hoffte ich, dass sie bald wieder auf dem Damm sein würde.

Nach einigen Wochen wurde ich entlassen. Im Spital hatte ich Besuch von einer Traumapsychologin gehabt, bei der ich nun auch ambulant noch Termine wahrnehmen musste. Sie war nett, und das belanglose Plaudern mit ihr tat gut, wenngleich sie mir sicherlich nicht bei der Bewältigung meiner Erlebnisse helfen konnte. Aber vielleicht kam das ja noch. In meine Wohnung konnte ich tatsächlich nicht mehr zurückkehren. Vorübergehend durfte ich bei Maggi und Julia wohnen, bis ich mir eine neue Bleibe gesucht hatte. Da die beiden genug Platz hatten und ich es ohnehin noch nicht schaffte, allein zu bleiben, ließ ich mir mit der Wohnungssuche viel Zeit. Mir war auch noch nicht klar, wie sich meine berufliche Zukunft gestalten würde. Im RZZ hatten sie mich zwar freundlich empfangen, und der eine oder andere hatte sich entschuldigt, aber so richtig wohl fühlte ich mich nicht mehr.

Einzig mit Christoph hatte ich noch ein sehr emotionales Gespräch geführt, in dem ich mich unter Tränen bei ihm für alles entschuldigt hatte. Er war unglaublich verständnisvoll gewesen und hatte mir auch erklärt, was er damals nachts im Institut gemacht hatte. »Weißt du, Lisa,« hatte er gesagt, »ich habe da so ein Forschungsprojekt, das nicht von allen im RZZ gutgeheißen wird.« Er hatte sich eine Zigarette angezündet und weitererzählt. »Es ging darum, die Lungen toter Ferkel zu belüften und einen Vergleich mit der Bildgebung bezüglich Gasansammlungen in den Organen durchzuführen. Beatrix wollte, dass ich das heimlich mache, weil es viele im RZZ nicht ertragen hätten, die süßen toten Ferkel zu sehen.« Er hatte leise gegluckst. »Dass mich das grad zum Mörder macht …«, schmunzelte er in sich hinein. Auf meinen fragenden Blick hin fuhr er fort: »Und als du mich gesehen hast, wollte ich anschließend an die Ferkel die Dunkelheit der Nacht nutzen, um an einer Leiche auszuprobieren, was für eine Punktionsstelle eine Insulinspritze in der Haut hinterlässt. Deine Leiche mit dem Insulin hatte mich dazu inspiriert, weil man ja häufig gar keine Punktionsstellen mehr sieht. Und da habe ich mit unterschiedlicher Heftigkeit Insulinspritzen an unterschiedliche Stellen des Körpers gesetzt, um mir hinterher die Punktionsstellen anschauen zu können.« Kumpelhaft haute er mir auf die Schulter, dass ich fast umfiel.

»Mensch, Lisa, wer hätte das gedacht, was? Aber immerhin, ich habe ja auch an derselben Universität wie die arme Caroline studiert und habe ihr den Anatomiekurs gegeben. Und na ja, eine kleine Liaison hatten wir damals auch. Sie war ja auch wirklich sexy …« Verträumt schaute Christoph kurz in die Luft, bevor er wieder breit grinste und mich ansah. »Nur dass ich im Ausland war, als sie verschwunden ist. Aber jetzt«, erneut hatte ich einen Klaps bekommen, »Schwamm drüber, ja?«

Ich lief durch den Wald und atmete tief die wunderbare Luft ein. Es war bereits später Herbst, und das Laub raschelte unter meinen Füßen. Zum ersten Mal, seit ich aus der Bewusstlosigkeit erwacht war, fühlte ich mich endlich wieder frei. Wie es beruflich weitergehen würde, wusste ich noch nicht. Mein Vertrag am RZZ lief nicht mehr lange, und mir war klar, dass ich dort nicht würde bleiben wollen. Vielleicht würde ich mir einfach mal eine Auszeit nehmen und ins Ausland gehen. Plötzlich hörte ich das Krächzen eines Eichelhähers. Kurz zuckte ich zusammen, legte dann aber den Kopf in den Nacken und lachte. Eine warme Brise fuhr mir übers Gesicht. Fast, als wollte sich der Sommer liebevoll verabschieden. Und dieses Mal war die Luft rein und klar.

DANK

Dass diese Geschichte, die schon so lange in meinem Kopf Gestalt angenommen hatte, als richtiges Buch veröffentlicht werden konnte, verdanke ich einer ganzen Reihe von lieben Menschen, bei denen ich mich gerne von Herzen bedanken möchte.

In erster Linie gilt mein Dank meiner Lektorin Claudia Senghaas und dem ganzen Team des Gmeiner-Verlags, die mir mit der Veröffentlichung meines Kriminalromans die Erfüllung eines lang gehegten Traums ermöglichten.

Ihnen liebe Leserinnen und Leser ein großes Dankeschön, dass Sie mein Buch bis zum Ende und zu dieser Danksagung gelesen haben! Ohne Sie gäbe es keine Bücher.

Danke liebe Stephanie Musshafen für deine Freundschaft, das Testlesen und die wertvollen Anregungen und Diskussionen!

Meinem Bruder, Dr. Sven Klaiber, möchte ich für die Anmerkungen aus der Sicht eines Nicht-Mediziners und Juristen danken, die mir neue Blickwinkel auf das Ganze ermöglicht haben.

Immer ein offenes Ohr für meine Gedanken und Bedenken, geduldiges Testlesen, endlose Diskussionen und kritische Kommentare, ohne die das Ganze ein rechtsmedizinisches Sammelsurium geblieben wäre. Danke, liebe Irène Kost!

Auch an Petra Ivanov und Dr. Christoph Steier ein großes Dankeschön für die unkomplizierte fachliche Beratung mit großartigen Tipps und Tricks.

Meinen Eltern danke ich dafür, dass sie die Freude am Lesen schon früh in mir geweckt haben und mir beigebracht haben, dass man den Glauben an sich selbst niemals verlieren sollte.

Danke an meinen Mann Pascal und unsere Kinder. Ohne euren bedingungslosen Glauben an mich und die liebevolle

Rücksichtnahme hätte ich es wohl kaum geschafft, meine Ideen zu Papier zu bringen.

Zu guter Letzt bin ich unendlich dankbar dafür, dass ich in meinem Wunschfach Rechtsmedizin arbeiten darf und danke allen Beteiligten meines Arbeitsalltags, durch den ich jeden Tag von Neuem spannende und unvorhergesehene Momente erleben darf, die mich zu neuen Ideen inspirieren.

Alle Bücher von Saskia Gauthier:

Rechtsmedizinerin Lisa Klee ermittelt:

1. Fall: Die dunklen Wasser der Limmat
ISBN 978-3-8392-0121-3

2. Fall: Verborgene Schreie am Vrenelisgärtli
ISBN 978-3-8392-0512-9

3. Fall: Der Fluch der Aargauer Knochen
ISBN 978-3-8392-0391-0

GMEINER SPANNUNG

WWW.GMEINER-VERLAG.DE
Wir machen's spannend

DIE NEUEN
Lieblingsplätze

ISBN 978-3-8392-0370-5
ISBN 978-3-8392-0373-6
ISBN 978-3-8392-0371-2
ISBN 978-3-8392-0158-9

Lieblingsplätze im BAYERISCHEN WALD · **Lieblingsplätze im EMSLAND** · **Lieblingsplätze im BERCHTESGADENER LAND** · **Lieblingsplätze im HARZ**

ISBN 978-3-8392-0372-9
ISBN 978-3-8392-0376-7
ISBN 978-3-8392-0378-1
ISBN 978-3-8392-0386-6

Lieblingsplätze BODENSEE · **Lieblingsplätze im HOHENLOHE** · **Lieblingsplätze in KÄRNTEN** · **Lieblingsplätze im SALZBURGER LAND**

ISBN 978-3-8392-0375-0
ISBN 978-3-8392-0380-4
ISBN 978-3-8392-0381-1
ISBN 978-3-8392-0382-8

Lieblingsplätze für Wanderer SCHWÄBISCHE ALB · **Lieblingsplätze NORDSEE NIEDERSACHSEN** · **Lieblingsplätze NORDSEE SCHLESWIG-HOLSTEIN** · **Lieblingsplätze OBERÖSTERREICH**

ISBN 978-3-8392-0383-5
ISBN 978-3-8392-0374-3
ISBN 978-3-8392-0377-4
ISBN 978-3-8392-0385-9

Lieblingsplätze OSNABRÜCKER LAND · **Lieblingsplätze in FRANKEN** · **Lieblingsplätze in und um MÜNCHEN NACHHALTIG** · **Lieblingsplätze RUND UM BERLIN**

KULTUR

GMEINER

WWW.GMEINER-VERLAG.DE
Mensch, Kultur, Region